译文经典

包法利夫人
Madame Bovary
Gustave Flaubert

〔法〕福楼拜 著

李健吾 译

上海译文出版社

福楼拜在解剖包法利夫人

译本序*

I

一八二一年十二月十三日,居斯塔夫·福楼拜(Gustave Flaubert)生于法国西北部鲁昂的市立医院。他的父亲是市立医院外科主任兼院长。他的童年在浪漫主义风靡法国社会的时期度过,使他受到极深的影响。他一生致力于摈斥这种影响。他本来攻读法科,由于害了一种奇怪的脑系病,回到家里休养。这反而称了他的心愿,得以安心写作。他的父亲在一八四六年去世,他陪着母亲住到鲁昂远郊克瓦塞。他在国内游历,又去中东一带游历,但是他不爱活动,一直在克瓦塞待到他一八八〇年五月八日去世。父亲给他留下一些地产,他过着安逸的生活,晚年外甥女的丈夫的船公司破产,为了挽救,他卖掉自己名下的地产,生活有些紧张。他严格要求自己,豪爽,正直,热诚,埋头写作,教育莫泊桑,忠于朋友,过独身生活,憎恨资产阶级的伪善作风。

一八五一年九月,他开始写《包法利夫人》,直到一八五六年四月,才有定稿。原稿分卷不分章,直到付印前夕,为了便利读者起见,他才分章。所以上下章并不断气,分章也并不妨碍一气呵成的感觉。脱稿之后,他送了一份稿本给他的朋友杜刚,预备在他和劳朗·皮沙主编的《巴黎杂志》上发表。[1]经过三个月的搁置,他们决定从十月起,开始分期刊登,同时他们写信给初出茅庐的小说作者(福楼拜当时三十五岁),要他把删削的全权交给杂志,因为他们认为极有删削的必要:"你把你的小说埋在一堆写得好然而没有用的东西底下;人看不大清楚;需要解脱开来;这是一种容易的工作。"福楼拜没有回信,仅仅在背面写了这么一个大字,译成中文就是:"荒谬绝伦!"[2]他最后得到同意,在小说正文底下,刊出他的抗议:"若干我不赞同的考虑,促使《巴黎杂志》在十二月一日那一期加以删削;现在这一期,杂志方面又有了顾虑,以为应当再取消几节。为此,我宣布否认下文的责任。读者看到的仅是片段,不是整体。"这份经过宰割的发表本,他留作纪念,在末一页注道:"依照杜刚,必须取消全部婚礼;依照皮沙,必须删削或者至少大事节缩,从头到尾重写'农业展览会'!杂志方面一般意见,'跛脚'未免太长,没有用。"

对帝国政府说来,《巴黎杂志》已经是一个不太顺眼的刊物,现在刊物上又发表了一部连主编人也认为是很有问题,应当大加删节的小说,这部小说怎样要不得,也就可想而知了。拿破仑第三的官吏不等小说出书,就注意到了它的内容倾向。

---

* 本文是李健吾先生为人民文学出版社一九五八年出版的外国古典文学名著丛书版《包法利夫人》所写的译本序,一九七九年该社出版外国文学名著丛书版《包法利夫人》时,李先生又做了少许修改。——编者
[1] 杜刚(Maxime Du Camp, 1822—1894)和劳朗·皮沙(Laurent-Pichat, 1823—1886)主编的《巴黎杂志》(Revue de Paris),创办于一八五一年,一八五八年由政府勒令停刊。
[2] "荒谬绝伦"的原文是 Gigantesque。

福楼拜很快就收到传票，罪名是败坏道德、诽谤宗教。公诉状要求法官减轻发行人和印刷者的处分，"至于主犯福楼拜，你们必须从严惩办！"

今天看来，官方控告《包法利夫人》的作者，实在不足为奇。统治者本身岌岌不安，处处小心提防，且不说它。我们只从小说方面来说，例如，我们提出这样一个问题：女主人公怎样走到服毒自杀的道路的？随便一个读者（官方当然也不会那样嗅觉不灵！）都会看出：统治阶级和它的社会制度要在这里负重大责任。为了说明作者的态度，我们顺便举几个例看。包法利夫人是一个农村姑娘，在修道院受到贵族教育，一心向往贵族生活，养成游手好闲的习惯作风。她在渥毕萨尔的舞会上见到了贵族。作者这样冷峭地形容一群老、少贵人的肤色："肤色是阔人肤色，白白的，其所以能这样白而又白，显然是饮食讲究，善于摄生的结果。"英国舰队在特拉发耳卡打败了法国舰队。可是这些贵族半夜用点心，就用"特拉发耳卡的布丁"！点心名称有的是，作者何苦选择这种丢国家体面的点心名称？福楼拜不主张作者在自己的小说里面表示意见，可是我们不得不说，选择本身就是一种意见。中卷第八章的农业展览会是一篇文字上的交响乐，作者在这里狠狠地挖苦了一顿资产阶级和它的上层人物。他对教会人物同样不客气。谁读了中卷第七章包法利夫人和布尔尼贤教士的谈话，也会为她感到啼笑皆非。这只是一些片段的例证。整个小说的内在倾向性是异常鲜明的。

福楼拜仰仗辩护律师塞纳[①]的声望和词令，免却处分，但是

[①] 塞纳（Sénard, 1800—1885）在第二共和国时期是国民议会主席与内政部长。他在第二帝国初期是巴黎律师公会会员。

祸兮福所倚，福兮祸所伏，《包法利夫人》的划时代的历史地位却因而更加确定下来。

II

但是，《包法利夫人》的绝高造诣，却是作者自己给自己争到的。正如马克思的女儿爱琳娜·马克思·艾威林在她的英译本[①]的"导言"里讲起的："完整无缺的《包法利夫人》出书以后，在文坛上产生了类似革命的效果。这种异常完美的风格，——福楼拜像考勒律治[②]一样，认为散文应当像诗一样有自己的节奏，——还有这种观察与分析的奇异的力量、这种结合科学论文的有诗意的形式、这种作者人格完全隐匿的情况，以及全部人物的现实性（最小的人物也是一个有血肉的、有喘息的生命）：这一切在帝国当时是新颖的。"《包法利夫人》出现在时代迫切需要它的时际。圣佩夫轻易不推许同代作家，读到《包法利夫人》，立刻明确它的历史意义："作品处处打着它出现的时间的戳记。……我相信看出一些新的文学的标志：科学、观察的精神、成熟、力量、一点点严酷。这似乎正是感染新一代领袖的特征。"[③]福楼拜去世，布雷地耶在做全面估价的时候，强调这种千载难逢的际遇，也说："在法兰西小说史里，

[①] 爱琳娜·马克思·艾威林（Eleanor Marx Aveling, 1856—1898）是马克思最小的女儿。她译的《包法利夫人》一八八六年在伦敦出版，后来收入《万有文库丛书》。

[②] 考勒律治（Coleridge, 1772—1834）是英国诗人。

[③] 圣佩夫（Sainte-Beuve, 1804—1869）的《包法利夫人》书评，收在《星期一漫谈》第十三册内。"新一代领袖"只就小说方面而言。

《包法利夫人》是一个日期。它点出某些东西结束和某些东西开始。"①

首先我们应当指出,在《包法利夫人》问世的时候,巴尔扎克去世已经六年多了。个个小说作者希望自己成为他的事业的继承人。但是读者望眼欲穿,发现他们中间没有一个能在这方面满足他们的热望。于是一个僻居乡间的无名作者,鄙视杜刚的社交生活,信奉布瓦洛那句写作的格言:"流畅的诗,艰苦地写"②,同时接受布封的指导:"写好,就是同时想好、感受好、表达好"③。同时斯宾诺莎的哲学,永远活在他的灵魂深处,作为他的世界观的基本部分,——我们只要读到《圣安东的诱惑》末尾,就会从安东关于物质的颂词听出了自然界是自身原因的无神论者斯宾诺莎来。④于是僻居乡间的福楼拜,出乎人人意料之外,以他的《包法利夫人》继续了《人间喜剧》的小说传统。"继续"在这里不止于是字面上的意义,而是就小说艺术说来,也包括着发展。巴尔扎克去世的时候,福楼拜二十九岁,正在土耳其旅行,写信给朋友,表示沉重的哀痛:"巴尔扎克死了,我为什么极其难过?死了一个我们仰慕的人,我们总是伤心的。我们原想以后认识他,为他所爱。是的,他是一个

---

① 布雷地耶(Brunetière, 1849—1906)是法国批评家,引文见《法兰西自然主义》第二节,收在《自然主义小说》内。
② 见福楼拜与高莱(Louise Colet)夫人书(1854年3月25日)。布瓦洛(Boileau)是法国十七世纪的批评家。
③ 见福楼拜与乔治·桑书(1876年3月9日)。布封(Buffon)是法国十八世纪的自然学家与风格论者。
④ 福楼拜热爱斯宾诺莎(Spinoza),终身诵读,曾写信给乔治·桑说:"什么样的天才!"说他比康德与黑格尔伟大到三倍以上(1872年3月梢)。

包法利夫人 | 005

了不起的人，曾经透彻了解他的时代。他曾经对妇女有过深刻的研究，不料才一结婚，就故世了。而他所熟悉的社会，也开始在瓦解。路易·腓力普一去，有些东西跟着一去而不复返。如今该唱唱别的歌了。"①他对巴尔扎克唯一的指责，就是不注意文字："巴尔扎克要多伟大，如果他懂得写的话！而他短的也只是这个。话说回来，一位艺术家不见得会写那样多，会有这种广阔。"②我们不妨指出，巴尔扎克在最好的时候，行文如有天助，只有比福楼拜更其有声有色、更其具有艺术的深度。一个明显的事实就是，福楼拜希望自己能像巴尔扎克那样发掘现实，忠于现实，而又在他的每一部小说里，能在艺术上达到应有的完美。《包法利夫人》作为小说的历史意义正在这里。左拉评论福楼拜，开门见山，肯定了这一点道："《包法利夫人》一出现，就形成了整个一种文学进展。近代小说的公式，散乱在巴尔扎克的巨著中，似乎经过收缩，清清楚楚表达在一本四百页的书里。新的艺术法典写出来了。《包法利夫人》的清彻与完美，让这部小说变成同类的标准、确而无疑的典范。"③

现实主义小说作家重视观察，把这作为创作方法的一面，从巴尔扎克起，就肯定下来。精确的观察和科学的发展有关。一八六二年，福楼拜读完《悲惨世界》，感到莫大的苦恼，尤其因为小说作者是他衷心尊敬的当代巨人，不过他依然指出雨果反科学的精神道："观察在文学上是一种二等品质，不过当我们是巴尔扎克和狄更斯的同代人的时候，就不许可这样错误地描

---

① 与布耶书（1850 年 11 月 14 日）。
② 与高莱夫人书（1852 年 12 月 17 日）。
③ 引自《居斯达夫·福楼拜》一文，收在《自然主义小说家》内。

绘社会。题材虽然很美，可是多需要心平气和、多需要科学胸襟！雨果老爹看不起科学也是真的，而且他也证明了。"①福楼拜求学的时候，和许多年轻人一样，在浪漫主义的风浪中打过滚，而他之所以能平安到达海岸，科学对他起了不小的作用。他认为小说是生活的科学形式。②而《包法利夫人》的出现和成就，在它的社会意义之外，也正说明科学进展，在小说方面，对观察现实和处理材料所起的影响。而郝麦这个完美的半调子科学家形象，作为历史人物，最先在《包法利夫人》里出现，也正说明科学在当时开始普遍发展这一事实。郝麦完全属于十九世纪。郝麦是一个放在任何不朽的想象人物一旁而无愧色的典型。③我们不打算在这方面多占读者的时间，但是作为时代精神，我们必须在指出继承巴尔扎克的现实主义小说传统的同时，也把这第二个主要意义交代一下。

而第三个主要意义，紧接着也必然就是，作为艺术实践，《包法利夫人》的造诣稳定了现实主义运动在当时文坛上的摇摆局势。现实主义在《包法利夫人》问世的时候不是一个什么好听的名词。④法官宣判福楼拜无罪，就一连两次使用现实主义这个名词，认为属于它的范畴的作品，一定"不堪入目"，"否定美与善"。我们知道，浪漫主义运动打开形式主义的枷锁，给感情生活找到一个出口，然而很快就连首当其冲的战士，也觉得

---

① 与翟乃蒂（Roger des Genettes）夫人书（1862年7月）。
② 参看与马利古尔（René de Maricourt）书（1865年8月）。
③ 福楼拜的好友屠格涅夫，在他的《烟》（1867）的第三章里，也写了这样一个人物，名字是伏罗希洛夫，但是篇幅不多，印象不深。
④ 普通说一个人是现实主义者，就往往指他有功利思想。

基地不够坚实。雨果提出文学必须有用。①和他的人道主义精神背道而驰的，是早年帮他打定浪漫主义天下的戈及耶②，主张为艺术而艺术。就在资产阶级艺术趋于分裂的时候，一个惊天动地的事实强迫艺术家予以注意：新兴的无产阶级，以浩大的声势，参加一八四八年的政变，作为基本队伍，推翻旧王室幼支奥尔良系的统治。工人们斗争来的共和国，不几个月，又在资产阶级的阴谋操纵之下变了质。资产阶级对无产阶级流血的酬谢就是六月的大屠杀。最后，卑鄙的资产阶级又把共和国送给拿破仑三世改成第二帝国。可是这并不妨害无产阶级的存在逐渐在艺术家的创造意识中取得明显的位置。包法利夫人的可怜的女儿，我们从小说结尾知道，"为了谋生"，被送进"一家纱厂"。作者没有宣扬无产阶级，但是处处表现了他对本阶级的憎恨。他歌颂的人物永远只是一辈子都在无声无息地劳动着的奴仆。形象世界扩展了，现实有了坚实的基地，这些人物开始成为艺术家有好感的对象。资产阶级品鉴家大起反感，把这种新倾向叫做"现实主义"。

现实主义作为运动，和福楼拜初不相干。它和另外一位来自内地的艺术家发生直接关系。他是一位画家，名字叫做古尔拜③。他在工人阶级此起彼伏的一八四九年画了三幅闻名遐迩的油画：《砸石子的》、《葬礼在奥南》和《饭后在奥南》。工人、农民和一般百姓在画里出现了。他们是活生生观察来的人物。资产阶级的展览会拒绝展览他的作品。正统思想的批评家

---

① 参看他的《莎士比亚》（1864）第二卷第六章《美为真理服务》。
② 即戈蒂耶。——编者
③ 古尔拜（Courbet, 1819—1877）后来拥护巴黎公社，死在瑞士。

骂他:"想做一个现实主义者,真实还算不了一回事:要紧的是丑!"[1]他拾起这个骂他的名词,充作战斗的旗帜,设了一个"现实主义画馆",展览他的不合资产阶级口味的作品。他的军师是小说家尚夫勒里[2]。后者从一八五五年以后,又把现实主义这个旗帜用在文学运动上。福楼拜僻居乡野,埋头写作,和运动毫无往来。然而在没有作品能说明现实主义的正确内容的时候,《包法利夫人》的出现正好满足了这种要求。也正是这样,圣佩夫才把它们拉在一起,认为"作品处处打着它出现的时间的戳记"。而我们今天简直忘掉了这段曲折的经历。

III

《包法利夫人》有一个副题是"外省风俗"。我们的确在这里看到大量关于风俗的描绘,真实的程度,只有绘画上现实主义大师古尔拜勾勒故乡的出色写照,可以相提并论。但是绘画上难以具体做到,而文字上就可以组织进来的——只要作者有意,却是风俗因时而异的变化痕迹。这正是现实主义小说的一个主要特征,具体表现人物活动,从来不会遗忘时代与环境所起的重要影响。作家的希图不仅是写出支配情节的几个主要人物,而是连他们周围和背景的男、女、老、少,以至于可能结合的当代事件,都在不超越规定下来的典型环境之内,栩栩如生,一一提供出来。《红与黑》的副题是"一八三〇年纪事"。巴尔扎克的成就,像他说的那样,是"完成一部描写十九世纪

---

[1] 参看布维耶(E.Bouvier)的《现实主义战役》(Le Bataille réaliste)一书第七章。
[2] 尚夫勒里(Champfleury, 1821—1889)是当时现实主义文学运动的领袖。

法兰西的作品"①。福楼拜的《情感教育》的局面远比《包法利夫人》的局面复杂、宏大，但是《包法利夫人》却也并不由于故事局限在一个乡村的狭小地面上，就忽略重大思潮的渗入。正相反，读这部关于一个医生太太自杀的艺术记录，我们的深刻印象完全和时代与环境分离不开。故事的完整和结构的严密，把传奇成分从小说里一干二净地洗刷出去。它的概括力和现实性跃然入目，就在作者最后严厉惩罚他的女主人公的时候，他时时刻刻写出了罪不在她一个人，而陷她于罪的，反倒置身局外。作者具体追溯成长的原因，十足说明他的用心。维护"世道人心"的所谓"正人君子"也不会看不出来的。福楼拜听说本区神甫从妇女手里抢掉他的小说，欣喜欲狂："对我说来，这下子就十全十美了：政府攻击、报纸谩骂、教士仇恨！"②而这一向待在象牙塔里不出来的隐士，居然在说："就目前而言，任何写照是讽刺，历史是控诉。"③

小说的历史背景正好吻合波旁王室幼支的十八年统治。这也正是《人间喜剧》大部分现实小说的背景。包法利夫人本人的故事从上卷第二章开始，到下卷第十章结束，前后整整占了九年：从一八三七年一月六日起，到一八四六年三月止。一年用在求婚和订婚上，八年用在婚姻生活上，四年半过着沉闷的妇道生活（一八三八年四月到一八四二年九月），十一个月和罗道耳弗过着偷情生活（一八四二年十月到一八四三年九月），随后养了几个月的病，最后又和赖昂·都普意过了将近两年的偷情

---

① 引自《人间喜剧》的前言。
② 与布耶书（1857年10月8日）。
③ 与浦拉及耶（Pradier）夫人书（1857年2月）。

生活(一八四四年夏季到一八四六年三月)。如果按分卷来说，上卷从一八三七年一月六日到一八四〇年三月，正好三年多一点点；中卷占了四年；下卷从一八四四年夏季起，约莫两年[①]。准确的年月增加真实感觉，是季节变换、景物描写与心理交流的界碑。但是作用仅止于此，年月的框架并不反映时代和环境对人物的重大关系，也就不能说它完成了它的主要任务。

爱玛·卢欧是一个富裕的佃农的独养女儿。佃农在这里是"以官册为凭的土地持有者"[②]，实际属于地主阶级。由于卢欧老爹并不离开土地，所以笼统说来，他是一个农民或者农民中间的头面人物，然而不是庄园贵人。旧贵族和大革命制造出来的这种"土地持有者"之间，还有着不小的距离。这拦不住这种特殊的佃农（尽管生活日趋下降）企图改变阶级成分的野心。他们是在复辟时代。大革命前的贵族又回来过着耀武扬威的日子，成为他们心目中的人物，于是不能希望于自身的，他们希望于子女。修道院附设的寄宿学校是一个准备子女进入贵族生活的现成机会。巴尔扎克曾经说破这种爬向社会上层的方式道："大革命前，有些贵族家庭，送女儿入修道院。许多人跟着学，心想里头有人贵人的小姐，女儿送去，就会学到她们的谈吐、仪态。"[③]爱玛受的正是这种陶铸贵族思想、感情的不切实际的修道院教育。一个女红老姑娘、"大革命摧毁的一个世家的后裔"，[④]常来修道院对女学生讲前一世纪的故事，低声唱一

[①] 参看包外(E. Bovet)的论文《福楼拜的现实主义》一文，对年月有详细分析，登在《法兰西文学史杂志》一九一一年第一季度。
[②] 参看正文上卷第三章译者注。
[③] 参看正文上卷第六章译者注。
[④] 引自正文上卷第六章。

些情歌。这个必须在农村过一辈子的农家姑娘，没有任何希望进入贵族社会，甚至于连在城市住家的机会也没有，却一脑门子贵族思想、感情与习惯，在家里"一点没有用处"①，嫁给一个乡村医生，"谈吐就像人行道一样平板，见解庸俗，如同来往行人一般，衣着寻常，激不起情绪，也激不起笑或者梦想"②。

福楼拜随时在小说里点醒贵族教育对她的祸害。上卷第六章说起的修道院教育，对爱玛一生起着决定性的影响。而第八章又肯定了她走进贵族社会的可能性。侯爵的舞会是她实现愿望的开端（不料也竟是末一次）："渥毕萨尔之行，在她的生活上，凿了一个洞眼，如同山上那些大裂缝，一阵狂风暴雨，只一夜工夫，就成了这般模样。她无可奈何，只得看开，不过她的漂亮衣着，甚至于她的缎鞋，——花地板滑溜的蜡磨黄了鞋底，她都虔心虔意放入五斗柜。她的心也像它们一样，和财富有过接触之后，添了一些磨蹭不掉的东西。"③陪她跳舞的子爵成了她理想中可能再现的美男子。罗道耳弗勾引她的时候，她"不由想起在渥毕萨尔陪她跳回旋舞的子爵"④。罗道耳弗之所以能勾引成功，老实说，子爵的憧憬在暗中帮了他相当的忙。她给情人写信，"见到的恍惚是另一个男子，一个她最热烈的回忆、最美好的读物和最殷切的愿望所形成的幻影"⑤。福楼拜的笔墨是残酷的。他要子爵这个有诱惑性的幻影一直跟她跟到她死。她到鲁昂没有借到一文钱，眼看身败名裂的悬崖就在眼

---

① 引自正文上卷第三章。
② 引自正文上卷第七章。
③ 引自正文上卷第八章。
④ 引自正文中卷第八章。
⑤ 引自正文下卷第六章。

前,心神交疲,走过礼拜堂,"眼泪在面网底下直淌,头昏脑涨,眼看就要软瘫下来,一辆马车的车门正好开开,里头有人喊道:

"——当心!

她收住脚步,让过一辆提耳玻里,当辕一匹黑马,一位貂皮绅士赶车。这人是谁?她认识他……马车向前驰去,转眼不见了。

这人就是他、子爵!她转回身子;街空空的。她又难过,又伤心,靠住一堵墙,免得跌倒。"①

她的头一个情人不是贵人,然而至少也有庄园贵族的身份。每况愈下,她的第二个情人是一个练习生。婚后她第一次跳舞,是在侯爵的庄园,而第二次,也是末一次,却在四旬斋狂欢节,和一个练习生、两个医学生和一个商店伙计在一起,妇女"十九属于末流社会"②。教育离她的实际生活十万八千里远!而更糟的是,修道院把她教育成了一个游手好闲、不事生产的闺秀。身体是农民的结实底子,里头来了一副歇斯底里的气质。婆婆老于世故,对儿子一语道破她的病根:"你知道你的女人需要什么?就是逼她操劳、手不闲着!只要她多少像别人一样,非自食其力不可,她就不会犯神经了。"③

复辟社会又给爱玛带来第二个后天性格的根源。那就是一

---

① 引自正文下卷第七章。
② 引自正文下卷第六章。
③ 引自正文中卷第七章。

包法利夫人 | 013

八三〇年前后风靡人心的浪漫主义。浪漫主义在这里不是作为文学运动出现的，也不是作为要求个性解放出现的。而是我们谈起它来，经常忘记的一种属于反动性质的浪漫主义。它紧密配合天主教卷土重来的社会活动。宗教被虚伪的感情美化了，然而神秘色彩无时不在透露庸俗的甚至于病毒的气息。福楼拜在这方面同样决不吝惜他的鞭挞的笔墨。正如贵族心性的养成来自修道院的寄宿学校，这种不健康而又同样使人脱离实际的浪漫心性，也来自修道院的寄宿学校。"布道中间，往往说起的比喻，类如未婚夫、丈夫、天上的情人和永久的婚姻，在灵魂深处，兜起意想不到的喜悦。"爱玛的稚弱心灵，整个浸沉在夏多勃里昂的忧郁之海和"拉马丁的蜿蜒细流"。作者没有因为拉马丁还活着，人望高，就避而不用。她的最好的读物要算司各脱的历史小说了，然而也只使她向往中世纪和它的女庄主与骑士的虚伪社会。她从田野来，浪漫主义的风景对她没有吸引力，然而她喜好感情的渲染，把满足感情看成生活里的真实东西。于是"热狂而又实际，爱教堂为了教堂的花卉，爱音乐为了歌的词句，爱文学为了文学的热情刺激，反抗信仰的神秘，好像院规同她的性情格格不入，她也越来越忿恨院规一样"[①]。这就是修道院的悲剧，培养了她的贵族与浪漫缅想，实质上她却变成了宗教叛徒！

然而贵族与浪漫缅想，不是穷困所能担负得了的。金钱是资本主义社会的精神生活的物质基础。一个人可以为爱情而死，但是对于一般人（爱玛是其中的一个）说来，死在债台高筑

[①] 参看正文上卷第六章。

上，却更合乎资本主义社会的发展规律。《包法利夫人》的故事发生在穷乡僻壤，但是正如"农业展览会"在永镇这个小地方出现一样，无孔不入的资本家代理人照样要在任何有利可图的角落活动。布尔尼贤教士给爱玛守尸，听见远远有狗叫唤，对一同守尸的药剂师道："据说，它们闻得见死人气味。"①商人勒乐的鼻子比狗灵多了，一见爱玛，就闻出了她心里的偷情气味。他的名字有"快乐"的涵意。他是资本主义社会里一个有前程的人。而幸福就建筑在逼死邻居的高利贷手段上。他在爱玛面前出现，总在无巧不巧，发现她有私情勾当可能之后。福楼拜写一次爱情生活，就掉转笔锋，写一次高利贷者的钻营行径。爱情和金钱看起来好像各自为政，但是一到两股力量扭成一股的时候，戏剧紧张了，爱玛迅速走到她的生命的终点。爱玛追求精神生活，末了总遇到肉体餍足："爱玛又在通奸中间发现婚姻的平淡无奇了。"②福楼拜打击这脱离实际的少妇，不就到此为止。他剥下来她的情人的绅士脸皮，让他们个个露出资产者见死不救的自私自利的吸血灵魂。庞大的债务把她逼到死路，可是使她不得不死的，九九归一，仍是由于爱情的幻灭。他们在本质上和奸刁的商人并无二致。"她不记得她落到这般地步的原因了，就是说：金钱问题。她感到痛苦的，只是她的爱情。"③她想到自尽，也就服毒自尽了。

"什么人也不要怪罪……"爱玛的遗嘱这样说。

作者不给我们机会读全她的遗嘱。也许她接着要说：怪罪

---

① 引自正文下卷第九章。
② 引自正文下卷第六章。
③ 引自正文下卷第八章。

只好怪罪她自己。也许她像她庸庸碌碌的丈夫一样，说一句达观的话："错的是命。"①不过作者不肯这样如实写出来，显然是要我们细想想真正使她自杀的原因。他找了一个瞎子抒情地、象征地唱着民歌给她送终。她其实只是一个瞎子。是谁害得她在人生的严肃的道路上双目失明的？这不是个别问题。在她之前，乔治·桑以革命者的毅力，冲出不合理的婚姻的扼制。妇女开始觉醒。然而不是每一个妇女都能这样远走高飞的。正相反，大多数妇女还没有足够的力量摆脱封建之网，而资本主义社会的经济关系，又像胶一样，把她们粘在上头，还不提修道院教育所给的毒害！这些错综复杂的落后的社会因素，在她盲目要求满足的时候，让她不折不扣，变成一个"正人君子"耻与为伍的"淫妇"。所以爱玛希望自己生一个男孩子，"她过去毫无作为，这样生一个男孩子的想法，就像预先弥补了似的。男人少说也是自由的；他可以尝遍热情，周游天下，克服困难，享受天涯海角的欢乐。可是一个女人，就不断受到阻挠。她没有生气，没有主见，身体脆弱不说，还要处处受到法律拘束。她的意志就像面网一样，一条细绳拴在帽子上头，随风飘荡。总有欲望引诱，却也总有礼防限制"②。这样我们就知道，她丈夫只是一个偶然现象（却那样沉重！）落在她的头上罢了。和他一道落在她头上的，还有那些远不是她本人所能理解的社会因素。

然而作者具体入微地分析了这些因素。爱玛受到资产阶级的谴责，可是作者从来没有放过谴责者本身的丑态与罪

---

① 引自正文下卷第十一章。
② 引自正文中卷第三章。

行。福楼拜憎恨本阶级是有名的。"农业展览会"是一幅绝妙的图画。爱玛死前哀求公证人和税吏,更锐利地暴露了资产阶级自私自利的本质。所以作者在塑造这个资本主义社会道德犯的典型形象的期间,说什么"我的可怜的包法利夫人,不用说,就在如今,同时在法兰西二十个村落受罪、哭泣"[1]。他反对作者在作品中表示意见。但是他的批判现实主义艺术形象,并不因而就少泄露他对时代的看法。不然他也不会又说什么"任何写照是讽刺,历史是控诉"了。一位思想比较开明的主教,说起《包法利夫人》来,就以见证人的口吻道:"对在外省听过忏悔的人说来,这是一部杰作。"[2]这话说明它的真实性,也说明作者的概括力。

---

[1] 与高莱夫人书(1853年8月14日)。
[2] 说这话的人是奥尔良主教杜邦路(Dupanloup, 1802—1878)。见于考勒(Pierre Kohler)的《法兰西文学史》第三册第五七四页。

包法利夫人

外省风俗

献 给

路易·布耶[*]

* 路易·布耶(Louis Bouilhet, 1822—1869),福楼拜的挚友。

上　卷

一

我们正上自习,校长进来了,后面跟着一个没有穿制服的新生和一个端着一张大书桌的校工。正在睡觉的学生惊醒了,个个起立,像是用功被打断了的样子。

校长做手势叫我们坐下,然后转向班主任,对他低声道:

"罗杰先生,我交给你一个学生,进五年级①。学习和操行要是好的话,就按照年龄,把他升到高年级好了。"

新生站在门后墙角,大家几乎看不见他。他是一个乡下孩子,十五岁光景,个子比我们哪一个人都高。他的神情又老实又拘谨。头发剪成平头,像教堂唱诗班的孩子那样。肩膀不算宽,可是他的黑钮扣绿呢小外衣,台肩一定嫌紧,硬袖的袖口露出裸惯的红腕子。背带抽高了浅黄裤子,穿蓝袜的小腿露在外头。他穿一双鞋油没有怎么擦好的结实皮鞋,鞋底打钉子。

大家开始背书。他聚精会神,像听布道一样用心,连腿也不敢跷起来,胳膊肘也不敢支起来,两点钟的时候,下课钟响了,班主任要他和我们一道排队,不得不提醒他一声。

我们平时有一个习惯,一进教室,就拿制帽扔在地上,腾空了手好做功课;必须一到门槛,就拿制帽往凳子底下扔,还要恰好碰着墙,扬起一片尘土;这是规矩。

可不知道他是没有注意这种做法,还是不敢照着做,祷告完了,新生还拿他的鸭舌帽放在他的两个膝盖上。这是一种混合式帽子,兼有熊皮帽、骑兵盔、圆筒帽、水獭鸭舌帽和睡帽的成分②，总而言之，是一种不三不四的寒伧东西，它那不声不响的丑样子，活像一张表情莫名其妙的傻子的脸。帽子外貌像鸡蛋，里面用鲸鱼骨支开了，帽口有三道粗圆滚边；往上是交错的菱形丝绒和兔子皮，一条红带子在中间隔开；再往上，是口袋似的帽筒，和硬纸板剪成的多角形的帽顶；帽顶蒙着一幅图案复杂的彩绣，上面垂下一条过分细的长绳，末端系着一个金线结成十字形花纹的坠子。崭新的帽子，帽檐闪闪发光。

教员道：

"站起来。"

他站起身：帽子掉下去了。全班人笑了起来。

他弯下腰去拾帽子。旁边一个学生一胳膊肘把它捅了下去；他又拾了一回。

教员是一个风趣的人，就说：

"拿开你的战盔吧。"

学生哄堂大笑，可怜的孩子大窘特窘，不知道应该拿着他的鸭舌帽好，还是放在地上好，或是戴在头上好。他又坐下，把它放在膝盖上。

教员继续道：

"站起来，告诉我你叫什么名字。"

新生叽里咕噜，说了一个听不清楚的名字。

"再说一遍！"

全班哗笑，照样听不出他叽里咕噜说的是什么字母。

---

① 相当于初中二年级。
② 熊皮帽是一种既高且圆的军帽。骑兵盔是一种顶子方面且小的战盔。睡帽是一种编结夹层软帽，尖顶下垂，有坠。

先生喊道：

"大声说！大声！"

于是新生下了最大的决心，张开大口，像喊什么人似的，扯嗓子嚷着这几个字："查包法芮。"

只见轰的一声，乱哄哄响成一片，渐强音①夹着尖叫（有人号，有人吠，有人跺脚，有人重复："查包法芮！查包法芮！"），跟着又变成零星音符，好不容易才静了下来。笑声是堵回去了，可有时候还沿着一排板凳，好像爆竹没有灭净一样，又东一声，西一声，响了起来。

不过由于大罚功课，教室秩序逐渐恢复了；教员最后听出查理·包法利②这个名字，经过默写、拼音、再读之后，立刻罚这可怜虫坐到讲桌底下的懒板凳。他立直了，可是行走以前，又逡巡起来。

教员问道：

"你找什么？"

新生向四围左张张，右张张，怯生生道：

"我的鸭……"

教员喊着：

"全班罚抄五百行诗！"

---

① 渐强音，音乐术语。
② 包法利（Bovary）含有"牛"意。一八七〇年三月二十日，作者致函考尔努夫人，说："我根据布瓦赖（Bouvaret）这个姓，虚构出包法利这个姓。"作者似乎看中了这个含有"牛"意的姓，晚年又拿这个姓变化成"布瓦尔"（Bouvard），参看他的长篇遗作《布瓦尔与佩库歇》。

一声怒吼,就像 Quos ego① 一样,止住新起的飓风。

"不许闹!"

教员从瓜皮帽底下掏出手绢,一边擦额头的汗,一边气冲冲接下去道:

"至于你,新生,罚你给我抄二十遍动词 ridiculus sum②。"

然后声音变柔和一些:

"哎!你的鸭舌帽,你回头会找到的;没有人偷你的!"

大伙又安静下来,头俯在笔记本上。新生端端正正坐了两小时,尽管不时有笔尖弹出的小纸球,飞来打他的脸,可是他擦擦脸,也就算了,低下眼睛,一动不动待到下课。

夜晚他在自习室,从书桌里取出他的套袖,把东西理齐,小心翼翼,拿尺在纸上打线。我们看见他学习认真,个个字查字典,很是辛苦。不用说,他就仗着这种坚强意志才不降班;因为他即使勉强懂了文法,造句并不高明。他的拉丁文是本村堂长开的蒙,父母图省钱,尽迟送他上中学。

他的父亲查理·德尼·巴尔托洛梅·包法利先生,原来当军医副,一八一二年左右,在征兵事件上受了牵连,被迫在这期间离职,当时就利用他的长相漂亮,顺手牵羊,捞了六万法郎一笔嫁资:一个帽商姑娘爱上他的仪表,给他带过来的。美男子,说大话,好让他的刺马距发响声,络腮胡须连髭③,手指总戴戒指,衣服要颜色鲜艳,外貌倒像一个勇士,说笑的兴致却

---

① 拉丁文:我要。——见维吉尔的史诗《埃涅阿斯》第一章第135行,是海神威吓飓风的话。
② 拉丁文:是可笑。
③ 络腮胡须盛行于浪漫主义时期。

像一个跑外的经纪人。结婚头两三年,他靠太太的财产过活,吃得好,起得迟,用大瓷烟斗吸烟,夜晚看过戏才回家,常到咖啡馆走动。岳父死了,几乎没有留下什么来;他生了气,兴办实业,赔了些钱,随后退居乡野,想靠土地生利。可是他不懂种田,正如不懂织布一样,他骑他的马,并不打发它们耕地,一瓶一瓶喝光他的苹果酒,并不一桶一桶卖掉,吃光院里最好的家禽,用猪油擦亮他的猎鞋,不久他看出来,顶好还是放弃一切投机。

所以他一年出两百法郎,在科①和庇卡底交界地方一个村子设法租了一所半田庄半住宅的房子;他从四十五岁起就闷闷不乐,懊恼万分,怪罪上天,妒忌每一个人,闭门不出,说是厌恶尘寰,决意不问世事。

他的女人从前迷他,倾心相爱,百依百顺,结果他倒生了外心。早年她有说有笑,无话不谈,一心相与,上了岁数,性子就变得(好像酒走气,变成酸的一样)别别扭扭,喊喊喳喳,急急躁躁的。她看见他追逐村里个个浪荡女人,夜晚不省人事,酒气冲天,多少下流地方叫人把他送回家来!她受尽辛苦,起初并不抱怨,后来自尊心怎么也耐不下去了,索性不言语,忍气吞声,一直到死。她奔波、忙碌,一刻不停。想起期票到期,她去见律师,见庭长,办理了缓期支付;在家里又是缝缝补补、洗洗熨熨,又是监督工人、开发工钱,而老爷无所事事,始终负气似的,皆天黑地挺尸,醒转来只对她说些无情无义的话,在炉火角落吸烟,往灰烬里吐痰。

---

① 科,诺曼底一地区,属塞纳河下游北部沿海高原地带,西北与庇卡底相邻。科地出产麦、苹果,农民多兼营畜牧业。

她生了一个男孩,必须交给别人乳养。小把戏回到家,惯得活像一个王子。母亲喂他蜜饯;父亲叫他打赤脚,甚至冒充哲学家,说他可以学学幼畜,全身光着走路。他对教育儿童有一种男性理想,所以排斥母亲的影响,试着按照这种理想训练,用斯巴达方式,从严管教。他打发他睡觉不生火,教他大口喝甘蔗酒和侮辱教堂行列。可是小孩子天性驯良,辜负了他的心力。母亲总把他拖在身边,帮他剪裁硬纸板,给他讲故事,喋喋不休,一个人和他谈古道今,充满了忧郁的欢乐和闲话三七的甜蜜。日子过得孤零零的,好胜心支离破碎,她把希望统统集中在这孩子身上。她梦想高官厚禄,看见他已经长大成人,漂亮,有才情,成了土木工程师或者法官。她教他读书,甚至弹着她的一架旧钢琴,教他唱两三支小恋歌。可是包法利先生不重视文学,见她这样做,就说:"不值得!"难道他们有钱让他上公立学校,给他顶进一个事务所①或者盘进一家店面?再说,"一个人只要脸皮厚,总会得意的"。包法利夫人咬住了嘴唇,孩子在村里流浪着。

他跟在农夫后头,拾起碎土块,赶走飞来飞去的乌鸦。他吃沿沟的桑椹,拿一根竿子看守火鸡,收成期间翻谷子,在树林里跑来跑去,雨天在教堂门廊玩造房子,遇到盛大节日,就央求教堂听差让他敲钟,为的是整个身子吊住粗绳,上下来回摆动。

所以他长得如同一棵橡树,手臂结实,肤色健康。

十二岁上,母亲给他争到开蒙,请教堂堂长教。可是上课

---

① 指律师、公证人事务所。

的时间又短，又不固定，不起什么作用。功课不是忙里偷闲，站在圣衣室，匆匆忙忙，赶着行洗礼和出殡之间教，就是在做晚祷以后，堂长不出门，叫人把学生找过来教。他们上楼，到他的房间坐下；蚊子和蛾子兜着蜡烛飞翔。天气热，孩子睡着了；老头子手搭在肚子上，昏昏沉沉，跟着也就张开嘴，打起鼾来。有时候，堂长给邻近病人做临终圣事回来，望见查理在田里撒野，喊住他，开导他一刻钟，利用机会，叫他在树底下变化动词。落雨了，或者过来一位熟人，打断他们。其实他一直对他满意，甚至说：年轻人记性很好。

不能让查理这样下去。太太下了决心。老爷惭愧了，或者不如说是疲倦了，不抗拒就让了步。他们又拖了一年，等孩子行过他的第一次圣体瞻礼。

一晃又是半年，第二年才决定把查理送进鲁昂的中学。约摸十月末，赶在圣罗曼节集市期间①，父亲自己带他来。

我们现在没有一个人能想起他当时的情形。他是一个性情温和的男孩子，游戏时间玩耍，自习时间用功，在教室听讲，在寝室睡得好，在饭厅吃得好。他的保证人是手套街一位铜铁器皿批发商，星期天铺子不做生意，每月一次，把他接出来，打发到码头散散步，看看船，然后一到七点，晚饭之前，送回学校。每星期四夜晚，他用红墨水给母亲写一封长信，拿三块小圆面团子封口；随后他就温习历史笔记，或者读一本扔在自习室的

---

① 圣罗曼，七世纪鲁昂主教，十月二十三是他的节日，届时举办集市，这是鲁昂最大也最著名的集市，前后共有二十五日。

旧书《阿纳喀尔西斯》[1]。散步中间,他和校工闲谈,校工像他一样,是乡下来的。

他靠死用功,在班上永远接近中等,也一直保持下来;甚至于有一次,他考博物,得到表扬。但是临到第三学年[2]末尾,父母叫他退学读医,深信他单靠自己,就会得到学位。

母亲到罗拜克河附近相识的染匠家,给他在五楼挑了一间屋子。她讲定他的房饭钱,弄来几件木器:一张桌子,两把椅子,另外从家里运来一张樱桃木旧床,还买了一个小生铁炉子和一堆劈柴,为她可怜的孩子取暖用。随后她待了一星期,再三叮咛他正经做人,今后就只剩下他一个人了,这才回乡。

布告牌上的课程表,他一念,就觉得头昏脑涨;解剖学、病理学、生理学、药理学、化学、植物学、诊断学、治疗学,还不提卫生学、药材论,没有一个名词他晓得来源,一个一个全像庙门,里面庄严而又黑暗。

他完全不懂;听也白听,他跟不上。可是他用功,他有成本的笔记。他每课必上,一次实习不缺。他干完一天的乏味工作,好像拉磨的马一样,两眼蒙住,兜着一个地方转,不知道磨了些什么。

母亲为他省钱,每星期托邮车给他带来一块灶火烤的小牛肉,他上午从医院回来,一边在墙上拍打鞋底,一边拿它就午饭吃。用过午饭,他该朝教室、解剖室、救济院跑了,然后穿过一条又一条街,回到住所。他用罢房东的菲薄晚饭,又上楼回到房

---

[1] 《阿纳喀尔西斯》(1778),一本游记,叙述古代徐西亚人阿纳喀尔西斯,到希腊观光,访问当时所有的名流。作者是巴尔泰莱米(1716—1795)。
[2] 相当于高中一年级。

间,埋头用功,他的湿衣服当着熊熊的炉火,直在身上冒气。

夏季黄昏美好,郁热的街巷空空落落,女用人在大门口踢毽子,他打开窗户,胳膊肘靠在上头。小河①在他底下桥和栅栏之间流过,颜色发黄、发紫或者发蓝,把鲁昂这一区变成一个肮脏的小威尼斯。有些工人,蹲在岸边,在水里洗胳膊。阁楼顶撑出去的竿子,晾着成把的棉线。从对面房顶望过去,一轮西沉的红日,衬着一片清澄的天空。那边②该多好啊!山毛榉底下有多凉爽啊!他张开鼻孔去吸田野的清香味道,但是没有吸到。

他瘦了,个子长高了,脸上显出一种哀怨的表情,几乎能引起别人的几分兴趣。

自然而然,漫不经心地,他把早先下的决心统统丢到脑后。他有一次不实习,第二天不上课,尝出了偷懒的味道,索性渐渐不去了。

他养成坐酒馆的习惯,爱上了牙牌。每天夜晚,钻进一家肮脏的赌窟,在大理石桌上,掷着有黑点的小羊骨头:他觉得这是他得到自由的一种珍贵凭据,提高他对自己的尊重。这就像初入社会,初尝禁脔一样;他往里走,将手放在门的扶手上,心头兜起一种近乎肉感的喜悦。于是心里许多被压抑的东西冒出来了:他学会几个小调,唱给女伴们听,迷上了贝朗瑞③,能调五味酒,最后,懂得了爱情。

---

① 指罗拜克河,它的两岸是鲁昂最贫困、最龌龊的城区。河流在此受染坊、硝皮作坊的严重污染。一九三〇年后,这条臭河才被填掉。
② "那边"指他的乡村。
③ 贝朗瑞(1780—1857),法国民歌诗人,反对宗教和王室复辟,所作民歌,风行社会各阶层。

多亏这些准备工作，他的医生资格考试①完全失败。当天黄昏，家里等他回来，庆贺他当上了医生！

他一路走去，在村口停住，托人找母亲出来，一五一十，讲给她听。她原谅他，把失败推到主考人员身上，说他们不公道，勉励了他两句，负责安排一切。五年以后，包法利先生才知道实情；过去的事，他也就由它去了，再说，他不能设想他生出来的孩子会是蠢材。

于是查理埋头用功，坚持不懈，预备他的考试项目，事先记住全部问题。他录取了，分数相当高。这对他母亲来说，是一个了不起的大喜日子！他们大摆酒宴。

他到什么地方行医呢？道特②那边只有一个老医生。许久以来，包法利夫人就盼着他死，老头子还没有卷铺盖，查理作为继承人，就在对面住下了。

但是把儿子教养成人，让他学医，帮他在道特挂牌行医，还不算完：他需要一位太太。她给他找到一位：她是第厄普一个执达吏的寡妇，四十五岁，一年有一千二百法郎收入。

杜比克夫人尽管长得丑，像柴一样干，像春季发芽一样满脸疙瘩，可的确不缺人嫁。包法利太太为了达到目的，不得不一个一个挤掉，甚至于一个卖猪肉的，有教士们撑腰，她也想出办法，破坏了他的诡计。

查理满以为结过婚，环境改善，他就自由了，身子可以自

---

① 一八〇二年，共和政府颁布法令，凡学生年届十七岁，读完第三学年，虽无医学博士学位，只要在普通医学校考试及格，便取得乡间行医资格。此法令于一八九二年十一月三十日取消。
② 道特，鲁昂与第厄普之间一小镇。正东不远，即小镇圣维克托。

主，用钱可以随意。然而当家做主的是他的太太；他在人面前，应该说这句话，不应该说那句话；每星期五吃素；顺她的心思穿衣服；照她的吩咐逼迫不付钱的病人。她拆他的信，窥伺他的行动，隔着板壁，听他在诊室给妇女看病。

她每天早晨要喝巧克力，要他一个劲儿疼她。她不住口抱怨她的神经、她的肺、她的气血。脚步声音刺激她；人走开了，她嫌寂寞；回到身旁，不用说，是为了看她死。查理夜晚回来，她从被窝底下伸出瘦长胳膊，搂住他的脖子，要他在床沿坐下，开始对他诉说她的苦恼：他忘掉了她，他爱别人！人家先前同她讲过的，她会不幸的；说到最后，她为她的健康，向他要一点甜药水，再多来一点爱情。

二

一天夜晚，约莫十一点钟，来了一匹马，当门停住，响声吵醒他们。女用人打开阁楼天窗，问明下面街上一个男子的来意。他带了一封信来请医生。娜丝塔西打着寒噤，走下楼梯，一道又一道，开锁，拔门闩。来人下了马，跟着女用人，一直上来。他从他的灰冠子毡帽，取出一封旧布包着的信，小心翼翼，呈上查理。查理拿胳膊肘支住枕头看信。娜丝塔西在床边举着灯。太太害羞，脸转向墙，露出后背。

这封信用一小块蓝漆封口，求包法利先生立刻就来拜尔托田庄，接一条断腿。可是从道特到拜尔托，经过长镇和圣维克托，走小路也要十足六古里①。夜晚黑漆漆的，少奶奶担心丈夫遇到意外。所以决定，厩夫先打前站。查理等月亮上升，三小时后动身。那边派一个小孩子迎他，帮他指点田庄道路，开栅栏门。

早晨四点钟左右，查理披好斗篷，向拜尔托出发。人刚离开暖被窝，还迷迷糊糊的，由着牲口的安详脚步，颠上颠下。靠近田垄处，掘了一些荆棘围着的窟窿，马走到跟前不走了，查理身子一耸，惊醒过来，立时想起断腿，试着回忆他知道的种种接骨方法。雨已经不下了；天开始发亮，有些鸟动也不动，栖在苹果树的枯枝上，晨风料峭中，敛起它们小小的羽毛。平原展开，一望无际。田庄周围，一丛一丛树木远远隔开，在这灰灰的广大地面，形成若干黑紫点子。地面在天边没入天的阴暗色调。查理不时睁开眼睛，但精神疲惫，困劲又上来了，没有多久，坠入一种昏迷境界，新近的感觉和记忆混淆在一起，看见自己变成两个：同时是学生，又是丈夫，就像方才一样躺在床上，又像往常一样走过一间手术室。在他的意识上，药膏的暖香和露水的清香混合起来了；他听见床顶铁环在帐杆上滑动，太太睡着……走过法松镇，他望见沟沿草地坐着一个小男孩。

小孩子问道：

"您是医生吗？"

查理回答一声"是"，他拿起木头套鞋，就在前面跑开了。

路上听向导谈话，医生领会到卢欧先生一定是一位富裕的农民。昨天黄昏，他在邻居家里过三王②回来摔断了腿。太太死去两年，身边只有他的小姐帮他料理家务。

车辙更深了。他们到了拜尔托。只见小孩钻进一个篱笆窟窿，不见了，过后由一座院子尽里回来，开开栅栏门。马走湿草地，朝前滑溜；查理弯着腰，在树枝底下过。看门的狗在狗舍拉起链子吠叫。他走进拜尔托，马害怕，来了一个大闪失。

这是一家外表殷实的田庄。马厩敞开，从门上望过去，就见耕田的大马，安安静静，吃着新槽的草料。沿房有一大堆肥料，直冒水汽，五六只孔雀——科这地方田家的奢侈品，站在上头，在母鸡和火鸡当中，啄东西吃。羊圈长长的，仓库高高的，墙光溜溜的，就像人手一样。车棚底下放着两辆老大的大

---

① 指法国古里，一古里约合四公里。
② 过三王，过"三王节"的意思，节日在一月六日。

包法利夫人 | 019

车、四把犁,还有鞭子、套包、全副马具,楼上谷仓落下浮尘,污了马具的蓝羊毛。院子越上越高,种着行列整齐的树木,池塘附近,响彻一群鹅的欢叫。

一个年轻女人,穿着镶了三道花边的美里奴①蓝袍,来到房门口,迎接包法利先生,让到厨房坐。厨房生着旺火,伙计的早饭,盛入高低不齐的小闷罐,在四周沸滚。灶头烘着几件湿衣服。铲子、钳子、吹筒,都大得不得了,明晃晃的,好像钢一样发亮,沿墙摆了许多厨房器皿,大小不等,映着通红的灶火和从玻璃窗那边射进来的曙光。

查理上到二楼去看病人,就见他躺在床上,蒙着被窝出汗,睡帽扔得老远。他是一个五十岁的矮胖子,白皮肤,蓝眼睛,秃额头,戴耳环。旁边有一张椅子,上面放着一大瓶烧酒,不时喝一口,给自己打气;可是他一看见医生,就泄劲了,十二小时以来,他一直都在咒天骂地,如今却轻轻哼唧起来。

腿伤简单,情形并不复杂。查理做梦也没有想到这么容易。他于是想起师长在病床旁边的姿态,用各种好话安慰病人,——外科医生的温存,就像抹手术刀的油一样。有人到车棚底下找来一捆板条,当夹板用。查理挑了一块,劈成几小块,用碎玻璃磨光了,同时女用人撕开床单作绷带,爱玛小姐试着缝小垫子。父亲嫌她找针线盒找久了,一不耐烦,说了她两句;她没有顶嘴,不过,缝的中间,扎破手指头,然后放在嘴里嘬。

指甲的白净使查理惊讶,亮晶晶的,尖头细细的,剪成杏

---

① 美里奴,西班牙优良羊种的细毛织品。

仁样式，比第厄普的象牙还洁净。其实手并不美，也许不够白，关节瘦了一点；而且也太长了，周围的线条欠柔。她美在眼睛：由于睫毛缘故，棕颜色仿佛是黑颜色。眼睛朝你望来，毫无顾忌，有一种天真无邪的胆大神情。

包扎完了，卢欧先生亲自邀医生走前"用一口"。

查理下楼，来到底层厅房。里头有一张华盖大床，挂着印花布帐子，帐子上画了土耳其人物①；床脚放一张小桌，摆了两份刀叉和几只银杯。他闻见蝴蝶花和面窗的橡木高橱散发出来的湿布气味。角落上，直挺挺排了几袋小麦，是谷仓装满剩下的。谷仓就在近旁，有三层石头台阶通到那里。墙上裱糊的绿纸受潮，剥落了；黑铅画的密涅瓦②头像装饰着房间，挂在墙当中钉子上，镶了镀金框子，下面用哥特字体③写着："献给我亲爱的爸爸"。

他们起初讲病人，后来就谈天气、严寒、夜晚在田里跑东跑西的狼。卢欧小姐在乡间并不开心，尤其是现在，田庄几乎归她一个人料理。厅房冷凄凄的，她一边吃，一边打哆嗦。她一吃东西，就露出一点她丰腴的嘴唇。不说话的时候，她有咬嘴唇的习惯。

白领子朝下翻，露出她的脖子。一条中缝顺着脑壳的弧线，轻轻下去，分开头发；头发黑乌乌、光溜溜的，两半边都像一整块东西一样，几乎盖住了耳朵尖，盘到后头，绾成一个大

---

① 中东形象曾经风行一时，但在小说中已将近过时。
② 密涅瓦，罗马神话中的智慧女神，即希腊神话中的雅典娜。
③ 哥特人，公元三世纪的北欧民族，后来迁往东南一带。哥特字体是古体字的一种，实际和哥特人没有多大关系，十二世纪末叶代替罗马字体，十五世纪又为意大利字体所代替，如今仅仅德文还保留它的形态。

髻,又像波浪一样起伏,朝鬓角推了出去。这在乡下医生,还是有生以来头一回看见。她的脸蛋是玫瑰红颜色。她像男子一样,在上身衣服两颗钮扣中间,挂了一只玳瑁眼镜。

查理上楼,向卢欧老爹告辞,然后在走以前,又回到厅房。她站着朝花园望,额头贴住窗户。先前起风,吹倒园里的豆架。她转回身,问道:

"您找什么东西?"

他答道:

"对不住,我的鞭子。"

他开始在床上、门背后、椅子底下寻找;原来掉在口袋和墙壁之间的地上。爱玛小姐瞥见了;她伏到小麦口袋上。查理表示殷勤,连忙跑过去,也同样伸出胳膊,女孩子弯在底下,他觉出他的胸脯蹭到她的后背。她涨红了脸,立直了,朝后望,递鞭子给他。

原来答应三天过后再来拜尔托,但是第二天他就来了。此后,他一星期经常来两次,还不算他有时候意想不到的偶尔探望。

其实,一切顺利,病按部就班好起来了;四十六天之后,大家看见卢欧老爹试着独自在他的破屋走路,他开始把包法利先生看成一位名医。卢欧老爹说:伊弗托①,就连鲁昂的头等医生,医病也不见其医得更好。

至于查理,他并不细想他为什么喜欢去拜尔托。万一想到这上头,不用说,他会把热忱说成患者病情严重,要不就说成

---

① 伊弗托,道特之西一大镇,在勒阿弗尔的大路上。

想挣钱。不过平日业务猥琐,难道去田庄看病成为可喜的例外,真就由于这些理由吗?去田庄的日子,他老早起来,骑上牲口,打着它跑;然后下马,在草地擦干净脚,进去之前,戴上黑手套。看见自己来到院子,觉得栅栏门随着肩膀转,公鸡在墙上啼,小伙计们过来迎他,他就欢喜。他爱仓库和马厩;他爱卢欧老爹拍着他的肩膀,喊他救命恩人;他喜欢爱玛小姐的小木头套鞋,踩着厨房洗干净的石板地;她的高后跟托高了她一点点,她在前面走,木底飞快掀起,牵动女靴皮,嘎吱直响。

她送他永远送到第一层台阶。马要是还没有牵来,她就待在这里。再会已经说过,他们也就不再言语;风兜住她,吹乱后颈新生的短发,或者吹起臀上围裙的带子,仿佛小旗,卷来卷去。有一次,时逢化冻,院里树木的皮在渗水,房顶的雪在溶解。她站在门槛,找来她的阳伞,撑开了。阳伞是缎子做的,鸽子咽喉颜色,阳光穿过,闪闪烁烁,照亮脸上的白净皮肤。天气不冷不热,她在伞底下微笑;他们听见水点,一滴又一滴,打着紧绷绷的闪缎。

查理初去拜尔托,少奶奶免不了打听病人的底细,甚至于为卢欧先生,在她的复记账簿选了又白又干净的一页。但是她一听说他有一个女儿,就四下打探,得知卢欧小姐是在虞絮林修道院长大的,据说受过良好教育[①],自然也就懂得跳舞、地理、素描、刺绣和弹琴了,这还了得!

她想:"那么,就是为了这个缘故,他去看她,这才脸上发光,这才穿上他的新背心,也不怕雨淋坏?啊!这个女人!这

---

① 法国女子教育过去由教会主持,一般妇女没有机会受到正式学校教育。

包法利夫人 | 023

个女人!……"

她本能地恨她。起初她闷不下去,说暗话试他。查理听不懂;后来她偶尔挖苦几句,他怕吵闹,权当没有听见;最后,她当面指责,他不晓得怎么回答。——卢欧先生已经病好了,诊费又没有付,他凭什么还去拜尔托?啊!因为那边有一个人儿、一位能说会道的人儿、一位刺绣家、一位女才子。他爱的就是这个:他要的是城里小姐!她接着道:

"卢欧老爹的女儿,一位城里小姐!去她的吧!他们的祖父是放羊的,他们有一个亲戚,同人吵架,差点儿吃官司。她犯不上那样瞎神气,也犯不上星期天上教堂,穿一件绸袍子,活像一位伯爵夫人。再说,可怜的老头子,去年要不是油菜收成好,兴许连地租都交不上!"

查理嫌烦,不去拜尔托了。艾洛伊丝爱情大发作,哭了吻,吻了哭,之后,叫他赌咒,手放在弥撒书上,说他再也不去,他只得依顺,可是欲望强烈,他不甘心奴颜婢膝,就此屈服:这道禁止看她的阃令,通过一种天真的虚伪想法,在他看来反而成为爱她的权利。而且寡妇瘦括括的,牙又长,整年披一件小黑披肩①,尖尖头搭在肩胛骨之间;骨头一把,套上袍子,就像剑入了鞘一样;袍子又太短,露出踝骨和大皮鞋的交叉搭在灰袜上面的带子。

查理的母亲不时来看他们;可是待不了几天,刀口对刀口,媳妇像是把她磨快了一样,于是好比两把刀,你一言,我一语,她们扎过来,刺过去,拿他出气。他吃东西不该吃得那么

---

① 一种方形披肩,帝国时代由印度传入,盛行于一八七〇年以前。

多！为什么不管谁来，总请他喝酒？死不穿法兰绒背心，多固执！

就在开春，安古镇一个公证人、杜比克寡妇财产的保管人，有一天带了他的事务所的全部现金，搭船卷逃了。不错，除去值六千法郎的船股之外，艾洛伊丝还有她在圣弗朗索瓦街的房子；可是这份产业，尽管吹了个天花乱坠，除去几件家具和几件旧衣服之外，就没有别的再在家里露过面。事情必须查究明白。原来第厄普的房子，连打地基的桩子，都抵押掉了；她在公证人那边存了一些什么，只有上帝知道；船股也决多不过一千埃居①。原来她撒谎来着，好娘儿们！公公一怒，在石板地上摔坏一张椅子，骂老婆祸害儿子，给他套了这样一匹干瘪马，鞍鞯不及马皮值钱，他们来到道特。话一扯穿，吵起来了。艾洛伊丝哭着，扑到丈夫怀里，求他帮她对付公婆。查理试着替她分辩。父母一怒而去。

但是病根扎下了。过了一星期，她在院子晾衣服，吐了一口血，第二天，查理转过背去拉窗帘，她说："啊！我的上帝！"叹息一声，晕倒过去。她死了，真想不到！

坟地的事一了，查理回到家，没有在底下遇见一个人，走上二楼卧室，看见她的袍子还挂在床头，于是靠住书桌，一直待到天黑，沉在痛苦的梦境。无论如何，她爱他来着。

---

① 埃居，法国古币名，每枚值六法郎或三法郎，这里指后一种。

三

一天早晨,卢欧老爹来了,给查理带来医腿的诊费:七十五法郎,用的是四十苏①一枚的辅币②,另外还有一只母火鸡。他听人说起他的不幸,就尽力安慰他,拍他的肩膀道:

"我知道这是怎么一回事!我也像您一样,经过这事!我丢了我的老伴儿,当时我走到田里,只想一个人待;我倒在一棵树旁边,又哭,又喊老天爷,直讲浑话;我真愿意像我看见的树枝上的田鼠一样,肚子里头长蛆,一句话,死了拉倒。我一想到别人这期间,和他们的小媳妇亲热,搂得紧紧的,我就拿我的手杖拚命敲地;我差不多疯了,饭也不吃;您也许不相信,单只想到上咖啡馆,我就腻味。好啦,慢条斯理,一天又一天,春天接冬天,秋天跟夏天,也就一星一点过去了,去远了,走开了,我的意思是说,沉下去了,因为您心里总有一点什么东西留下来,像人们说的……一块石头,在这儿,压着胸口!不过,既然我们人人命当如此,就不该糟蹋自己,别因为伴儿死了,自己也想死……包法利先生,应当打起精神来才是;这会过去的!看我们来吧;您明白,我女儿一来就想到您,说您忘了她啦。眼看春天要来了;我们陪您上林子里打野兔,也好散散心。"

查理听他劝,又去了拜尔托。他发现一切如旧,就是说,和五个月以前一模一样。梨树已经开花,卢欧老头子如今站起来了,走来走去,田庄也就因而越发生气蓬勃。

在卢欧老爹想来，医生遭逢不幸，尽可能体恤成了他的责任，所以他求他不要摘掉帽子，低声同他说话，仿佛他成了病人，甚至看见别人没有为他准备一点比较轻松的吃食，如同小罐奶酪，或者烧熟的梨呀什么的，还假装生气。他讲故事，查理意料不到自己笑了；可是他忽然想起太太，就又郁郁不欢。咖啡端上来，他不再思念她了。

过惯一个人的日子，他越来越不思念她。他有了自由自在这种新到手的快乐，不久反而觉得寂寞好受了。现在他可以改改用餐时间，出入不必举理由，人累狠了，就四肢一挺，躺到床上。他于是贪舒服，心疼自己，接受外人的慰唁。再说太太一死，他的营业反而好转，因为一个月以来，大家总在说："这可怜的年轻人！多不幸！"他有了名气，主顾多了；而且他去拜尔托，无拘无束。他起了一种漫无目标的希望、一种模模糊糊的幸福；他理他的络腮胡须，照照镜子，觉得脸好看多了。

有一天，三点钟上下，他来了；人全下地去了；他走进厨房，起初没有看见爱玛。外头放下护窗板，阳光穿过板缝，在石板地上，变成一道一道又长又亮的细线，碰到家具犄角，一折为二，在天花板上颤抖。桌上放着用过的玻璃杯，有些苍蝇顺着往上爬，反而淹入杯底残苹果酒，嘤嘤作响。亮光从烟突下来，掠过铁板上的烟灰，烟灰变成天鹅绒，冷却的灰烬映成淡蓝颜色。爱玛在窗、灶之间缝东西，没有披肩巾③，只见光肩

---

① 苏，法国辅币名，二十个苏值一法郎。
② "四十苏一枚的辅币"，就是一个值二法郎的辅币。"七十五法郎"却是单数。作者可能指多数用二法郎辅币付账。
③ 指一种三角形肩巾，乡间妇女喜欢用来遮盖头、肩裸露部分。

膀冒着小汗珠。

她按照乡间风俗,邀他喝酒。他不肯,她一定要他喝,最后一面笑,一面建议他陪她饮一杯。于是她从碗橱找出一瓶橘皮酒,取下两只小玻璃杯,一杯斟得满满的,一杯等于没有斟,碰过了杯,端到嘴边喝。因为酒杯差不多是空的,她仰起身子来喝;头朝后,嘴唇向前,脖子伸长,她笑自己什么也没有喝到,同时舌尖穿过细白牙齿,一点一滴,舔着杯底。

她又坐下来,拾起女红,织补一只白线袜;她不言语,低下额头,只是织补。查理也不言语。空气从门底下吹进来,轻轻扬起石板地的灰尘;他看着灰尘散开,仅仅听见太阳穴跳动,还有远远一只母鸡在院子下了蛋啼叫。爱玛不时摊开手心冰脸,手心发热,放在火笼的铁球上再沁凉了。

她诉说入夏以来,就感头晕;她问海水浴对她有没有用①;她谈起修道院,查理谈起他的中学,他们有了话说。他们上楼,来到她的卧室。她让他看她的旧音乐簿、她得奖的小书②和扔在衣橱底层的栎叶冠。她还说起她的母亲、坟地,甚至指给他看花园里的花畦,说她每个月的第一个星期五,都要掐下花来,放到母亲的坟头。可是他们的花匠一点也不知道;用人简直不管事!她情愿住在城里,哪怕单是冬季也好,虽然夏季天长,住在乡间,也许更腻味;——依照说话的内容,她的声音一时清楚,一时尖锐,忽而懒洋洋,临了差不多变成自言自语时的呢喃,——转眼之间,兴高采烈,睁开天真的眼睛,马上却又眼皮半闭,视线充满厌烦,不知想到什么地方去了。

---

① 海水浴当时刚刚时兴。
② 宣传宗教的小册子,有很多彩色插图。

查理夜晚回来，一句一句掂量她说过的话，试着一面追忆，一面补足意思，想把他还不认识她的那段生活为自己编造出来。不过他所能想象到的她，和他第一次看见的她，永远不差分毫，不然的话，也就是前不多久，他刚离开她时的模样。随后他问自己：她结了婚，会变成什么模样？而且嫁谁？唉！卢欧老爹很有钱，她呀！又……那样美！不过爱玛的脸总在眼前出现，有种单调的声音，仿佛一只陀螺在耳边嗡嗡道："可是，假如你结婚的话！假如你结婚的话！"他夜晚睡不着，喉咙发干，直想喝水，下床走到水罐跟前，打开窗户；满天星斗，吹来一阵热风，狗在远处吠叫。他的头不由得转向拜尔托。

查理一想，反正没有什么损失，决计一有机会就求婚；但是每次机会来了，他又牢牢闭拢嘴唇，害怕找不到适当的字句。

女儿在家，帮不了他什么忙，有人把她带走，卢欧老爹不至于难过。他私下原谅她，觉得她才情高，不宜稼穑，——老天爷瞧不上的行业，从来没有见过出一位百万富翁。老头子不但不发财，而且年年蚀本：因为他谈交易虽说精明，喜欢耍耍本行的花枪，可是稼穑本身，还有田庄内部管理，对他说来，却没有再不相宜的了。他不高兴操劳，生活方面，一钱不省，衣、食、住，样样考究。他喜欢酽苹果酒、带血的烤羊腿、拌匀的光荣酒①。他一个人在厨房用饭，小桌端到跟前，当着灶火，菜统统摆好，如同在戏台上一样。

所以看见查理挨近他女儿就脸红，——意味有一天，对方

---

① 光荣酒，即掺烧酒的咖啡。

会为了她向他求婚,他便前前后后先考虑了一番。他觉得查理人有些单薄,不是他一直想望的一位女婿;不过人家说他品行端正,省吃俭用,很有学问,不用说,不会太计较陪嫁。何况卢欧老爹欠泥瓦匠、马具商许多钱,压榨器的大轴又该调换,他的产业非卖掉二十二英亩应付不了。

他想:

"他问我要她的话,我就给他。"

圣米迦勒期间①查理来拜尔托待三天。末一天像前两天一样过掉,一刻又一刻拖延。卢欧老爹送他一程;他们走了一条坑坑洼洼的小道,眼看就要分手;是时候了。查理盘算,走到篱笆角落,一定开口,最后过都过去了,他唧哝道:

"卢欧先生,我打算同您谈一点事。"

他们站住,查理又不吱声了。卢欧老爹笑微微道:

"把您的事说给我听吧!我还有什么不清楚的!"

查理结结巴巴道:

"卢欧老爹……卢欧老爹……"

佃农②继续道:

"就我来说,我是求之不得。不用说,闺女和我是一个心思,不过总该问问她,才好算数。好,您走吧;我把话带回去就是了。答应的话,您听明白,用不着回转来,一则人多口杂,再则,也太让她难为情。不过为了免得您心焦,我会推开护窗

---

① 圣米迦勒,基督教中的天使长,九月二十八日是圣米迦勒节。
② 根据田庄的描写、卢欧的生活,特别是他能做主卖田这件事,他这个佃农应当是"以官册为凭的土地持有者——缴纳封建地租的终生和世袭的佃农"(参看《马克思恩格斯全集》第1卷第193注)。

板,一直推得贴住墙:您趴在篱笆上,从后头就望见了。"

他走开了。

查理把马拴在树上,跑到小径等待。过了半小时,后来他数表又数了十几分钟。墙那边忽然起了响声;护窗板推开,钩子还直摆动。

第二天,才九点钟,他就到了田庄。爱玛见他进来,脸红了,碍着面子,勉强笑了一笑。卢欧老爹吻抱未婚女婿。银钱事项留到日后再谈;而且他们目前有的是时间,因为办喜事,照规矩说,也该等到查理除服,就是说,开春前后。

大家在期待中过了冬天。卢欧小姐忙着办嫁妆。一部分到鲁昂定制;她照借来的时装图样,做了一些衬衣、睡帽。查理一来田庄,他们就谈婚礼筹划,研究酒席摆在哪一间屋子;他们考虑必需的菜肴道数、上什么正菜。

爱玛希望点火炬,半夜成亲[①];不过卢欧老爹根本不懂这种想法。婚礼举行了,来了四十三位客人,酒席用了十六小时,第二天又开始,拖拖拉拉,一连吃了几天。

---

① 属于浪漫主义的想法。

四

客人老早乘车来了：一匹马拉的小货车、一排一排板凳的双轮车、没有车篷的老式轻便马车、挂了皮篷的搬运车；邻近村庄的年轻人，一排一排，站在大车里头，扶住车栏杆，生怕摔倒，因为马放开蹄子，车颠得厉害。有的从十古里以外的高代镇、诺曼镇和喀尼来。两家亲戚邀遍了；绝了交的朋友，又和好如初；长久不见的故旧，也捎了信去。

篱笆外不时传来鞭子的响声，栅栏门紧跟着开开，便见进来一辆小货车，直奔台阶第一级，猛一下子停住。乘客四面八方下来，揉揉膝盖，挺挺胸脯。妇女戴帽子，穿城里款式的长裙，挂金表链，披小斗篷，下摆掖在带子底下，或者披小花肩巾，拿别针在背后别住，露出后颈。男孩子照爸爸的模样打扮，穿新上衣，倒像添了拘束（这一天，许多孩子还是生平第一遭穿靴子），他们旁边，闷声不响坐着一个十四岁或者十六岁的大姑娘，不用说，是他们的姐姐或者堂姐，穿着第一次圣体瞻礼时穿的白袍，为了这趟做客才又放长了。她们脸红红的，心慌慌的，头发厚厚地抹了玫瑰油，直怕碰脏手套。厩夫少，车来不及卸，老爷们挽起袖子，亲自动手。他们依照不同的社会身份，有的穿燕尾服，有的穿大衣，有的穿制服，有的穿小礼服；——讲究的燕尾服受到一家老小的敬重，不逢大典，不从衣橱里拿出来；大衣是随风飘扬的宽下摆，圆筒领子，口袋一般大小的衣袋；粗布制服，寻常还来一顶铜箍帽檐制帽；小礼服很短，后背有两个钮子，聚在一道，好似一双眼睛，对襟就像木匠一斧子从一整块料子上劈下来的一样。有些人（这种人，当然应该敬陪末座）穿着出门穿的工人服，就是说，领子翻在肩膀上，后背打小褶子，一条缝好的带子，在顶低的地方勒紧了腰。

胸脯上的衬衣都胀鼓鼓的，仿佛铠甲！人人新理的发，耳朵露出，脸刮得溜光；有些人天不亮就起床，刮胡须看不清，不是鼻子底下来几道垂直伤口，就是沿上下颚剃掉一块块埃居大小的皮，路上冷风一吹发了炎，于是那些容光焕发的大白脸，像大理石般添上了一片片小小的淡红色印记。

镇公所离田庄半古里远，去时步行，教堂行礼回来，仍是步行。行列起初齐齐整整，走在绿油油小麦之间的狭窄阡陌，曲曲折折，好似一条花披肩，在田野动荡起伏，不久拉长了，三三两两，放慢步子闲谈。前面走着提琴手，提琴的卷轴扎了彩带；新人跟在后头，亲友随便走动；孩子们待在末尾，掐荞麦秆子尖尖的花儿玩，要不然就瞒着大人，自己玩耍。爱玛的袍子太长，下摆有些拖来拖去，她不时停住往上拉拉，然后用戴手套的手指，灵巧敏捷地除去野草和蓟的小刺，查理空着两手，在旁边等她。卢欧老爹戴一顶新缎帽，青燕尾服的硬袖连手指甲也盖住了。他挽着包法利太太。至于包法利老爹，心下看不起这群人，来时只穿一件一排钮扣的军式大衣，向一个金黄头发乡下姑娘，卖弄咖啡馆流行的情话。她行着礼，红着脸，不知如何回答才好。别的贺客，谈着自己的事，要不就兴致勃勃地彼此在背后捣乱；提琴手一直在田野拉琴，咯吱咯吱的声音总在大家耳边响。他一看大家落远了，就站住歇口气，仔细给弓子上松香，弦子吱嘎起来，也好听些，然后举步又走，琴柄忽高忽低，帮自己打拍子。乐器的声音惊起小鸟，远远飞去。

酒席摆在车棚底下。菜有四份牛里脊、六份炒子鸡、煨小牛肉、三只羊腿、当中一只烤乳猪、边上四根酸模香肠。犄角是盛烧酒的水晶瓶。一瓶瓶甜苹果酒，围着瓶塞冒沫子，个个玻璃杯先斟满了酒。桌子轻轻一动，大盘的黄色奶油就晃荡，表皮光溜溜的，上面画着新人名姓的第一个字母，用糖渍小杏缀成图案。他们到伊弗托找来一位点心师傅，专做馅饼和杏仁糕。他在当地初次亮相，特别当心，上点心时，亲自捧出颤巍巍一盘东西，人人惊叫。首先，底层是方方一块蓝硬纸板，剪成一座有门廊有柱子的庙宇，四周龛子撒了金纸星宿，当中塑着小神像；其次，二层是一座萨瓦蛋糕①望楼，周围是独活、杏仁、葡萄干、橘瓣做的玲珑碉堡；最后，上层平台，绿油油一片草地，有山石，有蜜饯湖泊，有榛子船只，还看见一位小爱神在打秋千：巧克力秋千架，两边柱头一边放一个真玫瑰花球。

大家一直吃到天黑。坐得太累了，大家到院子散步，或者到仓库玩瓶塞②，然后回来再吃。临到散席，有些人睡着了打鼾。不过咖啡一来，大家又都有了生气，有人唱歌，有人表演，有人举重，有人钻大拇指③，有人试扛大车，有人说玩笑话，有人吻抱妇女。马吃荞麦，吃到鼻子眼儿都是，夜晚动

---

① 萨瓦，法国东南地区，和意大利接壤，最初是一个伯国。相传十四世纪，阿梅代六世纪伯爵宴请日耳曼皇帝，特制一种蛋糕，象征本国山川，极受欢迎；后来蛋糕有庄园形象的，都叫萨瓦蛋糕。
② 瓶塞上放钱，用种种条件限制，看谁能把钱打下来。
③ 一种游戏。

身，左右不肯套车，又踢，又跳，鞍带也挣断了，主子骂着，要不然就是笑着；整整一夜，月光如水，小货车沿着乡间大道疯狂奔驰，蹦水沟，跳石子堆，爬险坡，妇女身子探出车门来抓缰绳。

留在拜尔托的那些人，在厨房饮酒消夜。孩子们早在板凳底下睡着了。

新娘子事先央求父亲，免去闹房习俗。不料亲戚当中，有一个海鱼贩子（还带了一对比目鱼作贺仪），对准钥匙眼儿，拿嘴往里喷水；正巧他要喷水，卢欧老爹过来拦住，对他解释：女婿有身份，这样闹是不可以的。亲戚勉强依了，可是心里直嫌卢欧老爹傲气，走到一个角落，和另外四五个客人打成一伙；这几个人偶尔一连几回在席上吃了次肉，也认为主人亏待他们，就嘀嘀咕咕，话里带刺，咒他败家。

包法利老太太整日没有开口。媳妇的梳妆、酒席的安排，全没有同她商量；她老早上了床。她的丈夫非但不跟她安息，反而差人到圣维克托买雪茄，吸到天明，一边拿樱桃酒兑上柠檬酒喝，——这种掺和方式，在座的人因为不懂，分外敬重他。

查理生性不诙谐，婚礼期间，并不出色。从上汤起，贺客作为一种责任，朝他直说俏皮话、同音字、双关语、恭维话和猥亵话，他也就是应付而已。

第二天，异乎寻常，他仿佛成了另一个人。大家简直把他看成昨天的女郎，而新娘子若无其事，讳莫如深，就连最狡黠的人也猜不透她的心思；她走过他们身边，他们打量她，显出万分紧张的心情。可是查理什么也不掩饰。他喊她"我的太太"，称呼亲热，逢人问她，到处找她，时常把她拉到院子，人远远望去，就见他在树木中间，搂住她的腰，继续行走，身子弯过去，头蹭乱她胸前的花边。

婚后过了两天，新夫妇动身，查理要看病人，不便多待。卢欧老爹套上他的小货车送他们，又亲自陪到法松镇。他在这里最后吻抱一次女儿，下了车，往回走。他走上百十来步，站住望着小货车走远，轮子在尘土中滚动，长叹了一口气。接着他想起他的婚礼、他的往事、太太第一次怀孕；他从岳父家带她回去，这一天，他也很快活来的，她骑在他的背后，马踏着雪；因为当时是在圣诞节前后，田野正好白茫茫一片；她一只胳膊抱牢他，一只胳膊挎着她的篮子；帽子是科地样式，风吹动花边长帽带，有时候飘到嘴上；他一回头，就见她的小红脸蛋，贴紧他的肩膀，在她的金黄帽檐底下，静悄悄微笑。她为了取暖，不时拿手指伸进他的胸怀。这一切，都多么遥远！他们的儿子，活到如今，该三十岁了！他不由得朝后望望。路上一无所有。他觉得自己好生凄凉，活像一所空房子；热气腾腾的酒菜，早已冲昏头脑，现在横添上动情的回忆和悲伤的心情，他一时真想到教堂旁边①转上一转。不过他怕去了愁上加愁，就一直回家去了。

约摸六点钟光景，查理夫妇到了道特。邻居凑到窗户跟前，看他们的医生的新夫人。

老女佣过来同她见礼，道歉晚饭没有备好，请太太先认认她的住宅。

---

① 指教堂旁边的公墓，里头有他太太的坟。

五

房子前脸,一砖到顶,正好沿街,或者不如说是沿路。门后挂一件小领斗篷、一副马笼头、一顶黑皮便帽,角落地上扔一双皮裹腿,上面还有干泥。右手是厅房,就是说,饮食起居所在。金丝雀黄糊墙纸,高头镶一道暗花,由于帆布底子没有铺平,整个在颤动,压红边的白布窗帘,叉开挂在窗口;壁炉台窄窄的,上面放一只亮闪闪的座钟,上面饰有希波克拉底①的头像,一边一支椭圆形罩子扣着的包银蜡烛台。过道对面是查理的诊室、六步来宽的小屋,里头有一张桌子、三张椅子和一张大靠背扶手椅。一个六格松木书架,单是《医学辞典》②,差不多就占满了。辞典没有裁开③,但是一次一次出卖,几经转手,装订早已损坏。看病时候,隔墙透过来牛油融化的味道;人在厨房,同样听见病人在诊室咳嗽,诉说他们的病历。再往里去,正对院子和马棚,是一间有灶的破烂大屋,现在当柴房、堆房、库房用,搁满废铁、空桶、失修的农具和许多别的东西,布满灰尘,也摸不清做什么用。

花园长过于宽,夹在土墙当中,沿墙是果实累累的杏树,靠近田野,有一道荆棘篱笆隔升。当中是一个石座青石日晷。四畦瘦小野蔷薇,互相对称,环绕着一块较为实用的方菜地。院子深处云杉底下,有一座读祷告书的石膏堂长像。

爱玛来到楼上。第一间没有家具。第二间是卧室,尽里凹处有一张红幔桃花心木床;还有一只蚌壳盒子,点缀五斗柜;

包法利夫人 | 037

窗边一张书桌，上面放着一个水晶瓶，里头插了一把白绫带束扎的橘花。这是新娘子的花、前人的花！她看着花。查理发觉了，拿花放到阁楼；爱玛坐在一张扶手椅上（她带来的东西放在周围），想着纸匣里她的结婚花，凝神自问，万一她死了，这束花又将如何。

开头几天，她盘算着改动家里的布置，去掉蜡台的罩子④，换上新糊墙纸，又漆一遍楼梯，花园日晷四周，搁了几条板凳。她甚至打听怎样安装喷水鱼池。最后，丈夫知道她喜欢乘马车散心，买了一辆廉价出让的包克⑤，装上新灯和防泥的花皮护带，宛然就是一辆提耳玻里⑥。

于是他快乐，无忧无虑。两个人面对面用饭、黄昏在大路散步、她的手整理头发的姿势、她的草帽挂在窗户开关上的形象和许多查理梦想不到的欢愉，如今都是他连绵不断的幸福的组成部分。早晨他躺在床上，枕着枕头，在她旁边，看阳光射过她可爱的脸蛋的汗毛，睡帽带子有齿形缀饰，遮住一半她的脸。看得这样近，他觉得她的眼睛大了，特别是她醒过来，一连几次睁开眼睑的时候；阴影过来，眼睛是黑的，阳光过来，成了深蓝，仿佛具有层层叠叠的颜色，深处最浓，越近珐琅质表

---

① 希波克拉底（约公元前460—前377）古希腊名医，被誉为医学之父。
② 《医学辞典》，八开本，共六十册，一八一二年开始出版，一八二二年出齐。
③ 法国的平装本书由读者自己裁开。"没有裁开"，表示没有看过，只是装门罢了。
④ 巴尔扎克在《风雅生活论》第一章第一节中说："在这愁苦的市区，有一笔年金或者……有流苏窗帘、船形大床和玻璃罩蜡烛台，风雅就解决了。"玻璃罩子，《包法利夫人》的时代已经不时兴了。
⑤ 包克，一种小型轻便马车，两个座位。
⑥ 提耳玻里，一种英国式轻便马车，无篷，也是两个座位。

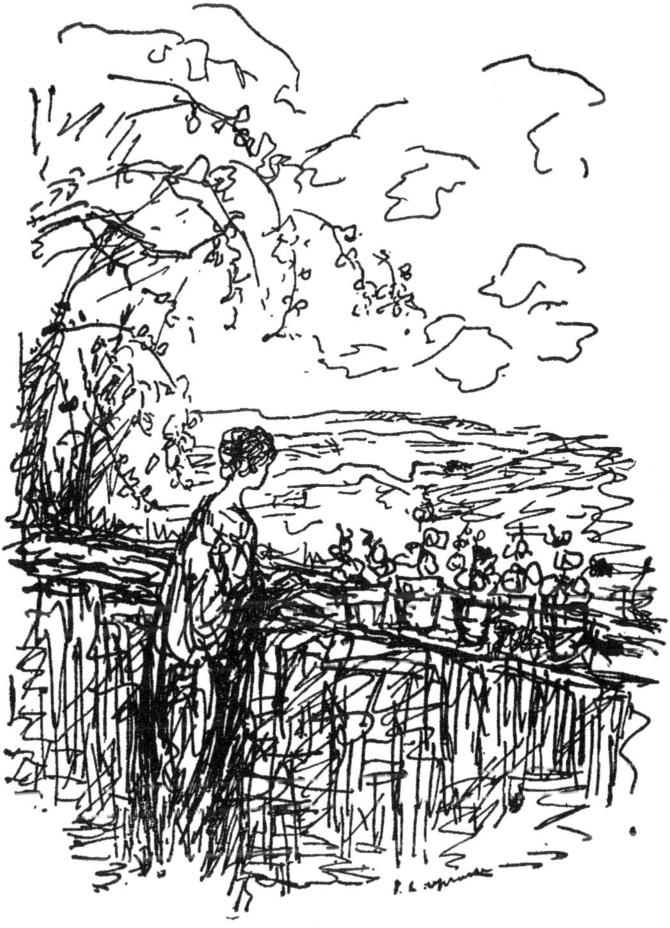

面越淡。他自己的视线消失在颜色最深的地方,他看见里面有一个小我,到肩膀为止,另外还有包头帕子和他的衬衫领口。他下了床。她来到窗前,看他动身,胳膊肘挂着窗台,一边放一盆天竺葵,穿着她的梳妆衣,松松的,搭在身子周围。查理在街上蹬住界石,扣牢刺马距;她在楼上继续和他说话,咬下一瓣花或者一片叶来,朝他吹过去,鸟儿似的,一时飞翔,一时停顿,在空中形成一些半圆圈,飘向门口安详的老白牝马的蓬乱鬣毛,待了待,这才落到地上。查理在马上送她一个吻;她摆摆手,关上窗户,他便出发了。他走大路,路上尘土飞扬,如同一条长带子,无终无了;或者走坑坑洼洼的小道,树木弯弯曲曲,好似棚架一般;或者走田垄,小麦一直齐到腿弯子,他的双肩洒满阳光,鼻孔吸着早晨的空气,心中充满夜晚的欢愉,精神平静,肉体满足,他咀嚼他的幸福,就像饭后消化中还在回味口蘑的滋味一样。

在这以前,他生活哪一点称心如意?难道是中学时期?关在那些高墙中间,孤零零一个人,班上同学全比他有钱,有气力,他的口音逗他们发笑,他们奚落他的服装,他们的母亲来到会客室,皮手筒里带着点心。难道是后来学医的时期?钱口袋永远瘪瘪的,一个做工的女孩子明明可以当他的姘头,因为她陪他跳双人舞的钱,他付不出,也告吹了。此后他和寡妇一道过了十四个月,她那双脚在床上就像冰块一样凉。可是现在,他心爱的这个标致女子,他能一辈子占有。宇宙在他,不超过她的纺绸衬裙的幅员;他责备自己爱她爱得不够,想再回去看看她;他迅速回家,走上楼梯,心直扑腾。爱玛正在房间梳洗;他潜着脚步,走到跟前,吻她的背,她猛吃一惊,叫了起来。

他一来就忍不住摸摸她的篦梳、她的戒指、她的肩巾；有时候他张开嘴，大吻她的脸蛋，要不然就顺着她的光胳膊，一路小吻下去，从手指尖一直吻到肩膀；她推开他，半微笑，半腻烦，好像对付一个死跟在你后头的小孩子一样。

　　结婚以前，她以为自己有爱情；可是应当从这种爱情得到的幸福不见来，她想，一定是自己弄错了。欢愉、热情和迷恋这些字眼，从前在书上读到，她觉得那样美，那么在生活中，到底该怎样正确理解呢，爱玛极想知道。

六

她读过《保尔和维吉妮》①,梦见小竹房子、黑人多明戈、名唤"忠心"的狗,特别是,一个好心小哥哥,情意缠绵,爬上比钟楼还高的大树,给你摘红果子,或者赤脚在沙地跑,给你带来一个鸟窠。

十三岁上,父亲送她去修道院,亲自带她进城②。他们投宿在圣热尔韦区一家客店,晚饭用的盘子,画着拉瓦利埃尔小姐③的故事。解释传说的文字,句句宣扬宗教、心地的温柔以及宫廷的辉煌景象,可是东一道印,西一道印,划来划去,上下文连不起来了。

她在修道院,起初不但不嫌憋闷,反而喜欢和修女们在一起相处。她们要她开心,领她穿过一条长廊,走出饭厅,去看礼拜堂。休息时间,她很少游戏,把教理问答记得滚瓜烂熟,有了难题,总是由她回答主教助理先生。她终日生活在教室的温暖气氛里,在这些面色苍白、挂着铜十字架念珠的妇女中间,加之圣坛的芳香、圣水的清洌和蜡烛的光辉散发出一种神秘的魅力,日子一久,她也就逐渐绵软无力了。她不听弥撒,只盯着书上天蓝框子的圣画;她爱害病的绵羊、利箭穿过的圣心或者边走边倒在十字架上的可怜的耶稣④。她练习苦行,试着一天不吃饭,还左思右想,要许一个愿。

临到忏悔,她为了多待一会儿,便编造一些小罪过,跪在暗处,双手合十,脸贴住栅栏门,听教士喃喃低语。布道中间说起的那些比喻，诸如未婚夫、丈夫、天上的情人和永恒的婚姻等，总在她灵魂深处唤起意想不到的喜悦。

晚祷之前，在自习室读宗教作品。星期一到星期六，读一些圣史节要，或者福雷西路斯院长的《讲演录》⑤；星期日读几段《基督教真谛》⑥作为消遣。浪漫主义的忧郁，回应大地和永生，随时随地，发出嘹亮的哭诉，她头几回听了，十分入神！我们接受自然的感染，通常要靠作品做媒介，她的童年如果是在商业区店铺后屋度过，她也许容易受到感染，可是她太熟悉田野，熟悉牲畜的叫声，懂得乳品和犁铧。她看惯了安静的风物，反过来喜好刺激。她爱海只爱海的惊涛骇浪，爱青草仅仅爱青草遍生于废墟之间。她必须从事物得到某种好处；凡不能直接有助于她的感情发泄的，她就看成无用之物，弃置不顾，——正因为天性多感，远在艺术爱好之上，她寻找的是情绪，并非风景。

有一个老姑娘，每月来修道院，做一星期女红。因为她是大革命摧毁的一个世家的后裔，有大主教保护，她和修女们一

---

① 《保尔和维吉妮》(1787)，法国作家贝纳尔丹·圣皮埃尔的著名小说，初期浪漫主义的代表作品：保尔和维吉妮，两小无猜，自幼相爱，生活在非洲旁的毛里求斯小岛，伴侣有黑人多明戈和一条狗。

② 指鲁昂。

③ 拉瓦利埃尔小姐（1644—1710），路易十四早年的宠姬，失宠后隐居修道院。

④ "害病的绵羊"，象征有罪的人。"圣心"崇拜，特别在法国流行，倡导者是女修十玛丽·阿拉考克（1647—1698）。据波米埃与勒鲁编订的《包法利夫人》新版本（185页）。"倒在丨字架上"作"倒在十字架下"。《约翰福音》第十九章第十七节应写明："耶稣背着自己的十字架出来"。

⑤ 福雷西路斯（1765—1841），法国宗教活动家，复辟时期曾出任部长。一八二五年出版演讲集《基督教辩》。

⑥ 《基督教真谛》(1802)，法国浪漫主义作家夏多布里昂（1768—1848）的作品，著名中篇小说《阿达拉》与《勒内》就包括在这部作品中。

道在饭厅用饭,饭后和她们闲聊一会儿,再做女红。住堂生常常溜出教室看她。前一世纪有些情歌,她还记得,一边捻针走线,一边曼声低唱起来。她讲故事,报告新闻,替你上街买东西,围裙袋里总有一部传奇小说,私下借给大女孩子看,老姑娘休息的时候,自己也是一章一章拚命看。书上无非是恋爱、情男、情女、在冷清的亭子晕倒的落难命妇、站站遇害的驿夫、页页倒毙的马匹、阴暗的森林、心乱、立誓、鸣咽、眼泪与吻、月下小艇、林中夜莺,公子勇敢如狮,温柔如羔羊,人品无双,永远衣冠楚楚,哭起来泪如泉涌。就这样,爱玛在十五岁上,有半年之久,一双手沾满了古老书报租阅处的灰尘。后来她读司各特①,醉心历史事物,梦想着大皮柜、警卫室和行吟诗人。她巴不得自己也住在一所古老庄园,如同那些腰身细长的女庄主一样,整天在三叶形穹隆底下,胳膊肘支着石头,手托住下巴,遥望一位白羽骑士,胯下一匹黑马,从田野远处疾驰而来。她当时崇拜玛丽·斯图亚特②,衷心尊敬那些出名或者不幸的妇女。在她看来,贞德、爱洛伊丝、阿涅丝·索雷尔、美人拉弗隆与克莱芒丝·伊索尔③,超群出众,彗星一般,扫过历史的黑暗天空,而圣路易与他的橡树、临死的巴雅尔、路易十一的

---

① 司各特 (1771—1832),苏格兰历史小说家。
② 玛丽·斯图亚特 (1542—1587),苏格兰女王,信奉天主教,新教信徒执掌政权后,逃往英国,被囚约二十年之久,后被处决。
③ 贞德 (1412—1431),法国村姑,执戈从戎,号令民众击败英军,收复许多城市,后为贵族所出卖,死于敌人之手。爱洛伊丝 (1101—1164),法国神学家阿倍拉尔的女弟子,师生相爱,受到家庭反对,男受阉刑,女入修道院。阿涅丝·索雷尔 (1422—1450),法国国王查理七世的情妇,掌握大权有六年之久。美人拉弗隆,法国国王弗朗索瓦一世的情妇。克莱芒丝·伊索尔,法国南方一贵妇,传说生在十四世纪,曾创立欧洲最早的诗会。

若干暴行、圣巴托罗缪的一些情况、贝恩人的羽翎和颂扬路易十四的彩盘的经久不忘的回忆①，虽然东一闪，西一闪，也在天空出现，但是彼此之间毫无关联，因而长夜漫漫，越发不见形迹。

她在音乐课上唱的歌，不外乎金翅膀的小天使、圣母、潟湖、贡多拉船夫②，全是一些悠闲之作，文字拙劣，曲调轻浮，她在这里，影影绰绰看见感情世界的动人形象。有些同学，年节贺礼收到诗文并茂的画册，带到修道院来，必须藏好；查出来，非同小可；她们躲在寝室读。爱玛小心翼翼，掀开美丽的锦缎封面，就见每首诗文底下，陌生作家署名，大多数不是伯爵，就是子爵，这些名字让她看呆了。

她战战兢兢，吹开保护画幅的绢纸；绢纸掀起一半，又轻轻落下。上面画的是：阳台栏杆后面，一个穿短斗篷的青年男子，搂住一个腰带挂着布施袋的白袍少女；要不然就是英吉利贵妇的无名画像，金黄发环，戴圆草帽，睁开又大又亮的眼睛望你。有的贵妇仰靠在马车内，驰骋草地，马前有一只猎犬跳跃，两个白裤小僮驭马。有的贵妇坐在沙发上，身旁一封开口

---

① 圣路易即法国国王路易九世（1215—1270），传说他曾坐在一棵橡树下审问官司。巴雅尔（1473—1523），法国武士，远征意大利时，石头打断他的脊椎，他让人把自己放在树底下，面向敌军，说："我从来没有背向敌人，我死的时候也不想这样做。"路易十一（1423—1483），法国国王，传说即位前曾毒死父亲的情妇阿涅丝·索雷尔，即位后，运用阴谋，处决许多和他作对的贵族。一五七二年八月二十三日之夜，即圣巴托罗缪节前夕，查理九世迫于母命，下令屠杀胡格诺派教徒，挑起第五次内战。贝恩人，指法王亨利四世（1553—1610），一五九〇年，他在作战之前向士兵演说："你们要是丢了你们的军旗，就朝我的白羽翎聚拢好了；你们永远在荣誉之路看见它。"羽翎是他的帽饰。

② 潟湖，指威尼斯附近的环礁湖。贡多拉是威尼斯特有的小船。

的信,仰首凝思,遥望月亮,窗户半开,还让黑幔挡住一半。天真烂漫的贵妇,脸上一滴泪珠,隔着哥特式鸟笼的小柱,逗着笼中的斑鸠;要不就是偏着头微笑,十指尖尖,翘起如波兰式鞋①,掐着雏菊的花瓣。画上还有吸长烟袋的苏丹②,在凉棚底下陶醉在印度舞姬的怀抱里;还有"邪教徒"③、土耳其刀、希腊帽;特别是酒神故乡暗淡的风景④,我们经常在这里看到棕榈、冷杉,右边几只老虎,左边一只狮子,天边几座鞑靼尖塔,近景是罗马遗迹,稍远是几只蹲在地上的骆驼;——一片洁净的原始森林,像框子一样,环绕四周,同时一大道阳光,笔直下来,在水中荡漾,或远或近,青灰的湖面露出一些白痕,表示有几只天鹅在游动。

挂在墙上的甘该灯⑤,正在爱玛头上,罩子聚下光来,照亮这些人生画幅,一幅一幅,从眼前经过,寝室静悄悄的,远远传来一辆马车的响声,马车回来晚了,还在路上走动。

母亲死的头几天,她哭得十分伤心。她拿死者头发给自己编了一个纪念卡;她写了一封家信,满纸人生辛酸,要求日后把她也埋在母亲坟里。老头子以为她病了,赶去看她。灰暗人生的稀有理想,庸人永远达不到,她觉得自己一下子就达到了这种境界,于是心满意足了。所以她由着自己滑入拉马丁的蜿

---

① 波兰式鞋,中世纪一种朝上翘的尖头鞋,十四、十五世纪从波兰传入法国。
② 苏丹,土耳其皇帝和王公的称号。
③ "邪教徒",伊斯兰教对异教徒的统称,特别是基督教徒。
④ 酒神故乡指希腊。
⑤ 甘该灯,一种煤油灯,有两个风眼,"甘该"是制造商的名字。

蜒细流①，谛听湖上的竖琴、天鹅死时的哀鸣、落叶的种种响声、升天的贞女和在溪谷布道的天父的声音。她感到腻烦，却又绝口否认，先靠习惯，后靠虚荣心，总算撑持下来；她最后觉得自己平静下来，心中没有忧愁，就像额头没有皱纹一样，不由得大吃一惊。

女修士们从前一直认为卢欧小姐有灵性，有前程，如今发现她似乎辜负她们的爱护，惊奇万分。她们也确实在她身上尽过心。一再要她参加日课、静修、九日祈祷②、布道，一再宣讲应当尊敬先圣与殉教者，也谆谆劝诲应当克制肉体、拯救灵魂，可是她就像马一样，你拉紧缰绳，以为不会出事，岂知马猛然站住，马衔滑出嘴来了。她是热狂而又实际，爱教堂为了教堂的花卉，爱音乐为了歌的词句，爱文学为了文学的热情刺激，反抗信仰的神秘，好像院规同她的性情格格不入，她也越来越怼恨院规。所以父亲接她出院，大家并不惜别。院长甚至发觉，她在末期，不尊重修道院的共同生活。

爱玛回家，起先还高兴管管仆人，过后却讨厌田野，又想念她的修道院了。查理初来拜尔托，她正自以为万念俱灰，没有东西可学，也没有东西值得感受。

但是对新生活的热望，或者也许是由于这个男人的存在而产生的刺激，足以使她相信：她终于得到了那种不可思议的爱

---

① 拉马丁（1790—1869），法国浪漫派诗人，他的《孤独》、《绝望》、《回忆》、《湖》、《秋天》、《将死的诗人》、《祈祷》等诗，足以说明这一段文字。
② 九日祈祷，一种天主教仪式，连续九天，通过祷告、弥撒、忏悔等功事，求圣母赐恩。

情。在这以前,爱情仿佛一只玫瑰色羽毛的巨鸟,可望而不可即,在诗的灿烂天空翱翔;——可是现在她也不能想象,这种安静生活就是她早先梦想的幸福①。

---

① 巴尔扎克在《婚姻生理学》的"沉思六",有些话可以移作本章的注释:"一个姑娘从她的寄宿学校出来,也许是处女,然而决不贞洁。她在瞒人的秘密所在,不止一次,讨论情人的重要问题,心灵或者头脑(也不见得两者不可兼),必然受害。"他进一步指出普通人家女儿进修道院的祸害:"大革命前,有些贵族家庭,送女儿入修道院。许多人跟着学,心想里头有大贵人的小姐,女儿送去,就会学到她们的谈吐、仪态。这种攀高的谬举,首先妨害家庭幸福,还不说修道院具有寄宿的一切不方便处。长年无所事事。幽闭的栅栏刺激想象。……有的姑娘,由于过去耽于空想。就要引起一些多少令人感到莫名其妙的误会。有的姑娘,由于过去夸大结婚的幸福,嫁夫之后,就要对自己说:什么!不过尔尔!……"

七

她有时候寻思,她一生最美好的时日,也就只有所谓蜜月。领略蜜月味道,不用说,就该去那些名字响亮的地方①,新婚夫妇在这些地方有最可人意的闲散!人坐在驿车里,头上是蓝绸活动车篷,道路崎岖,一步一蹬,听驿夫的歌曲、山羊的铃铛和瀑布的喧豗,在大山之中,响成一片。夕阳西下,人在海湾岸边,吸着柠檬树的香味;过后天黑了,只有他们两个人,站在别墅平台,手指交错,一边做计划,一边眺望繁星。她觉得某些地点应当出产幸福,就像一棵因地而异的植物一样,换了地方,便长不好。她怎么就不能胳膊肘支着瑞士小木房的阳台,或者把她的忧愁关在一所苏格兰茅庐,丈夫穿一件花边袖口、长裾青绒燕尾服,踏一双软靴,戴一顶尖帽!

她也许想对一个什么人,说说这些知心话。可是这种不安的心情,捉摸不定,云一样变幻,风一样旋转,怎么出口呢?她缺乏字句,也缺乏机会、胆量。

不过假使查理愿意的话,诧异的话,看穿她的心思的话,哪怕一次也罢,她觉得,她的心头就会立时涌出滔滔不绝的话来,好比手一碰墙边果树,熟了的果子纷纷下坠一样。可是他们生活上越相近,她精神上离他却越远了。

查理的谈吐就像人行道一样平板,见解庸俗,如同来往行人一般,衣着寻常,激不起情绪,也激不起笑或者梦想。他说,他在鲁昂居住的时候,从未动过上剧场看看巴黎演员的念头。

他不会游泳，不会比剑，不会放手枪，有一天，她拿传奇小说里遇到的一个骑马术语问他，他瞠目不知所对。

正相反，一个男子难道不该无所不知，无所不能，启发你领会热情的力量、生命的奥妙和一切秘密吗？可是这位先生，一无所教，一无所知，一无所期。他相信她快乐；然而她恨的正是他这种稳如磐石的安定，这种心平气和的迟钝，甚至她带给他的幸福。

有时候，她画素描，查理把这当做重要娱乐，直挺挺站在一旁，看她俯向画册，眨动眼睛，端详她的作品；要不然就在大拇指上，拿面包心子揉成小球②。说到钢琴，她的手越弹得快，他越觉得出奇。她弹音键，信心在握，上上下下，打遍键盘，停也不停。这架旧乐器，钢丝倚里歪斜，经她一弹，响声震耳，只要窗户开开，村头也听得真切；执达吏的文书走过大路，光着头，穿着布鞋，手里拿着公文，也站住了听她弹琴。

另一方面，爱玛懂得料理家务。她送账单给病人，附一封信，措词婉转，不露索欠痕迹。星期六，有邻人来用饭，她设法烧一盘精致的菜，还会拿青梅在葡萄叶上摞成金字塔，蜜饯罐倒放在盘子上端出来，她甚至说起为用果点买几只玻璃盏。凡此种种，影响所及，提高了人们对包法利的敬重。

娶到这样一位太太，查理临了也自视甚高了。她有两小幅铅画稿，他配上很宽的框子，用绿长绳挂在厅房墙上，做形于色，指给人看。大家做完弥撒出来，就见他站在门口，穿一双漂亮绣花拖鞋。

---

① 指南欧意大利等地。
② 面包心子搓成小球充橡皮用。

他回家晚，十点钟，有时候半夜。他要东西吃，女仆睡了，只有爱玛伺候他。他要晚饭吃得自在，脱掉大衣。他一个一个说起他遇见的人、去过的村子、开过的药方，心满意足，吃完洋葱烧牛肉，剥去干酪外皮，啃掉一只苹果，喝光他的水晶瓶，然后上床，身子一挺，打起鼾来了。

他长久养成戴睡帽睡觉的习惯，包头帕子在耳边扣不牢实，一到早晨，头发就乱蓬蓬散了一脸，枕头带子夜晚松了，鸭绒搅白了他的头发。他总穿一双笨重靴子，脚背两个厚褶子，斜趋踝骨，靴筒笔直向上，紧绷绷的，活像一只木头脚。他说"这在乡下够好的啦"。

他母亲赞成他这样俭省；因为，自己家里吵凶了，她待不住，像往常一样来看他；可是老太太对儿媳妇似乎有成见。她觉得"他们的家境不衬她这种作风"；柴呀、糖呀，还有蜡烛，"就像高门大户一样糟蹋"，光是厨房烧的木炭，足可以上二十五道菜！她帮她整理衣橱，教她监视屠户送肉。爱玛拜领这些教训，老太太的教训反而多了；两个人整天"媳妇呀"、"妈呀"呼来唤去，嘴唇微微发抖，话说得很柔和，声音颤悠悠的，透着怒气。

杜比克夫人在的时候，老太太觉得自己还受儿子爱戴；可是现在，查理对爱玛的恩情在她看来，分明等于一种对她的慈爱的捐弃行为，一种取而代之的侵占行为；她注视儿子的幸福，闷不做声，仿佛一个人破了产，隔着玻璃窗，望见别人坐在自己的旧宅吃饭。她用回想当年的方式，向他提起她的辛苦和她的牺牲，相形之下，爱玛心粗气浮，单宠爱玛一人，显然不合理。

查理不知道怎么样回答才好；他尊敬母亲，爱极了太太；他觉得前者判断正确，而后者无可贬责。老太太说过的最不痛不痒的指责,他在她走后,用同样的话,畏畏缩缩,冒昧说了一两句;爱玛一句话就证明他错,打发他看病人去了。

不过她根据自以为正确的原则,愿意表示自己的恩爱。于是月光皎洁之时,她在花园一首一首吟诵她记得起来的情诗,一面叹息,一面为他唱一些忧郁的慢调;可是吟唱之后,她发现自己如同吟唱之前一样平静,查理也似乎并不因而爱情加重,感动加深。

仿佛火刀敲石子,她这样敲了一阵自己的心,不见冒出一颗火星来,而且经验不到的东西,她没有能力了解,正如不经传统形式表现的东西,也没有能力相信一样,她轻易就认定了查理的热情毫无惊人之处。感情流露,在他成了例行公事;他吻抱她,有一定时间。这是许多习惯之中的一个习惯,就像晚饭单调乏味,吃过以后,先晓得要上什么果点一样。

有一个猎警[①],害肺炎,经他医好,送了他太太一只意大利种小母猎犬;她带它散步,因为她有时候出去走走,独自待上一时,避免老看日久生厌的花园和尘土飞扬的大路。

她一直走到巴恩镇的山毛榉林子、田边墙角的荒亭子附近。深沟乱草之中,有叶子锋利的高芦苇。

她先望望周围,看和她上次来,有没有什么变动,她又在原来地点看到毛地黄和桂竹香,荨麻一丛一丛环绕大石块,地衣一片一片沿着三个窗户。护窗板永远关闭,腐烂的木屑落满了生锈的铁档。她的思想起初漫无目的,忽来忽去,就像她的猎犬一样,在田野兜圈子,吠黄蝴蝶,追鼩鼱,咬小麦地边的野

[①] 猎警的职司是保护动物,禁止违法行猎,禁止损害田产。

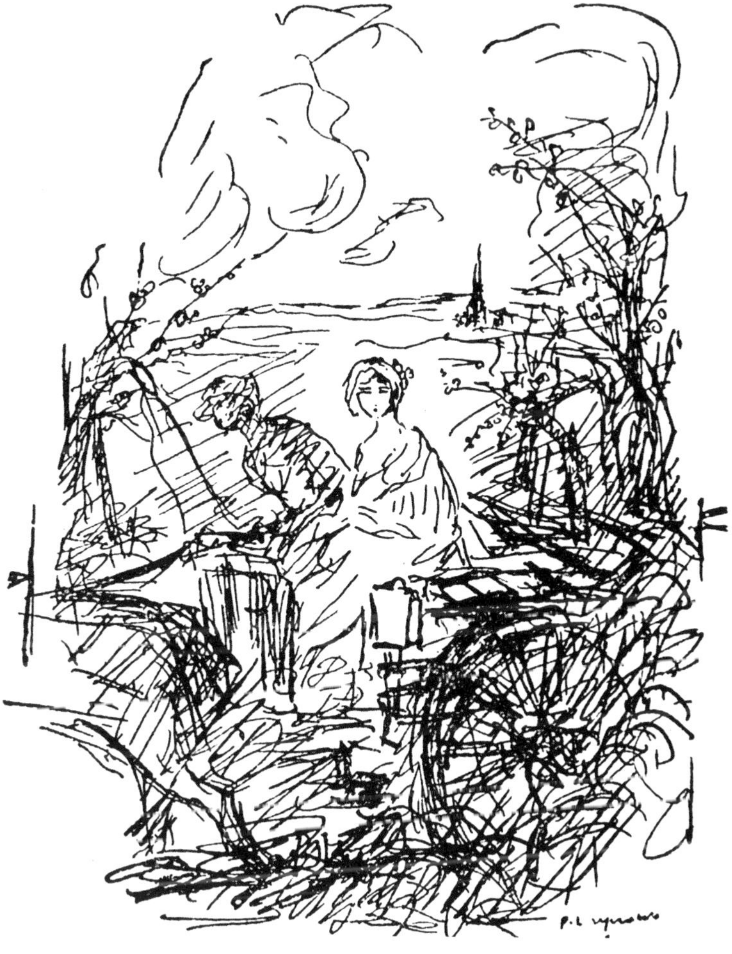

罂粟。随后,观念渐渐集中了,于是爱玛坐在草地,拿阳伞尖尖头轻轻刨土,向自己重复道:

"我的上帝!我为什么结婚?"

她问自己,她有没有方法,在其他巧合的机会,邂逅另外一个男子。她试着想象那些可能发生的事件、那种不同的生活、那个她不相识的丈夫。人人一定不如他。他想必漂亮、聪明、英俊、夺目,不用说,就像他们一样、她那些修道院的老同学嫁的那些人一样。她们如今在干什么?住在城里,市声喧杂,剧场一片音响,舞会灯火辉煌,她们过着心旷神怡的生活。可是她呀,生活好似天窗朝北的阁楼那样冷,而烦闷就像默不作声的蜘蛛,在暗地结网,爬过她的心的每个角落。她想起发奖的日子,她走上讲台,接受她的小花冠。她梳着辫子,身穿白袍,脚上是开口黑毛线鞋,一副可爱模样;回到座位,男宾斜过身子向她致贺;满院车辆,大家在车门口同她话别,音乐教员挟着他的小提琴匣,边走,边打招呼。这一切都多远啊!多远啊!

她喊加里过来,抱在膝盖当中,摸着它的细长头,对它道:

"来,无忧无虑的东西,吻吻女主人。"

随后小狗慢悠悠打呵欠,她望着它忧郁的嘴脸,心软了,于是把它当成自己,好像安慰一个受苦人一样,大声同它说话。

有时候,狂飙骤起,海风一跃而过科地的高原,就连远方田地、空气也有了盐水味道。灯心草伏在地面,簌簌作响,山毛榉的叶子立即打寒噤,发出响声,而树梢也总在摇来摆去,呼啸不已。爱玛拉紧披肩站起来。

林阴道的树叶,密密层层,映下一片绿光,照亮地面的青苔。青苔在她的脚底下，细声细气喊喳。夕阳西下，树枝之间的天变成红颜色，树身一般模样，排成一条直线，仿佛金色底子托着一排棕色圆柱。她怕起来了，呼喊加里，急忙走大路奔回道特，倒进扶手椅，整夜未曾开口。

但是九月梢左右，她的生活中出了一件大事：昂代维利耶侯爵邀她去渥毕萨尔。

复辟时期①，侯爵是国务大臣，现在希望再过政治生涯，许久以来就在进行众议院选举的准备工作。冬天他分批大量馈送木柴；他在县议会总是慷慨激昂，为本区要求多修道路。大夏天他害口疮，查理凑巧一竹叶刀，奇迹似的治好了他。管家到道特送手术费，当天黄昏回来，说起他在医生小花园看见上品樱桃。而樱桃树在渥毕萨尔就长不好，侯爵向包法利讨了一些接枝，觉得理应亲自道谢，恰巧看见爱玛，觉得她身材窈窕，行起礼来，决不似乡下女人；因为印象好，他相信请年轻夫妇到庄园来，既不失身份，也不至于使自己难堪。

有一天星期三，三点钟，包法利夫妇坐上他们的包克，去了渥毕萨尔，车后捆了老大一件行李，脚篷前面放了一个帽盒。查理腿当中，还夹着一个纸匣。

他们到达时，正好天黑，有人在草地点起油灯，给马车照亮道路。

---

① 复辟时期（1814—1830），指拿破仑帝国崩溃之后，波旁王室（长支）复位这段时期。

八

侯爵府邸是近代建筑,意大利风格,两翼前伸,三座台阶,连着一片大草坪,有几只母牛在吃草,一丛一丛大树,距离相等,分列两旁,同时一簇一簇灌木、杜鹃花、紫丁香和雪球花,大小不等,沿着曲曲折折的沙砾小道,密密匝匝,朝外拱出它们的枝叶。桥下流过一条小河;人隔着雾,隐约望见零零落落几所茅庐散布在草地上;两座山冈,坡度不大,树木蓊郁,环绕草地;再往里去,绿阴翳翳,车房和马厩,平列两线:它们是拆毁的旧庄园的残余部分。

查理的包克停在当中台阶前面;听差们露面了;侯爵迎上前,挎起医生太太的胳膊,领她走进过厅。

过厅很高,大理石地,脚步响动和说话声音,像在教堂一样有回声。正面笔直一座楼梯,左手一道走廊,对着花园,通到弹子间,人在门口,听见象牙球碰来碰去的响声。她穿过弹子间,走向客厅,看见几个男人,围住球台,面孔严肃,下巴贴着高领结,个个挂勋章,一脸微笑,不声不响,推动他们的球杆。板壁发暗,挂着几个镀金大框,框边靠下,黑字写着他们的名姓,上面是:"约翰·安东·昂代维利耶·伊维本维尔,渥毕萨尔伯爵、弗雷奈伊男爵,一五八七年十月二十日,殉于古特拉司之役①。"另一个写着:"约翰·安东·亨利·昂代维利耶·渥毕萨尔,法兰西海军总司令、圣米迦勒骑士勋章获得者,一六九二年五月二十九日,虎格-圣法之战②负伤,一六九八年一月二十三日，在渥毕萨尔逝世。"再下去就辨认不清了，因为灯光聚在球台绿毡上，房间别的地方，阴影重重，灯光偶尔照到画像，碰上油漆裂口，分成一道一道细线，把画像变成棕色。所有这些金边大黑方幅，东一块，西一块，露出画上一些较亮的部分：一个苍白的额头、两只望人的眼睛、披在红燕尾服有粉的肩头的假发，或者丰满的小腿上部的一只吊袜带扣子。

侯爵推开客厅门；一位贵妇（侯爵夫人本人）站起来迎接爱玛，请她靠近自己，坐在双人沙发上，和她亲亲热热谈话，如同旧相识一般。她是一个四十岁上下的女人，肩膀很好看，鹰嘴鼻子，声音拖长，栗色头发，当天夜晚，头上蒙了一条素花边肩巾，三角样式，垂在后背。一个金黄色头发女孩子，坐在旁边一张高背椅上；有几位绅士，翻领缀一朵小花，围着壁炉，和贵妇们闲谈。

七点钟入席。男宾较多，坐在过厅的第一桌；女宾坐在饭厅的第二桌，有侯爵夫妇相陪。

爱玛一进去，就感到四周一股热气，兼有花香、肉香、口蘑味道和漂亮桌布气味的热气。烛焰映在银罩上，比原来显得长了；雕花的水晶，蒙了一层水汽，反射出微弱的光线；桌上一丛一丛花，排成一条直线；饭巾摆在宽边盘子里，叠成主教帽样式，每个折缝放着小小一块椭圆面包。龙虾的红爪伸出盘

---

① 古特拉司，位于法国西南部卡隆河上游，一五八七年十月二十日，法国天主教军队南下，和胡格诺派军队作战，在这里全军覆没。
② 圣米迦勒十字骑士勋章，一四六九年颁发，大革命时代废除，专为赏赐朝廷大臣之用。虎格-圣法是法国西部瑟堡附近小海湾，一六九二年五月二十九日，英、荷联合舰队在这里打败法国舰队。

包法利夫人 | 057

子;大水果一层又一层,压着敞口筐子的青苔;鹌鹑热气腾腾,还带着羽毛。司膳是丝袜、短裤、白领结、镶花边衬衫,严肃如同法官,在宾客肩膀空间,端上切好的菜,一勺子就把你选的那块东西送到面前。带铜条的大瓷炉上,有一座女雕像,衣服宽宽适适的,从下巴裹起,一动不动,望着满屋的人。

包法利夫人注意到,有几位贵妇,没有拿自己的手套放进她们的玻璃盏①。

酒席上座是一个老头子,独自坐在全体妇女中间,伏在他的满盘菜上,饭巾挽在后背,仿佛一个小孩子,一面吃,一面嘴里一滴一滴流汤汁。眼睛有红丝。他戴的小假发,用一条黑带子系牢。他是侯爵的岳父拉维迪耶尔老公爵,孔福朗侯爵在沃德勒伊举行猎会,他曾经一度得到阿图瓦伯爵的宠幸,据说他在柯瓦尼之后与洛赞之前,做过王后玛丽·安托瓦奈特的情人。②他一辈子荒唐,声名狼藉,不是决斗、打赌,就是抢夺妇女,荡尽财产,害得全家人担惊受怕。他期期艾艾,指着盘子间,椅后一个听差,对着他的耳朵,大声告诉他菜的名目。爱玛不由自主,时时刻刻,望着这耷拉着嘴唇的老头子,像望着什么不同凡响的庄严事物。他在宫里待过,后妃床上睡过!

香槟酒冰镇过,爱玛经不起嘴里那么凉,浑身上下打颤。她从来没有见过石榴,也没有吃过菠萝蜜。就连砂糖,她也觉得比别处的砂糖更白更细。

---

① 这种风习在当时开始流行,所以特别引起爱玛注意。
② 阿图瓦伯爵(1757—1836),法国复辟时期国王查理十世即位之前的爵号。他是路易十八的弟弟。孔福朗、柯瓦尼、洛赞均为法国阀阅世家。这里的洛赞公爵和比隆是一个人,一七九三年死在断头台上。玛丽·安托瓦奈特是路易十六的王后,一七九三年和路易十六一道死在断头台上。

晚饭用过，贵妇们上楼，回到房间，准备参加舞会。

爱玛重新梳妆，小心在意，仔细从事，好像一个女演员初次登台一样。她照理发师的建议理好头发，穿上搭在床上的细呢袍。查理嫌裤腰紧，说：

"鞋底下的带子要妨碍我跳舞的。"

爱玛反问道：

"跳舞？"

"是啊！"

"你发痴啦！人家会笑话你的，你待着吧。"

她添上一句话道：

"再说，这更合医生身份。"

查理住了口，走来走去，等爱玛穿衣服。

他从背后，在一边一支蜡烛的镜子里看她。她的黑眼睛似乎更黑了。靠耳朵那边，头发有一点蓬起来，放出一道蓝光；发髻插了一朵玫瑰，小枝子摇来摇去，花跟着晃荡，叶尖上有几滴人造露水。她穿一件淡郁金香袍，上面点缀三簇有绿叶相衬的小玫瑰花。查理过去吻她的肩膀。她说：

"走开！当心弄皱我的衣裳。"

他们听见小提琴的前奏曲和喇叭的声音。她下楼时真想跑下去，总算克制住了。

四组舞已经开始。人们纷至沓来，向前拥挤。她坐在门边条长凳上。

四组舞结束，舞场只有男人留下来，一群一群站着说话，听差穿着制服，端着大盘子，往来穿梭。妇女坐成一排，摇动画扇，微笑的面孔被花遮住一半，白手套显出指尖的轮廓，紧紧扣住腕上的肉，手松松攥着一个金塞鼻烟壶，在手心转来转去。花边缀饰在衣服上颤动，钻石别针在胸前闪烁，镶坠子的手镯在光胳膊上作响。头发贴在额头，盘在后颈，插着勿忘草、素馨花、石榴花、黍穗或者矢车菊，有王冠样子、花簇样子、树枝样子。母亲们裹着红头巾[①]，颦蹙着脸，安安详详，待在她们的座位里。

邀爱玛跳舞的男子，用指尖搂着她；她过去站好，等候音乐开始：这期间她有一点心跳。不过她很快就镇定下来，随着乐队的节奏，左右摇曳，脚向前滑，颈项微微摆动。有时候，别的乐器停止，只有小提琴演奏，她听到妙处，嘴唇露出微笑；隔壁传来金路易[②]倒在桌毯上的叮当声；随后，乐器又全响了，铜号吹出嘹亮的声音。脚再合上拍子，裙子飘开，蹭了过去，手时而握在一起，时而分开，眼睛原来在你面前低下去，现在又仰起来，望你的眼睛。

有些男子（约十四五位），二十五岁到四十岁不等，散见在舞客中，或者在门口闲谈，其年龄、衣着和面貌纵然各异，由于家世相近，一眼望去，就显出了与大家的不同。

他们的燕尾服，缝工分外考究，料子也特别柔软；头发一圈一圈压在太阳穴，亮光光的，抹了更好的生发油。肤色是阔人肤色，白白的，其所以能这样白而又白，显然是饮食讲究、善于摄生的结果，而瓷器的青白、锦缎的闪光、上等木器的油漆，越发衬白了肤色。领结低低的，颈项旋转自如；领子朝下翻，络腮胡须长长的，搭在上头；他们揩嘴唇的手绢，有一股香气

[①] 模仿近东装束，流行于第一帝国时期，参看斯塔尔夫人画像，在本书中已近过时，仅母亲一代还用红巾包头。
[②] 路易，有路易九世头像的金币，一枚值二十法郎。

逸出，上面绣着姓名的第一个字母，绣得大大的。开始走向老境的人，模样透着年轻，而年轻人的脸显着老成。情欲天天得到满足，所以他们的视线，有一种漠然和恬适的神情。他们举止虽然温文尔雅，却隐隐透出一种特殊的粗暴气息，借此控制那些易于驾驭的事物。他们玩纯种马，追逐浪荡女人，以显示力量来满足虚荣心。

离爱玛三步远，有一位绅士，穿蓝燕尾服，和一位戴珍珠花钏、面色苍白的年轻妇女，闲谈意大利。他们称赞圣彼得教堂柱子的粗大、热那亚的玫瑰、月光下的圆形剧场，也称赞蒂沃里、维苏威、斯塔比亚海堡和卡辛[①]。爱玛另一只耳朵听来的话，有许多字句她听不懂。大家围着一个年轻男子：他上星期赛马，赢了阿拉贝尔小姐和罗慕路[②]，在英吉利跳一道沟，赚了两千路易。一个人叹息他的赛马长膘了，另一个人抱怨印错了他的马的名字。

舞场空气窒闷；灯暗下来了。人朝弹子间走。有一个听差，踩上椅子，砸破两块玻璃；包法利夫人听见玻璃碎，回过头去，望见花园里有一些乡下人，脸贴住窗玻璃，往里张望。她不由得想起拜尔托。她又看见田庄、泥泞的池塘、苹果树下穿工人服的父亲；她也看见自己，像往常一样，在牛奶棚揭掉瓦盆里的乳皮。她过去的生活，虽然像在眼前一样，可是在现时五光十色之下，也就完全消逝了，她几乎不相信自己这样生活

[①] 圣彼得教堂在梵蒂冈广场，两侧游廊有二百八十四根大圆柱。热那亚是意大利重要商埠。圆形剧场在罗马，可纳容十万观众，废墟现在还保存着。蒂沃里，在罗马东北，以瀑布出名。维苏威火山，在那不勒斯附近。斯塔比亚海堡位于意大利那不勒斯海湾，以温泉闻名。卡辛是意大利名山，风景秀丽。

[②] 阿拉贝尔、罗慕路此处均为马名。

过。她在舞厅；舞厅之外，朦胧一片，统统盖在黑影底下。她当时左手握着一只镀银介壳，正在吃里面的樱桃酒刨冰，眼睛半闭，勺子放在口中。

旁边一位贵妇，掉了扇子，正好过来一位舞客。贵妇道："先生，我的扇子掉在这张沙发后头，能不能劳驾拾起来！"

绅士弯下腰去，伸出胳膊，爱玛就见少妇乘机往他的帽子里扔进一点白东西，叠成三角形。他捡起扇子，恭恭敬敬，献给贵妇；她点点头，谢了谢他，开始嗅她的花。

夜宵有大量西班牙酒和莱茵葡萄酒，虾糊汤和杏仁汤，特拉法尔加的布丁①，还有各色冷肉，四边冻子直在盘里颤抖。用过夜宵之后，马车开始一辆一辆走动。掀起一角纱帘，你就看见车灯的亮光，星星点点，在黑夜里消逝。长凳空了；有几个赌徒，还没有走；乐师拿手指尖放在舌头上取凉；查理背靠一扇门，几乎睡着了。

早晨三点钟，开始花色舞。爱玛不会华尔兹。人人跳华尔兹，侯爵夫人，连昂代维利耶小姐也跳。留下来的，只有住宿的客人，一共不过十二三位。

有一位跳华尔兹的，背心敞得开开的，就像照胸脯裁成的一样，大家顺口称他"子爵"，邀包法利夫人跳过一次舞，现在又来邀她，答应教她，还说她会跳得好的。

他们开始慢，后来快了。他们旋转，样样东西围着他们旋转，灯、木器、板壁和拼花地板，就像一个圆盘在轴上旋转一

---

① "布丁"是一种英国果馅点心。一八〇五年，英国舰队曾在特拉法尔加海岬摧毁法国舰队。

样。走过门边，爱玛的袍子，靠下飘了起来，蹭着对方的裤管；他们的腿，一来一去，轮流捣动；他朝下看她，她朝上看他；她觉得头昏眼花，连忙停住。他们又跳起来，子爵转得越发快了，一直把她带到走廊尽头，离开众人；她气喘吁吁，险些跌倒，有一时，头倚着他的胸脯。随后，他仍然转下去，不过慢了一些，送她回到原来座位；她朝墙一靠，手蒙住眼睛。

她睁开眼睛，就见客厅当中，有一位贵妇，坐在一张小凳上，三个跳华尔兹的男子跪在面前。她挑选子爵，小提琴又响起来了。

大家望着他们。他们来了又去，去了又来，她低下头，身子一动不动，他也一直是一个姿势，身子有些类似一张弓，胳膊肘放圆，下巴向前。这个女人，会跳华尔兹！他们跳了许久，人人累了，他们还在跳。

客人们又闲谈了一阵，说过再会，或者不如说是早安，这才走开睡觉。

查理扶着楼梯，累得腿也站不直了，一步一拖。一连五小时，他站在牌桌前面，看人斗牌，自己一窍不通。所以临到他脱靴子，如释重负，舒了一口长气。

爱玛拿一条披肩盖住肩膀，打开窗户，胳膊肘支在上头。

黑漆漆的夜晚，细雨蒙蒙。她吸着湿润的空气，风吹凉她的眼皮。跳舞的音乐还在她的耳边鸣响。她尽力挣扎不睡，延长这种豪华生活的境界，因为没有多久，她就非放弃不可。

天开始亮。她望庄园窗户望了许久，试着猜测她这一夜注意的那些人睡在哪些房间。她巴不得知道他们的生平事迹，渗进去，打成一片。

但是她直打寒噤。她脱去衣服，缩进被窝，躺在睡熟了的

包法利夫人 | 063

查理一旁。

早饭有许多人用，十分钟了事；任何酒也没有，医生诧异了①。饭后，昂代维利耶小姐捡了一些蛋糕屑，放进一只小盘，带给池塘的天鹅吃。大家散步，来到花坞，里面有一些奇怪的植物，毛茸茸的，一层层垒在架子上，像金字塔一样，上面悬着一些花盆，仿佛蛇窟的蛇太多了，滴里搭拉，垂下几条绿油油的长枝子，盘在一起。花坞过去，就是橘林，密密层层，直到庄园的附属建筑。侯爵要少妇开心，带她去看马厩。马槽是篮子形状，上空挂了一些瓷牌，用黑字写着马的名字。每一匹马，见人走过，打舌头响，就在枥间骚动起来。马间的地板如同客厅里拼花地板一样耀眼。当中两根柱子，可以旋转，上面挂着鞍辔，沿墙是一长排马衔、马鞭、马镫和马勒。

查理这期间，烦劳一个听差，驾好他的包克。车停在台阶前面，包裹一件一件塞上车，包法利夫妇向侯爵夫妇辞过行，向道特出发了。

爱玛默不作声，望着车轮滚动。查理坐在长凳外沿，伸开两只胳膊赶车。马小，车辕太宽，马在当中，放开蹄子跑，缰绳软搭搭的，浸在汗水里，直打屁股。盒子捆在包克后头，不时撞着车箱，咕咚咕咚响。

他们上到狄布尔镇高坡，眼前忽然来了几个骑马的人，噙着雪茄笑。爱玛自以为认出了里面有子爵；她扭回头看，仅仅望见天边人头或高或低，依照奔驰快慢，起伏无定而已。

又走了四分之一古里，后鞦断了，他们只得停下来，用绳

---

① 查理"不管谁来，总请他喝酒"，同时早晨出门看病，病人家也会请他先饮一杯酒，挡挡寒气。

子接好。

查理最后查看一眼马具,发现马腿之间,地上有什么东西;他捡起一只雪茄匣,绿绸镶边,当中家徽,好像大户人家马车的车门一样。他说:

"里头还有两支雪茄,正好今天晚饭后用。"

她问道:

"瞎说,你吸烟吗?"

"有时候,也看机会。"

他拿拾来的东西放进衣袋,抽打小马。

他们回到家,发现晚饭还没有烧好。太太发脾气了,娜丝塔西顶嘴。爱玛说:

"滚!岂有此理,你给我走。"

晚饭是葱汤和一块酸模小牛肉。查理坐在爱玛对面,一副快乐神气,搓着手道:

"回到家里,开心多了!"

他们听见娜丝塔西哭。他有点喜欢这可怜的女仆。从前鳏居无聊,她陪他消磨过许多黄昏。她是他的第一个病人、当地最早的熟人,他终于道:

"你当真打发她走?"

她答道:

"是啊。谁拦我不成?"

女仆整理卧室时,他们来到厨房取暖。查理开始吸烟。他伸长嘴唇吸,不住吐痰,吐一口烟,闪开一回。她显出鄙夷的样子道:

"你要把自己弄病了。"

他放下雪茄,跑到水龙头跟前,喝了一口冷水。爱玛抓起雪茄匣，顺手丢进碗橱里。

第二天，日子长悠悠的。她在她的小花园散步，在几条小径上走来走去，站在花畦前、贴墙的果树前、石膏神甫像前停一停。往日非常熟悉的这些东西，如今看在眼里却感到诧异。舞会似乎已经离她很远！前天早晨和今天黄昏，中间到底出了什么事，相隔如此遥远？渥毕萨尔之行，在她的生活上，凿了一个洞眼，如同山上那些大裂缝，一阵狂风暴雨，只一夜工夫，就成了这般模样。她无可奈何，只得看开些，不过她的漂亮衣着甚至她的缎鞋，——拼花地板滑溜的蜡磨黄了鞋底，她都虔心虔意放入五斗柜。她的心也像它们一样，和财富有过接触之后，添了一些磨蹭不掉的东西。

于是对舞会的回忆，成了爱玛的重要生活内容。每逢星期三，她醒过来，就问自己道："啊！一星期以前……两星期以前……三星期以前，我在那边！"然而在她的记忆之中，面貌渐渐混淆；她忘却了四组舞的曲调；她不再能真切地想起仆从的号衣和房间；若干细节淡忘了，可是心头留下了怅惘。

九

查理不在家,她常常走到碗橱跟前,取出绿绸雪茄匣,她先前丢在叠好的饭巾一类东西当中。

她看了又看,开了又开,甚至还闻了闻衬里的味道:一种杂有美女樱与烟草的味道。是谁的?……子爵的。说不定是他的情妇用红木绷子绣出来,作为纪念送他的。绷子是一件细巧物件,藏起来不给人看,绣的人满腹心事,轻柔的发鬓搭在上面,一绣就好几小时,爱情的气息透过绣花底布上的针眼,每一针扎下去,不是扎下希望,便是扎下了回忆:这些交错的丝线,只是同一缄默的热情的延续。绣成了,有一天早晨,子爵带走,放在宽炉台上,花瓶和彭巴杜尔式①座钟之间。他们这时候谈些什么?她在道特。他呀,如今在巴黎;在巴黎!巴黎是个什么样子?名气多大!她为解闷,低声重复这两个字。它们像礼拜堂的钟声一样在耳边响,就连她的生发油瓶商标,也成了巴黎的化身,灼烁耀眼。

夜晚,海鱼贩子驾着大车,走过她的窗户底下,唱着牛至草②歌,铁轱辘转出村庄,很快就声音小了,她醒过来,听了听,自言自语道:

"他们明天就到了那边!"

于是她在想象中,跟了他们上坡下岭,穿村越庄,星光熹微,顺着大路跋涉。走过一段似近又远的道路,总有一个地点,模模糊糊,打断她的梦想。

她买了一张巴黎地图,用手指指点点,游览纸上的京城。她走到大街,逗留在每个角落,在街与街之间表示房屋的白方块前面。最后,她看累了,闭住眼睛,又见煤气灯在暗处随风摇曳,在剧院的柱廊前,一辆辆敞篷四轮马车,哗啦一声把踏板放下。

她订了一份妇女刊物《花篮》,又订了一份《沙龙精灵》。她一字不漏,读完赛马、晚会和初次公演的全部报道,关心女歌唱家的首演和店铺的开张。她了解时装新款式、上等裁缝的地址、森林[③]和歌剧院的日程。她研究欧仁·苏的小说[④]中关于家具的描绘;她读巴尔扎克和乔治·桑的小说,寻找想象的愉快,满足本人的渴望。甚至用饭,她也带了书看,查理一边吃饭,一边同她谈话,她却只顾翻动书页。她一读书,总要想到子爵。她虚构了一些他和小说人物的关系。但是以他为中心的圆圈逐渐扩大,他的这种圆光也离开他的脸,到更远的地方,照亮别的梦想。

所以在爱玛看来,巴黎比海洋还大,到处金碧辉煌,闪闪发光。活动在这翻腾的海洋中的芸芸众生,按景况的差异,分成不同的类别。爱玛只注意到两三种,便以为他们代表了全人类,再看不见其他人了。一种是外交家社会,他们在四面全是镜子的客厅里,在铺有金穗天鹅绒桌毯的椭圆桌周围,人们穿

---

① 路易十五的宠姬彭巴杜尔夫人(1721—1764)得势期间,艺术风格趋向纤柔精巧。复辟期间,由于贝里公爵夫人的倡导,这种风格又盛行一时。
② 牛至草,生长在石灰质硬地,红花,唇形,表示幸福。
③ 指巴黎近郊布洛涅森林。巴黎人常在这里举行赛马会、音乐会。
④ 欧仁·苏(1804—1857),法国小说家。包法利夫人读的,应当是他刻画上流社会的早期作品。

着后摆长长的袍子,踩着闪亮的拼花地板,这里有重大的秘密,有用微笑来掩饰的焦虑。其次是公爵夫人的社会,这儿的人面色苍白,四点钟起床:女人们,可怜的天使!裙子下摆都镶着英吉利花边;男人们,外表平平,怀才不遇,为追寻欢乐,让马跑死了也不在乎,夏天到巴登①避暑,临了四十岁左右,娶一位女继承人拉倒。最后是餐馆的包间:一群文人和女演员,五颜六色,过了半夜来吃夜宵,烛光辉映,纵声狂笑。这些人挥霍如王侯,一腔没有着落的野心和荒唐无稽的狂热,傲然于天地之间、狂风暴雨之中,睥睨众人,不可一世。至于人世的其他部分便不知去向了,没有明确的位置,就像不存在一样。而且离她越近的东西,她越回避。身边的一切,沉闷的田野也好,愚蠢的小市民也好,平庸的生活也好,依她看来,都是一种例外,一种她不走运,偶然遇见的特殊情况,然而离开现实,浩渺无边,便是幸福和热情的广大地域。由于欲望强烈,她混淆了物质享受与精神愉悦、举止高雅与感情细致。难道爱情不像印度植物一样,需要适宜的土地、特殊的气候?所以月下的叹息、长时间的拥抱、流在伸出来的手上的眼泪、肉体的种种不安和情意的种种缠绵,不但离不开终日悠闲的大庄园的阳台、铺着厚实地毯和有活动帘的绣房、枝叶茂密的盆景、放在台上的宝榻,也离不开珠玉的晶莹和号衣的饰带。

驿站小伙计,每天早晨来刷洗母马,大木头套鞋在过道穿出穿进,工人服有窟窿,光脚穿一双布鞋。他就是她应当知足的短裤马僮!他做完活,一天就不来了。查理回来,亲自把马

---

① 巴登,法国城市,以其温泉著名,十九世纪初叶以来,成为消夏胜地。

牵到马棚,卸下鞍子,戴上马笼头,女仆这期间抱来一捆草,使劲扔进槽头。

爱玛找了一个十四岁小姑娘、面相善良的孤女,代替娜丝塔西(她哭得像开了河一样,终于离开了道特)。她不许她戴软布帽,教她用第三人称①回话,端一杯水要用盘子,进来以前要先敲门,又教她浆衣服、烫衣服、伺候她穿衣服,一心一意,要把她训练成为她的贴身使女。新女仆怕被辞,服服帖帖,没有半点怨言;太太经常留下钥匙,不锁菜橱,全福每天晌午偷一小包糖,做完祷告,一个人躺在床上吃。

下午有时候,她到对面和驿夫们闲谈,太太待在楼上自己的房间。

她穿一件敞口便服,披肩料子的翻领底下,露出一件打褶子的衬衫,有三粒金扣子。腰带是一根坠着大流苏的绦带。石榴红小拖鞋,一簇宽带子披在脚面。她给自己买了一本吸墨纸、一匣信纸、一支笔管和一些信封,虽然她没有一个人可以写信;她拂拭干净她的摆设架②,照照镜子,拿起一本书,然后看着看着,想到别处,书掉在膝盖上。她巴望旅行,或者回到她的修道院。她希望死,又希望住到巴黎。

查理风里来,雨里去,骑着马,四乡奔波。他在田庄的饭桌上吃炒鸡蛋;胳膊伸进潮湿的床铺,给人放血,热血溅到脸上;听快死的人喘哮;检查洗脸盆;撩起肮脏的被单。但是每天黄昏回家,他就看到一炉旺火、饭菜摆好、家具舒服,还有一个衣着讲究的秀媚女人,一股清香,也不知道这种气味是从什

---

① 用第三人称"他",代替第二人称"您",是尊敬地位高贵的人们的方式。
② 摆设架时兴于路易十六末年,多学中国格式。

么地方来的,说不定是她的皮肤熏香了她的衬衫。

她有许多别出心裁的地方使他入迷:她有时候花样翻新,给蜡烛剪些纸托盘,给她的袍子换一道压边,或者给简单的菜肴取一个动听的名字,女仆烧坏了,可是查理欢欢喜喜,一扫而光。她在鲁昂看见有些太太,表链来一串小玩艺;她买了一串小玩艺。她要壁炉上摆一对碧琉璃大花瓶,过了一阵,她又要一个象牙针盒和一枚镀银顶针。查理越不懂这些考究物品,越觉得可爱。它们增加他的官能的愉快和家室的安乐,仿佛金沙,一路洒遍他的生命小径。

他身体好,气色好,名誉也完全稳定了。乡下人喜欢他。因为他不骄傲。他抚摸小孩子,从来不进酒店,而且他的人品得到大家信任。他的特长是治轻重伤风和胸腔内诸般炎症。查理怕治死他的病人,实际开出来的方子,只是一些止痛剂,偶尔来一副呕吐剂,要不就是烫烫脚,或者放放血。他不畏惧外科,给人放血,好像给马放血一样,拔牙的手劲仿佛"铁腕子"。

他终于想赶上潮流,订了一份新刊物《医林》,他收到过要出版的广告,他用罢晚饭,读上一页两页,但是食物正在消化,加上房间热,不出五分钟,他就睡着了;于是他坐在那边,一双手托住下巴,头发披散下来,鬣毛一般,一直披散到灯座前头。爱玛一见他这般模样,就耸肩膀。单说嫁丈夫吧,她怎么连那样一个人也嫁不到:勤奋寡言,夜晚埋头著述,熬到六十岁上,风湿病的年龄来了,可是不合身的青燕尾服挂着一串勋章。她巴不得包法利这个姓——她现在姓这个姓——赫赫有名,在书店公开陈列,在报上经常出现,全法兰西知道。可是查理没有野心!伊弗托一个医生,新近会诊,简直就在病人床前，当着病人家属，多少给他难堪来的。查理夜晚讲给爱玛听，她气坏了，大骂这位同业。查理受了感动，挂着眼泪吻她。可是她羞死了，恨不得打他一顿。她走到过道，打开窗户，吸新鲜空气，好让自己平下气来。她咬住嘴唇，低声道："世上会有这种人！会有这种人！"

再说，她越看他，越觉得有气。年纪一大，他举动也粗俗不文了：用果点的时候，他切空瓶的塞子；吃过东西，他拿舌头舔牙；喝起汤来，他咽一口，咕噜一声；而且他开始发福，眼睛本来就小，脸蛋胖虚虚的，像拿眼睛朝太阳穴挤。

有时候，爱玛拿他的编结汗衫的红边掖到背心底下，帮他打好领结，或者手套旧了，他还想戴，她给扔开了；她这样做，并非像他想的，为了他，而是为了她自己，由于过分想着自己，由于嫌烦。有时候，她也同他谈谈她读过的东西，诸如一节小说、一出新戏，或者副页上刊登的上流社会逸闻；因为话说回来，查理到底是一个人，总有耳朵听，总有嘴唯唯诺诺。她对她的猎犬不就无话不讲！即使是对钟摆和壁炉的木柴，她也一样会讲的。

然而在她的灵魂深处，她一直期待意外发生。她睁大一双绝望的眼睛，观看她的生活的寂寞，好像沉了船的水手，在雾蒙蒙的天边，遥遥寻找白帆的踪影。她不知道什么地方有机会，哪一阵好风把机会吹到跟前，把她带到什么岸边，是小船还是三层甲板大船，满载忧虑还是满载幸福。但是每天早晨，她醒过来，希望当天就会实现，细听种种响声，一骨碌跳下床，纳闷怎么还不见来，于是夕阳西下，永远愁上加愁，她又把希望寄托在明天。

春天又来了，梨树开花，暖洋洋的天气使她呼吸有些困难。

一入七月,她就掐指计算,还有多少星期,才到十月,心想昂代维利耶侯爵,也许还会在渥毕萨尔举行舞会。然而整个九月过去了,不见信息,也不见有人拜访。

失望之下,百无聊赖,她的心又空虚起来,于是类似的日子,一个连一个,重新开始。

日复一日,如今仿佛不断头的线,真要这样继续下去,永远一模一样,数又数不清,什么也带不来!别人的生活,再平板,起码也有机会碰到意外。哪怕是一个偶然事件也好,有时候就会变化无穷,环境有了改动。可是上帝有意同她为难!她就偏偏什么事也碰不到。未来是一个过道,黑洞洞的,门在尽里关得严严的。

她不弹钢琴了。弹它做什么?有谁听啊?她没有机会穿短袖丝绒袍,到音乐会弹一架艾拉①钢琴,十指灵活,打象牙键,听见众口啧啧,如同一阵微风,在身边荡来荡去。既然如此,犯不上破费精力去学。画册和刺绣,她丢在衣橱不管。有什么用?有什么用?缝纫惹她生气。她自言自语道:

"书我全念啦。"

于是闲来无事,她拿火钳烧得红红的,或者看下雨。

星期日,晚祷钟声响了②,她多愁闷!她呆呆瞪瞪,细听钟声一下一下在响。日光黯淡,猫在屋顶耸起了背,慢条斯理地走动。风在大路扬起一阵一阵尘土。有时候,远远传来一声犬吠;单调的钟声,按着均匀的拍子,响个不停,在田野里消

---

① 艾拉(1752—1831),法国出色的钢琴制造家。
② 约下午三时。

包法利夫人 | 073

散了。

人们从教堂出来，女人穿着涂了蜡的木套鞋，男子穿着新工人服，小孩子光着头，在他们前面蹦跳，一个一个，回到家里。有五六个男子，总是这几个人，在客店大门口玩瓶塞，一直玩到天黑。

冬季严寒，每天早晨，玻璃窗凝一层霜，射过来的日光，灰灰的，像是从毛玻璃透过来的一样，有时候，整天不见变化。一到下午四点钟，就得掌灯。

每逢晴天，她下楼来到花园。露水在白菜上留下一些银线花边，有些长线明晃晃的，从这一棵白菜挂到另一棵白菜。听不见鸟声，好像全在睡觉一样，草盖住沿墙的果树，葡萄藤仿佛一条大蛇，有了病，盘在墙檐底下。走近了，就见爬着多足的鼠妇。云杉底下，靠近篱笆，戴三角帽的堂长像掉了右脚，连石膏也冻脱了皮，脸上留下一些白癣，还在读他的祷告书。

随后她又上楼，关了屋门，剔剔炭，火旺旺的，她浑身无力，觉得心中分外烦闷。她未尝不想下楼和女用人谈谈话，不过体面攸关，也就只好作罢。

每天在同一时间，小学校长戴一顶青缎小帽，推开他的护窗板；乡间警察走过，工人服上佩着刀。黄昏和早晨，驿站的马，穿街而过，三匹一起，到池塘饮水。一家酒馆门铃不时在响；理发师的小铜脸盆，用作铺子的招牌，起了风，就见在两根铁杆上，吱嘎乱响。一张旧时装画，给铺子作装潢，贴在窗玻璃上，还有一座黄头发女人半身蜡像。理发师也直在自嗟自叹，一筹莫展，前途黯淡，梦想在大城市开铺子，比方说吧，鲁昂就好，在码头上，靠近剧场；他整天走来走去，从镇公所走到教堂，愁眉苦脸，等待顾客。包法利夫人仰起头来，总见他待在那边，仿佛一个值班哨兵，歪戴希腊小帽，穿着呢上身。

到了下午，有时候，厅堂窗户外边，出现一个男人脑壳，脸晒得焦黄，黑络腮胡须，微笑起来，又慢、又随便、又柔和，露出一嘴白牙。华尔兹舞跟着开始了；风琴上面，有一个小小客厅，里头是手指般高的舞俑、裹着玫瑰红包头巾的妇女、穿着背心的蒂罗尔人①、穿着青燕尾服的猴子、穿着短裤的绅士，在扶手椅、大沙发和茶几之间，转来转去，一道道金纸连接的镜片，映出他们的舞姿。这人一面旋转摇手，一面向左、向右、向窗户张望。他不时朝界石吐一口又长又黏的老黄痰。乐器的硬皮带挂久了肩膀，肩膀支不住，他拿膝盖顶住乐器。一个叶形铜钩吊起一幅玫瑰红缎幕，匣子里头传出呜哝呜哝的音乐，一时悲伤、徐缓，一时喜悦、急促，全是别处舞台上演奏的曲调、客厅歌唱的曲调、夜晚烛光下伴舞的曲调：这些社会回声，就这样一直传到爱玛耳边。萨拉邦德②舞曲，无尽无休，在她的脑内萦回。她的思想随着音符跳跃，飘忽无定，一个梦去，一个梦来，旧忧未消，新忧又起，好像印度舞姬，在地毯的花卉上舞来舞去一样。那人摘下鸭舌帽，敛过了钱，拉下一幅旧蓝呢，蒙好风琴，扛在后背，拖着沉重的脚步走开。她望着他走。

最让她受不了的是用饭的时间：楼下这间小厅房，壁炉冒烟，门吱嘎响，墙上渗水，石板地潮湿。她觉得人生的辛酸统统盛在她的盘子里，闻到肉味，她从灵魂深处泛起一阵恶心。查理吃饭吃得慢；她不是嘎叭一声咬榛了，就是支起胳膊肘，

---

① 蒂罗尔人，奥地利山民，擅长歌舞。
② 萨拉邦德，一种双人舞曲，十七、十八世纪，流行于贵族社会。

包法利夫人 | 075

用刀尖在油布上划小道道。

家务她如今听其自然；四旬斋①期间，婆婆来道特住了几天，见她改了样，很是诧异。说实话，她从前那样经心在意，如今整天乱发粗服，穿一双灰布袜，点一根油烛②。她一来就说，他们不是有钱人家，应该省吃俭用，还说什么她很称心，很快活，她非常喜欢道特和一些别的新调调，来堵老太太的口。而且爱玛似乎没有听劝的意思；甚至有一回，老太太兴之所至，信口说起主人应当监督用人信教，她惟一的回答就是怒目而视，连声冷笑，老太太吓得再也不说起这类话了。

爱玛越来越乖戾任性。她要了几样菜。菜来了，动也不动；今天光喝新鲜牛奶，明天就来几杯淡茶。她常常赌气不出门，随后又嫌气闷，打开窗户，穿一件薄薄的袍子。万一恶声恶气申斥了女用人，事后她不是送她礼物，就是打发她到邻居家散心去。同样，她有时把口袋的银币统统给了穷人，一个子儿不剩。虽然她并不心软，也不那么容易被别人感动，正如大多数农村出身的人，灵魂之中，一直保留着父亲手上的腿子一样。

将近二月梢，卢欧老爹纪念女婿医好他的腿，亲自送来一只肥大的母火鸡，在道特住了三天。查理料理病人，只有爱玛陪他。他在卧室吸烟。朝火篦吐痰，说起庄稼、小牛、母牛、家禽和乡行政委员会，左说右说，临到他走，她把门一关，觉得松快，连她自己都没有想到。再说，她看不起任何事、任何人的心情，也没有意思隐瞒；有时候，故意表示见解特别，别人称道

---

① 四旬斋指复活节前，四十天的斋戒期间。
② 油烛，一种土烛，"有臭味"（见作者的书信——1853年8月14日）。

的，她偏指摘，要不然就称道恶行败德；丈夫听了吃惊得睁大一双眼睛。

这可厌的生活，真就永远这样下去？她有没有跳出去的一日？其实，生活快乐的妇女，她哪一个比不上！她在渥毕萨尔，也曾见过几个公爵夫人，腰身比她粗笨，举止比她伧俗；她恨上帝不公道，头顶住墙哭；她歆羡动乱的生涯、戴假面具的晚会、闻所未闻的欢娱、一切她没有经历然而应当经历的疯狂爱情。

她脸色苍白，心跳也不正常。查理要她服缬草汤①洗樟脑澡，种种努力，似乎只是使她格外有气罢了。

有些天，她像发高烧，说胡话一样，絮叨不完；兴奋过了，紧接着又像失去知觉一样，不言不动。她要自己振奋起来，便拿起一瓶科伦香水②，朝胳膊上洒。

因为她一直抱怨道特不好，查理心想，她生病一定是水土不服之故；他存了这种心思，当真想着换一个地方行医了。

她从这时候起，喝醋要自己瘦，得了干咳小毛病，一点胃口也没有了。

待了四年，刚站稳脚跟，查理离开道特，并不合算。可是万一势在必行的话，也就顾不得了！他把她带到鲁昂，去看他的老师。她害的是一种精神病：应该换换空气才是。

查埋儿方面进行打听，后来听说，新堡③区有一个殷实大镇

---

① 缬草，多年生草本植物，根可入药，镇挛止痉，一般服法是煎熬成汤。
② 科伦，德国城市，以产香水闻名。
③ 新堡，地处鲁昂和道特东北，在第厄普通巴黎的大路上，以产干酪闻名。

叫永镇寺，医生是一个波兰难民[1]，前一星期去了别处。他听到这话，写信给当地药剂师，询问人口数目、最近的同业的距离、前任每年进益等等；答复满意，爱玛的健康如果还不见好的话，他决计开春迁徙。

有一天，预备动身，她清理抽屉，有什么东西扎了手指。原来是一根铁丝，捆扎她的结婚的花用的。橘花已经在灰尘之中变黄了，银滚条缎带沿边也绽了线。她拿花扔进火里。它烧起来，比干草还快，随后在灰烬里，仿佛一堆小红树，慢慢销毁。她望着它燃烧。小纸果裂开，铜丝弯弯扭扭，金银花带熔化；纸花瓣烧硬了。好像一只只黑蝴蝶，沿着壁炉，飘飘荡荡，最后，飞出烟筒去了。

临到三月，他们离开道特，包法利夫人这期间有了身孕。

---

[1] 一八三〇年，波兰人民反抗俄罗斯沙皇统治，起义失败，大多逃往法国。

中　卷

一

永镇寺（从前有一座嘉布遣①寺，所以才这样称呼，现在连遗址也看不见了）是一个离鲁昂八古里远的村镇，在阿柏镇大路和博韦大路之间，紧靠里厄河灌溉的一个盆地。小河在河口附近推动三座水磨，然后流入昂代尔河②；水里有些鳟鱼，到了星期天，男孩子们就来钓鱼玩。

人们在布瓦西耶离开大路，顺着平地，走到狼岭高头，就望见了盆地。河在中间流过，盆地一分为二，成了两块面貌不同的土地：左岸全是牧场，右岸全是农田。丘陵绵绵，草原迤逦蔓衍，从山脚绕到后山，接上布赖③地区的牧场，同时平原在东边，一点一点高上去，向外扩展，金黄麦畦，一望无际。水在草边流过，仿佛一条白线，分开草地的颜色和田垅的颜色，整个田野看上去，就像一袭铺开的大斗篷，绿绒领子上镶了一道银边。

走到天边尽头，就有阿格伊森林④的橡树和圣约翰岭的巉岩，挡住去路。山坡自上而下，显出一些或宽或窄、又长又红的条纹，全是雨水冲洗的痕迹；许多含有铁质的泉水，四处流淌，流成那些红砖颜色，一道细线又一道细线，衬着山的灰底子，分外触目。

这里是诺曼底、庇卡底和法兰西岛⑤交界处，一个三不管地区，语音没有高低轻重，就像风景没有特色一样。新堡全区干酪，数这地方做得最坏，另一方面，耕种费钱，因为土地充满

包法利夫人 | 081

沙砾、石子，毫无黏性，要施大量肥料才成。

直到一八三五年以前，人去永镇，没有好路可走；然而也就是在这期间，当地修了一条交通要道，连接阿柏镇大路和亚眠大路，车夫有时候从鲁昂送货到弗朗德勒⑥，也走这条要道。永镇寺虽然有了新出路，照样驻足不前。他们不改良土壤，只是死守牧场，不管收入坏到什么地步。懒惰的村镇，一成不变，看也不看平原一眼，继续朝河那边开拓，人从远处望去，只见它伸展在岸上，像一个放牛郎在水边睡午觉。

过了桥，就在山脚，辟了一条垫高的堰路，栽着小白杨树，一直把你带到村子的头几家。院子周围有一道篱笆，当中是住宅，还有许多零星小屋、压榨间、车棚、蒸馏间⑦，在树木底下散开，枝叶茂密，中间挂着梯子、杆子或者镰刀。窗矮矮的，玻璃又厚又鼓，仿佛瓶底，当中有一个圆疙瘩。泥草房顶几乎遮住窗户的三分之一，好像皮帽拉到眼睛上面一样。几根乌黑的龙骨，扯斜穿过石灰墙，偶尔有一棵瘦小的梨树，伸出墙头；小鸡站在底层的门槛上，啄着泡过苹果酒的黑面包屑，

---

① 嘉布遣，意大利天主教方济各派的一个支派，一五七三年传入法国；该派教士帽宽而尖，故名。原文（capucins），意即风帽。
② 昂代尔河流入塞纳河。里厄河有人认为就在克勒封。
③ 布赖地区在塞纳河以北，科地以东。农产情况，大致和科地相同。新堡是它的政治中心。永镇寺有人认为就是里（Ry），在布赖地区南端、首邑鲁昂以东。
④ 阿格伊森林在永镇寺东北，约十五公里距离。有人认为就是圣德尼。
⑤ 诺曼底应当是高诺曼底，指塞纳河以北地带，实际也就是指塞纳河下游州而言。河以南地带为低诺曼底。法兰西岛雄踞塞纳河中游，首府巴黎，河心有小岛，古时以法兰西岛为名，衍成法兰西国家的发祥地。
⑥ 弗朗德勒，法国西北沿海、比利时和荷兰部分地域的统称。
⑦ 为了蒸馏苹果酒。

门口有活动小栅栏，防它们进屋里去。再往前走，就见房屋密了，院子小了，篱笆不见了；窗户底下有一捆羊齿草①。绑在扫帚把的尖尖头，摇来摆去。过了一家马掌铺，就是一家车厂，外头搁着两三辆新车，堵住了路。再过去，有一个栅栏门，望进去是一块圆草坪，点缀着一个小爱神，手指放在嘴上；再往里去，就是一所白房子，台阶两头一边一个铜瓶，门上钉着一块亮晶晶的事务所小牌：这是公证人的住宅，当地数它漂亮。

教堂在街的斜对面，离事务所有二十步远近，把着广场入口。公墓不大，环绕教堂，墙有大半个人高，里面墓冢垒垒，旧墓石倒在地上，块块相连，倒像铺的石板地，草长在夹缝，四四方方，绿茵成畦。查理十世在位的末年，教堂翻修一新②，现在木头屋顶高处，开始腐烂，上面涂的蓝颜色，有些地方陷下去，成了黑颜色。门上方搁风琴的地方，变成人们聚会的楼台，有一道楼梯盘旋而上，木头套鞋一踩，咯噔咯噔直响。

阳光透过匀净的玻璃窗，迤斜照亮顺墙排列的板凳；有的板凳放上一张草垫，钉牢了，底下写着几个大字："某先生之凳"。再往里去，在大厅狭窄的地方，有一个忏悔间，和一座小小的圣母像相对。圣母穿一件缎袍，头上蒙一幅银星点点的面网，朱红颜色脸蛋，活像夏威夷群岛的一尊神像；最后，靠里有一幅复制的《神圣家庭》，写明"内政部部长赠"，挂在圣坛上四支蜡烛当中，视野也就到此为止。唱经堂是枞木做的，一直没有上过油漆。

菜市场占了永镇广场一半大小，其实也就是二十来根柱子

---

① 羊齿草晒干，可以做药材。
② 查理十世在位期间（1824—1830），年久失修的教堂，大都有了翻修的机会。

包法利夫人 | 083

撑起的一个瓦棚罢了。镇公所是"按照巴黎一位建筑师的图样"盖起来的,好似一座希腊神庙,紧挨着药房犄角,底层有三根爱奥尼亚圆柱,二楼有一条半圆穹隆长廊①,横楣画了一只高卢公鸡②,一只爪子踩住宪章,一只爪子举起公道天平。

不过最引人注意的,却是金狮客店对面郝麦先生③的药房!特别是夜晚,甘该灯点起来,装潢铺面的红、绿药瓶,朝地面投出两道彩色熠熠的亮光,便见影影绰绰,隔着亮光,如同隔着孟加拉烟火④一样,出现了药剂师伏几而坐的影子。他的住宅,由上到下,贴满招贴,有的是行书字体,有的是圆环字体,有的是铅印字体,写道:"维希水、塞兹水、巴赖吉水、清血汁、拉斯帕依药水、阿拉伯健身粉、达塞药糖、勒尼奥药膏、绷带、蒸馏器、卫生巧克力"等等,⑤不一而足。招牌像铺面一样长短,金字写着:郝麦药剂师。几架大天平,钉死在柜台上,天平后头铺子尽里,一扇玻璃门上,在一半高地方,黑底金字,"郝麦"这个名字又出现一次,同时横楣上,还写了实验室三

---

① 爱奥尼亚圆柱以典雅著称,但是半圆穹隆是罗马建筑特征,和希腊神庙风格无关。
② 公鸡是法国民族的象征。大革命时代,用作军旗标志,一八三〇年,代替旧王朝的百合花徽成为国徽。拿破仑三世即位后取消。
③ "郝麦(Homais)这个名字,来自郝莫(homo),意思是'人'。"作者有这样一条札记,见《包法利夫人》新版本一一八页。
④ 孟加拉隶印度和巴基斯坦,烟火具有各种颜色。
⑤ 维希,法国中部著名矿泉水产地。塞兹,德国南部矿泉水产地,不过应市的多属人工汽水。巴赖吉,法国西南部上比利牛斯山区一地名,以其硫磺泉水著名,治各种皮肤病。拉斯帕依(1794—1878),法国政治活动家,后来研究人体寄生虫,配药水医治。不过这是一八四二年以后的事,在小说这段期间,他还没有配出药水来。而且当时人们把他看成政治上的可疑人物,郝麦不见得会代销他的药水。达塞(1725—1801),法国化学家,著名医生。勒尼奥(1810—1878),法国物理学家兼化学家。

个字。

此外，永镇也就没有什么可看的了。街道（惟一的一条街）有子弹射程那样长，两边几家店铺，在大路拐弯地方，收了形迹。出了街，往左转，沿圣约翰岭山脚走，很快就到了公墓。

有一时期，霍乱流行①，教堂扩大坟地，推倒一堵墙，在旁边买了三亩地；可是这块新开拓出来的地区，难得有人用，墓冢照常朝大门那边挤。看守又管掘坟，又当教堂管事（这样就从教区死人身上得到两笔收益），利用空地，种了一些马铃薯。不过他的田地本来就小，加之年复一年的收缩，所以他遇到传染病盛行的季节，便左右为难，不知道死人多了应当开心，还是坟墓多了应当难过才是。堂长先生终于有一天发话了：

"赖斯地布杜瓦，你吃死人呢！"

他听了这句话，觉得阴风惨惨，寻思之下，有一时期也就住了手，可是他今天照旧种他的块根，还硬说是野生的。

自从下文说起的事故发生以来，事实上，永镇就没有什么改变。马口铁三色旗，在教堂钟楼顶端，旋转如故；布庄两幅印花布幌子，依然迎风招展；药房的胎儿，仿佛一捆一捆白火绒，泡在浑浊的火酒里面，日渐腐烂；还有客店大门上头的老金狮子，风吹雨打，颜色褪掉，活像长毛犬，向过往行人露出它的鬈鬈毛。

包法利夫妇要来永镇的那天黄昏，女店家勒弗朗索瓦寡妇，正忙得不可开交，一面烧菜，一面直冒大汗。原来明天是镇上赶

---

① 一八三二年初夏，欧洲霍乱肆虐，三个月内，仅巴黎就死了两万人。

集的日子，必须先把肉切好，鸡开好膛，汤和咖啡煮好。另外，还要做出包饭人的饭、医生夫妇和他们女用人的饭。弹子房传出一片震耳的笑声；小间有三位磨房老板，喊人给他们拿烧酒去；劈柴在燃，焦炭在响，有人在案板上剁菠菜；厨房长桌上，盘子摞得高高的，和整块生羊肉夹杂在一起，案板一动，盘子就晃荡。偏院家禽咯咯叫唤，女用人在后头追赶，要宰它们。

一个男人穿绿皮拖鞋，有几颗细麻子，戴一顶金坠小绒帽，背向壁炉烤火。他一脸洋洋自得的表情，神态就像挂在他头上的柳条笼里的金翅雀那样安详，这人就是药剂师。

女店家喊着：

"阿尔泰蜜丝！撅些细枝子，给水瓶装水，送烧酒去，快呀！您等的客人，我单知道上什么果点，也就好了！老天爷！帮搬家的那伙人，又在弹子房闹开了！他们的大车停在大门底下！燕子来了，兴许把它撞坏了！喊伊玻立特，把车搁好！……说说看，郝麦先生，打早上起，他们打了约摸有十五盘球，喝了八坛苹果酒！……他们要杵坏我的台球毡子的！"

她拿着撇沫的勺子，边讲，边远远望他们。郝麦先生回答道：

"没有什么大不了，您买一张新的就是了。"

寡妇一听这话，叫了起来：

"再买一张台子！"

"勒弗朗索瓦太太，旧的不去，新的不来；我早就对您说过了，您这是自己害自己！大大地害了自己！再说，打弹子的人，如今讲究口袋窄，杆子重。人家不照老法子打啦；全变啦！必须跟着世道走！看看泰里耶，宁可……"

女店家气红了脸。药剂师说下去：

"他那张台子，随您怎么说，比您这张玲珑多了；好比说吧，人家就想得出来，帮波兰人募捐或者帮里昂遭水灾的人募捐①……"

女店家耸着她的胖肩膀，打断他的话道：

"像他那种叫花子，别想吓得了人！看吧！看吧！郝麦先生，金狮开一天，人来一天。我呀，有的是办法！您看好了，总有一天早上，法兰西咖啡馆会关门大吉，窗板上贴封条的！……（她接下去，自言自语道）换掉我这张台子，可是搁搁我洗的衣服，有多方便！赶上打猎，我好让上头睡六个客人！……伊韦尔这慢腾鬼怎么还不来！"

药剂师问道：

"您等他回来给客人开饭？"

"等他回来？毕耐先生就不答应！六点钟一敲，您看吧，他准进来，世上像他那样刻板的人，没有第二个。用饭也总要在小间里！死也别想他换换地方！又爱挑剔！又讲究喝好苹果酒！一点也不像赖昂先生；人家呀，有时候，七点钟来，连七点半钟的时候也有；有什么吃什么，看也不看一眼。年轻人真好！从来说话斯斯文文的。"

"这就因为呀，您明白，一个受过教育的人，和一个当过重骑兵的税务员，大有区别。"

六点钟响了。毕耐进来。

他穿一件蓝大衣，笔直下垂，裹住他的瘦身子，皮便帽的护耳，在顶门用小绳拴牢，帽檐朝上翻，底下露出光秃秃的额

---

① 波兰人，指亡命法国的难民，由于一八三〇年革命失败，逃到国外。里昂水灾发生在一八四〇年。

头,过去戴久了战盔,压出印子。他穿一件青呢背心、一条灰裤,戴着硬领,一年四季,穿一双贼亮靴子,偏巧脚拇趾跷,脚面一边高起一块。小眼睛,鹰嘴鼻,金黄络腮胡须,一根不乱,齐下巴兜住他少光无色的长脸,活像花圃的边。他玩一手好牌,写一手好字,是一个打猎的好手,家里有一台旋床,闲来无事,他就旋餐巾环,怀着艺术家的爱心、资产者的私心,攒满了一屋。

他朝小间走去;但是先得请出三位磨房老板;他坐在炉火旁边,默不作声,等人给他摆好刀叉,然后像平日一样,关了门,摘掉便帽。

药剂师一看就剩下他和女店家了,发话道:

"说上两句客气话,不见得就烂掉他的舌头!"

她回答道:

"他向来少言寡语;上星期,来了两个布贩;两个年轻人挺有才气,夜晚讲了许多笑话,可把我笑死啦。好,他呀,坐在那边,闷声不响,活活儿一条死鱼。"

药剂师道:

"是呀,没有想象,没有才情,一点应酬都不讲!"

女店家驳他道:

"可是人家说他有本事啊。"

郝麦回答道:

"本事!他!本事?"

他换了一种比较平静的语气,接下去道:

"在他那一行,也许是吧。"

于是他往下讲道:

"啊!一个场面大的商人、一个法学家、一个医生、一个药剂师，专心业务，人变古怪了，甚至于粗暴了，这我懂；历史上尽有这种事例！不过，那是因为，起码他们在想什么事情。我，好比说吧，我写标签，在写字台上找钢笔，有许多回，找来找去找不到，临了发现夹在我的耳朵上头！……"

勒弗朗索瓦太太走到门口，看看燕子到了没有。她吓一跳。一个穿一身黑的男子，突然走进厨房。黄昏一丝余光，照出他有一张赤红的脸和运动家的体格。

"堂长先生，有事要我做吗？"

女店家一面问，一面走向壁炉，去拿一支铜蜡烛台。铜蜡烛台和蜡烛并排摆在一起。

"您要不要吃点东西？喝一小盅黑醋栗酒、一杯葡萄酒？"

教士十分客气地谢绝了。他是来找他的雨伞的：他前一天把雨伞忘在艾讷蒙修道院了，所以来拜托勒弗朗索瓦太太，派人替他取回来，夜晚送到他的住处。晚祷的钟声在响，他回教堂去了。

药剂师听他的皮鞋声在广场消失以后，就批评说，方才他的行为，很不礼貌。喝一杯酒，算得了什么，居然拒绝，在药剂师看来，是最要不得的一种虚伪。教士个个偷偷摸摸，大吃大喝，企图再过那种什一税的日子①。

女店家帮她的堂长说话：

"凭您怎么说，像您这样的男人，他在膝盖上，可以一撅四个。去年，他帮我们收麦秸，真结实啦，一趟扛六捆！"

药剂师道：

---

① 什一税，天主教规定教民缴纳的税款数字，合教民收入十分之一，一七九三年，政府通令废除，从此教会少了这笔庞大收入。

"妙啊！那么，打发你们的姑娘找有这般体格的小伙子忏悔去！我呀，我要是政府的话，我要教士一个月抽一次血。是啊，勒弗朗索瓦太太，为了治安和风俗，每一个月，好好儿抽他们一回血！"

"别说了，郝麦先生！您不敬神！不信教！"

药剂师还口道：

"我信教，信我自己的教，别看他们装腔作势，像煞有介事，我比他们哪一个都有信仰！正相反，我崇拜上帝！我信奉上天，相信有一个造物主，随他是什么，我不在乎。他要我们活在人世，尽我们的公民责任、家长责任；但是我用不着走进教室，吻银盘子，拿钱养肥一群小丑：他们吃得比我们好！人在树林，在田地，甚至像古人一样，望着苍天，一样可以敬仰上帝。我的上帝、我所敬礼的上帝，就是苏格拉底的上帝、富兰克林的上帝、伏尔泰和贝朗瑞的上帝！我拥护《萨瓦教务协理的信仰宣言》和八九年的不朽原则[1]！所以我不承认什么糟老头子上帝，拄了拐杖，在他的花圃散步，让他的朋友住在鲸鱼肚子里，喊叫一声死去，三天之后再活过来[2]。这些事本身就荒唐，还不说根本违反全部物理学原理；这顺便也就为我们证明：教士一向愚昧无知，厚颜无耻，还硬要世人和他们一样。"

他住了口，目光炯炯，看周围有没有听众，因为药剂师一时兴起，忘乎所以，竟以为自己是在乡行政委员会了。可是女

---

[1] 《萨瓦教务协理的信仰宣言》，见卢梭的《爱弥儿》(1762) 第四卷。"八九年的不朽原则"指一七八九年大革命时《人权宣言》第十条宣布的信仰自由。
[2] 参看《旧约·约拿书》第一章："耶和华安排一条大鱼吞了约拿，他在鱼腹中三日三夜。"

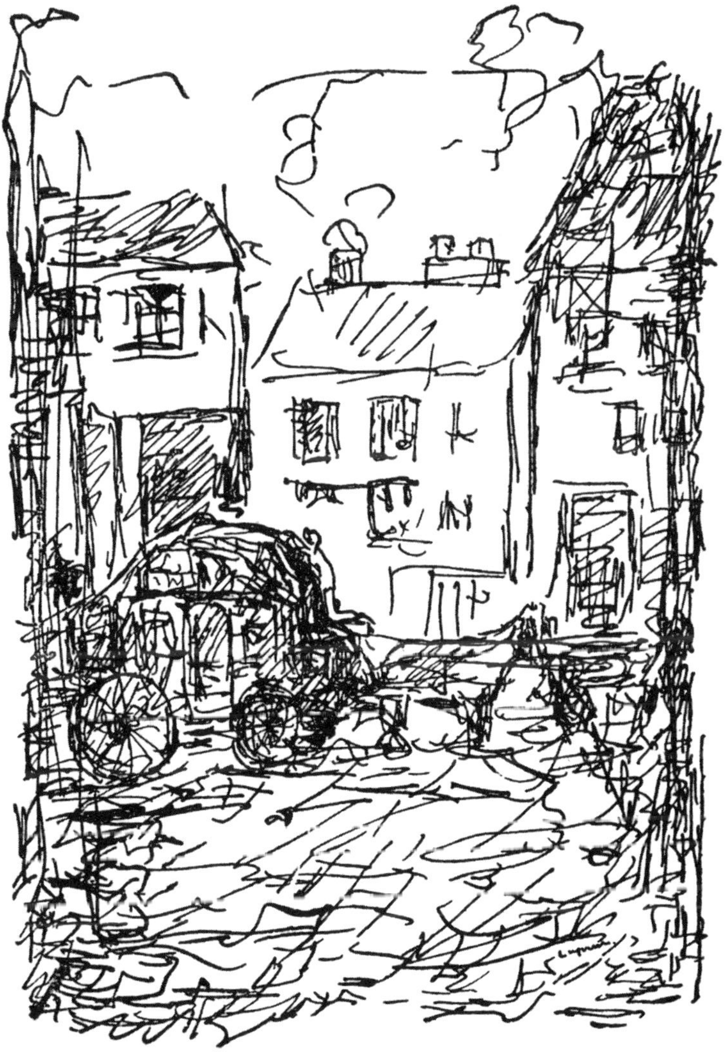

店家已经心不在焉,伸长耳朵,听远处什么东西滚动的声音。她听出是马车响,还掺杂着松了的马掌叭哒叭哒打地的声音。燕子终于在门前停住了。

这是一只黄箱子,夹在两个大轱辘当中,轱辘有车篷那样高,旅客看不见路,肩膀还要吃土。窗户窄小,车门一关,玻璃就在框子中间震动,上头灰尖已经够厚的了,还左一块,右一块,沾了好些泥点,即使倾盆大雨,一时也冲洗不掉。车套了三匹马,一匹打头,每逢下坡,车一颠簸,箱子底就碰了地。

永镇有些市民,也到了广场,同时说话,七嘴八舌,问消息,要解释,找鸡鸭筐子,闹得伊韦尔不知道回答谁好。原因是他替本地人进城办货,到铺子买东西,给鞋匠带回几捆皮,给马掌匠带回一堆废铁,给店东家带回一桶鲱鱼,从女帽店带回几顶帽子,从理发店带回一些假发;他一路回来,一包一包分好,沿着各家的院墙扔进去,站在车座上,扯嗓子嚷嚷,马也不管了,由它们走去。

路上发生意外,车回来迟了;包法利夫人的猎犬,在田地迷失了。大家足喊了一刻钟。伊韦尔甚至倒回了半古里路,时刻以为瞥见了,偏又不是;但是没有时间再找,非赶路不可。爱玛又是哭,又是生气,直抱怨查理不好。布商勒乐先生,凑巧同车,试着安慰她,举了许多例子:狗丢了,经过多年,又找到主人。他听人讲起一条狗,从君士坦丁堡回到巴黎。还有一条狗,照直走了五十古里路,泅过四条河;他的父亲有一条长毛狗,不见了十二年,有一天黄昏,他到城里用饭,狗在街头冷不防跳上他的后背。

二

爱玛头一个下车，全福、勒乐先生，还有一个奶妈，跟着也下了车；天一黑，查理就在他的角落睡着了，临到下车，不得不喊醒他。

郝麦上前，介绍自己，向夫人表示他的热忱，向先生表示他的敬意，说他能稍尽绵薄，不胜荣幸。接着就悾悾款款，说他擅作主张，陪他们一道用饭，再说，他的太太又不在家。

包法利夫人一进厨房，就走到壁炉跟前，伸出两个手指，在膝盖地方，把袍子提到踝骨上，露出一只穿黑靴子的脚，跨过烤来烤去的羊腿，伸向火焰。火光照亮整个身子。一道强光射透袍料纬线、白净皮肤的细毛孔甚至时时眨动的眼皮。门开了一半，风吹进来，一大片红颜色罩住她的身子。

一个金黄头发青年，在壁炉另一边，不言不语地望她。

赖昂·迪皮伊先生（他是金狮客店第二个包饭客人），在公证人居由曼那边做文书，在永镇百无聊赖，推迟用饭的时间，希望客店来一位旅客，聊一黄昏。有些天，工作完毕，他不知道干什么好，只好准时前来，无可奈何，从头到尾，和毕耐一道吃饭。所以女店家提议他陪新来的客人用饭，他就欢欢喜喜接受了。勒弗朗索瓦太太争体面，特意在大厅摆了四份刀叉。

大家走进大厅，郝麦怕伤风，请大家允许他戴他的希腊小

帽,然后转向旁边的包法利夫人:

"夫人,不用说,有点累了吧?我们这辆燕子,真要把人颠死!"

爱玛答道:

"是啊;不过我一向就觉得变动好玩,我喜欢出门。"

文书叹一口气,说:

"老待在一个地方,简直把人腻死!"

查理道:

"您要是也像我,老得骑着马来来去去……"

赖昂转向包法利夫人,接茬道:

"可是,我觉得,这再有意思不过……"

他添上一句话道:

"要能这样的话。"

药剂师讲:

"其实,在我们这地方行医,并不怎么辛苦;因为道路平坦,马车来往无阻,而且一般说来,农民生活富裕,酬金相当丰厚。就病而论,除去肠炎、气管炎、胆汁过多等等常见病例之外,我们也就是收获期间,偶尔害害疟疾,不过大体说来,情形并不严重,也没有特殊值得注意的地方,顶多爱生瘰疬罢了,这不用说,是我们乡下人居住不合卫生条件的缘故。啊!包法利先生,到时您就知道,种种偏见,需要排除;顽固的旧习惯,天天和您的一切科学努力冲突;因为他们宁可求救于九日祈祷、圣骨、教堂堂长,也不按照常情,来看医生或者药剂师。不过说实话,气候不坏,本乡就有几个九十岁的人。寒暑表(我观察过),冬季降到摄氏表四度,大夏天高到二十五度,顶多三十度,合成列氏表,最大限度也就是二十四度,或者华氏表(英国算法）五十四度[1]，不会再高啦！——而且实际上，我们一方面有阿格伊森林，挡住北风，另一方面，又有圣约翰岭，挡住西风；不过河水蒸发，变成水汽，草原又有许多牲畜存在，你们知道，牲畜呼出大量阿莫尼亚，就是说，呼出氮气、氢气和氧气（不对，只有氮气和氢气），其所以热，就因为吸收了土地的腐烂植物，混合了所有这些不同种类的发散出来的东西，好比说，绑成一捆东西，遇到空气有电的时候，自动同电化合，时间久了，就像在热带一样，产生出妨害卫生的瘴气[2]；——这种热，我说，在来的那边，或者不如说是可能来的那边，就是说，南方，经东南风一吹，也就好受了；风过塞纳河，已经凉爽了，有时候冷不防自天而降，就像俄罗斯小风一样。"

包法利夫人继续向年轻人道：

"附近总该有散步的地方吧？"

他回答道：

"简直没有！有一个地方，叫做牧场，在岭子高头，森林一旁。星期天，我有时候去，带一本书，待在那边看日落。"

她接下去道：

"我以为世上就数落日好看了，尤其是海边。"

赖昂道：

"我就爱海！"

包法利夫人回答道：

"汪洋一片，无边无涯，您不觉得精神更能自由翱翔？凝望大海，灵魂得以升华，不也引起对无限和理想的憧憬？"

---

[1] 摄氏三十度，等于列氏表二十三度，等于华氏表八十七度。
[2] 阿莫尼亚是氨气，不同于氮、氢、氧，同电化合，成为瘴气，更属无稽之谈。

赖昂接下去道：

"山景也一样。我有一位表兄，去年在瑞士旅行，对我讲，湖泊的诗意、瀑布的瑰丽、冰河的壮观，非常人所能想象。松树高大无比，挺立湍流当中；茅屋草舍，悬于峭壁之上；在你脚下千尺之处，云雾微开，溪谷全部在望。这些景象一定令人感动、令人神往、使人想到祈祷！所以那位出名的音乐家，为了激发想象，经常对着惊心动魄的景色弹琴，现在看来，也就不足为奇了。"

她问道：

"您是音乐家？"

他回答道：

"不是，不过我很爱好。"

郝麦一边俯向盘子，一边插话道：

"包法利夫人，别相信他，他说这话，完全由于谦虚。——怎么，好朋友！那一天，您在您房间唱《守护天使》①，实在好听。我在实验室就听见了。您像一位演员，说收就收。"

赖昂的确住在药剂师家三楼一间小屋，面对广场。听见房东这样恭维，他臊红了脸。郝麦已经转向医生，一个又一个，列举永镇的缙绅。他叙述逸事，提供说明。公证人的财产，没有人知道准确数字；还有"杜法赦那一家人"，就爱摆架子。

爱玛问下去道：

"您喜欢什么音乐？"

"德国音乐；引人入梦的音乐。"

---

① 《守护天使》是当时一首流行歌曲。作曲者是杜尚惹夫人 (1778—1858)。

"您看过意大利歌剧吗?"

"还没有;不过明年我要住到巴黎,把法科读完,那时候我就看到了。"

药剂师道:

"方才我正对您丈夫说起那个跑了的、可怜的亚诺达;亏他瞎讲究,回头您就知道,您住的房子是永镇最舒服的一所房子。一个做医生的,特别觉得方便的是:巷子有一扇门,出入没有人看见。再说,就居住而论,应有尽有:洗衣房、厨房带食具间、客厅、水果储藏室等等,不一而足。这家伙活活儿就是一位大爷,满不在乎!他在花园尽头近水的地方,搭了一座花棚,单单就为夏季喝喝啤酒!夫人要是爱好园艺的话,不妨……"

查理道:

"内人对这不感兴趣,人家劝她活动活动,可是她就爱待在房间里看书。"

赖昂插话道:

"我也是这样;说实话,风吹打玻璃窗,灯点着,晚上在火旁一坐,拿起一本书……还有什么比这称心的?"

她睁大她的黑眼睛,看着他道:

"可不是?"

他继续道:

"什么也不想,时间就过去了。静静坐着,就在恍惚看见的地方漫游,你的思想和小说打成一片,不是玩味细节,就是探索奇遇的曲折起伏。思想化入人物,就像是你的心在他们的服装里面跳动一样。"

她说:

"对!对!"

赖昂说下去：

"您有没有这种经验：有时候看书，模模糊糊，遇见您也有过的想法，或者人影幢幢，遇见一个来自远方的形象，好像展示出来的，全是您最细微的感情一样？"

她回答道：

"我有过这种体会。"

他说：

"所以我特别喜爱诗人。我觉得诗词比散文温柔，更容易感人泪下。"

爱玛道：

"可是读久了也起腻；如今我就爱一气呵成、惊心动魄的故事。我就恨人物庸俗、感情平缓，和日常见到的一样。"

文书发表意见道：

"的确也是。这些作品既然不感动人，依我看来，就离开了艺术的真正目的。人生每多失望，能把思想寄托在高贵的性格、纯洁的感情和幸福的境界上，也就大可自慰了。就我来说，住在这偏僻地方，远离社会，读书成了我惟一的消遣；因为永镇是什么也拿不出来的！"

爱玛接下去道：

"还用说，和道特一样；所以我从前总去一家书店租书看。"

药剂师听见这末几句话，就说：

"我有一架书，都是最好的作家写的：伏尔泰啦、卢梭啦、德利尔①啦、瓦尔特·司各特啦、《回声报副刊》啦等等，而且

---

① 德利尔，法国诗人，风格、内容近似拉马丁，在当时很有名气。

我收到各种不同期刊,其中《鲁昂烽火》,天天送来,因为我是比西、福尔吉、新堡、永镇和附近一带的通讯员,所以只要夫人赏脸,我没有不乐意借的。"

他们的晚饭用了两小时半;因为女用人阿尔泰蜜丝,穿一双布条鞋①,懒懒散散,在石板地上拖来拖去,端了一个盘子,再端一个盘子,丢三落四,样样不懂。弹子房的门,老是打开忘了关,门闩头直撞墙。

赖昂一面说话,一面心不在焉,拿脚踩着包法利夫人坐的椅子的横档。她系一条蓝缎小领带,兜紧圆褶细麻布领,像花领箍②那样硬挺;头上下一动,她的小半个脸,也就跟着优雅地在领口出出进进。查理和药剂师闲聊中间,他们就这样靠近了,泛泛而谈,东扯一句,西扯一句,但是总回到一个引起共鸣的中心。巴黎戏剧、小说的标题,新式四组舞,她住过的道特,他们现在待的永镇,以及他们没有见识过的社会,天上地下,无所不谈,一直谈到晚饭用罢,这才住口。

上咖啡的时候,全福去新宅布置寝室。客人们没有多久,也就离席。勒弗朗索瓦太太在将熄的炉火旁睡着了。马夫提了一盏灯,守在一旁,送包法利夫妇去他们的新居,红头发沾着碎麦秸,左腿瘸着。大家等他另一只手拿好堂长先生的雨伞,就出发了。

全镇入睡。菜场的柱子投下长长的影子。像在夏天夜晚一样,地全是灰的。

不过医生住宅离客店只有五十步远,大家差不多紧跟着就

---

① 布的边幅,质料较坚,颜色不同,有些人用来编成鞋面。
② 花领箍是十六、十七世纪一种圆篷篷的裥褶领饰。

包法利夫人 | 099

互道晚安分手了。

爱玛一进门厅，就觉得冰冷的石灰，像湿布一样，落在她的肩头。墙是新刷的，木头梯子嘎吱直响。窗户没有挂窗帘，一道淡淡的白光射进二楼房间。她影影绰绰，望见树梢，再往远去，还望见一半没在雾里的草原，月光皎洁，雾顺着河道冒气。房间里面，横七竖八，随地放着五斗柜的抽屉、瓶子、帐杆、镀金小棒，椅子上搁着褥垫，地板上搁着脸盆，——搬家具的两个男人，漫不经心，信手扔了一地。

这是第四次，她睡在一个陌生地方，第一次是她进修道院的那一天；第二次是她到道特的那一天；第三次是她去渥毕萨尔的那一天；如今是第四次。每次都像在她生命中间开始一个新局面。她不相信事物在不同地方，老是一个面目；活过的一部分既然坏，没有活过的一部分，当然会好多了。

三

第二天，她一下床，就望见文书在广场。她穿的是梳妆衣。他仰起头，向她致敬。她赶快点了点头，关上窗户。

赖昂整天在盼下午六点钟到，但是走进客店，仅仅看见毕耐坐在饭桌一旁。

昨天那顿晚饭，对他来说，是一件大事；一连两小时，同一位太太谈话，他还从来没有过。这许多事，往常他说都说不清楚，和她一谈，怎么就会那样娓娓动听？他一向胆怯，庄重自持，一半也是害羞，一半也是作假。永镇上人，认为他举止得体。成人高谈阔论，他洗耳恭听，不发一言，似乎并不热衷政治：对于一个年轻人说来，确实难得。而且他多才多艺，能画水彩画，能看乐谱，晚饭后不玩牌的时候，他就钻研文学。郝麦先生看重他有知识；郝麦太太喜欢他为人随和；因为他常在花园陪伴那些小郝麦；这些小家伙，一向邋遢，缺乏管教，还有点迟钝，如同他们的母亲。他们除去女用人照料之外，还有药房伙计朱斯丹照料他们：他是郝麦先生的远亲，郝麦先生行好，把他收留下来，同时当用人使唤。

为了表示他是最好的邻居，药剂师指点包法利夫人买谁家东西，特地把他照顾的苹果酒贩叫来，亲自尝酒，监视酒桶在地窖摆好。他又教她怎样买到便宜的牛油。教堂管事赖斯地布杜瓦，除去教会和殡葬两项职务之外，还随各家喜好，按年或者按钟点料理永镇的主要花园，药剂师也为她的花园接好了头。

药剂师曲意奉承,并非单为关怀别人,其中还有别的文章。

十一年风月①十九日法律,第一条规定:任何人没有执照,不得行医。他严重违反这一条法律,经人暗中告发,王家检察官传他到鲁昂问话②。司法官穿了公服,肩膀上披一条白貂皮,头上戴一顶瓜皮小帽,站着在办公室见他。这在早晨开庭以前。他听见过道有宪兵的笨重靴子走动,远处像有大锁关闭的声音。药剂师耳朵轰隆轰隆的,眼看自己像要中风一样;他恍惚看见自己被拘禁在地牢深处,一家大小号啕,药房出让,瓶瓶罐罐丢了一地,所以离开法院,他不得不走进一家咖啡馆,喝一杯搀塞兹水的甘蔗酒,恢复他的神志。

日子一久,训斥的回忆渐渐淡了,他像往常一样,在铺面后间看病,开上一些无关紧要的方子。但是他有镇长作对,同行忌妒,必须加意小心;他之所以礼数频频,讨好包法利先生,就是为了使他感激在心,万一日后有所觉察,也就难以开口。所以每天早晨,郝麦送报纸给他看,下午常有一时离开药房,到医生那边聊天。

查理愁眉不展:顾客不见上门。他不言不语,一坐好几小时,不是在他的诊室睡觉,就是看他的太太缝东西。他为了消遣,在家里学干粗活,甚至拿漆匠用剩下来的油漆,试着油漆阁楼。不过他真正操心的,是银钱事务。修葺道特的房屋,太

---

① 风月是大革命时代共和国的六月,从二月十九日到三月十九日。
② 根据柯兰的注解:共和国十一年的法律,对冒名行医的惩处相当宽大。管这种事的,不是王家检察官,而是州长。

太添置化妆品，还有搬家，三千多埃居嫁资，两年下来，全花光了。再说，从道特搬到永镇，东西不是损坏，就是遗失，还不算石膏堂长像，有一次车颠得太厉害，滚到大车底下，在甘冈普瓦的石路上摔碎了！

有一件事，虽然担心，却也分忧，就是太太有喜了。分娩期越近，他越疼她。另外一种血肉联系在建立，像是不断提醒一种更为复杂的结合。他远远望见她，走起路来，懒洋洋的，不穿胸衣，身子软绵绵的，在屁股上扭来扭去，要不然就是，坐在扶手椅里，一副慵倦模样，面对面，尽他饱看，他太幸福，再也憋不住，站起来，搂住她，摸她的脸，叫她小妈妈，想同她跳舞，于是半笑半哭，尽他想得起来的柔情蜜意的戏言戏语，说个不停。他想到生孩子，心花怒放。他现在什么也不缺了。他经历到全部人生，于是坐在人生一旁，悠然自得，尽情享受。

爱玛起先觉得很惊奇，后来想知道做母亲是怎么一回事，也就急于分娩。不过她不能由着她的心思用钱，好比说，买一只玫瑰红缎帐摇篮、几顶绣花小帽，所以她一怄气，不加挑选，不和人讨论，什么也不料理，统统交给村里一个女工去做。这样一来，引起母爱的准备工作的乐趣，她就体会不到了；也许是由于这个缘故吧，她的感情，从一开始，就欠深厚。

不过查理顿顿饭说起小把戏，她慢慢也就老想着这事。

她希望养一个儿子，身子结实，棕色头发，名字叫做乔治[①]：

[①] 爱玛看重这个名字，不是由于它的本义"农夫"，而是由于它给她带来强壮和浪漫的启示。公元四世纪，有一个殉难的基督徒，叫这个名字。他是一个军官，小亚细亚人，传说在北非除过一条有害于民的恶龙。许多地方把他奉为护圣，英国即是。法国浪漫主义运动很受英国影响。

她过去毫无作为，这种生一个男孩子的想法，就像预先弥补了似的。男人少说也是自由的；他可以尝遍热情，周游天下，克服困难，享受天涯海角的欢乐。可是一个女人，就不断受到阻挠。她没有生气，没有主见，身体脆弱不说，还处处受到法律拘束。她的意志就像面网一样，一条细绳拴在帽子上头，随风飘荡。总有欲望引诱，却总有礼法限制。

星期天早晨，六点钟左右，太阳正出来，她分娩了。查理道：

"是一个女孩子！"

她转过头，晕过去了。

郝麦太太差不多跟着就跑过来吻她，勒弗朗索瓦太太离开金狮，也来了。药剂师不便进屋，只在门缝说了几句道喜的话。他希望看看婴儿；他觉得相貌端正。

休养期间，她费了不少心思，给女儿想名字。她最先考虑所有那些有意大利字尾的名字，诸如克拉拉、路易莎、阿芒达、阿达娜；她相当喜欢嘉尔絮安德这个名字，尤其喜欢绮瑟和莱奥卡狄这两个名字①。查理愿意小孩子叫母亲的名字；爱玛不赞成。他们上下查历书②，还向外人请教。

药剂师道：

"我和赖昂先生前一天说起这事，他奇怪你们为什么不取玛德兰娜这个名字，眼下非常时髦。"

---

① 嘉尔絮安德（约532—568），西班牙哥特王国的公主，嫁给法兰克国王西佩里克（Chilpéric），在鲁昂举行婚礼，不久被丈夫缢死。绮瑟，中世纪故事诗《特里斯当与绮瑟》的女主人公。莱奥卡狄，西班牙一女基督徒，三〇四年殉教。
② 天主教历书纪念死难的信徒，每天一个圣者，注明名字，可供参考。

但是包法利老太太坚决反对用这有罪女人的名字①。至于郝麦先生，凡足以纪念大人物、光荣事件或者高贵思想的，他都特别喜爱；他给四个孩子取名字，根据的就是这种原理。所以一个叫拿破仑，代表光荣；一个叫富兰克林，代表自由；一个叫伊尔玛，也许是对浪漫主义的一种让步②；一个叫阿塔莉，却是对法兰西戏剧最不朽之作的敬意③。因为他的哲学信念并不妨碍他的艺术欣赏；他的思想家成分，也决不抑制感情流露；他懂得怎么样加以区别，把想象和狂热的信仰分开。就拿《阿塔莉》这出悲剧来说，他指摘思想，但是欣赏风格；他诅咒概念，但是称道全部细节；他厌恶人物，然而热爱他们的对话。他读伟大篇什，神魂颠倒；但是一想到戴黑瓜皮帽之流④，当做生意经用，他就伤心；于是百感交集，心困神惑，他一方面希望自己能亲手给拉辛戴上桂冠，一方面也希望和他认真地讨论一番。

最后还是爱玛想起，她在渥毕萨尔庄园，听见侯爵夫人喊一个年轻女人白尔特⑤，就选定了这个名字。卢欧老爹不能来，

---

① 玛德兰娜，旧译"抹大拉"，是地名，全名应当是"抹大拉的马利亚"，后人把抹大拉用成人名。《路加福音》第八章："曾有七个鬼从她身上赶出来。"她不是一个"有罪女人"，一般人错把她看成第七章说起的抹香膏女人，"那城里有一个女人，是一个罪人"。
② 伊尔玛，一部同名通俗历史小说的女主人公；小说是早期浪漫主义（1830 年以前）的产物。
③ 阿塔莉，十七世纪古典主义悲剧家拉辛的同名杰作的女主人公。她是公元前九世纪犹太国的女王。
④ 指教士而言，日常头上戴一顶黑瓜皮帽。
⑤ 白尔特的字义是"明亮"，来自日耳曼语。这个名字常见于早期法国历史。最著名的是查理曼大帝的母亲"大脚白尔特"。中世纪关于她的传说很多。

包法利夫人 | 105

他们请郝麦先生做教父。他的礼物全是他的药房的出品，诸如：六匣黑枣、一整瓶健身粉、三筒药用蜀葵片，还有在壁橱里找到的六根冰糖棍。举行洗礼的当天晚晌，摆了一桌酒席；教堂堂长也在座。大家兴高采烈，临到行酒，郝麦先生唱《好人们的上帝》①，赖昂先生来了一首船夫曲，包法利老太太是教母，也唱了一首帝国时代流行的恋歌；闹到后来，老包法利硬要抱小孩子下来，举起一杯香槟酒，说是给她行洗礼，朝头上浇。布尔尼贤堂长见他取笑第一条圣事②，未免有气；老包法利的答复是引证一句《众神之战》③；堂长离席要走；太太们央求，郝麦解劝，才算留住教士又坐下来：他端起碟子，心平气和，又喝着他喝了一半的小杯咖啡。

老包法利在永镇住了一个月之久。早晨他到广场吸烟斗，戴一顶漂亮的银箍船形帽，居民真还让他给唬住了。他喝烧酒有瘾，一来就差女用人到金狮替他买一瓶，写在儿子账上：他要手帕有香味，用光儿媳妇储藏的全部科伦水。

儿媳妇并不讨厌他。他有阅历，讲起柏林、维也纳、斯特拉斯堡，还有他当军官的时期、他有过的情妇、他摆过的盛大午宴。而且他显出一副可爱模样，有时候甚至在楼梯上或者花园内，搂住她的腰，喊道：

"查理，当心啊！"

这样一来，老太太不放心了，生怕丈夫会有一天对年轻女

---

① 《好人们的上帝》，贝朗瑞的作品，每节叠句是："手里拿着酒杯，我快快活活把自己交给好人们的上帝。"
② 圣事共有七条，洗礼是第一条。
③ 《众神之战》，法国诗人帕尔尼（1753—1814）的作品，叙述基督教战胜外教，语多嘲讽，信徒认为亵渎神圣。

人起坏影响,连累儿子的幸福,急于要早走。她也许有更严重的顾虑吧。老包法利是个无法无天的人。

小女儿交给木匠女人乳养,有一天,爱玛忽然动了看她的心思,也不看看历书,圣母的六个星期过了没有①,就朝罗莱住的地方走去。他住在岭下村子尽头,在大路和草原之间。

正是中午,家家下了护窗板,碧空烈日,青石板屋顶明光闪闪,山墙头好像在冒火花。一阵热风吹来。爱玛觉得行走乏力;人行道的石子磨脚;她拿不定主意回家好,还是进谁家歇歇好。

正在这时,赖昂先生胳膊底下夹着一卷文件,从邻近一家大门出来。他走过来问候她,站在勒乐铺子前面,灰帐篷底下的荫凉里。

包法利夫人说她去看她的孩子,不过她已经觉得累了。

"如果……"

赖昂嗫嚅一声,不敢再讲下去了。

她问他:

"您有事忙吗?"

文书说他没有事,她求他陪她一道去。一到黄昏,永镇传遍此事,镇长太太杜法赦夫人,当着女用人的面讲:"包法利太太惹火烧身。"

去奶妈家的路,就像去公墓的路一样,出了街,必须朝左转,穿过一些窄小的房屋和院落,走一条小径。道旁一排小女贞树,正在开花,还有威灵仙、野蔷薇、荨麻和在灌木丛上亭亭

---

① 从圣诞节(12月25日)到圣母节(2月2日)约六星期。这也是一般产妇需要养息的时间。

玉立的木莓，也不甘落后。从篱笆窟窿望进去，就见草棚周围，不是猪在粪堆上爬，就是脖子套着夹板的母牛，拿犄角在蹭树身。两个人，并肩漫步，她靠住他，他照她的脚步，放慢步子；空气燥热，一群苍蝇在他们前头飞来飞去，嘤嘤作响。

他们看见一棵老胡桃树，知道到了。老胡桃树阴下，有一所棕色瓦房，矮矮的，阁楼天窗底下挂着一串大葱。一捆一捆小树枝，竖直了，靠住荆棘篱笆，圈着一畦生菜、一小片香草，架子支起正在开花的豌豆，泼在草上的脏水，东一摊、西一摊，房子周围有几件叫不出名堂的破衣烂裤，编织的袜子、一件红印花布短袖女衫和一大幅晾在篱笆上的厚帆布。奶妈听见栅栏响，抱着一个吃奶的孩子出来，另一只手还牵着一个可怜的小瘦家伙，一脸瘰疬：鲁昂一个帽商的儿子，父母忙于做生意，把他留在乡下。

她说：

"进来吧，您的孩子在那边睡着呐。"

全楼惟一的卧室，就是下面的房间，尽里贴墙，有一张大床，不挂钩子；沿窗放着面盆；玻璃有一块裂开，拿蓝纸剪成一颗星星，粘在一道。门后角落，水槽石板底下，摆着几只高筒靴子，靴底钉子发亮，旁边有一只瓶子，盛满了油，瓶口插着一根羽毛；炉架全是灰尘，上面扔着一本《马太·朗斯贝格》[①]，夹杂在打火石、蜡烛头和零星火绒当中。这间屋子最用不着的奢侈品是一幅画，画的是信息女神吹喇叭，不用说，一定是从什么香料广告画上剪下来的，拿六个木头套鞋钉子，钉在

[①] 《马太·朗斯贝格》，一本万宝全书式的历书，从一六三六年起，通行民间，十九世纪中叶，由新历书代替。

墙上。

爱玛的小孩子睡在地上一个柳条摇篮里。她连被窝一道抱起来,一边摇晃身子,一边低声歌唱。

赖昂在屋里踱来踱去;这位漂亮太太,穿一件南京布①袍子,周围一片穷苦景象,他越看越觉得不伦不类。包法利夫人脸红了;他转开身子,心想他这样看她,也许有些失礼。小孩子吐奶吐到她的领子上,她放她躺回去。奶妈赶忙过来揩,直说不会留下印子。她说:

"她净朝我身上吐奶,我除去洗她,就甭想再干别的!您可不可以吩咐杂货店卡穆一声,我缺肥皂用,许我拿上一块两块?往后我用不着吵扰您,对您也方便多了。"

爱玛道:

"好吧!好吧!罗莱嫂子,再见!"

她出来在门槛上揩了揩脚。

乡下女人陪她一直陪到院子尽头,诉说她夜晚不得不起床的苦处。

"我有时候累得要命,好端端坐在椅子上就睡着了;所以再不怎么,您也该赏我一磅磨好的咖啡,一磅够我一个月用的,早上我兑牛奶喝。"

包法利夫人勉强听完她的道谢,拔脚就走,眼看在小径已经走了一程,只听传来一片木头套鞋响声,回头一望:原来又是奶妈赶来了。

"又是什么事?"

---

① 南京布,浅黄发亮,当时法国人喜欢用作夏装,特别是裤子、背心一类衣服,郝麦在第八章就穿这样一条裤子。

于是乡下女人把她拽到一棵榆树后头,唠唠叨叨,说她的丈夫,干那行营生,一年六法郎,船长还……

爱玛道:

"快说吧。"

奶妈说一个字,叹一口气,接下去道:

"可不,单我一个人有咖啡喝,我怕他看了会难过的;您知道,男人家……"

爱玛一连几次道:

"少不了您的,我给您就是了!……别跟我蘑菇!"

"唉!我的善心太太,都只为他先前受伤,胸口死抽着疼。他讲,就连苹果酒也不顶事。"

"罗莱嫂子,有话快讲!"

后者行了一个大礼,接下去道:

"那,您不嫌我太贫气……"

她又行了一个大礼:

"您乐意的话……"

一双眼睛哀求着,她终于说出了口:

"一小坛烧酒,我拿它擦小姐的脚,她那小脚丫呀,嫩得就像舌头一样。"

爱玛打发掉奶妈,又挎上赖昂先生的胳膊。她放快脚步,走上一阵,又慢了下来,眼睛朝前望来望去,望到年轻人的肩膀。他的大衣有一条黑绒领子。栗色头发,梳得又平又齐,搭在领子上。她看出他的指甲,永镇谁也没有他长。文书一件大事,就是保养指甲;他的文具盒里有一把小刀,专修指甲用。

他们沿河岸回到永镇。到了夏季,河岸宽了,花园墙连墙基也露了出来。花园有一道台阶,通到水边。河水静静流着,望过去觉得水又急又凉；水草细长、顺流俯伏，仿佛松开的绿头发，在清澈的水里摊开了一样。有时候，一只细脚虫，在灯心草尖端或者荷叶上面，爬来爬去，要不然就是待着不动。波纹粼粼，一道阳光，像细丝一样，穿过蓝色的小气泡；小气泡一个接一个，朝前趱赶，随即又裂碎。缺枝断条的老柳树，在水里映出它们的灰色树皮。四周草原，远远望去，空空落落，好像一无所有。现在是田庄用饭的时辰，万籁俱寂，少妇和她的同伴就只听见他们自己的谈话、他们在小径行走的整齐步伐和爱玛袍子的窸窣响声。

花园墙顶砌着碎玻璃，墙像暖房玻璃窗那样烫。砖缝长着桂竹香，有些花开败了，包法利夫人从旁走过，阳伞撑开，伞边一碰，就有黄粉撒了下来；要不然就是，有时，金银花和铁线莲的枝子，伸出墙外，和流苏绞在一起，在绸面上拖一阵。

他们谈起一家西班牙舞蹈团，不久要在鲁昂的剧场表演。她问道：

"您去不去看？"

他答道：

"看情形。"

难道他们就没有别的话讲？然而他们的眼睛，有的是更传情的语言；每逢他们竭力搜寻无关紧要的话题，两个人就全感到一种相同的懒散心情，好像灵魂还有一种深沉、持久的呢喃，驾乎声音的呢喃之上。他们想不到自己会有这种甜蜜感受，惊愕之下，没有想到点破它的存在，或者寻找它的原因。未来的幸福好像热带的河岸，天性仁厚，滋润两旁的大地一样，放出阵阵香风，由他们尽情享受，他们也如醉如痴，乐在其中，什么顾虑都不搁在心上。

有一个地方，牲畜踩来踩去，路陷下去，烂泥里搁着几块大绿石头，他们必须踩着石头过去。她一来就停住，看看下一步在什么地方落脚，——于是石头活动，身子摇摆，胳膊伸在半空，胸脯朝前，眼睛犹疑不定，生怕掉进水坑，她笑了起来。

包法利夫人走到自己花园前面，推开小栅栏门，跑上台阶，就闪进去了。

赖昂回到办公室。老板不在；他望了一眼案卷，然后修了一支鹅毛笔，临了戴上帽子走了。

他来到阿格伊岭上的牧场，躺在森林旁边冷杉底下，隔着手指望天。他自言自语道：

"真无聊！真无聊！"

住这种村子，和郝麦做朋友，在居由曼先生手下做事，他觉得倒霉。后者心上只有事务，戴一副金丝眼镜，留一圈红络腮胡须，系一条白领带，摆出一副死板的英吉利派头，开头唬住了文书，其实，毫无精神生活。至于药剂师的女人，她是诺曼底最贤德的太太，绵羊一般柔顺，爱护她的子女、她的父亲、她的母亲、她的亲戚，听见别人家出事就哭，家事概不过问，就恨穿胸衣；——但是行动那样迟缓，听她讲话那样乏味，面貌那样寻常，谈吐那样干巴，虽然她三十岁，他二十岁，他们睡觉门对门，他每天同她说话，他从来没有想到她对任何男子也是一个女人，除去袍子，看不出还有别的东西表示她是女性。

此外，还有谁？毕耐、几个生意人、两三个开小酒馆的、教堂堂长，最后还有，镇长杜法赦先生和他的两个儿子：他们是粗鲁、愚蠢的阔人，亲自下地，在家大吃大喝，而且虔心信教，根本没有可能待在一起。

但是在所有这些面目形成的共同背景之上，爱玛的形象，孤零零的，离他只有更远；因为他觉得在他和她之间，就像隔着好些一片模糊的深渊一样。

起初他有几回，和药剂师一道到她家去。查理似乎并不特别欢迎他；赖昂也不知道怎样才好，一面惟恐自己冒昧，一面却又希图亲近，然而说到亲近，照他估计，几乎就没有指望。

四

天气一冷，爱玛就离开原来的卧室，住到楼下厅房：一间长屋，天花板低低的，壁炉镜子前面，有一盆多枝珊瑚。她坐在窗边扶手椅里，看镇上的人从人行道走过。

赖昂每天两趟，从事务所走到金狮。爱玛远远听见他来，斜过身子听脚步响；年轻人老是那么一身衣裳，在窗帘外，头也不回，溜了过去。傍晚，开了头的彩绣，她丢在膝盖上，左手支起下巴，正在出神，看见这个影子突然溜开，常常心里一紧。她站起来，吩咐开饭。

正吃晚饭，郝麦先生来了。他怕吵了他们，蹑着脚步进来，手里拿着希腊小帽，永远重复这句话："各位晚安！"然后他挨近桌子，在他们夫妇之间的老位子一坐，向医生问起病人的消息，同时医生向他请教，诊费该多该少。他们接下来就谈报纸上的新闻。郝麦整天看报，赶到掌灯时分，差不多把新闻背也背下来了，讲起来有头有尾，一直讲到记者的议论、国内外个别人士的灾难，说到无可再说，就立时调转话头，谈论眼前的菜肴。他有时甚至体贴入微，探过身子，给夫人指出最嫩的一块肉，要不然就转向女用人，教她烧菜的规程与合乎卫生的调味方法；他说起香料、味精、肉汁和胶质一类东西，头头是道。而且郝麦满脑方子，比他药房里的瓶子还多，他擅长酿造各色蜜饯、醋和香油，也知道种种新出的省煤的锅釜和保存干酪、料理坏酒的方法。

一到八点,朱斯丹就来找他回去上门。郝麦看出他的学徒好来医生家,所以显出嘲弄的眼神望他,特别是碰巧全福也在的时候。他说:

"我这小伙子,开始懂事啦,我敢说,他爱上了你们的丫头,不是才怪!"

但是他责备他的,还有一个更大的过失,就是:老待下来听人谈话。譬如说,星期天,在郝麦家的晚会上,孩子们在扶手椅里睡着了,椅子布套太宽,让后背拖得歪歪拧拧的,郝麦夫人把他叫了来,要他抱走,他愣在客厅,就没有办法让他离开。

药剂师这些晚会,没有多少人参加,士绅怕听他的闲言闲语和他的政治见解,陆陆续续,也就避而不来了。但是文书决不错过。他一听门铃响,就跑去迎接包法利夫人,接过她的披肩;碰到下雪,她在鞋上套一双布条大拖鞋,他也接过来,放在药房书桌底下。

大家先玩几盘"三十一点",接着郝麦先生就和爱玛玩"换牌"①,赖昂站在背后,帮她指点,手搭在椅背上,看着她插在发髻上的梳子。她每回出牌,右边袍子就往高里耸。头发向上卷,后背映成一片棕色,越来越淡,逐渐没入黑影。她出过牌,往回一坐,衣服蓬蓬松松,全是褶子,搭在椅子两旁,垂到地上。赖昂有时候觉出他的靴底踩到上头,连忙挪开,好像踩了人一样。

---

① "三十一点"扑克牌一种玩法:五十二张牌,人数不拘,三十一点最大。"换牌"是一种两个人玩的扑克牌戏,三十二张牌,从国王到七,每人五张,得对方允许,可以换牌。

斗过扑克，药剂师就和医生玩牙牌，爱玛换了座位，胳膊支着桌子，翻看《画报》①。时装杂志是她带来的。赖昂坐在旁边，和她一道看图，谁先看完，谁就等另一个人看完了再往下翻。她一来就求他读几首诗给她听；赖昂拉长声音朗诵，念到爱情段落，用心煞尾。但是牙牌的声音吵他；郝麦先生是个中能手，查理输得一塌糊涂。他们打满三个一百分，两个人全在壁炉前，伸直身子，很快也就睡着了。火灭了，茶壶空了，赖昂还在念。爱玛一边听他念，一边心不在焉，随手转动灯罩；纱罩上面，画了几个乘车的皮埃罗②和拿着平衡棒的走索姑娘。赖昂住口不念，指着他的睡熟了的听众。于是他们低声说话，因为没有别人听，觉得谈话分外甜蜜。

他们之间，就这样建立了一种默契，不断交换书籍和歌曲；包法利先生难得忌妒，并不引以为怪。

生日那天，他收到一颗骨相学的漂亮人头，涂成蓝颜色，上上下下，写遍数字，连胸口也有。这是文书送的一份厚礼。盛情不止于此，他甚至替医生到鲁昂买东西。有一部小说，引起爱好仙人掌科植物的风气，赖昂买了一盆，送医生太太，坐在燕子里面，捧在膝盖上，硬刺扎破他的手指。

她靠窗装了一个有栏杆的小木架，放她的小花盆。文书也安了一个悬空的小花圃；他们彼此望见在窗口养花。

镇上有一扇窗户，望过去分外透着忙碌。如果天气晴和，每天下午，星期日甚至于从早到晚，就见一家阁楼的天窗，露出毕耐先生半张瘦脸，身子俯向他的旋床。旋床单调的响声，

---

① 《画报》，一种周刊，一八四三年创刊，以图画说明政治以及一般社会活动。
② 皮埃罗，十六世纪意大利喜剧中的一个定型小丑，十八世纪常在欧洲舞台出现。

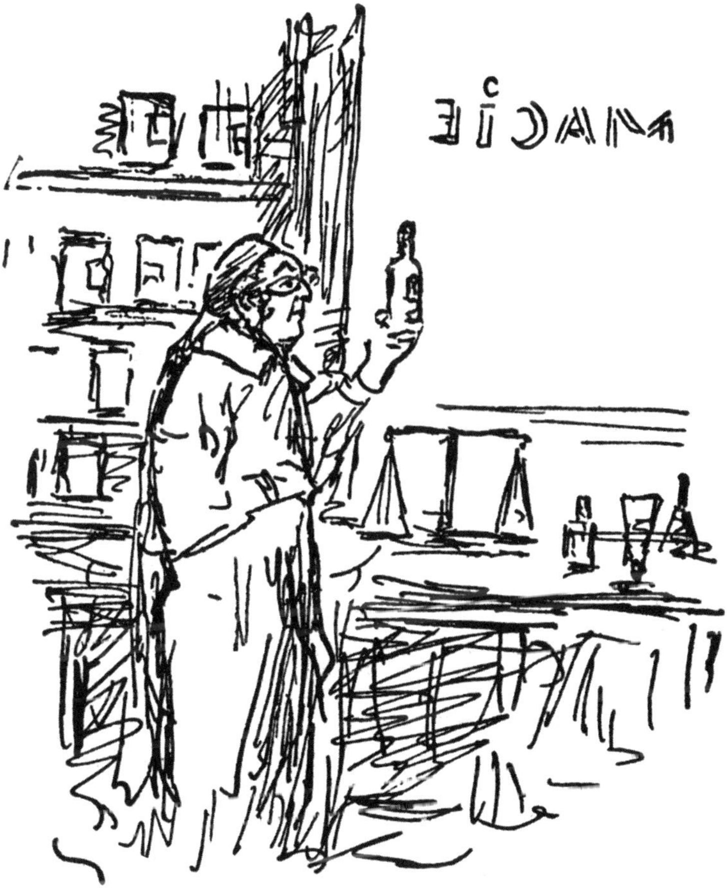

就连金狮那边也听得见。

一天黄昏，赖昂回来，发现屋里有一条呢绒毯子，白底，树叶图案。他喊郝麦太太、郝麦先生、朱斯丹、小孩子、女厨子；他告诉他的老板；人人想见识见识这条毯子；医生太太为什么送文书礼物？未免出奇；大家断定她是他的相好。

也不由人不相信。他不住口夸她美貌多才，夸到后来，毕耐有一回老实不客气回他道：

"关我什么事，我同她又没有来往！"

他绞尽脑汁，寻思对她表白心事的方法；他一方面怕她不高兴，一方面惭愧自己懦弱，瞻前顾后，永远迟疑不前，又是胆怯，又是相思，简直哭也要哭出来了。他后来横了心，拿定主意，可是信写了，他又撕掉，时间确定了，他又延宕。他常常迈步向前，跃跃欲试，然而来到爱玛面前，这种决心很快就烟消云散，不知去向。查理蓦地出现，邀他坐上他的包克，一同到附近看看病人，他满口应承，向女主人一鞠躬，也就去了。她的丈夫，不也几乎等于她了吗？

至于爱玛，她并不希望知道她是否爱他。她以为爱情应当骤然来临，电光闪闪，雷声隆隆，仿佛九霄云外的狂飙，吹过人世，颠覆生命，席卷意志，如同席卷落叶一般，把心整个带往深渊。她不晓得，承溜堵塞，淫雨可以把房顶的平台变成湖泊。她这样住下去，自以为安全无事，不料事出意外，忽然发现墙上有了一条裂缝。

五

二月，星期日，一个落雪的下午，包法利夫妇、郝麦和赖昂先生，全到离永镇半古里远的盆地，参观一家新建的麻纺厂。药剂师要拿破仑和阿塔莉活动活动，也带了去，朱斯丹照管他们，肩头扛着雨伞。

其实，他们要看的地方，根本不值得一看。一大片空地，乱七八糟，东一堆沙，西一堆石子，旁边撂着几个已经长锈的齿轮，当中一座长方形建筑，开着许多小窗，还没有盖好，隔着房椽，望见了天。山墙小梁绑着一捆掺杂麦穗的秸秆，尖头三色带子，迎风招展，呼呼直响。

郝麦高谈阔论，向同伴解释这家厂房的重要性，计算地板的力量，墙壁的厚度，连声后悔没有带一管尺来，毕耐先生就有一管，供本人不时之需。

爱玛挎住他的胳膊，微微靠着他的肩膀，遥望圆圆的太阳在雾里射出耀眼的白光；但是她一转脸，就看见了查理。他的便帽低低盖住眉；上下厚嘴唇微微颤抖，脸格外显得蠢；就连他的背，他安详的背，也不顺眼；他穿的大衣亦如其人，俗不可耐。

她这样打量他，觉得有气，可是心头也起了一种变质的快感，赖昂这期间正好迈前一步。由于天冷，他的脸变白了，似乎也更显得少气无力，温柔动人。衬衫领子有一点点松，在领带和颈项中间，露出皮肉；一绺头发盖住耳朵，耳朵尖露在外头，同时他的大蓝眼睛，望着浮云，爱玛觉得比起那些群山环绕、映照天日的湖泊，还要清，还要美。

药剂师忽然喊了起来：

"坏东西！"

他的儿子正跳到石灰堆，打算把鞋抹白。他跑过去责备，拿破仑嚎叫起来。朱斯丹找了一把麦秸帮他擦鞋，不过还需要一把小刀；查理掏出小刀，借给他用。

她想："啊！他像庄稼汉一样，衣服口袋里搁一把小刀！"

下霜了，他们走回永镇。

当天晚上，包法利夫人没有去邻居家，查理自去了。她觉得只剩她一个人，对比又在心头涌起，固然是一转眼的事，还历历在目；可到底是回忆，中间又隔着一段距离。她躺在床上，望着明亮的旺火，就像还在那边一样，看见赖昂站着，一只手弄弯他的细手杖，另一只手领着阿塔莉。阿塔莉安安静静，咂一块冰。她觉得他可爱，就连不想也不成；她记起他在别的日子别的姿态、他说过的话、他说话的声音、他的一切，于是嘴唇向前，好像接吻一样，她重复道：

"是啊，可爱！可爱！"

她问自己道：

"他有心爱的人吗？是谁？……是我呀！"

全部证据同时摊开，她心跳了。壁炉的火焰放出一道亮光，欢欢腾腾，在天花板上摇晃。她背转身子，伸出胳膊。

于是无终无了的哀怨开始了："唉！只要天从人愿，也就好了！凭什么不？谁拦着了？……"

查理半夜回来，她装出才醒的模样，他脱衣服起了响声，她诉说头疼，然后随随便便，打听晚会的情形。他说：

"赖昂先生老早就上楼了。"

她不禁有了笑意,于是灵魂充满新的喜悦,她沉沉入睡了。

第二天傍晚,时装商人勒乐看她来了。这位掌柜精明强干,是个做生意的能手。

他生在南方加斯科涅,本来就爱说话,之后在诺曼底定居,又添上科地的狡黠。虚虚的胖脸,不留胡须,仿佛抹了一层薄薄的甘草汁;一双贼亮的小黑眼睛,衬上白头发,越发显得灵活。人们不清楚他的来历,有人说是背包贩子,又有人说是鲁托①开钱庄的。确切的是,他工于心计,就连毕耐也怕。他礼貌,胁肩谄笑,腰一直哈着,姿势又像鞠躬,又像邀请。

他把镶一道绉纱的毡帽留在门厅,然后走进屋来,往桌子上放下一个绿色硬纸匣,满嘴客套话,一开口就表示遗憾,说他直到现在,还没有承蒙太太赏光,像他开的那种小铺,吸引风雅妇女(他加重口气),本来不配。其实只要太太吩咐一声,他会尽心尽意,供应她的需要,不管是针线、衬衣、帽子或者新衣料,全有办法,因为他每月规定进城四趟。他和最大的行庄有联系。在三兄弟、金胡须或者大野人那边,提起他来,家家掌柜晓得,就像他们口袋里的东西一样熟!所以他今天顺便给太太看几样货色,机会难得,凑巧他有。说着说着,他从纸匣取出半打绣花领子。

包法利大人看了看,说:

"我都用不着。"

---

① 鲁托,鲁昂西南厄尔省一地区名。

勒乐先生听了这话，小心在意，取出三条阿尔及利亚围巾①、几包英吉利针、一双草拖鞋，最后，四只由囚犯精镂细雕的吃蛋用的椰子小杯，然后他张开嘴，两只手搭在桌面，伸长脖子，身子向前，随着爱玛犹疑不决的视线，浏览这些货物。围巾长长的，整个摊开，他似乎为了掸掉浮尘，不时拿指甲弹一下缎面，于是围巾窸窸窣窣，映着黄昏发绿的亮光，微微一动，就见上面的金点子，仿佛一颗一颗小星星，闪闪烁烁。

"卖多少钱？"

他回答道：

"没有几个钱，没有几个钱；也不必急着就给，随您方便；我们不是犹太人！"

她沉吟了一下，结局还是不买。勒乐先生满不在乎，答话道：

"好吧！我们以后会相熟的；我一向凑合太太们，不过贱内可不在内！"

爱玛微笑了。

他说过这句趣话，就做出一副老实人模样，接下去道：

"我讲这话，就是说，我不拿钱搁在心上……您要是钱不凑手，我先借给您也行。"

她听了这话，不由一惊。他连忙低声道：

"啊！您用钱，近处就好周转；放心好了！"

他转过话头，问起法兰西咖啡馆的老板泰里耶老爹的消息，包法利当时正在给他看病。

---

① 阿尔及利亚围巾是直道道，多色，光彩夺目。

"泰里耶老爹到底是怎么一回事？……他一咳嗽，整个房子摇晃，我担心他过不了几天，不穿法兰绒内衣，会穿松木大衣的①。年轻时候，他拚命荒唐！这种人呀，太太，一点儿也没有条理！光喝酒也把他喝干了！不过眼睁睁看着相识的人死，不管怎么样，总不好过。"

他一面扣硬纸匣，一面就这样议论医生的病人。他望着玻璃窗，一脸不愉快的神情，说：

"自然喽，时令不正，就生这些病。我呀，我就觉得自己不怎么适意；我的后背有一个地方疼，改一天，我也许来看看大夫。可不，再见啦，包法利太太；有事尽管盼咐；在下一定伺候！"

他轻轻把门带上。

爱玛叫人把饭开到卧室，放在盘子里头；她坐在炉边，慢慢腾腾吃饭，感到很舒坦。她想着围巾，自言自语道：

"我真叫乖啦！"

她听见楼梯上脚步响：赖昂来了。她站起来，五斗柜上放了几条抹布，等着缭边，她拿起头一条；他进来，她显得很忙。

谈话无精打采，包法利夫人有一句没一句，时时停顿，他自己也像有话难以出口。他坐在炉边一张矮椅上，手里拿着象牙针盒，转来转去；她不是穿针引线，就是不时拿指甲压压布褶子。她不说话，他也开不得口，她的沉默迷住了他，就像先前她的语言迷住了他一样。

她心里想："可怜的孩子！"

---

① 指棺材。

包法利夫人 | 123

他问自己："她嫌我什么？"

临了还是赖昂说起，他有一天要去鲁昂，办理一件业务上的事。

"您订的音乐刊物满期了，要不要我续下去？"

她回道：

"不要。"

"为什么？"

"因为……"

她闭紧嘴唇，慢条斯理，抽出一根长长的灰线。

赖昂看着这件女活有气。爱玛的手指尖都像扎破了似的；他想起一句漂亮话，可是又不敢说出来。他接下去道：

"您不学啦？"

"什么？"

她赶快改口道：

"音乐？啊！我的上帝，是啊！难道我不要管家，不要照料丈夫，总之，手边还有一大堆活儿，许许多多分内事，要我先操心？"

她望望钟。查理回来迟了。她不放心。她重复了两三遍：

"他人真好！"

文书喜欢包法利先生。可是他想不到她待他这样深情，听着未免别扭；不过他照样恭维他，他说，他听见人人夸他，尤其是药剂师。爱玛接下去道：

"啊！他是一位好人！"

文书接下去道：

"当然。"

他调转话头，讲郝麦夫人，他们平时一来就笑她不修边幅。爱玛打断道：

"这有什么关系？做慈母的，没有心思打扮自己。"

说过这话，她又默不作声了。

一连几天，都是如此；她的谈话、她的姿态，统统变了。大家见她关心家务，按时上教堂，对女用人也管得更严了。

她从奶妈那边接回白尔特。家里一有客人，全福就带她过来，包法利夫人撩起孩子的衣服，叫人看看她的小胳膊、小腿。她讲她就爱小孩子；这是她的安慰、她的喜悦、她的迷恋；她的爱抚带有感情，除去永镇人，任何人看了，都会想到《巴黎圣母院》里的小麻袋①。

查理回家，发现拖鞋放在炉火旁，烤得暖暖的。现在，他的背心不再缺里子了。衬衫不再短纽扣了。甚至他的睡帽，也一顶一顶，整整齐齐，在橱里摆好，他看在眼里，觉得开心。她不像往常，花园转转，就皱眉头；他有建议，她总同意，即使她猜不透他的意思，她也百依百顺，不露一丝抱怨；——赖昂看见他坐在炉边，用罢了饭，一双手搭在肚子上，两只脚搁在火笼上，脸蛋由于消化也发红了，眼睛由于幸福也润泽了，孩子在地毯上爬着，而这位细腰女子，就着椅背，吻她的额头。他向自己道：

"简直胡闹！怎么接近得了她？"

所以在他看来，她十分端庄，亲近不得，他连一星半点的希望也不存了。

可是意有所舍，心犹未甘，他只好把她放在非凡的境界。

---

① 小麻袋，雨果的小说《巴黎圣母院》中的隐修女，即爱斯梅拉达的母亲。

包法利夫人 | 125

他在肉身方面既然一无所得，所以对他说来，她不具肉身，在他的心头扶摇直上，仿佛成仙得道，云脚冉冉，气象万千。这是一种纯洁感情，并不妨碍日常生活，有了它，心里快活，一旦丢了，就会特别难过，正因为这种感情可贵，人才加以培养。

爱玛瘦了，面色苍白，脸也长了。大眼睛，直鼻子，一绺一绺黑头发，走路像鸟飞一样轻，而且现在永远静默：难道她不像亭亭玉立，经浊世而不染，额头隐隐约约，打着崇高宿命的印记？她十分忧郁，而又十分安详；十分温柔，而又十分矜持。人在她旁边，感到一种冷冰冰的魅力，仿佛走进教堂，花香香的，大理石凉凉的，不禁寒颤起来。就连别人也逃不出这种诱惑。药剂师说：

"她是一个天资卓绝的女子，做县长夫人也不过分。"

太太们称赞她节省，病人们称赞她有礼貌，穷人们称赞她仁慈。

但是她内心却充满欲念、忿怒和怨恨。衣褶平平正正，里头包藏着一颗骚乱的心；嘴唇娴静，并不讲出内心的苦恼。她爱赖昂，追寻寂寞，为了能更自由自在地玩味他的形象。真人当面，反而扰乱沉思的快感。听见他的脚步，她就心跳；但是待在一起，心就沉下去了，她有的只是莫大的惊奇，临了又陷入忧郁。

赖昂走出她家，心灰意懒，却不知道她跟踪而起，看他在街上走动。她关心他的行止，窥伺他的脸色；她找借口看看他的房间，编了一个有头有尾的故事。药剂师女人和他住在同一房顶底下，在她看来，幸运之至。她一想就想到这家房屋，好像金狮的鸽子，一飞就飞到这家的承溜，在里头洗净它们的玫瑰红爪子和它们的白翅膀。可是爱玛越觉得自己有爱情，越加以抑制，为的是减弱它的声势，不要流露出来。她巴不得赖昂猜破，也设想了一些作成赖昂猜破的机会、变故。她没有放手去做，不用说，是由于懒散或者畏惧的缘故。还有羞耻的缘故。她寻思自己太拒人于千里之外，时机不再，无从补救了。她自以为牺牲很大，什么也安慰不了她，后来只能说说"我是贞节女子"，还摆出听天由命的姿态照照镜子，显出一脸的骄傲和喜悦，心头才有一点点好受的味道。

于是肉体的需要、银钱的欠缺和热情的悒郁，揉成一团痛苦；——她不但不设法摆脱，反而越陷越深，到处寻找机会加深她的痛苦。一盘菜做坏了，或者一扇门没有关严，她就有气；想起自己没有丝绒衣衫，幸福插翅飞过，想望太高，居室太窄，她就难过。

顶气人的是，她受折磨，查理似乎没有察觉。他自以为使她幸福的信念，在她看来，就是一种岂有此理的侮辱；他那方面心安理得，就是忘恩负义。请问，她为谁贤惠？难道不正是他作成一切幸福的障碍、一切灾难的缘由，就像身上皮带的尖插头一样，把她扣得牢牢的，气也出不来一口？

所以种种怨恨，不管是不是从自己的烦闷来的，统统算在他的账上；她未尝不想减轻怨恨，可是回回努力，回回扑空，不但没有减轻，反而更深了。她这样白白辛苦一场，已经于心不快，加上使她痛苦的其他原因，彼此之间的隔膜，也就越发人了。她对自己的柔顺起了反感。家庭生活的平庸使她向往奢华；夫妇之间的恩爱使她缅想奸淫。她巴不得查理打她一顿，她好抓住理由恨他、报复他。面对着自己想起的一些残酷的假设，她有时候不由一惊。然而她必须继续笑脸相向，听见自己重复说：她很快乐，而且装模作样，要人相信自己快乐。

可是她厌恶这种虚伪行为。她有心和赖昂逃之夭夭，到天涯海角试试新的命运；不过一想到这上头，她立刻觉得有一道黑压压的大沟横在面前。她寻思道：

"而且，他已经不爱我了；怎么办？指望谁帮助、谁安慰、谁搭救？"

她心碎了，气喘吁吁，痴痴呆呆，低声呜咽，满脸眼泪。

女用人有时候进来，赶上她犯病，就问她道：

"为什么不告诉老爷？"

爱玛回答：

"这是神经性的毛病；别告诉他，他要难过的。"

全福接下去道：

"啊！是啊，您就像小盖丽娜一样，波莱①的渔夫盖兰老爹的闺女，我来您家以前，在第厄普认识的，她呀，一天到晚，愁眉不展，站在她家门槛，看她那模样，真还以为是一条裹死人的布，挂在门前头。她害的病，看上去，就像脑子里头有了雾一样，大夫治不了，堂长也没有办法。病狠了，她就一个人到海边待着，海关上的官儿巡逻，常常看见她脸朝下，趴在石子上头哭。后来，据说，嫁人以后，她就好啦。"

爱玛接下去道：

"不过，我呀，我是嫁人以后得的。"

---

① 波莱，地处第厄普之北，分据河口。

六

一天傍晚,打开窗户,她坐在窗口,刚才还望见教堂管事赖斯地布杜瓦在修剪黄杨,忽地听见晚祷的钟声响了。

正当四月初旬,樱草开花,一阵熏风吹过新掘的花畦,花园如同妇女,着意修饰,迎接夏季的节日。从花棚的空隙望出去,就见河水曲曲折折,漫不经心,流过草原。黄昏的雾气,在光秃的白杨中间浮过,仿佛细纱挂在树枝,却比细纱还要白,还要透明,弥蒙一片,把白杨的轮廓勾成了堇色。远处有牲畜走动,却听不见蹄声,也听不见叫唤。钟声含着淡淡的哀怨,在空中响个不停。

钟声阵阵,唤起少妇对童年和寄宿时期的回忆。她想起圣坛的蜡烛台,高出花瓶和细柱神龛之上。她真愿意像往常一样,混在修女们中间,伏在跪凳上,一长排白色网当中,东一块、西一块黑点,是修女们的硬风帽。星期日望弥撒,她一抬头就望见淡蓝香云,环绕圣母慈容,冉冉上升。她的心被触动了,觉得自己柔弱无力,四处飘零,好像一根鸟羽,在狂风暴雨之中打转。她于是身不由己,不知不觉,去了教堂,准备虔心信教,什么方式都行,只求她的灵魂俯首帖耳,人间烦恼不再存在。

她在广场碰见赖斯地布杜瓦回来;他为了不影响收入,宁可中断工作,敲完钟再回来接着干。所以什么时候晚祷敲钟,只能趁他方便。再说,提早敲钟,正好警告顽童:教理问答的时间到了。

有些孩子已经来了,在公墓的石板地玩弹子。有的骑在墙头,腿荡来荡去,拿木头套鞋踢着墙和新坟之间高高的荨麻。这块地方是此处仅有的绿地;此外都是石头,尽管经常打扫,总挡不住上头老有一层浮土。

似乎这就是孩子们的拼花地板,他们穿着布鞋,在里头跑来跑去,钟声再响,也听得见他们喧声如雷。钟楼高空垂下一根粗绳,有一头搭在地上,钟绳摆幅缩短,钟声也就跟着小了下来。燕子一面啁啾,一面掠空而过,迅速飞回檐瓦底下的黄窠。教堂尽里,点着一盏灯,就是说,玻璃盏挂在半空,里头有一根灯心。远远望去,亮光仿佛一个灰白点子,漂在油上晃荡。一道细长的阳光,穿过教堂中部,相形之下,两侧和四周越发显得阴沉。

转门的轴已经松了,一个小孩还在摇着玩。包法利夫人问他:

"堂长在哪儿?"

他回答道:

"就快来啦。"

的确,门咯吱在响,布尔尼贤堂长走出住宅;孩子们一窝蜂似的逃进教室。教士唧咕道:

"这些小家伙!总是这样!"

他的脚碰到一本破烂的教理问答,他拾起来:

"什么也不敬重!"

他一瞥见包法利夫人,就说:

"对不住,我没有认出您。"

他把教理问答塞进衣袋,收住脚步,圣库的钥匙沉甸甸的，夹在两个手指当中，一直来回摇晃。

夕阳西下，余辉照亮他的整张脸，道袍下摆脱线，胳膊肘底下透亮，阳光掠过，毛呢颜色显得淡了。胸脯宽阔，沿着上面一排小纽扣，上上下下，全是油渍、烟污，离领巾越远，也就越多。颈项的红肉褶子搭在领巾上。皮肤上沥沥拉拉，撒着一些黄点子，直到鬣毛似的灰白胡须，才算看不见。他刚用过晚饭，气咻咻的。他问道：

"您好啊？"

爱玛回答道：

"不好，我难受。"

教士接下去道：

"可不！我也是。这些日子，古里古怪，天刚热，人就四肢无力，您说对不对？不过您要怎么着？圣保罗说得好，我们生下来就为受罪。倒是包法利先生，他是什么看法？"

她做了一个轻蔑的手势，说：

"他呀！"

老奶人吃了一惊，忙道：

"什么！他不给您开方子，配一点药吃？"

爱玛道：

"啊！我要的不是人世的药。"

但是堂长不时朝教堂张望。孩子们全在里头跪着，你拿肩膀推我，我拿肩膀推你，好像一排纸人，倒了头一个，连串往下倒。

她接下去道：

"我想知道……"

教士声音带怒，喊叫道：

"好,好,里布代,看我不打你耳光,捣蛋鬼!"

随后转向爱玛道:

"他是木匠布代的儿子;父母有钱,惯坏了他。不过只要他用功,他会学得快的,因为他很聪明。我呐,有时候打趣,就叫他里布代(去马罗默经过的岭子这样叫),我甚至说'蒙里布代'。啊!啊!蒙里布代①!前一天,我把这话讲给主教听,他笑起来了……居然赏脸,笑起来了。——倒是,包法利先生,他好吗?"

她仿佛没有听见。他继续道:

"不用说,总在忙喽?因为他跟我的确是本教区最忙的两个人了。不过他呀,是身体的医生(他放声笑着),而我呀,是灵魂的医生!"

她显出一种哀求的眼神盯着教士道:

"是啊……您解除所有的苦难。"

"啊!说的是呀,包法利太太!就在今天早晨,有一条母牛吃了飞虫②,我不得不下狄欧镇一趟;他们以为牛中了邪。他们的母牛,我不晓得是怎么一回事,头头……不过,对不起!龙格马尔,还有布代!家伙!你们有完没完?"

他于是一步跳进教堂。

顽童们正兜着大讲经台,前推后拥,打开弥撒书,爬上唱诗班领队的凳子;有的蹑手蹑脚,眼看就要溜进告解座③。但是

---

① 马罗默镇,在鲁昂西北。"蒙里布代"是谐音双关语:一个意思是"我的里布代(mon Riboudet)",指小孩子而言;一个意思是"里布代岭(Mont-Riboudet)",指鲁昂西郊的小山。
② 牛误吃萤等鞘翅类小虫,肠腹绞痛。
③ 告解座,教士听忏悔的小室。

堂长冷不防赏了大家一顿巴掌。他抓起他们的上衣领子，提到半空，使劲往唱经堂的石板地一按，让他们双膝下跪，像要将他们活活栽进地里。

他回到爱玛身边，摊开他的大印花布手帕，拿一个犄角塞到他的上下牙中间，说：

"真的，庄稼人实在可怜！"

她回答道：

"还有别人。"

"当然！比方说，城市的工人。"

"我说的不是他们……"

"您说得对！我就晓得有些可怜的母亲，身边一堆孩子，全是贤德妇女，您听我说，全是道地女圣人，连面包也没有。"

爱玛（说话之间，嘴角抽搐）接下去道：

"不过有些人，有些人，堂长先生，有面包，却没有……"

教士道：

"冬天没有火。"

"哎呀！有什么关系？"

"怎么！有什么关系？我觉得，一个人只要温、饱，就……因为，说到临了……"

她叹气道：

"我的上帝！我的上帝！"

他显出关心，走前一步，问道：

"您觉得难受？想必是，消化不良吧？包法利太太，您应当回家，喝一点茶；这您就有精神了；要不然，喝一杯清水，放一点红糖也行。"

"为什么？"

包法利夫人 | 133

她的模样如同一个人做梦方醒。

"因为您拿手搁在额头上。我以为您头晕。"

随后改变话题道:

"不过您有话要问我来着?到底是什么?我忘记啦。"

爱玛重复道:

"我?没有……没有……"

她的眼睛望着四周,慢悠悠落在穿法衣的老人身上。他们面对面,不言不语,两个人互相打量,最后他道:

"那么,包法利太太,原谅我,您知道,责任第一;我得伺候我那些宝贝家伙。孩子们的第一次圣体瞻礼,眼看就要到了。我们又要临时抓瞎啦,我还真担心!所以从升天节起,我要他们准备每星期三多上一小时课。这些可怜的孩子!指点他们走上我主的大道,只有嫌晚,我主通过圣子的口,就是这样劝戒我们的……希望您身体好,太太;替我向您丈夫致意。"

他走进教堂,才到门口,就做了一个下跪的姿势。

爱玛看他脚步沉重,头朝一边歪,两只手张开一半,手心朝外,在两排长凳中间不见了。

她接着掉转脚跟,又笨又重,如同一座雕像顺着中轴挪动一样,走上回家的道路。堂长严肃而又洪亮的声音、顽童们清脆的声音,依然传进她的耳朵,在背后继续响着:

"你是基督徒?"

"是,我是基督徒。"

"什么叫做基督徒?"

"基督徒就是一个人领了洗……领了洗……领了洗……领了洗。"

她抓住栏杆,一步一步蹭上楼梯,走进卧室,倒在一张扶手椅里。

玻璃窗映过来的夕照,漪澜成波,悠悠下降。家具待在原来地方,似乎越发死板了,阴影笼罩,好像沉入漆黑的大洋。壁炉熄了,钟总在敲打,爱玛心潮翻滚,看见事物这样安静,感到说不出的惊愕。但是小白尔特站在窗户和女红桌子中间,穿着编织的小靴,摇摇晃晃,打算来到母亲跟前,揪她的围裙带子。母亲拿手一推,说:

"走开!"

没有多久,小姑娘又来了,越发靠近母亲的膝盖;她拿胳膊支在上面,朝她仰起她的大蓝眼睛,嘴里流下一道晶莹的口水,滴在绸围裙上。少妇烦了,重复道:

"走开!"

小孩子望着她的脸,一害怕,哭起来了。她拿胳膊肘把孩子往外一搡,道:

"哎呀!倒是走开啊!"

白尔特一跤摔在五斗柜前头,脸蛋碰到抽屉的铜拉手,划破了,流血。包法利夫人赶上前去,扶起她来,拼命拉铃叫用人,把铃绳都揪断了,正要咒骂自己,就见查理出现了。晚饭时辰到了,他回转家来。爱玛不动声色地说:

"看呀,亲爱的朋友,小东西玩着玩着,就在地上摔破了脸。"

查理叫她放心,情形并不严重,说完话,就找橡皮膏去了。

包法利夫人愿意一个人看守她的孩子,没有下楼用饭。她看她睡熟了,这才一点一点放下心来。这么一丁点小事,她就慌了神,回想起来,觉得自己又善良,又傻气。的确,白尔特已经不哭了。现在已经看不大出她的呼吸掀动棉被。大颗泪珠停在眼角，眼皮闭了一半，睫毛当中，露出两个深黝黝的没有光彩的瞳孔。橡皮膏贴在脸上，紧绷绷的，把脸蛋拉歪了。爱玛寻思：

"也真怪，这孩子多丑！"

夜里十一点钟，查理从药房回来（他饭后去归还用剩下来的橡皮膏），发现太太站在摇篮一旁。他吻她的额头道：

"我不是叫你放心，说不碍事么；别心焦，小可怜，你这样会生病的！"

原来他在药房待了许久。他并没有显出很着急的样子，可是郝麦先生照样鼓舞他，要他打起精神来。于是他们说起种种威胁儿童的危险和用人的鲁莽。郝麦夫人知道这是怎么一回事：她小的时候，一个厨娘把一碗汤，打翻在她的小围嘴上，现在胸脯还有痕迹。所以她慈爱的双亲，也就处处当心，小刀从来不磨，地板从来不打蜡。窗户装上铁栅，壁炉前头安上结实的护栏。郝麦的小孩子，别看是无拘无束的，也一动就有人跟在后头；一点点伤风，父亲就灌他们药汁，直到四岁多了，也不可怜他们，还让他们一人戴一顶棉箍[①]。说实话，这是郝麦夫人的怪主意；她的丈夫私下发愁，怕戴久了，可能理智器官受伤，所以不免脱口冲她说：

"难道你真要他们当加勒比人或者包陶库道斯人[②]？"

其实，查理有好几次，试着想打断谈话。文书正要上楼，走在前头，查理附耳低声对他说：

"我想同您谈谈。"

[①] 棉箍套在头上，防止小孩子摔伤脑壳。
[②] 加勒比人是西印度群岛土著。包陶库道斯人是巴西的印第安人。

赖昂心跳了,左猜右想,暗自纳闷:难道他看出什么破绽来啦?

查理最后关上门,央他到鲁昂打听一下达盖尔摄影法①照一张相要多少钱;他想照一张青燕尾服肖像,送给他的太太,这是一件表示感情的礼物,一种细心的体贴。不过他愿意先知道价钱;这大概不会给赖昂添太多麻烦,因为他差不多每星期进一趟城。

进城干什么?郝麦疑心他年轻荒唐,搞女人。不过他猜错了;赖昂并不拈花惹草。他反而更忧郁了,留在盘里的菜,现在也多起来了,勒弗朗索瓦太太一眼就看出来。她想知道底细,问税务员;毕耐显出一副傲慢的样子,粗声粗气回答道:"警察没有支薪水给他。"

可是他觉得他的餐伴十分古怪;因为赖昂常常摊开胳膊,人朝椅背一仰,泛泛抱怨人生。税务员说:

"这是因为您消遣不够。"

"什么消遣?"

"我要是您呀,就来一台旋床!"

文书回答:

"可是我不会旋东西。"

"这倒是真的!"

对方摸摸下巴,显出蔑视而又得意的神情。

毫无结果的爱情,赖昂疲倦了;生活千篇一律,没有乐趣,没有希望,他开始感到苦闷。他讨厌永镇和永镇人,有些

---

① 达盖尔(1789—1851),摄影机的发明者,达盖尔的暗匣摄影在当时还是新事物。

人、有些房屋，他一看就有气，简直耐不下去；药剂师为人再好，他也忍受不了。另一方面，改变环境的远景固然引诱他，却也使他畏惧。

害怕很快变成了烦躁：巴黎遥遥向他招手，化装舞会的铜管乐吹响了，姑娘们的笑声起来了。他既然要到那边读完法科，为什么不去？谁拦着他？他心里开始筹划，预作远游期间的生活安排。他设想自己那边有一间屋子，布置着家具。他要在那边过艺术家生活！他要在那边学六弦琴！他要穿一件室内穿的长便袍，戴一顶巴斯克人戴的圆便帽①，拖一双蓝绒拖鞋！壁炉墙上交叉插着两把花剑，再往高去，是六弦琴和一颗死人脑壳，而且他已然在赞赏了。

困难在于母亲是否同意；不过，看上去，也没有比这再合理的了。连他的老板也劝他换事务所，谋求发展。于是赖昂采取折衷办法，到鲁昂谋一个二等文书的职位，但是没有成功，最后他给母亲写了一封长信，详详细细，说明他立刻要去巴黎的理由。她同意了。

他并不急着要去。足有一个月，伊韦尔每天从永镇到鲁昂，从鲁昂到永镇，帮他运送箱箧包裹。赖昂添置衣服，修理三只扶手椅，选购大批手绢，总而言之，准备的东西，周游世界也嫌多，但是他一星期又一星期，拖延行期，直到后来，母亲两次来信，催他动身，既然他希望在放假之前通过考试。

辞行的时间到了，郝麦夫人啼哭，朱斯丹鸣咽，郝麦是男子汉，藏起悲痛，要亲自拿着朋友的大衣，送到公证人门口。

---

① 巴斯克人，居住法兰西与西班牙之间的山民。他们戴的圆便帽，我们一般叫法兰西帽。

公证人乘自己的车，送赖昂到鲁昂去。留下的时间，正够向包法利先生告别。

走到楼梯高头，他觉得自己气喘吁吁，只好停步。他一进来，包法利夫人连忙立起。赖昂道：

"我又来啦！"

"我早料到了！"

她咬紧嘴唇，血往上涌，脸一直红到耳朵梢。她站直了，肩膀靠住墙壁。他接下去道：

"先生不在家？"

"他出去了。"

她又说一遍：

"他出去了。"

于是你望我，我望你，沉默下来。他们的思想，感到同一痛苦，好像两个上下起伏的胸脯，紧紧搂在一起。赖昂道：

"我挺想亲亲白尔特。"

爱玛走下几级楼梯，呼唤全福。

他向周围迅速扫视，一眼望过墙壁、摆设架、壁炉，依依不舍，像是想要钻进一切，带走一切。

她又进来了，女用人带着白尔特。孩子甩动一根绳子，绳子一头是一架风车，尖头朝下。

赖昂吻了几遍她的颈项。

"再会，好孩子！再会，小宝贝，再会！"

他把她交还给她母亲。后者说：

"带她下楼吧。"

就留下他们两个人了。

包法利夫人背过脸去，贴住一块窗玻璃；赖昂拿起他的便帽，轻轻拍打臀部。爱玛道：

"就要下雨。"

他回答：

"有斗篷。"

"啊！"

她转回身来，额头向前，下巴朝下。阳光掠过额头，照到眉毛的弧线，犹如一块大理石，猜不出爱玛望天边望见了什么，也猜不出她心里到底在想什么。他叹气道：

"好，再会！"

头骤然一扬，她说：

"是啊，再会……您走吧！"

两个人全朝前走，他伸出手，她迟疑了一下，这才伸过手去，勉强笑着说：

"照英国人规矩。"

赖昂觉出他的手指握住她的手，似乎他的全部生命，顺着胳膊，集中在这只湿津津的手心。

他随后松开手；他们的眼睛又遇到一起；他走了。

他在菜场站住，躲到柱子后头，最后一次，望望这所白房子和它的四块绿色窗帘。他依稀望见卧室窗口有一个人影；但是窗幔似乎没有人碰，就离开钩子，扯斜的长褶，慢慢移动，一下子就全平整了，比一堵石灰墙还要硬挺。赖昂只好跑开。

他远远望见老板的轻便马车，停在大路，旁边有一个男人，前胸系一条粗布围裙，手拉住马。郝麦和居由曼先生一边闲谈，一边在等他来。药剂师眼泪汪汪，说：

"搂搂我。这是你的大衣，我的好朋友，当心别着凉！保重身体！凡事经心！"

公证人道：

"来吧，赖昂，上车！"

郝麦俯在防泥板上，声音夹杂呜咽，好不容易说出这四个伤心的字眼：

"一路平安！"

居由曼先生回答道：

"晚安。放马！走！"

他们出发了，郝麦也回家去了。

包法利夫人打开面向花园的窗户，眺望浮云。

西边鲁昂那个方向，起了乌云，波涛汹涌，前推后拥，太阳放出长线，却又金箭一般，赶过云头，同时天空别的地方，空空落落，如同瓷器一般白净。一阵狂风吹来，白杨弯腰，骤雨急降，滴滴答答，敲打绿叶。太阳跟着又出来，母鸡啼叫，麻雀在湿漉漉的小树丛拍打翅膀，沙地上一摊摊积水，朝低处流，带走一棵合欢树粉红色的落花。她寻思：

"啊！他一定已经走远啦！"

郝麦先生照旧在六点半钟用晚饭的时间过来。他坐下来道：

"好！我们的年轻人，这会儿该上船了吧？"

医生回答道：

"大概吧！"

然后他在椅子上转过身子：

"府上没有什么？"

"没有什么。也就是我太太，今天下午，有一点难过。您知道女人们，芝麻大的小事，也架不住！尤其是我那一口子！这也不能怪她们，因为她们的脑神经组织，本来就比我们脆弱。"

查理道：

"可怜的赖昂！他在巴黎怎么过活！……他待得惯吗？"

包法利夫人叹了一口气。

药剂师打了个响舌，道：

"哪儿的话！聚餐游戏呀！化装舞会呀！香槟酒呀！告诉您，样样趁心！"

包法利反驳道：

"我不相信他会胡闹。"

郝麦先生连忙接下去道：

"我也不相信！不过，除非他不怕别人把他看成耶稣会会士①，否则，他将来就得同流合污。您不知道这些小荒唐鬼在拉丁区②，和女戏子过的是什么生活！再说，学生在巴黎很吃香。只要他们有一点点作乐的才分，上流社会就欢迎他们，甚至圣日耳曼区③的贵妇们也爱他们，机会到手，岂可错过，他们自然就当上了豪门贵婿。"

医生道：

"不过我担心他……在那边……"

药剂师打断他道：

"您说得对，事情还有另一面！人到了那边，不得不老拿手攥住腰包。好比说吧，您在一座公园里，来了一个陌生人，衣着考究，甚至挂着勋章，您以为是一位外交官；他走到您跟前；你们聊起来了，他摸熟您的脾气，请您吸鼻烟，或者替您拾帽

---

① 耶稣会会士往往被人看成伪君子。
② 拉丁区包括第五、第六两区，重要教育机构多在本区。
③ 圣日耳曼区是巴黎贵族居住所在，邻近拉丁区。

子。后来两个人谈出了交情，他带您上咖啡馆，请您去他的别墅，喝酒之间，介绍各色人等和您相识，而十之八九，不是为了抢您的钱袋，就是拉您去干坏事。"

查理回答道：

"话是对的；不过我担心的，倒是生病，譬如，伤寒，外省去的学生就爱害这种病。"

爱玛不寒而栗了。药剂师继续道：

"这是由于饮食改变，人的整个机体产生紊乱的缘故①。再说，巴黎的水，您晓得是怎么一回事！还有饭馆的菜，样样吃食加香料，临了把你的血烧得滚烫，其实，说什么也抵不上一锅肉汤。我呀，一向就喜欢家常菜：卫生多了！所以过去我在鲁昂念药剂学，我就住到私人家里吃包饭，和教师们一道用饭。"

他就这样继续发表他的一般意见和他的个别爱好，直到朱斯丹来，找他回去配制蛋黄橘汁糖水，这才喊道：

"就没有一刻休息！永远拴得牢牢的！我就不能走开一分钟！像下地的马一样，累死了也得做！多苦的命哟！"

已经走到门口了，他道：

"对了，您听到消息没有？"

"什么消息？"

郝麦竖起眉毛，一脸像煞有介事的表情，接下去道：

"塞纳河下游州的农业展览会，今年要在永镇寺举行。至少，有这种风声。今天早晨，报上还提起过。这对本县太重要了！不过我们改天谈吧。谢谢，我看得见；朱斯丹有灯。"

---

① 这些其实并非伤寒病的起因。

包法利夫人 | 143

七

第二天对爱玛成了一个死气沉沉的日子。她只觉一片愁云惨雾，弥漫天空，乱腾腾浮游在事物的外部，而悲痛沉入心底，低哭轻号，仿佛冬天的风，在荒凉的庄园啸叫。这好像韶光一去不返，魂牵梦萦，又像做完一件事，身心疲劳，更像习惯动作中断，或者经久不停的摆，骤然停止。

她的心情好像往年从渥毕萨尔回来、四组舞还在脑子里转来转去，悒悒寡欢，昏昏沉沉，只是一味难受。赖昂似乎又出现了，人也显得更高、更美、更温柔、更模糊；他虽然走了，可是没有离开她，就在眼前，房子的墙好像把他的影子留下来了。她看不厌他走过的地毯、他坐过的空椅子。河水一直在流，顺着滑溜溜的河堤，慢慢悠悠，涟漪成纹。他们有许多次在这里散步，石子遍体青苔，水波流过，照样潺湲作响。头上太阳多好！下午单单两个人待在花园尽头有阴凉的地方，多有意思！他坐在一张干木条凳子上，不戴帽子，高声朗诵；草原清风徐来，书页颤动，棚上的旱金莲摇摆……啊！他走了，她的生命的惟一欢乐，幸福的惟一有可能实现的希望！幸福当前，她怎么就不抓住！眼看幸福远扬，为什么就不双手伸出，双膝下跪，一把揪牢？她诅咒自己没有向赖昂表示爱情；她想念他的嘴唇。她恨不得追上他，扑进他的胸怀，对他说："是我；我是你的！"可是爱玛想到困难重重，先失了张本；她一起懊恼之心，欲望便越发活跃了。

从这时候起，回忆赖昂成了她的愁闷的中心；回忆的火星劈啪作响，比旅客在俄罗斯大草原雪地上留下的火堆还闪烁不定。她扑过去，蹲在一旁，小心在意，拨弄这要灭的火，前后左右寻找，看有没有东西能把火弄旺；于是最远的回忆和最近的会晤、她感觉到的和她想象到的、她对欢愉的落空的期待、她的枯枝一般在风中哽咽的幸福、她的劳而无获的道德、她的幻灭的希望、家庭的牺牲，细大不捐，她全拣过来，拾起来，聚在一起，烘暖她的忧郁。

然而不知道是供应不足，还是堆积过多，火苗弱了下来。别离渐渐泯灭了爱情，久而久之，怅惘也就窒息了。这道火光先前照亮她的灰色的天空，如今越来越暗，慢慢消失了。昏昏沉沉中，甚至厌恶丈夫的心，她也颠三倒四，当做思念情人的表现；甚至憎恨的炙伤，她也糊里糊涂，看成恩爱的缠绵。可是狂风一直在吹，热情烧成灰烬，无可挽救，也不见太阳出来，黑漆漆的夜晚，四面八方，重锁密布，她觉得自己无路可走，寒气逼人，冷彻骨髓。

于是道特的坏日子又开始了。她觉得现在比过去还要糟，因为她经过伤心事，而且确信要一直伤心下夫。

一个女人强迫自己做出这样大的牺牲，生活上很可以看开一些。她买了一只哥特式跪凳；她一个月花十四法郎买柠檬，洗指甲；她写信给鲁昂，要一件克什米尔①蓝呢袍；她到勒乐那边，挑了一条顶好的围巾，当腰扎在室内穿的便袍上，然后关上屋里的护窗板，拿起一本书，就这样一身装束，躺在一张大

---

① 克什米尔呢，印度出品。法国有仿制品。

沙发上。

她常常改换头发样式；她照中国样式梳头，不是柔软的圈圈，就是辫子；头发靠旁边挑一条缝，像男人一样朝下卷。

她想学意大利文，买了几本字典、一本文法、一叠白纸。她试着看正经书：历史和哲学。查理夜晚睡得沉沉的，有时候惊醒了，跳下床来，以为有人找他看病，咕哝道："我就去。"原来只是爱玛擦火柴点灯的响声。不过她念书就像她刺绣一样，开了一个头，就全丢进衣橱了。她拿起来，放下去，又换别的活做、别的书读。

赶上怄气，别人不过三言两语，她就失了分寸。有一天，她和丈夫打赌，说她可以喝大半杯烧酒，查理一时糊涂，说他不信，她便一口气喝光。

爱玛虽说作风轻狂（永镇的太太们这样说她），却不显得快活。她的嘴角常有一条纹路，骎骎呆呆，像老姑娘，也像失意政客，由于这条纹路，脸都皱了。她面无血色，布单一般白，鼻子的皮朝鼻孔抽搐，眼睛望着你，一副神不守舍的模样。她在鬓角见到三根灰头发，便说自己老了。

她常常晕倒。有一天，她甚至咯出一口血来，查理着急，显出焦灼不安，她回答道：

"得啦！这算得了什么？"

查理躲到他的诊室，坐在他的大靠背扶手椅上，两只胳膊肘拄着桌子，对着骨相学人头，哭了起来。

他给母亲捎信，求她来一趟。他们商量爱玛的事，谈了好长时间。

这事怎么解决？她拒绝医治，怎么办？

老太太说：

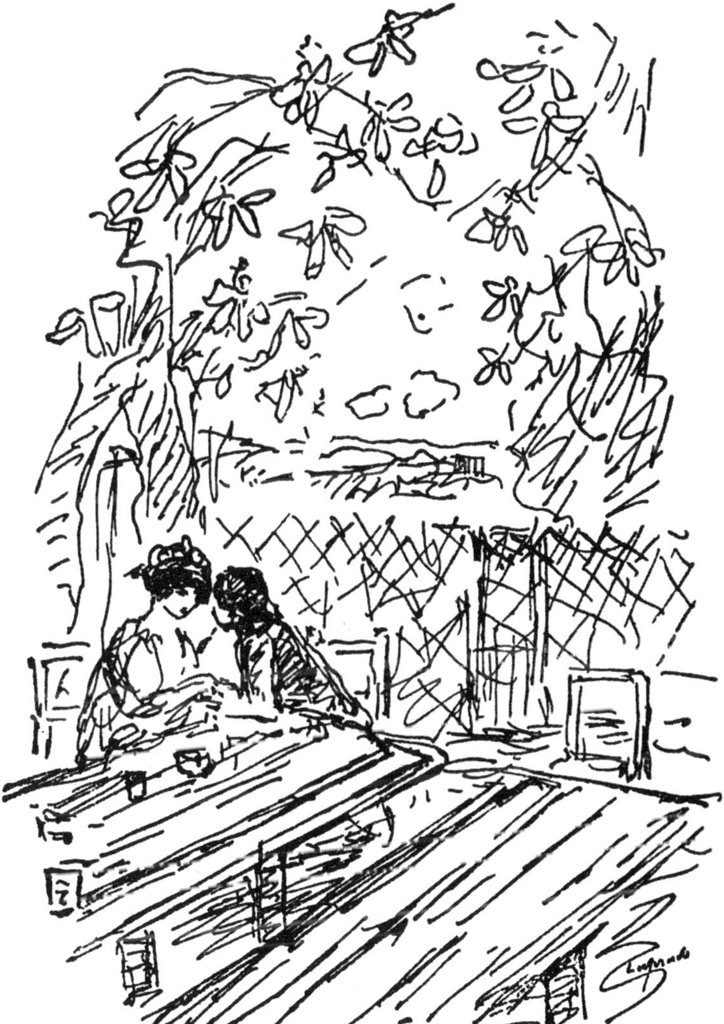

"你知道你女人需要什么？就是逼她操劳，手不闲着！只要她多少像别人一样，非自食其力不可，她就不会犯神经了。这都是因为她整天没事干，脑子净胡思乱想的缘故。"

查理道：

"可是她也很忙呀！"

"啊！忙！忙什么？看小说；看坏书；看反对宗教的书；看用伏尔泰的语言讥笑教士的书。不过，我可怜的孩子，糟的还在后头，不信教的人，结局总是坏的。"

于是他们决定阻止爱玛看小说。事情看来不大好办。老太太自告奋勇说她路过鲁昂，可以亲自到租书的地方，声明爱玛停止订阅。万一书局坚持这种害人的生意，难道他们没有权利通知警察？

婆媳并不惜别。她们在一起待了三星期，没有说过几句话，除去用餐时和睡前的问讯和问候。

老太太星期三走，这一天是永镇有集的日子。

从早晨起，广场堆满大车，个个车辕朝天，由教堂到客店，顺着房屋，摆了一排。对面是帆布摊子，出卖布帛、被褥、毛袜、马络和成包的蓝带子；带子露出一头，随风飘扬。地上是粗笨的铜铁器皿，一边是高高摆起的鸡蛋，一边是小柳条筐，里头放着干酪，干酪外皮还有黏黏的草。好些母鸡，靠近打麦机，头探出笼子，咯咯叫唤。人群有时候险些挤破药房门面，聚在一个地点，谁也不肯走动。星期三，药房整天不空，人挤进去，说是为了买药，不如说是为了看病，郝麦先生的名气传遍四乡。他坚定的口吻迷住了乡下佬。他们把他看成一个比任何医生都伟大的医生。

爱玛倚着窗户（她常常待在这儿，外省窗户有代替看戏和散步的作用），瞧着乱哄哄的乡下佬解闷，却见一位绅士，穿一件绿绒大衣，戴一副黄手套，而又套着一双厚皮护腿，——一直走向医生住宅，后面跟着一个庄稼汉，耷拉着头，若有所思的模样。

他问在门口和全福闲谈的朱斯丹道：

"医生在家吗？"

他把他看成医生的男用人：

"请告诉他，于歇特的罗道耳弗·布朗热先生要见他。"

新来的人并非为了夸耀他有土地，才拿于歇特放在姓名前头，不过是让人知道他是谁罢了。于歇特确实是永镇附近的产业，他新近买下庄园，有两块庄田，亲自耕种，可是并不过分经心。他过的是独身生活，据说一年起码有一万五千法郎收入！

查理走进厅房。布朗热先生向他解释，他的用人想放放血，因为他觉得"浑身痒痒"。别人怎么劝说，他也不听，只是讲：

"出出血，我就干净啦。"

包法利听了这话，先取来一捆绷带和一只脸盆。他求朱斯丹端好脸盆，然后转向面色已经发白的乡下人道：

"老乡，别害怕。"

另一位回答道：

"不，不，您动手好啦！"

他伸出他的粗胳膊，摆出一种若无其事的姿势。竹叶刀刺了一下，血涌出来，溅到镜子上。查理喊道：

"盆子端到跟前！"

乡下人道：

"瞅！活像一道小泉眼在流！我的血多红！这该是好现象，

对不对？"

医生接下去道：

"有时候，开头不觉得怎么样，过后说晕倒就晕倒，尤其是像这种人，身子骨儿结实。"

乡下佬手指捏着竹叶刀的匣子，转来转去，一听这话，松开了。肩膀猛然一动，椅背嘎吱响。帽子掉下去了。包法利拿手指捺住血管，道：

"我说什么来着。"

朱斯丹两手直抖，脸盆开始摇晃；脸成了白的，腿也站立不住。查理喊道：

"太太！太太！"

她一步跳下楼梯。他嚷道：

"拿醋来！啊！我的上帝！一下子两个人！"

他一激动，连紧压布也几乎放不平稳。布朗热先生抱起朱斯丹，镇定地说：

"不要紧的。"

他叫他背靠墙，坐在桌子上。

包法利夫人解开他的领带。衬衫绳子挽了一个死结；她灵活的手指，在年轻人的颈项，停了几分钟；然后她拿醋倒在她的麻纱手绢上，轻轻拍湿他的太阳穴，还小心在意，往上嘘气。

赶大车的乡下人醒过来了；朱斯丹仍然不省人事，瞳仁在眼白中间消散，就像蓝花在牛乳中间消散一样。查理道：

"别叫他看见这个。"

包法利夫人拿起脸盆，放到桌子底下；她一弯腰，袍子（一件夏天袍子，滚了四道花边，黄颜色，腰身长，裙幅宽大）

就在周围的方石板地上摊开；同时，爱玛弯腰，伸开胳膊，有一点摇晃，膨起的衣裙有些地方随着身体的曲线陷下去了。她接着取来一瓶水，溶化几块糖。药剂师到了。女用人找他，他正在大发雷霆。看见学徒睁开眼睛，他这才放心。跟着他就兜过来，兜过去，上上下下，打量他道：

"废物！一点不差，小废物！十足的废物！放放血，算得了什么！好一个顶天立地的汉子！你们看呀，这就是那只松鼠，不怕头晕，爬到树梢摇核桃。啊！是的，说呀，夸嘴呀！真是块好料，赶明儿还要当药剂师呢；兴许有一天，情况严重，法院传你，要你指点指点法官们的良心；这时你就该头脑冷静，讲得头头是道，像一个男子汉大丈夫，不然的话，只好让人当傻瓜看！"

朱斯丹不回答。药剂师继续道：

"谁请你来的？你总在麻烦包法利先生和包法利太太！再说，星期三，我离不开你。药房现在就有一大堆人。为了你的缘故，我只好丢开他们不管。好啦，滚！跑！等我来，看好瓶子！"

朱斯丹穿好衣服，走了以后，大家谈起昏厥的事。包法利夫人从来没有昏厥过。布朗热先生道：

"女人能不昏厥，的确了不起！其实，有些男人就很脆弱。有一回决斗，我见到一位证人，听见手枪装子弹，就失了知觉。"

药剂师道：

"我呀，看见别人淌血，一点也不在乎；可是单只一想自己淌血，要是想过了头，我就难免会晕过去。"

布朗热先生打发走他的听差，劝他安心，好在已经照他的

包法利夫人 | 151

想法放过血了。他接下去道：

"有机会认识你们，我很高兴。"

说这句话的时候，他望着爱玛。

然后他在桌角放下三法郎，随便一鞠躬，扬长去了。

过了一刻，他走到河对岸（他回于歇特的小路）；爱玛望见他在草原白杨底下行走，仿佛一个人想心事，走着走着，就走慢了。他自言自语道：

"她很可爱！这位医生太太，很可爱！牙齿美，眼睛黑，脚轻俏，长得如同一个巴黎女子。家伙，她打哪儿来的？那笨小子打哪儿找到她的？"

罗道耳弗·布朗热先生，三十四岁，性情粗暴，思路敏捷，而且常和妇女往来，是一位风月老手。他觉得这个女人标致，所以一心思念她和她的丈夫。

"我想，他一定很蠢。不用说，她讨厌他。指甲长，三天不刮胡子。他在外头跑来跑去看病人，她待在家里补短袜子。她一定闷居无聊！一定愿意住到城里，每天夜晚跳波兰舞！小可怜儿！巴望爱情，活像厨房桌子上一条鲤鱼巴望水。来上三句情话，我拿稳了她会膜拜你！一定温柔！销魂！……是的，不过事后怎么甩掉？"

想到寻欢作乐，却又阻碍多端，他只好掉转方向，回味自己的情妇。她是他贴养的一个鲁昂女戏子；单单一想，他就对这女人感到腻味。他寻思道："啊！包法利夫人比她漂亮多了，尤其是，鲜妍多了。维吉妮显然在发胖。她玩也玩得那样乏味！再说，吃斑节虾吃成了瘾！"

田野空旷，罗道耳弗四顾无人，仅仅听见草拂打着鞋，动作有致，蟋蟀远远伏在荞麦底下，唧唧呜叫。他恍惚又在厅房

看见爱玛,穿的衣服和他方才见到的一模一样:他脱掉她的衣服。他抡起手杖,敲碎前面一块土,喊道:

"我一定要把她弄到手!"

他立即考虑进行的策略。他问自己:"到什么地方相会?用什么方法?小孩子死钉在后头,女用人、邻居、丈夫、形形色色的麻烦。——去他妈的!"他说:"太糟蹋时间!"

"她那双眼睛就像钻子一样,一直旋进你的心。还有脸色发白……我就爱脸色发白的女子!"

上到阿格伊岭,他下了决心:"问题只在寻找机会。好啦!我偶尔拜访两趟,送他们几只野味、几只家禽;必要的话,我去放放血;我们变成朋友,我请他们到家里来……啊!有啦!"他灵机一动,道:"展览会不久就要举行;她会来的,我会看见她的。趁热打铁,勇往直前,一定成功。"

八

这有名的展览会确实到了！从节日早晨起，居民就全站在门口，谈论应有的准备工作；镇公所正面缀着常春藤；草地搭起一座帐篷摆酒席；广场当中，教堂前面，有一架旧炮，到时宣告州长驾到和得奖的农民的姓名。比西的国民自卫军（永镇没有）开来参加毕耐率领的消防队。他这一天戴一条比平日还高的领子；制服紧绷绷的，上身直挺挺的，一动不动，就像气血统统移到下边两条腿里一样；他按照节奏，抬高两条腿，步伐合拍，起落一致。税务员和联队长，争强好胜，炫耀才能，分别率领部下，在一旁操练，就见红肩章和黑胸甲①，过来过去，川流不息，简直没完没了！如此庄严景象，从未见过！有些人家，前一天刷洗干净房屋，窗户开开一半，三色旗挂在外头；家家酒店客满；天气晴和，上浆的帽子、金十字架和花肩巾，仿佛比雪还白，在明亮的阳光下，熠熠发光，同时五颜六色，星星点点，衬得一般颜色较深的大衣和蓝布工人服也醒目了。四乡佃农妇女，生怕袍子沾上泥点，兜身撩起，拿大别针别好，临到下马，再解下来；丈夫相反，爱惜帽子，用手绢从上包住，拿牙咬牢手绢的一个犄角。

人们从村子两头涌进大街。小巷、夹道、远房近舍，到处有人出来；门环时刻响动，太太们戴上线手套，去看热闹。一对尖塔似的长三角架，立在司令台两侧，上上下下全是花灯，特别为人称道。此外还有四根竿子，绑在镇公所四根圆柱上②，各自挑起一幅淡绿小布幡，金字标语，一幅写着"商业"；另一幅写着"农业"；第三幅写着"工业"；第四幅写着"艺术"。

人人笑逐颜开，只有女店家勒弗朗索瓦太太，显得愁眉苦脸，站在厨房台阶，嘴里咕咕哝哝道：

"简直胡闹！帆布摊子，简直胡闹！难道他们以为州长也像一个卖艺的，喜欢坐在棚子底下吃饭吗？这些碍手碍脚的东西，也好说成给本乡增光！所以啊，根本就犯不上到新堡找一个糟厨子来！而且为谁找？为些放牛的！一些叫花子！"

药剂师过来了。他穿一件青燕尾服、一条南京布裤、一双海狸皮鞋，还戴一顶毡帽——一顶矮筒毡帽，真正难得③。他说：

"您好！对不住，我有急事。"

胖寡妇问他去什么地方，他回答道：

"您觉得好笑，是不是？我一直关在我的实验室，比老鼠在好好先生的干酪里④待得还久。"

女店家道：

"什么干酪？"

郝麦接下去道：

"没有什么！没有什么！我只是告诉您，勒弗朗索瓦太太，

---

① 国民军有红肩章，消防队有黑胸甲。
② 第二部第一章，说镇公所"底层有三根爱奥尼亚圆柱"。
③ 郝麦平日总戴一顶布腊小帽，所以现在改戴一顶毡帽，"真正难得"。海狸皮鞋流行于十九世纪，不过当时是夏季，并不相宜。
④ 见《拉封丹的寓言》卷七，寓言第三《隐居的老鼠》说有一只老鼠，钻在一块干酪里，不问世事，吃得又肥又胖。"好好先生"是拉封丹的绰号，与老鼠无关。

包法利夫人

我经常闭门不出，可是今天，情形特殊，我必须……"

她显出一副蔑视的神气道：

"啊！您到那边去？"

药剂师诧异了，回答道：

"是呀，那边去；我不是咨询委员会的委员吗？"

勒弗朗索瓦太太打量了他几分钟，最后笑吟吟回答道：

"原来是这样！不过耕地关您什么事？难道您懂这个？"

"当然懂，因为我是药剂师，就是说，化学家！而化学，勒弗朗索瓦太太，目的就在认识自然界一切物体的分子的相互作用，农业自然也就包括在它的范围内！事实上，肥料的配合、酒的发酵、煤气的分析和瘴气的影响，我问您，这一切，不是化学，又是什么？"

女店家并不回答。郝麦继续道：

"难道您以为做农学家，本人就该耕田、喂家禽吗？他首先应当知道的，倒是有关物质的成分、地层的次序、大气的作用、土地、矿石和雨水的性质、不同物体的密度和它们的毛细管现象！等等，等等。他应该彻底掌握全部卫生原则，以便指导、批评房屋的构造、牲畜的管理、仆人的饮食！勒弗朗索瓦太太，还应当掌握植物学，学会辨别草木。您明白不？哪些对身体有益、哪些对身体有害；哪些产量低、哪些有营养；这里是否该拔掉，那里是否该补种，是否推广这个，消灭那个；总而言之，应当读小册子，看出版物，迎头赶上科学潮流，永远有准备，随时指出改良的道路……"

女店家的眼睛不离开法兰西咖啡馆的门。药剂师继续发挥道：

"但愿我们的农民都是化学家，或者起码多听听科学建议，

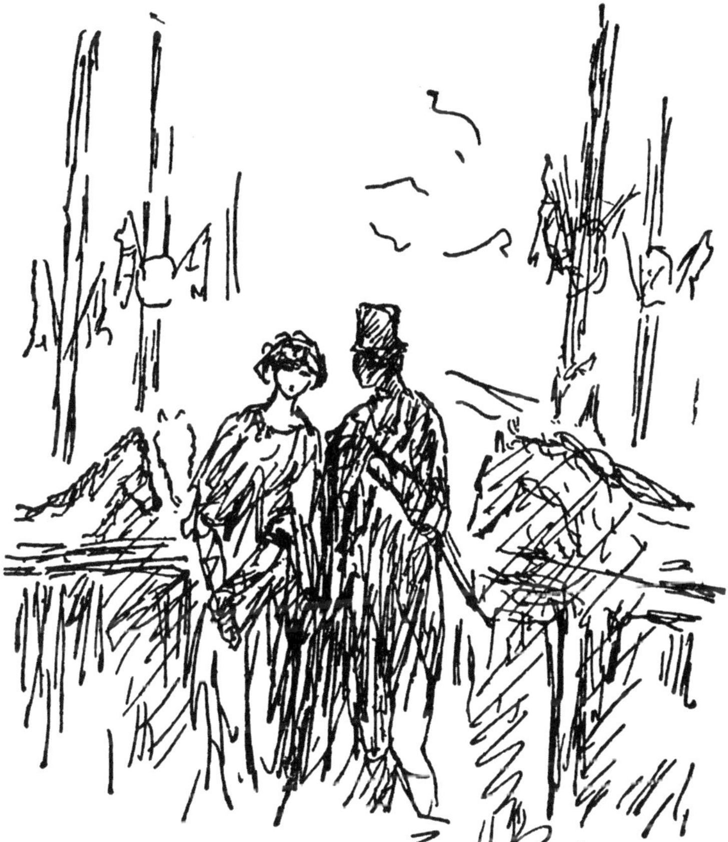

也就好了！所以我最近写了一部出色的小书，一篇七十二页之多的论文，题目是：《论苹果酒及其酿造与效用，附有新见解》，我送到鲁昂农学会去了；他们接受我当会员，分在农学组果学类；是啊，我的作品如果公之于世……"

但是药剂师一看勒弗朗索瓦太太心在别处，也就住了口。她道：

"看他们哎！简直不像话！成了饭摊子！"

她一耸肩膀，胸脯上毛衣的网眼也绷开了。她的对头酒馆传出歌唱的声音。她伸出一双手，边指点，边接下去道：

"其实，也长不了；不到一星期，整个完蛋。"

郝麦听了这话，大吃一惊，往后倒退。她走下三级台阶，俯耳向他道：

"怎么！您不知道？本星期就要执行扣押。是勒乐坑了他。他出借票害了他。"

世上任何情况，只要想得出来，药剂师总有词句配合，所以他就嚷道：

"有这等惊人的祸事！"

女店家于是讲起这件事的来龙去脉。她是听居由曼先生的听差泰奥多尔说的。她恨泰里耶，可是她也怪罪勒乐：他是个佞口骗子、一个卑鄙小人。她道：

"啊！您看，他在菜场，冲包法利太太行礼。包法利太太戴一顶绿帽子，还挎着布朗热先生的胳膊。"

郝麦道：

"包法利太太！我要赶过去，表示一下我的敬意。她也许高兴在近处廊子底下来一个座位。"

勒弗朗索瓦太太喊他回来，还要一五一十讲下去，可是药剂师不理睬，快步走开。他左一躬，右一躬，笑容可掬，后腿弯子蹬直，青燕尾服的大小摆在后头随风飘荡，占了好大地方。

罗道耳弗远远望见他来，也走快了，不过包法利夫人气喘，他只好放慢步子，粗声粗气，笑微微向她道：

"我是为了避开那个胖家伙，您知道，药剂师。"

她拿胳膊肘捅了他一下。他暗琢磨：她这是什么意思？他边走，边乜斜眼睛打量她。

看她的侧面，十分安详，简直什么也看不出来。她戴的帽子是椭圆形，白帽带仿佛芦苇叶子，阳光灿烂，把脸照得特别清楚。长睫毛弯弯的，眼睛虽然睁开了朝前望，可是由于血在白净皮肤底下轻轻跳动的缘故，看上去睁得还不够痛快，有一点像是颧骨在拘着眼睛似的。一道玫瑰红颜色照亮鼻孔之间的中隔。头朝一边歪，嘴唇当中露出皓白牙齿的珍珠似的尖梢。

罗道耳弗心想：难道她是讥笑我？

其实，爱玛捅他，只是一种警告；因为勒乐先生陪伴他们，像煞有意搭话似的，不时插上一句："今天可真好！""人人上街！""风打东来！"包法利夫人，还有罗道耳弗，并不理他，可是他们稍微一动，他就碰碰帽子，凑到近边，说："什么？"

来到马掌铺前面，罗道耳弗不沿大路去栅栏门，却骤然带了包法利夫人，拐进小径，喊道：

"晚安，勒乐先生！再见！"

她笑道：

"您怎么这样打发他！"

他接下去道：

"为什么让人打搅？何况今天，我有福分同您……"

爱玛红了脸。他掉转话头，说起天气晴好和草地上散步的愉快。有些春白菊又长出来了。他说：

"这里有好看的延命菊，大可以供本地全部害相思病的姑娘们问卜了①。"

紧跟着他又说：

"要是我也掐一朵，您看怎么样？"

她微微咳嗽道：

"您闹恋爱？"

罗道耳弗回答道：

"哎！哎！谁知道？"

草地上开始拥挤。管家婆挟着大雨伞，提着盒子，拖着孩子，朝你身上撞。还得经常回避一长列乡下妇人、女用人，她们穿蓝袜子、平底鞋，戴银戒指，你从旁边走过，闻见一股牛奶气味。她们走路手拉手，从那排白杨起，到宴会的帐篷为止，熙熙攘攘，满草原全是。不过审查时间到了，农民一个跟一个，走进一个赛马场似的地点：一条长绳，拴在桩子上，圈出这样一块空地。

里头是牲口，鼻子冲着绳子，屁股有大有小，乱乱腾腾，排一长条。猪昏头昏脑，拿嘴拱土；牛犊叫；羊羔咩；母牛曲起后腿弯子，肚皮贴着草地，也不管牛蝇围住身子嗡嗡乱飞，眨巴着沉重的眼皮，慢条斯理，来回嚼嘴里的东西。种马尥起蹶子，朝母马扯嗓子嘶鸣，赶大车的光着胳膊，揪住种马的络

---

① 根据花瓣数目，推断对方是否爱她。延命菊和春白菊属于同科，但有差异。

绳。母马安安静静，伸长头和耷拉下来的鬃毛，马驹不是躺在母马身影里，就是偶尔凑到底下吮奶。这些牲口挤作一团，起伏无定，不是雪白的鬃毛波涛一般随风扬起，就是东露出一堆尖犄角，西露出一堆人头。人在里头跑来跑去。围场外边，百步远近，单有一只大黑公牛，戴上嘴套，鼻孔挂着一个铁环环，像青铜铸出来的，站着一动不动。一个衣服破烂的小孩子牵着它，揪住一条绳子。

大人先生们夹在两排牲口当中，步伐沉重，一面前进，一面一只一只检查，检查过后，就彼此会商，声音相当低。其中一位，似乎地位更高，边走边记。他是评判委员会主席、邦镇的德罗兹赖先生。他一看见罗道耳弗，就快步向前，和颜悦色，笑吟吟向他道：

"布朗热先生，您怎么放下大家伙儿的事不管？"

罗道耳弗保证他来。可是主席刚走远，他就说：

"家伙，我才不去，同您在一起，比同他在一起好得多。"

罗道耳弗一面打趣展览会，一面却也为了通行无阻起见，掏出他的蓝帖子给宪兵看，有时候甚至看见一件好展品，停住脚步。可是他一见包法利夫人不感兴趣，就拿装束作题目，取笑永镇的太太们。跟着他就为他的衣着马虎道歉。他的衣着又随俗，又考究，显出不协调的情调，一般人看了，有的会受吸引，有的会感到愤慨，因为他们总觉得这种装束，表示生活离奇、感情纷乱、艺术的强大影响以及某种永远蔑视社会习俗的心理。细麻布衬衫的袖口缀着褶纹纱，风吹过来，衬衫就在灰夏布背心领口地方鼓了起来；宽道道裤子，脚踝地方，露出一双南京布靴子，靴筒底下有一圈漆皮，亮堂堂的，草也照了出来。他穿着这样一双靴子，践踏马粪，一只手插在上衣口袋，草帽歪戴一旁。他接下去道：

"再说，一个人住在乡下……"

爱玛道：

"什么也是枉然。"

罗道耳弗回答道：

"说得是呀！想想看，这些老好人，就连燕尾服的式样，也没有一个人能懂！"

于是他们谈起内地的庸俗、生活的窒闷、理想的毁灭。罗道耳弗道：

"所以我郁闷到了极点……"

她诧异道：

"您！我一直以为您很快活，不是吗？"

"啊！是的，单看外表；因为我对社会戴了一副玩世不恭的面具。其实，月光之下，看见公墓，有多少回，我问自己：我是不是顶好还是追踪那些长眠地下的人……"

她道：

"唉呀！您那些朋友呢？您就不想想他们？"

"我那些朋友？都是谁？我有朋友吗？谁关心我？"

说到末一句话，嘴里同时吹出一种类似口哨的声音。

不过后头走来一个人，抱了高高一摞椅子，他们只好分在两下。左也椅子，右也椅子，除去他的木头套鞋的尖尖头露在外面以外，就只看见他的胳膊伸得开开的，露出两只手来。原来是那个掘坟的赖斯地布杜瓦，把教堂椅子搬到外头。他想挣外快，结果想出这种利用展览会的方法，而且获得成功，因为生意兴隆，他应付不过来了。说实话，乡下人热得受不了，全抢椅子坐，草垫有香料气味，厚椅背沾着蜡渍，他们恭而敬之，往上一靠。

包法利夫人又挽起罗道耳弗的胳膊。他像是自言自语,继续道:

"是啊!我错过许多机会!总是一个人,啊!我活着要是有一个目的,我要是遇到真心相待的人,我要是发现有人……哎呀!我会竭尽全力,我会克服一切困难,粉碎一切困难!"

爱玛道:

"不过我觉得您不该让人可怜。"

罗道耳弗道:

"啊!您觉得?"

她接下去道:

"因为说到临了……您自由。"

她迟疑了一下:

"又有钱。"

他回答道:

"别取笑我啦。"

她赌咒不是取笑,这期间只听轰然一声炮响,大家立刻你拥我挤,乱乱腾腾,往村里跑。

原来炮发错了。州长大人并没有来;这就开会,还是再等下去,评判委员们左右为难,不知道怎么办才好。

最后,广场尽头,来了一辆前后有活篷的四轮出租大马车,驾着两匹瘦马,一个白帽车夫,狠命抽打。毕耐急忙喊:"举枪!"联队长急忙学他。人人朝枪位跑。人人向前抢。有些人连硬领也忘记戴了。但是州长的马车,似乎会到这种困难局面,两匹并驾的赢马,拉起辕木链子,摇摇晃晃,小步紧跑,来到镇公所前面,正好赶上国民自卫军和消防队打着鼓,大踏

步,摆队相迎。毕耐喊着:

"齐步走!"

联队长喊着:

"立正!向左看齐!"

接着就是举枪敬礼,枪箍扳开,踢里当啷,响声好似一只铜锅滚下楼梯。敬礼已毕,枪又统统放下。

只见一位先生,穿一件银线绣花短燕尾服,秃额头,后脑勺一撮头发,脸色灰白,外貌极其和善,走下马车。眼睛很大,厚眼皮半睁半闭,打量着群众,同时仰起他的尖鼻子,瘪嘴露出一丝笑意。镇长系着绶带,他认出他来,对他解释:州长有事来不了,本人是州行政委员,接着还讲了几句抱歉的话。杜法赦的回答只是一味恭维,另一位表示愧不敢当:两个人就这样站着,面对面,额头几乎碰额头,周围是评判委员、乡行政委员、缙绅、国民自卫军和群众。州行政委员先生,三角小黑帽贴住胸脯①,频频还礼,同时杜法赦哈下腰来,仿佛一张弓,也是笑盈盈的,结结巴巴,寻找字句,一面表示自己忠心王室②,一面为永镇得到的荣誉表示感激。

客店伙计伊玻立特走到车夫跟前,接过缰绳,一只脚跛着,把马牵到金狮门廊底下。许多乡下人,聚在门廊,瞻仰马车。鼓在敲,炮在响,先生们鱼贯而行,走上主席台,坐在杜法赦夫人借出来的乌特勒支③红绒大扶手椅上。

---

① 万松在《不符事实的包法利夫人》一文中指出:州行政委员戴的是两角帽,从来不戴"三角帽",穿的是蓝线绣花长燕尾服,不是"银线绣花短燕尾服"。
② "王室",指七月革命之后登基的波旁家族幼支奥尔良系路易·菲力浦的王室。
③ 乌特勒支,荷兰一市镇,十七世纪末叶,一个移居荷兰的法国人发明了一种仿丝绒面料做沙发面,用山羊毛织成,称乌特勒支绒。

这些人像是一个模子塑出来的。软搭搭的脸，新苹果酒颜色，亮堂堂的，太阳晒得有点发黑，络腮胡须龙龙茸茸，拱出高硬领外；白领带箍紧硬领，匀匀停停，结着一个鼓囊囊的领花。背心有压边，全是丝绒料子，表有一根长带，尖尖头全坠着一颗深红玛瑙椭圆印章；人人是一双手搭在两条大腿上，仔细分开裤裆，裤料没有磨掉光泽，比靴子的厚皮还亮。

上流妇女坐在后头过厅底下和圆柱中间，大多数群众站在对面，或者坐在椅子上。说实话，赖斯地布杜瓦把椅子全从草场搬过来了，甚至时时刻刻跑进教堂去找椅子。人们想靠近司令台的小梯子，因为他这样一做生意，交通堵塞，也就很难过去。

勒乐先生向药剂师（他正要到他的座位上去）道：

"我以为应当竖两根威尼斯旗杆，弄点新鲜东西挂在上头，又富丽，又有一点威严，望过去，就很美观了。"

郝麦回答道：

"的确是的。不过有什么办法！这是镇长一手包办的结果。可怜的杜法敕，这人没有多少鉴赏力；根本缺乏所谓艺术天分。"

罗道耳弗这时陪伴包法利大人，走上镇公所二楼，来到会议厅，看见没有一个人，就讲：他们在这里瞭望，尽兴多了，国王半身像底下有一张椭圆桌子，他到旁边搬了三张凳子，放到一个窗口跟前，然后他们挨挨挤挤，并肩坐下。

土席台上起了一阵骚动：长久耳语和交换意见。最后还是州行政委员先生站起。大家现在晓得他姓廖万，群众一个传一个，说起他的名姓。于是他掏出几张纸，凑近眼睛细看了看，这才开口道：

包法利夫人 | 165

诸位先生：

首先请允许我，在没有和你们谈起今天的盛会之前；——我相信，你们全有这种感情，我说，首先请允许我赞扬一下最高当局、政府、国君，诸位先生，赞扬一下我们的主上、万民爱戴的国王。大家知道，事关繁荣，不问公私，圣上一律关怀，即使怒海狂涛，危险百出，圣上也坚定审慎，稳步行车，何况圣上谋求和平，重视战争、工业、商业、农业与艺术。

罗道耳弗道：
"我该退后一点坐。"
爱玛道：
"为什么？"
不过州行政委员的声音分外高了，他朗诵道：

诸位先生：兄弟阋于墙，血染公众广场的时期，已经一去不复返了；业主、商人、甚至于工人，夜晚安眠，听见警钟齐鸣，忽然惊醒的时期，已经一去不复返了；邪说横行，擅敢颠覆社稷的时期，已经一去不复返了……

罗道耳弗接下去道：
"因为下面也许有人望见我；这样一来，我就要一连两星期道歉，像我这样的坏名声……"
爱玛道：
"哎呀！您成心糟蹋自己。"
"不，不，您听我讲，坏极了。"

州行政委员继续道：

可是，诸位先生，放下这些暗无天日的画面不去回想，转过眼睛，浏览一下我们美丽祖国的现状，我又看见了什么？处处商业繁盛，艺术发达，处处兴修新的道路，仿佛国家添了许多新的动脉，构成新的联系；我们伟大的工业中心又活跃起来；宗教得到巩固，法光普照；我们的码头堆满货物，信心再起，法兰西终于得到了新生……

罗道耳弗又道：
"其实，就社会观点看来，他们也许有道理。"
她道：
"什么道理？"
他道：
"怎么！难道您不知道，有人无时无刻不在苦恼？他们一时需要梦想，一时需要行动，一时需要最纯洁的热情，一时需要最疯狂的欢乐，人就这样来来去去，过着形形色色荒唐、怪诞的生活。"
于是她看着他，就像一个人打量一个到过奇土异域的旅客一样，接下去道：
"我们这些可怜的妇女，就连这种消遣也没有！"
"微不足道的消遣，因为人们在这里找不到幸福。"
她问道：
"可是人们找得到吗？"
他回答道：
"是的，会有一天遇到的。"

州行政委员道：

> 你们明白这个。你们是农民和田野的工人；你们是真正为文化而工作的和平的先驱！你们是进步和道德人士！我说，你们明白，政治风暴，比起大气紊乱，确实可怕得多……

罗道耳弗重复道：

"有一天，有一天赶巧万念俱灰，会忽然遇到的。于是云散天开，好像有一个声音在喊：'这就是！'您觉得需要向这个人诉说衷情，把一切给他，为他牺牲一切！用不着烦言解释，彼此就一见如故，似曾梦里相逢。（他看着她）总之，就在眼前，四处寻觅的珠宝就在眼前，光华灿烂，火星迸射。可是仍然怀疑，仍然不敢相信；眼花缭乱，好像走出黑暗，乍见亮光一样。"

罗道耳弗说到末了这几句话，添上手势。他拿一只手放在脸上，就像一个人晕眩一样，然后落下来搭在爱玛手上。她抽回她的手。可是州行政委员总在读着：

> 诸位先生，有谁惊奇吗？也只有他们惊奇：就是那种瞎了眼的人、那种沉溺于（我不怕说出口来）前一世纪的偏见，照旧否认农民是有头脑的人。说实话，寻找爱国精神、热心公众事业，一言以蔽之，智慧，除去田野，还有什么地方更多？诸位先生，我说的不是那种表面的智慧、那种闲汉的点缀。我说的是那种深刻、稳健的智慧，专心致志于追求那些有用之物，因而有助于个人福利、一般改善与支援国家，它是——尊重法律和完成任务的收获……

罗道耳弗道：

"啊！又是这个。总是任务，我听也听腻了。他们一堆穿法兰绒背心的老昏聩、一堆离不开脚炉和念珠的假虔婆，不住口在我们的耳梢唠叨：'任务！任务！'哎！家伙！任务呀，任务是感受高贵事物、珍爱美丽事物，并非接受社会全部约束和硬加在我们身上的种种耻辱。"

包法利夫人反驳道：

"不过……不过……"

"哎，不！凭什么反对热情？难道它不是世上惟一美丽的东西？难道它不是英勇、热忱、诗歌、音乐、艺术以及其他一切的根源？"

爱玛道：

"可是也该听听世人的意见、遵守一般立身处世之道。"

他回答道：

"啊！立身处世之道有两种。一种是渺小的、众人公认的处世之道，因时而异，目光如豆，吵吵嚷嚷，低级庸俗，就像眼前这群蠢家伙一样。另一种是万古长存之道，在周围，也在上空，风景一般环绕我们，碧天一般照耀我们。"

廖万先生方才掏出手绢擦过嘴，接下去道：

诸位先生，农业的重要，还用得着我在这里向你们指出来吗？请问，谁供应我们的需要？谁接济我们的生活？难道不是农民？诸位先生，农民拿一双勤劳的手，把种子撒在肥沃的田地里，种子长成麦子，麦子被精巧的机器磨成细末，以面粉的名称运到城市，没有多久，就进了面包房，制成食品，不分贫富，一概供应。为了我们有衣服

包法利夫人 | 169

穿,难道不又是农民养肥牧场众多的羊群?没有农民,我们穿什么,我们吃什么?诸位先生,我们有必要到老远的地方寻找例证吗?谁不常常想到那只羞怯的动物、我们家禽群里值得骄傲的珍品?它一方面长毛给我们做绵软的枕头,一方面有丰美的肉给我们吃,一方面还下蛋。地耕好了,出产种种物品,好比慈母心疼儿女,尽量供应,我要是一一枚举的话,就要不胜其举了。这边是葡萄藤;那边是苹果树;远望,是油菜;再往远望,是干酪;还有麻,诸位先生,千万不要忘记麻①!近年以来,麻的产量增加了许多,我特别希望你们注意。

他不必希望;因为群众个个张大了嘴,好像要喝掉他的话一样。杜法赦在他一旁,睁大了眼睛听;德罗兹赖先生,有时候,微微合上眼皮;再过去,药剂师两腿夹住他的儿子拿破仑,拿手张在耳边,一个字音不叫漏掉。别的评判委员表示赞同,慢慢悠悠,上下摇摆背心里的下巴。消防队员站在主席台底下,靠住他们的刺刀;毕耐一丝不动,胳膊肘朝外,刀尖向上。他也许在听,不过他一定什么也看不见,由于他的盔檐太低,一直罩到鼻子。副队长是杜法赦先生的小儿子,盔檐低得出奇;因为他戴了一顶绝大的战盔,在头上晃来晃去,花布手绢垫在底下,有一头露出来了。他在战盔底下,笑嘻嘻的,一副小孩子的可爱模样,小白脸蛋淌着汗,流露出一种欢愉、疲倦和睡眠的表情。

---

① 路易·菲力浦重视工业,所以州行政委员也有同样表示。参看第二部第五章,永镇寺新建麻纺厂。

广场两边的房屋都挤满了人。家家有人靠着窗户,有人站在门口。朱斯丹站在药房前面,似乎看愣了,动弹不得。虽说安静,廖万先生的声音照样听不清楚:群众中间,椅子出了响声,东一打岔,西一打岔,截断演说,只有一句半句传到耳朵;接着就是背后,冷不防起了漫长一声牛鸣,或者就是街角羊羔咩咩叫唤。说实话,放牛的和放羊的,一直把牲口赶到这边,它们有时候你一声,我一声,一面还吐长舌头,拉曳挂在脸上的三两片树叶。

罗道耳弗更挨近爱玛了,声音压低,急促地说:

"人世这种阴谋,您不忿恨?哪一样感情它不谴责?最高贵的本能、最纯洁的同情,也逃不脱迫害、诽谤;一对可怜虫要是碰在一起的话,就组织一切力量来拆散他们。不过他们偏要试试,扇扇翅膀,你呼唤我,我呼唤你:是啊!迟早有什么关系,半年,十年,他们照样结合,照样相爱,因为命里注定这样,彼此天生就是一对。"

两只胳膊横在膝盖上,他仰起脸,凑到近边,死盯着看爱玛。她看见纤细的金光,一道又一道,兜着他的黑瞳仁,从眼睛里面朝外放射。她甚至于闻见他抹亮头发的生发油的香味,于是心荡神驰,不由想起在渥毕萨尔陪她跳华尔兹的子爵,他的胡须就像这些头发,放出这种香草和柠檬气息;她不由自己,闭了一半眼皮往里吸。但是她坐在椅子①上,身子往后一仰,恍惚远远望见驿车燕子,在天边尽头,慢慢腾腾,走下狼岭,车后扬起长悠悠的灰尘。赖昂就是乘了这辆黄车,时刻来

---

① 前文说罗道耳弗"搬了三张凳子,放到一个窗口跟前,然后他们挨挨挤挤,并肩坐下"。并非"椅子"。

包法利夫人 | 171

到她的身边；也就是经这条路，他又一去不回！她仿佛看见他在对面窗口，接着就又一片模糊，满天浮云，她觉得吊灯照耀，她还像在跳华尔兹，挎着子爵的胳膊，同时赖昂离得也不远，眼看就要过来……但是她总觉得罗道耳弗的头在她旁边。这种甜蜜的感觉就这样渗透从前她那些欲望，好像一阵狂飙，掀起了沙砾，香风习习，吹遍她的灵魂，幽渺的氤氲卷起了欲望旋转。她好几回用力张开鼻孔，吸入柱头常春藤的清新气息。她摘去手套，擦了擦手，然后拿起手绢扇脸，太阳穴虽说跳动，她照样听见群众叽里咕噜、州行政委员说来说去的单调声音：

> 继续努力！坚持不懈！既不要墨守成规，也不要采纳过分莽撞急躁的建议！尤其要致力于改良土壤、施用优质肥料，发展马、牛、羊、猪的优良品种！让展览会对你们成为充满和平景象的比武场，胜利者向战败者伸出友爱之手，希望他下一次竞赛成功！可敬的臣民！谦逊的仆人，你们辛勤劳苦，往日得不到任何政府重视，现在就来接受你们默默无闻的道德的酬劳吧。而且你们相信政府从今以后，一定会注视你们，鼓励你们，保护你们，满足你们的正当要求，尽一切可能，减轻你们痛苦牺牲的负担！

廖万先生终于坐下。德罗兹赖先生站起，开始另一篇演说。他的讲演也许不像州行政委员的讲演那样华丽；不过他有他的特点：风格切实，就是说，学识比较专门，议论比较高超，少了一些颂扬政府的话，宗教和农业分到更多的地位，二者息息相关，一向就同心协力，促进文化。罗道耳弗和包法利夫人谈着梦、预感、催眠术。演说家追溯到原始社会，形容野蛮时代,人在树林深处,靠橡实过活;后来人们扔掉兽皮,改穿布帛,耕田犁地,种植葡萄。这算不算幸福?这种发现会不会弊多于利?德罗兹赖先生对自己提出这个问题。罗道耳弗由催眠术一点一点谈到亲和力。主席引证:辛辛纳图斯掌犁,戴克里先种菜①,中国皇帝立春播种。年轻人这期间向少妇解释:吸引之所以难以抗拒,就是前生的缘故。他说:

"所以,就拿您我来说,我们为什么相识?出于什么机缘?我们各自的天性,您朝我推,我朝您推,毫无疑问,像两条河一样,经过千山万水,合流为一。"

他握住她的手;她没有抽回去。

主席喊道:"一般种植奖!"

"譬方说,方才我到府上……"

"甘冈普瓦的比内先生。"

"我怎么晓得我会陪伴您?"

"七十法郎!"

"有许多回,我想走开,可是我跟着您,待了下来。"

"肥料奖。"

"既然今天黄昏会待了下来,明天、别的日子、我一辈子,也会待了下来!"

"阿格伊的卡隆先生,金质奖章一枚!"

"因为我和别人在一道,从来没有感到这样大的魅力。"

"基弗里-圣马丹的班先生!"

---

① 辛辛纳图斯(公元前519—前430),罗马共和国的执政官,当选之后,官员往迎,见他正在耕田。戴克里先(245—313),罗马皇帝,三〇五年退隐,相传公卿请他复位,他正在种植生菜。

"所以我呐,我会永远想念您的。"

"一只美里奴种公羊……"

"不过您要忘记我的,我会像一个影子般消逝的。"

"圣母村的……柏劳先生。"

"哎呀!不会的。我会不会成为您的思想、您的生命的一部分?"

"猪种奖两名:勒埃里塞先生与居朗布尔先生;平分六十法郎!"

罗道耳弗捏住她的手,觉得又温暖,又颤抖,如同一只斑鸠,虽然被捉住了,还想飞走;但是不知道是她试着抽出手来,还是响应这种压抑,她动了动手指;他喊道:

"谢谢!您不拒绝我!您真好!您明白我是您的!让我看您,让我端详您!"

一阵风飘进窗户,吹皱了桌毯,同时底下广场,乡下女人的大帽子,像白蝴蝶扇动翅膀一样,个个翘了起来。

主席继续道:"豆饼的使用。"

他加快道:"养粪池,——种麻,——排水,长期租赁,——家庭服务。"

罗道耳弗不再说话。两个人你望我,我望你,欲火如焚,干嘴唇直打哆嗦,于是心旌摇摇,手指不用力,就揉在一道。

"萨司托-拉盖里耶的卡特琳-妮凯丝-伊莉莎白·勒鲁,在一家田庄连续服务五十四年,银质奖章一枚——值二十五法郎!"

州行政委员重复道:"卡特琳·勒鲁,在什么地方?"

不见她的踪影。只听见好些声音窃窃私语道:

"去呀!"

"不。"

"左边走!"

"别害怕!"

"啊!看她多蠢!"

杜法赦喊道:"她到底在不在?"

"在!……那不是!"

"那么,到前面来呀!"

这时人们看见一个矮小的老妇人,走上主席台,神情畏缩,好像和身上的破烂衣服皱成了一团一样。她脚上蹬一双大木头套鞋,腰里系一条大蓝围裙,一顶没有镶边的小风帽兜住她的瘦脸;一脸老皱纹,风干的苹果也没有她的多。红上衣的袖筒伸出两只长手,关节疙里疙瘩;谷仓的灰尘、洗衣服的碱水、羊毛的油脂在手上留下一层厚皮,全是裂缝,指节发僵;清水再洗,也显着肮脏;苦干多年,合也合不拢来:好像明摆着这一双手,就是千辛万苦的卑微的凭证一样。脸上的表情,如同一个修行的道姑那样呆滞。任何喜怒哀乐也软化不了她那黯淡的视线。她和牲畜待在一起,也像它们一样喑哑、安详。她还是第一次看见自己在这样大的一群人当中,眼前又是旗,又是鼓,又是青燕尾服的先生们,又是州行政委员的十字勋章,心中惶恐,一步不敢移动,不知道该往前走,还是该向后逃,也不知道群众为什么推她,审查员为什么朝她微笑。这干了半世纪劳役的苦婆子,就这样站在这些喜笑颜开的资产者面前。

州行政委员从主席手上接过得奖人员的名单,然后道:

"过来,可敬的卡特琳-妮凯丝-伊莉莎白·勒鲁!"

他看一遍名单,看一遍老妇人,用慈父的声音,重复道:

"过来，过来！"

杜法赦在扶手椅上跳道：

"您聋了吗？"

他朝她的耳朵喊道：

"五十四年服务！银质奖章一枚！二十五法郎！是给您的。"

她接过奖章，仔细打量，随即一脸幸福的微笑，径自走开；大家听见她咕哝道：

"我拿这送给我们的教堂堂长，给我做弥撒。"

药剂师朝公证人俯过身子，喊道：

"信教信到这步田地！"

大会开完，群众散去；现在，演说词读过了，人人回到原来地位，一切照旧：主子谩骂下人，下人鞭打牲畜；得奖的牲畜，犄角挂着一顶绿冠，漠不关心，又回槽头去了。

国民自卫军这期间上到镇公所二楼，刺刀扎了一串点心，大队鼓手提着一篮酒瓶。包法利夫人挎着罗道耳弗的胳膊；他送她回家；他们在她的门前分手；然后他一个人在田野散步，等候到入席的时间。

宴会又长又闹，而且侍奉不周；根本就人山人海，移动不得，窄木板变成临时条凳，人坐多了，险些压断。菜肴丰盛，人人狠命吃喝自己名下的一份，个个额头冒汗。桌面上高悬的甘该灯之间，浮起白蒙蒙一片热气，好像秋天早晨河水的雾气一样。罗道耳弗一心在想爱玛，背靠篷布，什么也没有听见。背后好些听差，在草地上摞脏盘子；邻座同他讲话，他不回答；有人给他斟酒；嘈杂的声音越来越响，可是他心里静静的，追忆她说过的话和她的嘴唇的形态；军帽的徽章仿佛一面照妖镜，照出她的脸来；她的打褶的袍子恍惚沿墙而下；遥望未来，恩爱的日月悠悠展开，好像没有尽期一样。

夜晚放烟火，他又见到她；但是她和丈夫，还有郝麦夫妇在一起。火花四射，药剂师十分担心会出危险，他时刻走开，过去关照毕耐几句。

爆竹送到杜法赦先生那边，他过分小心，放在他的地窨里，所以火药受潮，根本点不着，主要节目应当表现一条龙咬自己的尾巴，又完全失败。天空偶尔出现一串不值一看的罗马蜡烛①，群众张口凝望，喊成一片，里面还掺杂着在黑地里腰让胳肢了的妇女的叫唤。爱玛悄不做声，缩成一团，轻轻靠住查理的肩膀，然后仰起下巴，望着射出来的火花在黑黝黝的天空掠过。罗道耳弗借着花灯亮光张望她。

花灯渐渐熄灭。天上出来星星。飘下一丝半点细雨。她拿肩巾挽在头上。

就在这时，州行政委员的马车走出客店。车夫喝醉了酒，立刻昏昏沉沉，打起盹来了。大家远远望见他，坐在两盏车灯中间，大半个身子耸出车篷，车厢前后一动，也就左右摇晃起来。药剂师道：

"真的，应当严厉反对酗酒！我希望镇公所门口，每星期专挂一块牌子，写出这一星期喝酒喝醉了的人的名姓。再说，有统计报告，好比年鉴一类东西，遇到必要，不妨拿来参考参考……对不住。"

他又朝队长跑过去了。

---

① 罗马蜡烛是一串星形爆竹。

包法利夫人 | 177

队长惦记他的旋床,正要回家看看。郝麦向他道:

"也许碍不了您什么事,打发您的部下,要不您就亲自去……"

税务员回答道:

"什么事也没有,您就别跟我捣乱了吧!"

药剂师回到他的朋友旁边,道:

"你们放心好啦。毕耐先生告诉我,已经有了防备。火花不会落下来的。水龙装得满满的。我们睡觉去吧。"

郝麦夫人大打呵欠,道:

"说的是呀!我尽想睡;不过没有关系,我们这一天过得好极啦。"

罗道耳弗放低声音,眼睛充满感情,道:

"是啊!好极啦!"

大家道过晚安,各走各的。

两天以后,《鲁昂烽火》登出一篇报道展览会的大文章。郝麦兴之所至,第二天就把它写出来了:

> 为什么张灯?为什么悬花?为什么结彩?一种热带的太阳,直射我们的阡陌。这群人仿佛怒海巨涛,冒着头上的热流,朝什么地方跑?

接着他就谈起农民的情况。政府的确尽了大力,但是不够!他向政府呼喊道:"勇敢!千千万万的改革需要着手,我们就来完成这些改革吧。"随后他写到州行政委员驾到,没有忘记"我们军队的武士气概",也没有忘记"我们最活泼的乡村妇女",也没有忘记秃了头的老年人,"仿佛古代族长,岸然而立,其中有几位,曾经置身于我们不朽的行伍,听见雄壮的鼓声,觉得心还在跳"。他列举重要的评判委员,还说到自己;甚至在一个小注里,也提醒读者:药剂师郝麦先生,曾经给农学会送去一篇关于苹果酒的论文。他写到赠奖,形容得奖者的喜悦,运用抒情笔调:"父亲吻抱儿子,哥哥吻抱兄弟,丈夫吻抱妻子。许多人傲形于色,指着他们的小小奖章,不用说,回到家中,在贤内助身旁,边哭、边拿它挂到茅庐的缄默的墙头。

"六点钟左右,酒席摆在利艾加尔先生的牧场,参加大会的主要人物聚在一道,自始至终,充满着发自内心的最大热忱。宴会中间,不时举杯致敬:廖万先生提议,为国君的健康干杯!杜法赦先生提议,为州长的健康干杯!德罗兹赖先生提议,为农业干杯!郝麦先生提议,为工业和艺术这一对姊妹干杯!勒普利谢先生提议,为进步干杯!到了夜晚,烟火忽然照亮天空。五彩缤纷,简直像是真正的歌剧布景。一时间我们这小镇,竟如同进入了《天方夜谭》的梦境。

"这次家庭集会,可以说,没有任何不愉快的事发生。"

他还加上一句:"此次教士不露面,特别惹人注目。不用说,教会对进步别有看法。罗耀拉的信徒们[①],请便!"

[①] 指依纳爵·罗耀拉(1491—1556),西班牙人,耶稣会的创建者。

九

六个星期过去了,还不见罗道耳弗来。最后有一天黄昏,他露面了。展览会的第二天,他对自己讲:

"别去早了;去早了反而坏事。"

头一个星期,过到末尾,他打猎去了。打过猎,他一想,去也太晚了,接着他又这样理论道:

"不过如果头一天她就爱上了我的话,她一定盼望我去,她越情急,越会爱我。还是继续下去吧!"

他走进厅房,望见爱玛脸色变白,明白他划算对了。

只她一个人。天色向晚,小纱窗帘遮着玻璃,越发显得阴暗。阳光一线,照亮晴雨计的镀金;金光闪闪,穿过珊瑚桠杈的空隙,在镜子里变成了一团火。

罗道耳弗一直站着;爱玛几乎等于没有回答他的问候。他说:

"我呀,有事忙,又害了一场病。"

她着急道:

"病重吗?"

罗道耳弗坐到她身旁一张凳子上,道:

"啊!不……其实是我不想来就是了。"

"为什么?"

"您猜不出来?"

他又看了她一眼,但是神色热烈,她涨红了脸,低下头去。他接下去道：

"爱玛……"

她稍稍走开，道：

"先生！"

他用一种忧伤的声音对答道：

"啊！您看，我不想来，我有道理；因为您这名字，您这名字充满我的灵魂，可是脱口而出，您又禁止！包法利太太！……哎！人人这样称呼您！……其实，这不是您的姓；这是别人的姓！"

他重复一遍：

"别人的姓！"

他拿脸藏到两只手里。

"是的，我时时刻刻想您！……我一想到您就难过！啊！对不住！……我离开您……永别了！……我要到远地方去……远到您再也不会听见有人说起我来！……可是……今天……我不知道又是什么力量把我朝您推过来！因为人斗不过天，人拗不过天使们的微笑！人不由自主，就跟着美丽、愉快、值得热爱的事物走！"

爱玛还是第一次听见这种话，她的骄傲好似一个人在蒸汽浴室，养息精神，伸开四肢，驱除疲劳，把自己整个儿交给这热雾腾腾的语言。他继续道：

"叮是就算我不来，就算我不来看您，啊！至少您周围的东西，我尽饱看的。夜晚，每天夜晚，我爬起床，一直走到这儿，望着您的房屋：月光照亮屋顶，花园树木在您的窗前摇来晃去，窗玻璃里，阴影中间，点着一盏小灯，透出一丝亮光。啊！您说什么也不知道，那边有一个可怜人，说近也算近，说远可真远……"

她朝他转过身子,呜咽道:

"啊!您真好!"

"不对,我爱您,就是这个!您相信我!说给我听!一句话!只一句话也就成了!"

罗道耳弗不知不觉,就从凳子溜到地上;厨房传来木头套鞋的响声,同时他望见厅房门也没有关。他站起来,讲下去道:

"我有一个怪心思,您行行好,满足满足吧!"

原来是带他看看房屋;他想熟识熟识;包法利夫人看不出有什么不合适,两下方才站起,正好查理进来。罗道耳弗向他道:

"您好,博士。"

医生听了这天外飞来的头衔,受宠若惊,殷勤趋奉。另一位利用这期间定了定神,就说:

"尊夫人同我谈起她的健康……"

查理插话道:他的确担心到了万分;他的女人又开始感到郁闷。罗道耳弗于是问,骑马有没有用处。

"当然!很好,对!……这倒是一个好办法!你应当照这话做。"

她说困难在于没有马。罗道耳弗愿意借她一匹,她谢绝了,他也并不坚持。他随后解释他的来意,说他的赶大车的、前次放血的那个家伙,总觉得头晕眼花。包法利道:

"改天我去看看。"

"不,不,我打发他来;我们来,您方便多了。"

"啊!很好。我谢谢您啦。"

罗道耳弗一走,查理就说:

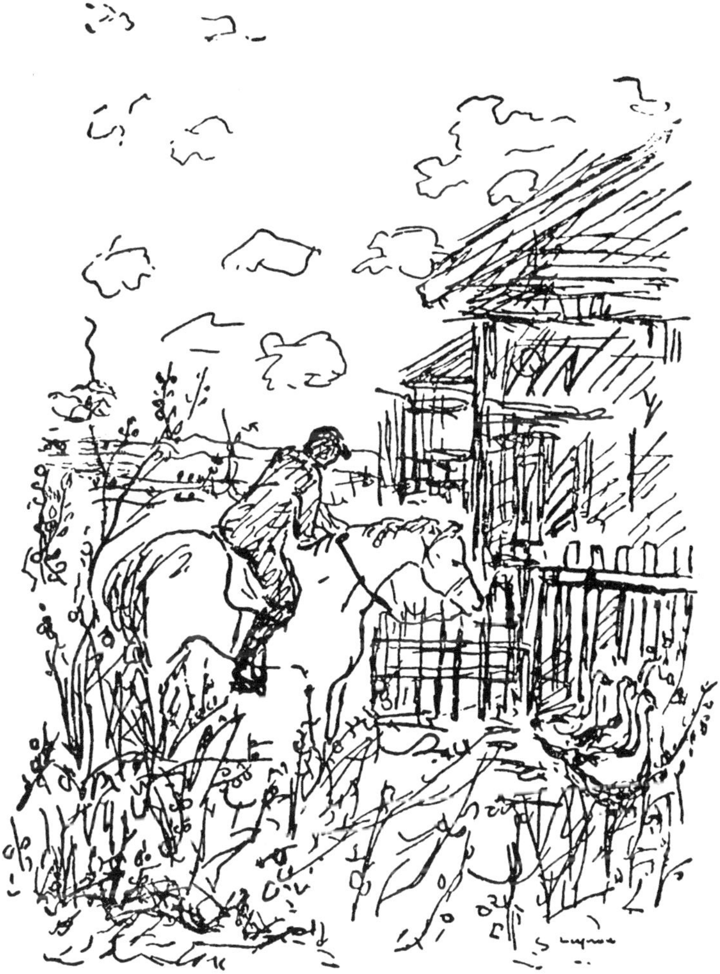

"布朗热先生好意借马,你为什么不应下来?"

她摆出噘嘴模样,找了许多话推托,最后才讲:"我也许会惹人笑话。"

查理打了一个转身,道:

"啊!我不在乎!健康第一!你错啦!"

"哎呀!我没有骑马衣服,你怎么好叫我骑马呀?"

他回答道:

"你就该添置一身!"

她看在骑马衣服份上,同意了。

衣服做成,查理写信给布朗热先生,说:盛意可感,拙荆待命,不胜翘企。

第二天正午,罗道耳弗带了两匹鞍鞴齐备的马,来到查理门前。有一匹耳朵还系着玫瑰红小绒球,背上搭了一副鹿皮女鞍。

罗道耳弗穿了一双软皮长靴,心想这样东西,她从前一定没有见过;事实上,他在楼梯口一出现,身上是丝绒长燕尾服,腿上是灯心绒白裤,爱玛就已经在欣赏他的翩翩风度了。她打扮停当,正等他来。

朱斯丹溜出药房看她,连药剂师也惊动出来了。他一再叮咛布朗热先生:

"意外说来就来!千万当心!您的马也许性烈!"

她听见头上有响声:原来是全福哄小白尔特,敲打玻璃窗。小孩子远远递了她一个吻;母亲的回答是摇摇鞭子把儿。郝麦先生喊道:

"一路快乐!千万小心!小心!"

他摇动他的报纸,望着他们走远。

爱玛的马一出镇子，就小跑起来，罗道耳弗的马跟在一旁。他们偶尔交谈一句。她坐在鞍子上，脸微微向下，手举起来，右胳膊伸开，由着马上下颠簸。

来到岭下，罗道耳弗放松缰绳，他们一道驰骋；随后跑上岭，马猛然站住，她的大蓝面网坠了下来。

正当十月上旬，田野有雾。雾气沿着丘陵的边缘，弥漫在天边，有的地方云雾裂开，升上天空消失了。有时候，一道阳光破云而出，让他们远远望见永镇的屋顶、水边的花园、院落、墙壁和教堂的钟楼。爱玛眯着眼睛，寻认她的住宅；她住的这可怜的小镇，从来没显得这样小。他们站在高处，觉得整个盆地就像一座白茫茫的大湖，在半空化成雾气。左一丛树木，右一丛树木，黑岩似的，兀立一侧；白杨高耸雾上，齐齐一排，好像风卷沙移的海滩。

他们旁边，冷杉蓊郁，中间一块草坪，上空有一道褐光，在温暖的大气里游来游去。土像烟草屑一样的颜色，近似红褐，马走上去，听不见蹄子响。马朝前走，铁掌踢开遍地的松实。

罗道耳弗和爱玛就这样兜着树林边沿走。她回避他的视线，不时转过头去，可是这样一来，就只看见一排一排冷杉树干，络绎不绝，看到后来，未免头晕眼花。马在喘气。鞍皮咯吱咯吱直响。

他们走进森林，太阳正好出来。罗道耳弗道：

"上帝保佑我们！"

她道：

"您相信？"

他接下去道：

"再往前！往前走！"

他打响舌；两匹马跑了起来。

道旁的羊齿草，横拦竖遮，一来就卷进爱玛的脚镫。罗道耳弗一面纵马跑，一面斜过身子，一根又一根，把羊齿草抽出来。有的时候，他靠近了，推开树枝，爱玛觉得他的膝盖蹭到她的腿。天变成蓝色。树叶一动不动。许多空地长满正在开花的映山红；一片片紫罗兰夹杂在树丛中，这些树丛枝叶各异，有的呈灰色，有的呈灰褐色，有的呈金黄色。灌木丛中，他们不时听见翅膀轻轻扑扇，或者乌鸦在橡树之间盘旋，哑哑哀鸣。

他们下了马。罗道耳弗拴马，她在车辙之间的青苔上漫步前行。

但是袍子太长，她虽说撩起后摆，仍然妨碍走路。罗道耳弗跟在后头，望着她细致的白袜，在黑衣料和黑靴之间，像是她的一部分光光的皮肉似的。她站住道：

"我累啦。"

他回答道：

"来，再走走看！加油！"

又走了百来步远，她又站住。她戴一顶男人帽子，面网坠下来，斜搭在臀部，看上去像在碧波底下游泳一样，隔着透明的浅蓝颜色，他依稀认出她的脸相。

"我们到底去什么地方？"

他不回答。她的呼吸急促了。罗道耳弗向周围扫了一眼，咬着上嘴唇的髭。

他们来到一个地点，小树砍去，比较宽阔。他们坐在一个放倒的树干上，罗道耳弗对她谈起他的爱情。

他生怕吓着了她，一入手，先收起恭维话不说。他安静、严肃、忧郁。

爱玛低着头听，一边还拿脚尖翻动地上的碎木片。

"难道我们的命运如今不是同一个？"

她一听这话，就驳道：

"不是同一个！您清楚的。不可能。"

她站起来要走。他揪住她的手腕。她只好站住。然后她用湿润的媚眼打量了他几分钟，急忙道：

"啊！好，别说下去啦……马在什么地方？回去吧。"

他做了一个又生气又苦恼的手势。她重复道：

"马在什么地方？马在什么地方？"

他于是目不转睛，咬紧牙关，透出一种奇怪的微笑，伸开胳膊，逼向她来。她一边哆嗦，一边倒退，期期艾艾道：

"您让我害怕！您让我难过！走吧！"

他改变面貌，回答道：

"您一定要走……"

他立时就又变得敬重、温存、懦怯。她挎住他的胳膊。他们往回走。他说：

"您到底怎么啦？为什么？我不明白。想来您是误会了吧？您在我心里，就像一位圣母娘娘，高高待在底座上，又坚固，又纯洁。不过没有您，我活不下去！我需要您的眼睛、您的声音、您的思想。做我的朋友、我的妹妹、我的天使吧！"

他于是伸长胳膊，搂住她的腰肢。她半推半就，试着挣扎出来。他边走，边这样搂着她。

他们听见两匹马在吃树叶。罗道耳弗道：

"再待一会儿！别就走！停下来吧！"

包法利夫人 | 187

他把她带到更远的地方，兜着一口小水塘转悠。满池浮萍，绿波如茵。残荷安安静静，夹在灯心草中间。他们走在草上，青蛙听见脚步，跳开了躲藏起来。她道：

"我错了，我错了，我不该听您的话。"

"为什么？……爱玛！爱玛！"

少妇一面倒向他的肩膀，一面慢悠悠道：

"唉！罗道耳弗！……"

她的衣裙贴紧他的丝绒燕尾服。她仰起白生生的颈项，颈项由于叹息而涨圆了。她于是软弱无力，满脸眼泪，浑身打颤，将脸藏起，依顺了他。

天已薄暮，落日穿过树枝，照花她的眼睛。周围或远或近，有些亮点在树叶当中或者地面晃来晃去，好像蜂鸟飞翔，抖落羽毛。一片幽静，树木像有香气散到外头。她觉得心又开始跳跃，血液仿佛一条奶河，在皮肤底下流动。她听见一种模糊而悠长的叫喊，一种拉长的声音，从树林外面别的丘陵传出，她静静听来，就像乐曲一样，与她激动的神经的最后震颤交织在一起。断了一根络绳，罗道耳弗噙着雪茄，拿小刀修理。

他们走原路回到永镇。他们又在泥地看见马的并排蹄印，又看见小树丛和草里的石子。周围什么也没有改变；可是就她来说，却发生了好比大山移位般的大事。罗道耳弗不时斜过身子，举起她的手吻。

她骑在马上，婀娜多姿！挺直细腰，膝盖齐着马鬣弯下去，晚霞和新鲜空气在脸上薄薄敷了一层颜色。

走进永镇，马打着石头地，左右回旋。

大家在窗口望她。

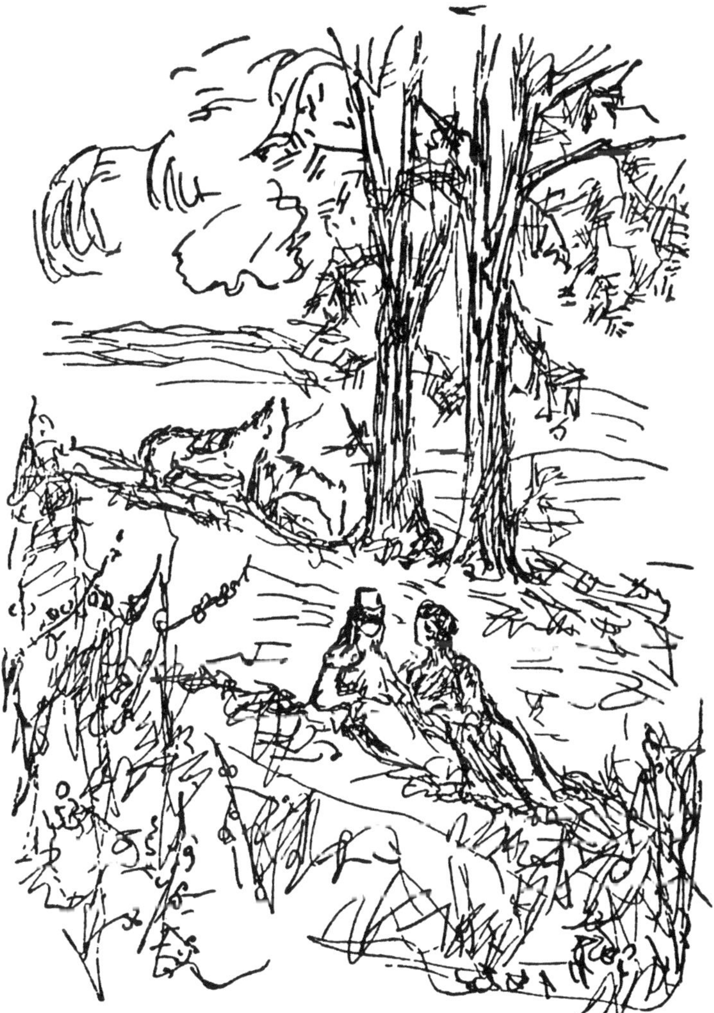

晚饭时节，她的丈夫觉得她气色很好，但是问起出游情形，她装出没有听见的模样，胳膊肘拄在盘子一旁，两边一边点着一支蜡烛。他道：

"爱玛！"

"什么事？"

"喏，今天下午，我是在亚历山大先生家里过的；他有一匹老母马，看上去还很英挺，只有膝盖磕掉一小块皮，不长毛，我拿稳了，出一百埃居，准能买下……"

他接下去道：

"我一想，你会喜欢的，我就留下它……把它买过来了……我办得好吧？你说呢。"

她点了点头，表示赞成，过了一刻钟，她问道：

"你晚晌出去吗？"

"出去。你问这干什么？"

"啊！好人，没有什么，没有什么。"

她打发掉查理，上楼来到卧室，把门关了。

开头就像头晕眼花了一样，她又看见树木、小道、沟渠、罗道耳弗，照样感到他的搂抱，听见树叶摇摆、灯心草呼呼吹动。

但是一照镜子，她惊异起来了。她从来没有见过她的眼睛这样大，这样黑，这样深。她像服过什么仙方一样，人变美了。

她三番两次自言自语道："我有一个情人！一个情人！"她一想到这上头，就心花怒放，好像刹那间又返老还童了一样。她想不到的那种神仙欢愉、那种风月乐趣，终于就要到手。她走进一个只有热情、销魂、酩酊的神奇世界，周围是一望无涯的碧空，感情的极峰在心头闪闪发光，而日常生活只在遥远、低洼、阴暗的山隙出现。

她于是想起她读过的书中的女主人公，这些淫妇多感善歌，开始成群结队，在她的记忆之中咏唱，意气相投，使她陶醉，就像自己变成这些幻象的真正一部分一样，实现了少女时期的长梦，从前神往的多情女典型，如今她也成为其中的一个。再说，爱玛还感觉到报复的满足。难道她没有受够折磨！可是现在，她胜利了。久经压制的感情，一涌而出，欢跃沸腾。她领略到了爱情，不后悔，不担忧，不心乱。

第二天，整天沉入新的欢乐。他们海誓山盟。她对他说起她的种种哀愁。罗道耳弗用吻打断她；她闭住一半眼皮，目不转睛，要他再叫一遍她的名字，再说一遍他爱她。他们像昨天一样，走进森林，待在一个做木头套鞋的人的小屋。墙是草堆成的，屋顶低极了，他们不得不弯下腰来。他们相倚相偎，坐在一张干树叶床上。

从这一天起，他们没有例外，天天晚晌写信。爱玛来到花园尽头，把信放在河边墙缝。罗道耳弗拿到信，另放一封进去。她总嫌他的信太短。

有一天早晨，不等天亮，查理就出门了，她忽然异想天开，起了立刻看见罗道耳弗的念头。她可以赶到于歇特，待一小时，回到永镇，人人还在睡梦之中。她这样一想，心急欲炽，气也短促了。没有多久，她就到了阜原，头也不回，只是快步趱行。

天方破晓，爱玛远远望到情人的住宅。两只燕尾风标，迎着白蒙蒙的曙光，显得黑糊糊的。

穿过院落，便是一所房子，想必就是庄邸。她走进去。墙壁一见她来,像是自动闪到一旁一样。一座大楼梯笔直通到过道。爱玛挑起门闩,骤然望见一个男人,在屋子尽里睡觉。原来就是罗道耳弗。她叫了起来。他说了几遍:

"是你!是你!你怎么来的?……啊!你的袍子也湿啦!"

她拿胳膊搂住他的颈项,回答道:

"我爱你!"

这大胆的举动,头一次成功,以后每逢查理早出,爱玛就连忙穿好衣服,蹑着脚步,走下通到水边的台阶。

但是遇到牛走的便桥抽掉,就得沿着河旁的墙走,堤是滑的,她抓住一把残了的桂竹香,生怕跌倒。她随后穿越犁过的田,陷在里头,绊了脚,好不容易才拔出她的小靴。风吹动她的包头帕子,在牧场翻来卷去。遇到了牛,她又害怕,提脚就跑,跑到了,直喘气,脸庞通红,浑身发出一种树液、青草和新鲜空气的清香气味。罗道耳弗这期间还在睡觉。她像春天的早晨一样来到他的房间。

一道沉重的金光悄悄透过沿窗的黄幔。爱玛眨巴眼睛,边走边摸索,露珠挂在头发上,一圈黄玉圆光似的,环绕脸蛋。罗道耳弗一面笑,一面把她拉到身边,搂在怀里。

过后,她就检查房间,打开抽屉,用他的梳子梳头,用他刮脸的镜子刮脸。床几上放着柠檬和方糖,靠近水瓶,还有一支大烟斗,她经常叼在嘴里。

他们分手足足需要一刻钟。爱玛哭着,希望永不离开罗道耳弗。有什么东西把她朝他推过来,一点由不得她,连他也嫌欠妥。有一天,他见她不期而至,皱起眉头,模样像是很不以为然。

她道:

"你怎么啦？难受吗？说给我听！"

他最后神色严肃，对她说：她来看他，粗心大意，会给自己惹乱子的。

十

她也像罗道耳弗一样，渐渐有了畏惧心理。她起初什么也不放在心上，一味陶醉在爱情之中。可是如今她的生命少不了它，她生怕失落一星半点，或者受到意外干扰。所以她走出他的庄园，东张西望，忐忑不安，天边走过的每一个身影、镇子里可能望见她的每一个天窗，都要看个明白，脚步、叫喊、犁的响声，也要听一个分晓：她站住不动，头上摇来摇去的白杨叶子，也不及她的脸色白，也不像她的身子抖得那么厉害。

有一天早晨，她正提心吊胆，转回家去，眼睛一晃，忽然看见一管猎枪似乎瞄准了她。枪筒长长的，扯斜露在一只小木桶的外沿。小木桶有一半埋在沟边草里。爱玛吓得魂飞魄散。正待朝前走去，就见一个男人爬出桶来，活像盒子打开，弹簧人往上一跳。皮护腿裹到膝盖，便帽盖住眼睛，鼻子通红，嘴唇颤抖：原来是毕耐队长埋伏好了等野鸭打。他嚷嚷道：

"您老远就该说话！望见枪，总得嚷一声才好。"

税务员说这话，打算掩盖方才的恐惧。因为州长有令，除去船上许可猎鸭以外，禁止在别处猎鸭，毕耐先生虽然守法，在这上头，偏巧违禁。所以他心中有鬼，时时刻刻，以为听见猎警过来。但是这种机阱心情刺激他的乐趣，一个人缩在木桶，妙法在握，自以为得计。

他看见爱玛，一块石头落地，显得松快了，跟着就闲谈起来：

"天不暖和,凉飕飕的!"

爱玛一句话也不回答。他讲下去:

"您出门真早啊?"

她结结巴巴道:

"是的;小孩在奶妈家,我才看她来着。"

"啊!很好!很好!拿我来说,您看见的,天刚一亮,就到了这儿。不过天气死沉沉的,除非飞到枪口……"

她转过脚跟,打断他道:

"毕耐先生,再会。"

他冷冷回了一句:

"请便,太太。"

接着他又钻回木桶去了。爱玛后悔这样干巴巴就离开了税务员。不用说,他要往坏事上想的。永镇上人人晓得,包法利家小女孩子,接回家来,已经一年了,去看奶妈的说法,糟不可言。再说,周围没有人家,这条小道只通于歇特;这样一来,毕耐猜出她从什么地方回来,不会秘而不宣的;逢人就讲,是必然的了!直到天黑,她还在煞费苦心,思前想后,编排种种谎话,可是这挂猎囊的蠢人,总在眼前晃来晃去。

查理用罢晚饭,见她愁眉不展,提议带她到药剂师家消遣消遣。她在药房遇见的头一个人,偏偏又是税务员!他站在柜台前面,红药瓶的亮光照着,他说:

"请您给我半两矾。"

药剂师喊道:

"朱斯丹,拿硫酸来。"

爱玛想上楼去看郝麦夫人。他拦住道:

"不必了,用不着,她就下来,还是在底下坐吧。您在炉子

包法利夫人 | 195

那边烤烤火,等她下来……对不住……好啊,博士(因为药剂师非常爱说博士这两个字,好像这样称呼另一个人,自己也就跟着体面了似的)……当心打翻那些白!到小房间搬些椅子来;客厅的扶手椅不许乱动,你不是不知道。"

药剂师正要跑出柜台,放好他的扶手椅,就见毕耐问他要半两糖酸。药剂师鄙夷地说:

"糖酸?我不晓得,没听说过!您要的也许是草酸吧?是草,不是糖,对不对?"

毕耐解释,他要一种腐蚀剂,配成一种搽铜药水,去掉各种猎具的锈。爱玛听了这话,直打哆嗦。药剂师道:

"的确也是,天湿,不相宜。"

税务员透出狡黠的神色,回答道:

"不过有人就不在乎。"

她连气也不敢出。

"再给我……"

她想:他就永远不走!

"半两松香和树胶,四两黄蜡,再给我一两半骨炭,搽我的装备上的漆皮用。"

药剂师正在切蜡,郝麦太太出现了,怀里抱着伊尔玛,旁边走着拿破仑,后头跟着阿塔莉。她过去坐到窗边丝绒长凳上,男孩子蹲到一张凳子上,大姊兜着她的小爸爸旁边的枣匣转悠。后者灌漏斗,封瓶口,贴标签,打小包。周围鸦雀无声,仅仅不时听见天平的砝码响,还有药剂师吩咐他的学徒,偶尔唧咕几句。

郝麦太太忽然问道:

"您的小宝宝好吗?"

她的丈夫正在流水簿上写账,喊道:

"别做声!"

她低声又道:

"您怎么不带她来呀?"

爱玛指着药剂师道:

"嘘!嘘!"

不过毕耐一心在看账,大概什么也没有听见。他终于出去了。爱玛如释重负,出了一口长气。

郝麦夫人道:

"您出气出得好粗!"

她回答道:

"啊!因为天热呀。"

这样一来,他们的幽会地点,第二天只好另作打算。爱玛想送一件礼物,把女用人收买过来;不过顶好还是在永镇找一所稳便的房子。罗道耳弗答应去找。

一整冬天,每星期有三四回,他趁黑夜来到花园。爱玛故意拿掉栅栏门的钥匙,查理还当丢了。

为通知她,罗道耳弗抓起一把沙子扔到百叶窗上。她跳下床;不过有时候,她必须等待,因为查理喜欢围炉闲谈,谈起来就没完没了。

她急死了:假如她的眼睛办得到的话,一定会让他从窗户跳进来的。她最后开始卸妆,接着拿起一本书,心平气和,安安静静读下去,好像津津有味一样。但是查理躺在床上,喊她睡觉。他道:

"来呀,爱玛,是时候啦。"

她回答道:

"是啊，就来啦！"

不过蜡烛耀眼，他转向墙壁睡着了。她屏住呼吸，微笑着，心跳着，不穿衣服，溜了出去。

罗道耳弗披一件大斗篷，上下裹好了她，然后胳膊搂住她的腰，不言不语，把她带到花园深处。

他们来到花棚底下，坐在那张烂木条长凳上，从前夏天黄昏，赖昂就在这里，情意绵绵地望着她。她现在想不到他了。

星光闪烁，映照素馨的枯枝。他们听见背后河水潺潺，堤上的枯苇不时簌簌作响。黑暗中影影绰绰，东鼓一堆，西鼓一堆，有时候不约而同，摇曳披拂，忽而竖直，忽而倾斜，仿佛巨大的黑浪，翻滚向前，要淹没他们。夜晚寒冷，他们越发搂紧，叹起气来，也像更响了，眼睛隐约可辨，彼此觉得似乎更大了。万籁无声，有些话低低说出，落在心头，水晶声音似的响亮，上下回旋，震颤不止。

夜晚落雨，他们避到车房马棚之间的诊室。厨房的蜡烛，她先在书后藏好，这时取出一支来点亮。罗道耳弗坐在这里，如同待在自己家里一样。书架、书桌，总而言之，整个房间，在他看来，好笑异常，不由自己，就大开查理的玩笑。爱玛听了，未免窘促，她希望他分外严肃，甚至必要时，分外紧张，就像有一回，她觉得小巷有脚步走近的响声，言道：

"有人来！"

他吹灭蜡烛。

"你带手枪了没有？"

"做什么？"

爱玛回答道：

"为……自卫呀。"

"对付你丈夫？啊！可怜的孩子！"

说完这句话，罗道耳弗做了一个手势，意思是："我一弹手指，他就完蛋。"

他的勇敢使她吃惊，可是语气不文，用词粗野，也令她反感。

手枪这句话，罗道耳弗寻思了许久，心想：万一她说话当真，这就非常可笑，甚至于可憎了，因为他本人毫无理由怨恨善良的查理，他不是那类忌妒成性的人；——爱玛说起他不忌妒，怕他不信，还赌了大咒，他也嫌她有伤大雅。

而且她越来越重感情。先是一定要交换小照，剪一绺头发相送；现在她要一枚戒指、一枚真的结婚戒指，表示百年相好。她动不动同他谈起晚钟或者天籁，接着又说到自己的母亲，问起他的母亲。罗道耳弗的母亲已经死了二十年了。爱玛还要婉言安慰他，好像他是个弃儿，甚至有时候，她望着月亮对他道：

"我拿稳了，她们在天上全都赞成我们相爱。"

可是她长得也真标致！他玩过的女人，像她这样爽快的，也少有过！就他来说，这种不放荡的恋爱，不但新鲜，而且逼他走出老一套习惯，让他又骄傲又动兴。爱玛的兴奋，根据他的资产阶级见识，他看不上眼，可这是冲他来的，所以心下又觉得滋味不错。于是他拿稳了她爱他，疏忽人意之下，不知不觉，变了态度。他不像往常那样，一来就甜言蜜语，感动得她直哭，也不像往常那样，一来就热吻紧抱，使她发疯。他们的伟大爱情，从前仿佛长江大河，她在里面优游自得，现在一天涸似一天，河床少水，她看见了污泥。她不肯相信，加倍温存。罗道耳弗却越来越不掩饰他的冷淡。

包法利夫人 | 199

她不知道她是后悔不该依顺了他，还是相反，她不希望再爱下去。她嫌自己软弱；羞愧慢慢变成怨恨；癫狂又减轻了怨恨。这不是热恋，倒像一种长远的诱惑。他制住了她。她简直怕起他来了。

罗道耳弗顺利地按照自己的心意支配奸情，所以表面也就分外平静。一晃半年，到了春天，他们发现自己面对面，好像一对夫妇，家居无事，但求爱火不灭一样。

又到了卢欧老爹纪念治好他的腿，送母火鸡的时期。礼物之外，照例有一封信。爱玛剪掉筐子上拴着的绳子，读着下面的词句：

我亲爱的孩子们，

我希望信到时，你们身体康健，这只火鸡像往年一样好；因为如果我敢这么说的话，我觉得它更嫩一点，个儿也大些。不过下一次，变变花样，我要送你们一只公的，除非你们偏喜欢母的。请你们把鸡筐子送还我，还有两只旧的。有天晚上，起了大风，我不走运，车房的顶子给刮到树林里去了。收成也不太争气。总之，我不知道我什么时候去看你们。自从我成了一个人以来，可怜的爱玛，我如今就很难离开家啦！

紧跟着两行之间，有一个空当，好像老头子想心事，笔掉下去了一样。

我本人，除去前不久到伊弗托赶集，着凉之外，身子倒也结实。我歇掉我那放羊的，原因是他太讲究吃食了，所以我才去伊弗托，另雇一个。人就对付不了这些家伙，个个全是强盗！再说，他也不老实。

有一个小贩，去冬在你们那地方跑生意，拔掉一只牙，我听他讲，包法利总在辛苦。我不觉得奇怪。他拿牙给我看；我们一道喝了一杯咖啡。我问他看见你没有，他说没有，不过他看见马棚有两匹牲口，这样看来，生意还有起色。这就好，我亲爱的孩子们，人间至福，愿上帝全给你们。

直到如今，我还不认识我心爱的小外孙女白尔特·包法利，难过就不必说了。我在花园你的屋子窗户底下，栽了一棵"奥尔良"种李子树。我不许人碰树上的李子，除非将来摘下来给她做蜜饯，就是蜜饯，我也留在橱里，单单等她来吃。

再见，我亲爱的孩子们。我吻你，我的女儿，还有你，我的女婿，还有宝宝，吻两个脸蛋儿。

愿你们快乐。

你们慈爱的父亲
泰奥多尔·卢欧

这张粗纸，她捏在手心，捏了好几分钟。连篇错字，可是思想厚道，在字里行间，揪着爱玛的心，仿佛 只母鸡，躲躲闪闪，藏在荆棘篱笆里头，咯咯叫唤。墨水是炉灰吸干的，因为信上有一些灰颜色屑子，落在她的袍子上。她差不多隐约望见父亲，朝灶头弯下了腰，去拿火钳。她好久不在他跟前了！黄刺条噼里啪啦，冒出老高的火焰，她坐在壁炉角落的方凳上，拿起一根火柴，就着火烧……她想起夏季黄昏，阳光灿烂。有人走过,马驹全在嘶叫,奔驰,奔驰……她的窗户底下有一个蜂房,有时候,蜜蜂在阳光里飞来飞去,碰着玻璃窗,好像金球一样跳跃。当时多幸福!多自由!多少希望!多少绮梦!现在什么也没有!她已经把它们耗光了,耗在她灵魂的高低波澜上、环境的前后变动上、处女、婚姻和恋爱的各个阶段上;——它们就这样跟着她的生命,一路丢光,好像一位旅客,在沿途家家小店,留下一点他的财物一样。

那么,她怎么会这样不快乐呢?出了什么大变动,使她坠入了苦海?她仰起头来,四下眺望,像在寻找她落难的原因。

一道四月的阳光,照着摆设架的瓷器,晶莹耀眼。炉火燃烧。她穿着拖鞋,觉出地毯的绵软。天气晴和,她听见她的小孩子扯嗓子大笑。

果然,草割下来要晒,她正在上面打滚。她爬在草堆高头,脸朝下,女用人揪住她的下摆,赖斯地布杜瓦在旁边除草,每次他一凑近,她就斜过身子,抡起两只胳膊,在空里乱打。

她的母亲跑过去吻她,道:

"带她过来!我多爱你,我的小可怜儿!我多爱你!"

她看见她的耳梢有一点脏,赶快拉铃,要来热水,帮她洗干净,给她换衬衫,换袜子,换鞋,问起她的身子好坏,一遍又一遍,好像出远门才回来一样,最后又吻了一回,这才挂着眼泪,交还女用人,女用人看她疼孩子疼到这步田地,惊得话也说不出来了。

当天晚晌,罗道耳弗发现她比平时严肃多了。他盘算道:

"就会好的;她在闹脾气。"

他一连三天爽约。等他再来,她显出一副冷淡、差不多鄙夷的神情。

"啊！我的小心肝，你这叫白糟蹋时候……"

他心里这样想着，同时装模作样，就像没有注意到她伤心叹气，掏她的手绢一样。

原来是爱玛忏悔了！

她甚至问自己：她凭什么痛恨查理，是不是还是顶好想法子爱他。然而她改变心情，他并不理会，所以她虽然有心奉献，却不知从何着手；正在此时，药剂师适逢其会，给她提供了一个机会。

十一

他新近读到一篇表扬新法治疗跛脚的文章；他一向拥护进步，所以就起了这种爱乡的想法：永镇为了看齐起见，也应当施行畸形足手术，他对爱玛道：

"因为，有什么不好？您合计合计（他用手指数着尝试的利益）：成功十拿九稳；病人消除痛苦，增加美观；施手术的人立时出名。比方说，您丈夫为什么不救救金狮的伙计、可怜的伊玻立特？看吧，病治好了，他不会不对个个旅客讲的，再说（郝麦放低声音，四下张望），谁拦着我不往报上送一小段新闻，谈谈这事？是啊！我的上帝！人手一篇……个个说起……结局就名扬天下！谁知道？谁知道？"

包法利的确可以成功；爱玛还没有看见什么证明他做不了的手术；一件事名利双收，又是她撺掇他做的，她该怎么称心啊？她但求有某种比爱情更坚实的东西作自己的支柱。

经不起药剂师和她双管齐下，查理也就听从了。他托人到鲁昂取来杜瓦尔博士的论文①，每天晚晌，手捧住头，用心研读。

他研究马蹄型、外拐型、里拐型，就是说，趾畸形足、内畸形足、外畸形足（或者说明白些，就是形形色色的跛脚；跛后跟、里跛、外跛），以及底畸形足和踵畸形足（也就是平脚底板和跛脚尖），同时郝麦先生千方百计怂恿客店伙计动手术。

"你也许连一点点疼都觉不出来;也就是像放血一样,扎一下子,比去脚鸡子还好受。"

伊玻立特沉吟不语,傻瓜似的,转动眼睛。药剂师接下去道:

"其实不关我的事!为的是你!纯粹是人道观点!一瘸一拐的,走路难看,后腰摆过来摆过去,你再嘴硬,干起活儿来,也一定很碍事,我的朋友,我是指望你好。"

郝麦于是帮他指出:好了以后,他会觉得自己更快活,更灵活;甚至还暗示:他博女人欢心,也会容易些。马夫听了这话,不由得一脸蠢相,有了笑意。郝麦接着拿话激他:

"家伙!你是不是男子汉?万一祖国要你应征,到前线打仗的话,你怎么着?……啊!伊玻立特!"

郝麦边走开边讲:一个人拒绝科学的恩典,居然这样固执,这样盲目,真是不可思议。

可怜虫让步了,因为人们好像串通好了对付他。从来闭门不问世事的毕耐,还有勒弗朗索瓦太太、阿尔泰蜜丝、邻居们,甚至镇长杜法赦先生,也伙在一起,个个劝他,说他,臊他;不过最后起决定作用的,却是:这不要花他一个钱。包法利甚至答应供应手术机器。做好事是爱玛的主意;查理同意了,私下直说他女人是一位天使。

于是他结合药剂师的意见,还有锁匠帮忙,叫木匠做了一个盒子样式的东西,开头做错了两回,第三回总算做成了,约摸八磅重,铁、木、皮、铅皮、螺丝钉和螺丝口,应有尽有,决

---

① 杜瓦尔(1796—1876),法国医学博士,以研究畸形矫正知名,著有《跷脚矫正论》(1839)。

不偷工减料。

但是割哪一条筋，先该知道伊玻立特是哪一类跷脚。

他的脚差不多和腿成为一条直线，同时还朝里歪，看上去是马蹄型，兼一点外拐型，或者也可以说成轻微的外拐型，结合严重的马蹄型。这只马蹄型脚，确实也有马蹄大小，疙瘩皮、硬筋、粗脚趾，脚趾甲黑得像马掌钉子一样，可是跛子从早到晚，快步如飞。大家看见他，时刻在广场跳跳蹦蹦，兜着大车转。这条坏脚朝前一甩，简直像比那条好腿还要得力。侍应日久，它通达灵性，养成忍耐和刚强的品质，赶上重活，他信赖的，总归是它。

既然是马蹄型，就该切断后跟的大腱；医治外拐型，要动前胫筋，只有留到以后再做：因为医生不敢一下子冒险开两次刀，其实行第一次手术①，他已经打哆嗦了，直怕伤着什么他不清楚的重要部位。

自从塞尔苏斯行医以来，经一千五百年而有昂布瓦斯·帕雷，他第一次紧急接合动脉，或者如迪皮特伦，穿过老厚一层脑髓，割治脓疮，或者如冉苏，第一次移动上颚骨②，都没有像包法利拿着他的截腱刀来到伊玻立特跟前，心那样跳，手那样抖，人那样紧张。好像在医院一样，就见旁边桌子上，放着一堆旧布条、蜡线、许多绷带——金字塔一般高的绷带、药房的全部绷带。郝麦先生从早晨起，就在料理一切，一方

---

① 像包法利这样普通考试出身的医生，平时行重大手术，须有医学博士在旁，会同进行。
② 塞尔苏斯，公元一世纪的罗马大医学家，著有《医学论》。昂布瓦斯·帕雷（1517—1590），法国文艺复兴时期著名外科医生。迪皮特伦（1777—1858），十九世纪法国外科名医，首创开颅手术。冉苏（1797—1858），法国外科医生，首创上颚骨手术。

面为了向公众炫耀,另方面也为了自己心上受用。查理扎破肉皮,只听嘎吱一声,腱就断了,手术完成。伊玻立特还在心惊肉跳,不料已经完事大吉;他朝包法利弯过身子,吻他的手。药剂师道:

"好啦,放安静吧,改天谢你的恩人不迟!"

院里站着五六个好事的,郝麦下来告诉他们结果,原来他们满以为伊玻立特会像常人一样走出来。查理接着就把病人的腿装进机关,回家去了。爱玛焦灼不安,正在门口盼他。她搂住他的脖子。饭开上来,他饱餐一顿,甚至想在饭后喝一杯咖啡:这样的奢侈,除非是星期天有客人,他才偶尔为之。

这是个愉快的夜晚,他们谈天说地,闲话共同的梦想、未来的财富、家中应有的改良。他看见自己名扬四海,生活稳定,太太永远爱他;她也发觉自己心旷神怡,通过更健康、更美好的感情,取得新生,对这爱她的可怜的孩子,终于有了若干恩情。她偶尔想到罗道耳弗,并不留恋,望着查理,甚至发现他的牙齿并不难看,未免一惊。

他们还在床上,郝麦先生不顾女用人阻拦,就突然走进卧室,拿着一张方才写成的稿纸。原来是他给《鲁昂烽火》写的宣传文章。他带过来给他们看。包法利说:

"您自己念。"

他读道:

成见好似一张网,依然盖着欧洲一部分土地,尽管如此,光明却也开始照到我们的田野。例如我们永镇,就在星期二,看到试验外科手术,同时还是高尚的人道行为。我们一位最知名的手术家包法利先生……

查理好生激动,连说:

"啊!言过其实!言过其实!"

"不!一点也不!正该这样!……'割治一个跛脚……'我没有用科学名词,因为您知道,报纸……不见得人人都懂;群众必须……"

包法利道:"当然。念吧。"

"我往下念,"药剂师道。

  我们一位最知名的手术家包法利先生割治一个跛脚患者。他是寡妇勒弗朗索瓦太太在阅兵广场开的金狮饭店用了二十年的马夫,名叫伊玻立特·托坦。无数居民由于事属创举,与对病人的关心,聚在饭店门首,前拥后挤,水泄不通。施行手术,好像仙家作法一样,几乎没有血冒出来,证明倔强的大腱,终于向技艺之门纳降。说来也怪,病人并不感到疼痛(我们**亲眼看见**,可以作证)。到现在为止,情形良好,相信他不久就会复元。下次镇上过节,谁能说我们看不见勇敢的伊玻立特,夹在寻欢作乐的伙伴中间,大跳其酒神之舞,兴会淋漓,步伐便捷,向众人证明,脚完全治好了呢?所以光荣属于高贵的学者!光荣属于夜以继日、增进同胞的幸福或者减轻同胞痛苦的那些人!光荣!三倍的光荣!难道我们不该高声呐喊:瞎子将要看见,聋子将要听见,跛子将要行走如常?[1]上天先前许给它的选民的,科学如今为全人类完成!这不可思议的医

---

[1] 见《旧约·以赛亚书》第三十五章第五节:"那时瞎子的眼必睁开,聋子的耳必开通,那时瘸子必跳跃像鹿,哑巴的声音必能歌唱。"

治的经过，我们将随时向读者报告。

这挡不住五天以后，勒弗朗索瓦太太惊惶失措，走来叫喊：
"救命呀！他要死啦！……我不晓得怎么办才好！"

查理拔腿就朝金狮跑；药剂师望见他走过广场，不戴帽子，也离开药房。他赶到了，喘着气，脸通红，不放心，问起个个上楼的人：

"我们的畸形足患者，到底怎么啦？"

畸形足患者正在疯狂抽搐，裹腿的机关打着墙，简直要把墙打穿了。

他们不移动腿的部位，小心翼翼，去掉盒子，看到一种可怕的景象。脚肿得连脚样都没有了，整个肉皮像要胀破了似的，上面全是有名的机器弄出来的瘀血点子。伊玻立特早就喊疼了，没有人在意。现在他们不得不承认，他叫喊，也有部分道理。他们让腿晾了几小时。可是浮肿刚有一点消散，两位学者认为应当再拿腿装进机关，而且为了促进治疗效果，捆得还要紧些。过了三天，伊玻立特说什么也受不住了，他们又挪开机器，面对结果，触目惊心。腿肿成铅皮似的，东一个水泡，西一个水泡，往外冒黑水。情况显然严重。伊玻立特心焦了，勒弗朗索瓦太太把他搬进挨近厨房的小间，好歹也能散散心。

不过税务员，天天在这里用饭，坚决反对，只好又把伊玻立特移到弹子房。

他躺在这里，哼哼唧唧，蒙着他的厚被窝，面无血色，胡须长长的，眼睛陷下去，头直冒汗，不时在落苍蝇的脏枕头上来回挪动。包法利夫人看望他，还给他带了敷药的布来，一边安慰他，一边鼓励他。其实他不缺人陪伴，尤其是赶集的日子，乡下人在他的周围打弹子，拿起杆子比剑，吸着烟，喝着酒，又唱歌，又嚷嚷。他们拍着他的肩膀道：

"怎么样？啊！看样子，你情绪不高呀！不过是你不对。你该这么的，那么的。"

于是他们同他讲起别人，不用他的法子，用旁的法子，都治好了，接着，像安慰他似的，又讲道：

"你太迁就自己啦！起来吧！你把自己娇养得活像一位国王！啊！坏小子！你身上气味可不好闻。"

痈确实越来越往上走。包法利自己也像病了一样。他时时刻刻来。伊玻立特望着他，一双眼睛惊恐万分，期期艾艾，呜呜咽咽道：

"我什么时候可以好？……啊！救救我！……我真倒楣！我真倒楣！"

医生临走，总劝他少吃东西。

勒弗朗索瓦太太等他走了，就说：

"别听他的话，我的孩子；他们已经把你害够了！吃得少你只会虚弱下去。来，大口吃吧！"

她于是给他端来好肉汤、几片羊肉、几块腌肉，偶尔还来几小杯酒，不过他没有勇气端到嘴唇跟前。

布尔尼贤堂长听说他病转重了，希望看看他。开头他表示同情，不过又讲：既然主要他病，他就该欢喜才是，同时就该赶快利用机会，请求上天饶恕。教士用严父口吻道：

"因为你不怎么尽本分；我很少看见你做礼拜；你领圣体以来，又有多少年没有来啦？我晓得你生活忙碌，尘事纷扰，你一时想不到拯救灵魂。不过现在，该是想想这个的时候了。可是也不必难过；我就认识好些人，犯过大罪，快到上帝面前受审时（我知道，你还没有到这一步），再三求他开恩，过后当然也就心到福到，安安宁宁咽了气。希望你像他们一样，也给大家做个好榜样！所以就该早作准备才是。那么，谁拦着你每天早晚，先说一遍，'敬礼马利亚'和'我们在天上的父'①？是啊，做吧！就算为了我，为了讨我欢喜！这又费得了什么？……你答应不答应？"

可怜虫答应了。堂长接连来了几天。他和女店家闲话三七，甚至还讲掌故，夹杂一些逗哏的话和伊玻立特听不懂的双关语。情形一许可，他就换上一副合适的脸相，又谈宗教问题。

他的热心似乎有了收获；因为畸形足患者不久表示：他要是病好了的话，愿意朝拜普济②去。布尔尼贤先生听了这话，回答：他看不出这有什么不妥；采取两项措施，总比一项措施强。反正没坏处。

药剂师忿恨他所谓的"教士策略"，认为妨碍伊玻立特复元，再三劝勒弗朗索瓦太太道：

"别吵他！别吵他！你的神秘主义只会扰乱他的精神！"

但是善心的太太不理会他这一套。他是祸根。她有意作对，在病人床头挂了一个满满的圣水瓶，里头插一枝黄杨。

然而宗教也像外科一样，似乎无能为力，坏疽所向无敌，一直在朝肚子蔓延。改药水，换约膏，一无用处，眼看肌肉一天天烂下去，最后，勒弗朗索瓦太太请教查理：她好不好尽尽人

---

① 这是两篇祷告。前者关于耶稣降生，由教会拟制；后者见《马太福音》第六章，是耶稣拟制的。
② 普济，指鲁昂东郊普济山上的普济教堂（建于1840年，1842年落成）。

包法利夫人 | 211

事,邀一下新堡的名医卡尼韦?查理只好点点头,表示赞成。

这位同业是一位医学博士,五十岁,有地位,自信心强,发现这条腿一直烂到膝盖,毫无克制地发出鄙夷的笑声。他宣布必须把腿割掉,然后去了药房,臭骂那些蠢材,把一个倒楣蛋坑到这步田地。他抓住郝麦先生的大衣纽扣,边摇,边在药房谩骂道:

"这就是巴黎的发明!京城先生们的高见!这和斜视、麻醉药、膀胱石扫除手术①一样,荒诞不经,政府应该加以禁止!可是人家假装内行,不问结果,乱塞药给你吃!我们不像人家那样有本领;我们不是学者;我们不会异想天开,给大好一个常人行手术!治好跷脚?谁能治好跷脚?简直就像,好比说,叫驼背挺直脊梁骨!"

郝麦听这篇演说,起了一身鸡皮疙瘩,不过心里尽管不自在,照样满脸谄媚的笑容,因为卡尼韦先生的药方有时候也在永镇出现,非拉拢不可;所以他也就不帮包法利辩护,甚至不发一言,放弃原则,为了商业上更重大的利益,牺牲他的尊严。

卡尼韦博士割大腿,成了镇上一件大事!这一天,个个居民早起。大街挤满了人,不过景象有些凄惨,好像观看死刑。杂货铺有人讨论伊玻立特的病;商店停止营业;镇长太太杜法赦夫人,害怕看不到外科医生路过,守着窗户,只是不走。

他亲自吆喝着他的轻便马车来了。但是马车走起来,有一点歪斜,原因是他身子沉重,日子久了,右边弹簧压了下去。

---

① "斜视"在这里应作"正眼术"。麻醉药的发现在一八三一年。"膀胱石扫除手术"于一八二三年施行,使用碎石机获得成功。

旁边另一只坐垫，放着一个老大盒子，上面盖着红羊皮，三个铜襻，亮光光的，威仪凛凛。

马车旋风似的，进了金狮门厅，博士大喊大叫，要人卸马，然后走进马棚，看是不是喂它荞麦；因为他出诊时，首先挂心的，总是他的母马和他的轻便马车。提起这话，大家就说："啊！卡尼韦先生呀，他是一个怪人！"你别看他泰然自若，旁若无人，可是大家反而更敬重他。世上人即使死绝了，他的习惯也不会有丝毫改变。

郝麦露面了，博士道：

"我正需要你。齐备了吧？开步走！"

但是药剂师面红耳赤，不打自招，说他过于敏感，不便参与这种手术。他讲：

"一个人光在旁边看，您知道，想象容易受到刺激！再说，我的神经组织非常……"

卡尼韦打断道：

"得啦！依我看，恰巧相反，您容易中风。其实，不足为奇；因为你们药剂师先生，老是蹲在配方室，久而久之，体质必然受损害。您看我：天天四点钟起床，拿凉水刮胡子（我从来不怕冷），不穿法兰绒，也不害感冒，身子骨儿才叫棒！东一顿，西一顿，有什么吃什么，决不挑剔。所以我也就不像你们这样娇嫩，拿刀割起基督徒来，才像宰鸡宰鸭一样，根本不放在心上。你们听了这话，要说啦，习惯……习惯……"

于是两位先生一点也不管伊玻立特在被窝里头焦急出汗，大谈特谈起来。一位外科医生，在药剂师看来，就和一位将军同样冷静。卡尼韦爱听这种比较，滔滔不绝，谈论行医的条件，把医道看成一种神圣事业，虽然普通考试出身的医生玷辱

包法利夫人 | 213

了它。最后，谈到眼前的病人，他检查郝麦带来的绷带、做跷脚手术用过的绷带，要一个人帮他捧住坏腿。他们派人去找赖斯地布杜瓦来。卡尼韦先生卷起袖管，走进弹子房，药剂师在这期间，和阿尔泰蜜丝、女店家待在一起。两个女人全拿耳朵贴住门，脸比她们的围裙还白。

包法利在这期间，一步不敢走出家门。他坐在底下厅房，靠近没有生火的壁炉，下巴搭在胸口，手握在一起，两眼发直。他寻思道：真不走运！真是失望！其实，事前的预防工作，应有尽有，他也全做到了。命该如此。有什么关系？万一伊玻立特死了的话，害他的还不就是自己？再说，看病中间，有人问起，他拿什么话对答？难道他真有什么地方错了不成？左思右想，他想不出错在什么地方。名望最高的外科医生，照样也犯错误。可是人们偏偏不肯相信？而且相反，人家要笑他，骂他！话会传到福尔吉！新堡！鲁昂！天涯海角！谁知道同业中间，会不会有人写文章攻击他？笔战一出现，他就得在报上回答。伊玻立特很可能告他一状。他看见自己出丑、破产、毁灭！心里左一个假定，右一个假定，他的想象在中间忽上忽下，仿佛一只空桶，随波逐浪，翻来滚去。

爱玛坐在对面望他；她并没感觉到他的耻辱，她感到的是另一种耻辱：这样一个人，她先前怎么会指望他有出息，好像他庸碌无能，她看了二十回，还没有看透一样。

查理在房里踱来踱去。靴子嘎吱直响。她道：

"坐下吧，把人烦死！"

他又坐下。

她怎么会（她这样聪明的人！）又做错了事的？再说，她怎么会天差地错，痴心妄想，就这样一而再，再而三，白白牺牲她的一生的？她想起她爱好奢华的种种本能、她心灵上享受不到的种种东西、婚姻和家庭生活的微贱、她那像受伤的燕子跌进泥淖般的绮梦、她向往的一切、她放弃的一切、她可能得到的一切！为什么她得不到，为什么？

安安静静的镇子，破空起了一声尖叫。包法利脸色转白，险些晕倒。她做了一个心烦的手势，皱紧眉头，接着又寻思下去。然而就是为了他，为了这家伙，为了这个什么也不懂、什么也感觉不到的男子！因为他坐在那边，安安静静，想也不想，从今以后，他的可笑的名姓不但玷辱他，而且还玷辱她。她曾经试着爱他来着，她曾经哭哭啼啼，后悔顺从另一个男子来的。

包法利出神冥想，忽然喊道：

"也许是里拐型吧？"

这句话脱口而出，冲撞她的思想，如同一颗铅球落在一只银盘，爱玛大吃一惊，仰起头来，猜他是什么意思。于是他们悄不做声，你望我，我望你，也正因为各想各的，忽然发觉身边有人，就几乎惊呆了。查理打量她，仿佛一个醉鬼，视线模糊，同时一动不动，听着病人割腿，发出最后的嘶喊，好像屠宰什么牲口一样，远远吼号，拉长声音，冷不防中间来一声尖叫。爱玛咬着她青灰的嘴唇，掰断一个珊瑚枝子，在手心搓来搓去，瞳仁亮晃晃的，仿佛两支就要射出去的火箭，目光炯炯，盯牢查理。他的脸、他的衣服、他没说出来的话、他的整个身子，总而言之，他的存在，如今她样样看了有气。她后悔早先不该守身如玉，像后悔不该犯罪一样。残留的一点妇德，禁不住她的骄傲狂抽乱打，终于倒塌了。她欣赏胜利的奸淫的种种恶意揶揄。情人的形象回到她的心头，光采熠熠。销魂动魄，一股新的热情卷带着她，不由她不献出她的灵魂。她觉得查理离开她的生命，永远走出，不再回来，杳无形迹，就像她眼睁睁看着他确实在死、在咽气一样。

便道响起了脚步声。查理从放下来的活动窗帘望出去，就见卡尼韦医生在菜场一旁太阳地，拿手绢擦额头的汗。郝麦跟在后面，捧着一个大红盒子。两个人全朝药房走去。于是查理心灰意懒，觉得自己忽然需要温暖，转向他的女人道：

"好人，亲亲我！"

她心头火起，气红了脸道：

"走开！"

他一惊之下，做声不得，一遍又一遍重复道：

"你怎么啦？你怎么啦？别急！想想看！你知道我爱你……来！"

她气势汹汹，大声嚷道：

"够啦！"

爱玛溜出厅房，使劲拿门一带，墙上的晴雨计震到地上，摔碎了。

查理倒进扶手椅，凄凄惶惶，寻思个中缘故，以为她是神经失常，眼泪纵横，觉得周围阴风惨惨，隐约感到有什么不可理解的不祥的东西在周围游来荡去。

罗道耳弗晚上来到花园，发现他的情妇在台阶底下第一级等他。他们搂成一团，怨恨像雪一样，在热吻之下消融了。

十二

他们又开始相爱。甚至大白天,爱玛也心血来潮,动不动给他写信;信写好了,她隔着玻璃窗,朝朱斯丹做手势。朱斯丹连忙解开粗布围裙,飞也似的去了于歇特。罗道耳弗来了;原来就为告诉他:日子过得气闷,丈夫可憎,生活太不称心!

他有一天不耐烦了,喊道:

"我能有什么办法?"

"啊!只要你肯!……"

她坐在地上他的两腿当中,头发辫子解开,视线恍恍惚惚。罗道耳弗问道:

"肯什么?"

她叹气道:

"我们可以去别的地方过活……随便一个地方……"

他笑道:

"真的,你疯啦!这怎么成?"

她第二回又谈这话,他假装不懂,另找话讲,恋爱这事,再简单不过,他不明白怎么会这样混乱。原来她另有一种动机、原因;这仿佛一支援军,接应她的眷恋。

这种恩情的确每天见长。缘故是她厌恶丈夫。她越倒向这一个,就越憎恨另一个;她同罗道耳弗幽会之后,再和查理在一起,分外嫌他讨厌,指头特别显得粗,人特别显得笨,举

包法利夫人 | 217

止特别显得庸俗。所以她虽然装出贤妻模样，可是想到另一个男子，她就淫心荡漾，按捺不住。人家是黑乌乌头发，梳成一个圈圈，朝太阳晒黑了的额头卷过去，腰身又结实，又俊雅，总而言之，判事富有经验，情之所至，却又如醉如痴！也就是为了他，她才像镂刻匠一样，细心修剪指甲，皮肤上的冷霜，手帕上的香精，永远嫌少。她戴镯子、戒指、项圈。她估量他要来了，两只碧琉璃大花瓶插满玫瑰花，收拾房间，打扮自己，活像一个妓女等候一位大贵人。女用人一天到晚洗呀浆的。全福从早到晚待在厨房，小朱斯丹常来陪她，看她做活。

胳膊肘支着她熨衣服的长木板，他瞪直了眼，打量这些扔在四周的妇女什物：方格线呢裙子、肩巾、领披、屁股大裤管窄的连腰带女裤。

小伙计拿手摸着硬衬或者挂钩，问道：

"这做什么用？"

全福带笑回答道：

"你真就从来没有见过？倒像你的女东家，郝麦太太不穿这些东西似的。"

"啊！是的！郝麦太太！"

他想了想，又道：

"难道她像你家太太，也是贵妇人？"

但是全福见他这样兜着自己打转，直不耐烦。她比他大六岁多，居由曼的听差泰奥多尔开始向她求爱。她挪开糨糊缸道：

"别搅我！你不如捣你的杏子去；你总是夹在女人堆里捣乱；小坏蛋，你想在女人堆里混呀，等你下巴颏长了胡子再说。"

"得啦,别生气,我来替你擦干净她的小靴子去。"

他立时从架子上拿下爱玛的鞋来,上面沾满了泥——幽会的泥,他拿手一掰,就掉下来了,他望着屑子在阳光里慢慢上扬。女厨子道:

"你可真怕弄坏了鞋!"

轮到她擦鞋,决不在意,因为太太一看料子发旧,就送给她穿。

爱玛的衣橱里放着一大堆鞋,她一双一双糟蹋,查理从来没有说过半句闲话。

她认为应当送伊玻立特一条木腿,他同样一声不吭,掏出三百法郎,买了一条木腿。木腿是一个复杂的机器,软木包头,弹簧关节,外头罩了一条黑裤,底下是一只漆皮靴子。可是这样漂亮的一条腿,伊玻立特不敢天天用,所以就求包法利夫人,帮他另弄一条平常好用的。当然又是医生出钱买了。

马夫渐渐又忙活起来,只见他像早先一样,在村子里跑来跑去。查理一听见他的木腿顿石板路响,就赶快换一条路走。

商人勒乐先生自告奋勇,接受木腿定货:这给他带来接近爱玛的机会。他同她谈起巴黎新出品、形形色色的妇女饰物,态度非常谦和,从不开口要钱。爱玛一时一种喜好,因为容易得到满足,也就由它去了。例如鲁昂一家伞庄,有一条极其漂亮的马鞭,她直想买下来,送罗道耳弗。一星期后,勒乐先生就把马鞭放在她的桌子上。

但是第二天,他送过来一份账单,二百七十法郎,尾数不计。爱玛窘极了:只只抽屉是空的;他们还欠赖斯地布杜瓦半个月工资、女用人半年工资,有许多还不算计在内;包法利盼望德罗兹赖先生送钱,盼得两眼发直,因为他每年付清诊费,照例总在圣彼得节①前后。

开头她总算把勒乐对付开了,可是后来他发急了,说是有人逼他,他缺现款,现款如果收不回一部分,她买下的货物,只好全部取走。爱玛道:

"取走好了!"

他回答道:

"我是说着玩儿的!其实我也就是舍不得马鞭。好吧!我向先生讨好了。"

她道:

"不!别向他讨!"

勒乐寻思道:这下子你跑不了啦!他于是成竹在胸,抓住她的把柄,一面朝外走,一面低声重复,照老习惯,嘴里发出微微的嘘嘘声:

"就这么着!再说吧!再说吧!"

她正在寻思解围办法,女用人进来,拿一小卷蓝纸放在壁炉上:"德罗兹赖先生送来的。"爱玛扑过去,打开了,里面是他的诊费、十五块拿破仑②。她听见查理走上楼梯;她拿钱丢进她的抽屉,锁好了,拔去钥匙。

三天之后,勒乐又出现了。他说:

"我有一个办法;过去的账付不出就付不出,只要您肯借……"

她往他手里放下十四块拿破仑,道:

---

① 圣彼得节是六月二十九日。
② 拿破仑,指有拿破仑头像的金币,每块值二十法郎。

"这不是!"

商人惊呆了,于是掩饰失望,连声道歉,请她赏光。爱玛完全拒绝,然后手放在围裙袋里,摸着找回来的两个五法郎一枚的辅币,决心节省,将来好还……她转念道:

"啊!由它去!他想不到这上头的。"

除去银头镀金马鞭之外,罗道耳弗还收下一颗印章,上面刻着这句格言:"心心相印。"①另外还有一条围巾料子,最后还有一只雪茄匣,和子爵的雪茄匣一般模样,查理先前在路上捡到的,爱玛还保存着。不过这些礼物使他难堪,有几件就谢绝了,她一坚持,罗道耳弗结局收是收了,不过嫌她盛气凌人,过分强人所难。

再说,她净是一些古怪念头。她说:

"半夜听见钟响,你要想着我!"

万一他老实说他没有想她的话,她就百般责备,临了总是这么一句话收场:

"你爱我吗?"

他回答道:

"是呀,我爱你!"

"爱得厉害?"

"当然!"

"你没有爱过别的女人、嗯?"

他笑嚷道:

"你以为我当初是童男啊?"

---

① "心心相印",原文是意大利文:Amor nel cor。

包法利夫人

爱玛哭了；他竭力安慰她，一面对天明心，一面说些俏皮话，调剂气氛。她讲道：

"因为我爱你啊！爱到离开你，我就活不成，你可知道？有时候，我一心就想再看到你，心里酸溜溜的，好不难过。我问自己：'他如今在什么地方？也许在同别的女人说话吧？她们笑嘻嘻看着他，他走过去……'不，你哪一个女人也不喜欢，对不对？比我好看的女人有的是，可是我呀，我懂得爱！我是你的奴才、你的姘头！你是我的王爷、我的偶像！你好、你美！你聪明！你强壮！"

这话他听了千百遍，丝毫不觉新奇。爱玛类似所有的情妇；这像脱衣服一样，新鲜劲儿过去了，赤裸裸露出了热情，永远千篇一律，形象和语言老是那么一套。别看这位先生是风月老手，他辨别不出同一表现的不同感情。因为他听见放荡或者卖淫女子，唧唧哝哝，对他说过相同的话，他也就不大相信她那些话出自本心了。在他看来，言词浮夸，感情贫乏，就该非议，倒像灵魂涨满，有时候就不免涌出最空洞的隐喻来。因为人对自己的需要、自己的理解、自己的痛苦，永远缺乏准确的尺寸，何况人类语言就像一只破锅，我们敲敲打打，希望音响铿锵，感动星宿，实际只有狗熊闻声起舞而已。

但是罗道耳弗有那种遇事退一步考虑的明智眼光，他发现这种爱情，可发掘的乐趣还很多，尽好享受。他嫌廉耻掣肘，待她不但没有礼貌，还把她训练成了一个又服帖、又淫荡的女人。这成了一种不可理喻的依恋，她对他一味倾倒，自己也是一个劲儿癫狂；一种极乐世界，她待在里头，昏昏沉沉；这类似一种酒，她喝得醉醺醺，灵魂泡在里头，皱成一团，好像克拉伦斯公爵，泡在马尔法兹酒桶里一样[①]。

包法利夫人纵情声色，积习难返，姿态也起了变化。视线更无忌惮，语言也更放肆；她甚至甘冒不韪，和罗道耳弗先生一同散步，口噙香烟，旁若无人；有一天，见她走下燕子，学男人穿一件背心，最后就连还不相信的那些人，也不再怀疑了。包法利老太太和丈夫大闹一场之后，躲到儿子家来，见她这般模样，反感已极。另外还有许多事，也不顺她的心思：首先，查理没有听劝，制止她看小说；其次，她不喜欢这种治家之道，不管三七二十一，说了几句，尤其有一回，说到全福，她们闹翻了。

吵架的前一晚上，老太太穿过道走，发现全福和一个男人待在一起，那人一圈棕色胡须，四十岁上下，听见她的脚步，赶快从厨房溜掉。爱玛一听这话，笑了起来，可是老太太动了肝火，就讲：一个人除非不拿规矩当事，否则就该监视用人才是。

"您算是哪类人？"

儿媳妇说这话，视线万分无礼，老太太不由得问，她是不是回护她自己的事。

少妇跳起来道：

"滚出去！"

查理在中间劝解，喊道：

"爱玛！……妈！……"

但是两个女人一赌气，全走开了。爱玛跺着脚，说过来说

[①] 克拉伦斯公爵（1449—1478），英国国王爱德华四世的兄弟，传说国王判他死刑，问他愿意怎么样死，他回答愿意泡在马尔法兹酒桶里淹死。马尔法兹系希腊一地名，所产葡萄酒享有盛名。

包法利夫人 | 223

过去：

"啊！真懂规矩啦！活活一个庄稼女人！"

他跑到母亲跟前，她气糊涂了，结结巴巴道：

"目无尊长的东西！轻狂的东西！也许更坏！"

儿媳妇不对她赔不是，她要马上就走。查理回到太太跟前，求她让步：他下跪了。临了她回答道：

"好吧！我去！"

她的确拿手伸给婆婆，如同一位侯爵夫人那样尊严，向她道：

"原谅我，夫人。"

然后爱玛走上楼，扑倒在床，脸埋在枕头里，哭得像小孩子一样。

她和罗道耳弗约好了，遇到大事，就在窗上贴一小张白纸，万一凑巧他在永镇，望见暗号，就跑到房后小巷会她。爱玛这样做了；她等了三刻钟，忽然望见罗道耳弗在菜场一角。她有心打开窗户喊他；可是他已经不见了。她一难过，又倒了下去。

不过没有多久，她觉得有人在人行道上走动。不用说，是他；她走下楼梯，穿过院落。他站在外头。她扑到他的怀里。他说：

"小心有人看见！"

她回答道：

"啊！你知道也就好啦！"

她一五一十，同他讲起，又急促，又上气不接下气，夸张事实，还捏造了一些事实，添了不少按语，絮絮叨叨，讲到后来，他一句也没有听懂。

"得啦,我可怜的天使,拿出勇气来,看开些,凡事忍耐!"

"可是我已经忍耐、煎熬了四年!……像我们这样相爱,就该公之于世!他们快把我折磨死了。我受不了啦!救救我!"

她贴紧罗道耳弗:满眼泪水,闪闪发光,就像波浪底下的火焰一样;胸脯一上一下喘气,又急又快。他从来没有这样爱过她;他一时没了主张,问她道:

"该怎么办?你打算怎么着?"

她喊道:

"把我带走!抢走!……唉呀!我求你啦!"

她连忙凑到他的嘴跟前,好像要在这里捉住意想不到的同意一样。他用吻表示同意。罗道耳弗又讲:

"不过……"

"什么?"

"你女儿怎么办?"

她沉吟了几分钟后,回答道:

"只好带她走!"

他望着她走开,心想:"有这种女人!"

她朝花园溜过去了。原来是有人喊她。

一连几天,儿媳妇改了模样,老太太好生纳罕。爱玛的确和顺多了,甚至低声下气,向她请教腌黄瓜的方法。

她这样做,是为了更好地欺骗他们母子?还是就要分手了,她以一种无上的坚忍精神,愿意再进一步,体会体会生活的辛酸?可是不,她没有存这种心思。她是想着她的幸福快到手了,醉醺醺的,就像预先闻到了酒味一样。她和罗道耳弗谈话,三句不离本题。她靠着他的肩膀,嘀咕道:

"嗯！我们一上邮车呀！……你想到这上头没有？这会是真的？我觉得，车出发的一刹那，我们就像乘了气球一样，就像要上九天云霄去。你知道我在计算日子吗？……你呢？"

包法利夫人从来没有像这期间这样好看过。这种难以形容的美丽，来自喜悦、兴奋和成功，来自环境和气质的协调。就像风、雨、阳光和肥料供花木生长一样，她的贪欲、苦恼、风月经验和她那永远生气勃勃的空想，使她的本性逐步发展丰满，终于绽苞盛开。眼皮像是特地为她的视线剪裁的，看上去又杳渺、又妩媚，瞳仁沉在里头，不见踪影。气出急了，玲珑的鼻孔分开，丰盈的嘴唇翘起，同时薄薄一层黑毛，影影绰绰，盖住她的嘴唇。头发像是由一位专会诱人堕落的艺人挽成的一个肥肥的圆髻，随随便便，盘在后颈，又因为幽会，天天散开。她的声音如今越发柔和动听，身材越发袅娜可爱，甚至她的袍褶和她弓起的脚面，也妙不可言，沁人心脾。查理又像在新婚期间一样，觉得她赏心悦目，难以抗拒。

他深夜回来，不敢叫醒她。过夜的瓷灯，哆哆嗦嗦，在天花板上，聚成一个亮圈；床边摇篮放下帐子，仿佛一间小白屋，在黑影里特别明显。查理望过去，恍惚听见孩子的细微呼吸。她如今正长个子，一季一蹿。他像已经看见日落西山，她放学回家，满脸的笑，衣服上有墨水点子，胳膊挎着她的小篮子。以后还得进寄宿学校，要花许多钱；怎么办？他不由得沉吟起来。他想在附近佃一小块田，每天早晨去看病人，亲自监督。他省下田里收入，存在储蓄银行；然后买上一些股票，随便哪一家公司都成；再说，主顾会多起来的；他这样希望，因为他要白尔特受到良好教育，有才分，会弹钢琴。啊！等她长到十五岁，像她的母亲一样，在夏天也戴大草帽，该多好看！人们会老远把她们看成一对姊妹花的。他想象她夜晚在灯光底下，靠近他们做活，她会为他绣拖鞋，会料理家务，个个房间洋溢着她的可爱和她的快活。最后，他们会照料她的终身，为她挑一个殷实可靠的好丈夫；他会使她快乐，而且永远快乐。

爱玛没有睡，也就是装睡；他躺在旁边，昏昏沉沉，她却醒过来，做别的梦。

她乘了驿车，四匹马放开蹄子，驰往新国度，已经有一星期了；他们到了那边，不再回来。他们走呀走的，胳膊挽在一起，不言不语。他们站在山头，常常意想不到，望见一座壮丽的大城，有圆顶，有桥，有船，有柠檬林和白大理石教堂，教堂的尖钟楼有鹳巢。大石板地，他们只好步行，妇女穿着红紧身，举起地上的花一把一把献给你。他们听见钟响、骡鸣、六弦琴低吟、泉水淙淙；白雕像笑微微立在喷泉底下，脚边摆着成堆的水果，摞得金字塔似的，水花溅上去，个个新鲜。随后，有一天黄昏，他们来到一个渔村，沿着峭壁和茅屋，迎风晾着一些棕色鱼网。他们就在这里待下来，在海边港湾深处，住一所在棕榈树的浓荫覆盖下的平顶矮房。他们驾着小船游荡，躺在吊床上摇摆。生活又方便，又宽裕，就像他们的绸缎衣服一样；又暖和，又皎洁，就像他们观赏的温馨的星夜一样。不过她给自己设想的未来，浩瀚渺茫，绝少明确的形象出现：每天全都相仿，绚烂一片，好像波浪一样，起伏动荡，与天际相连，和谐、蔚蓝、充满阳光。但是小孩子开始在摇篮里咳嗽，要不就是包法利鼾声更响了，直到早晨，爱玛才入睡，玻璃窗已经发白，小朱斯丹已经在广场打开药房的护窗板。

她把勒乐先生找来,向他道:

"我要一件斗篷、一件大斗篷,长领披,有夹里的。"

他问道:

"您出远门?"

"不是的!不过……管它呐,我信得过您,对不对?要快!"

他鞠躬。

她接下去道:

"我还要一只箱子……不要太重……要轻便的。"

"对,对,我懂,约摸九十二公分长,五十公分宽,眼下的新样子。"

"还要一只旅行袋。"

勒乐寻思:"这里头一定有把戏。"

包法利夫人边解腰带上的表,边道:

"好,拿去,用这抵账好了。"

可是商人嚷了起来!她这就不对了,他们彼此了解,难道她有什么不相信他的?真是想到哪儿去啦!她坚持要他拿,少说也要拿链子去,眼看勒乐已经把链子放进口袋要走了,她又喊他回来:

"您全留在铺子。至于斗篷(她显出思索的神情),也不用送来;您只要把裁缝住址给我,叫他们等我来取就是了。"

他们打算下月逃走。她离开永镇,装出上鲁昂买东西的模样。罗道耳弗先订好座位,办好护照,甚至去信巴黎,包一辆直达马赛的驿车;到了马赛,他们买一辆有活动车篷的四轮敞篷车,马不停蹄,直奔热那亚而去。她的行李,她小心在意,先送到勒乐那边,再直接装上燕子,这样一来,就免得人疑心了。她左右安排,只有她的小孩子,她忘了安排。罗道耳弗对此避而不谈，她也许没有想到这上头。

有些布置，他还需要两个星期才能结束；过了一个星期，他要再来两个星期；后来，说他有病；过后，他又出门有事；八月过去了，经过种种延宕，他们决定在九月四日，星期一出奔，再也不改日期。

星期六，出奔的前两天，终于到了。

天一黑，罗道耳弗就来了，比平日都早。她问他道：

"全齐备啦？"

"齐备啦。"

于是他们顺着花圃兜了一圈，过去坐到平台近旁的墙头。爱玛道：

"你怎么愁眉不展的？"

"没有。为什么呀？"

可是他古怪地看着她，一副多情的模样。她接着问道：

"是不是为了上路？为了抛弃你心爱的东西、你的生活？啊！我明白……可是我呀，我在世上就什么也没有！你是我的一切。所以我也要是你的一切，我也要是你的家、你的国：我照料你，我爱你。"

他搂紧了她道：

"你真可爱！"

她心花怒放地笑道：

"当真？你爱我吗？发发誓看！"

"我爱你不爱？爱你不爱？可是，我的心肝！我膜拜你呢！"

草原尽头，月亮就地升起，又圆又红，很快上到白杨树的枝叶当中，这些枝叶仿佛一面有破口的黑幕，左遮遮，右露露，月亮最后升到冷清清的天空，白晃晃一片晶莹，它放慢步子，朝河面洒下一片白光，变成万千星宿。这道银光好似一条无头蛇，遍体明鳞，盘来盘去，一直盘到河底，又好似一支其大无比的蜡烛台，点点滴滴，流下不可胜数的金刚石颗粒。温馨的夜晚裹住他们；树叶布满阴影。爱玛半闭眼睛，随着大声叹息，吸进吹来的清风。绮梦弥漫他们的心灵，两个人一时无话。过去的恩情，满满的，静静的，仿佛一条河，又流回他们的心来；同时香喷喷的，也像山梅花一样，芬芳醉人；同时又软绵绵的，朝回忆投下它的影子，比安静的柳树铺在草上的影子还要宽阔，还要忧悒。刺猬或者黄鼠狼，这类夜间动物，常常搅动树叶，追赶什么东西。他们不时还听见一只熟了的桃子，自行从墙边桃树落下。罗道耳弗道：

"啊！多美的夜晚！"

爱玛回答道：

"我们以后有的是！"

于是她自言自语似的说："是啊，能旅行，再好没有……不过，为什么我感到凄凉？难道是怕陌生……是改变习惯的结果……还是别的什么？不，是太幸福的缘故！我真软弱，是不是？饶恕我吧！"

他喊道：

"还来得及！再想想看，你说不定要后悔的。"

她抢嘴道：

"决不！"

然后又靠近他道：

"我怕什么风险？沙漠、深渊、大洋，只要和你在一起，我就能过得去。我们在一起生活，就像搂抱一样，一天比一天紧，

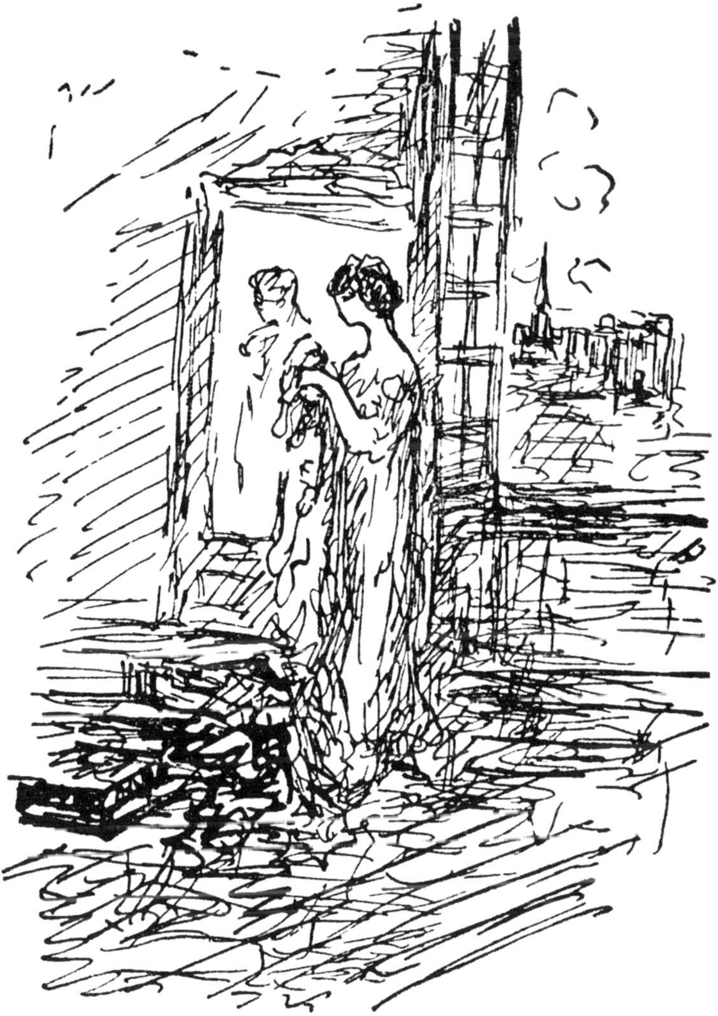

一天比一天美满！我们没有顾虑，没有困难，什么也搅扰不了我们！我们只有自己，除去你和我，就是你和我，永远这样……说话呀，回答我呀。"

他一会儿回答一声："是呀……是呀……"她拿手摩挲他的头发，老大的泪珠往下淌，可是还用小孩子的声音一遍又一遍地说：

"罗道耳弗！罗道耳弗！……啊！罗道耳弗，亲爱的小罗道耳弗！"

钟声在响。她道：

"半夜！好，我们明天走！还有一天！"

他站起来要走；他这一动，仿佛就是他们逃走的暗号，爱玛忽然显出一副快活的模样：

"你拿到护照了吗？"

"拿到啦。"

"你没有忘记什么？"

"没有。"

"你拿稳啦？"

"当然。"

"你在普洛旺斯旅馆等我，对不对？……正午？"

他点了点头。

爱玛最后吻了他一回道：

"好，明天见！"

她望着他走开。

他不回头。她追过去，站在乱草当中，身子俯在水边，喊道：

"明天见！"

他已经来到对岸,快步走进草原。

过了几分钟,罗道耳弗站住,看见她一身白,仿佛幽灵,在黑暗中渐渐消逝,他觉得心扑腾扑腾直跳,惟恐摔倒,连忙靠住一棵树。

"我真蠢!"

他骂了一句脏话,又道:

"不管怎么说,她是个漂亮情妇!"

于是爱玛的美丽,以及这种恋爱的种种欢乐,一下子又涌到他的心头。起初他还心软,后来他又恨起她来,指手画脚嚷嚷道:

"话说回来,我不能远走高飞,再带一个小女孩子。"

他说这些话加强他的信心:

"再说,麻烦,开销……啊!不,不,一千个不!傻瓜才干这事!"

十三

罗道耳弗一回到家,就急急忙忙坐到书桌面前,正好就在墙上战利品似的公鹿头底下。可是他拿起笔,想不出词,只好支着两个胳膊肘思索。他觉得爱玛仿佛退到遥远的过去,好像是他方才下的决心把他们忽然隔得老远一样。

为了追回一点她的印象,他走到床头,从衣橱取出一个兰斯①饼干旧匣子,里面平日放着女人的书信。一股受潮的尘土和凋谢的玫瑰的气味散了出来。他首先看到一条有小暗点的手绢。手绢是她的;有一回散步,她流鼻血用过。他已经忘记这回事了。旁边有爱玛送他的小像,四角统统破损了;他嫌她装束不得当,斜眼看人的效果也极糟糕;他想多看两眼肖像,帮他回忆本人的模样,可是他想起来的爱玛的面貌,反而越来越模糊,好像活人的脸和画出来的脸,彼此对衬,就这样抵消了似的。最后,他念她的信;信上全是关于他们旅行的解说,简短、实际、急促,倒像生意人的单子。他希望看看长信、先前的信;罗道耳弗到尽底找,翻乱所有的信。他在这堆纸张和什物里头,伸手乱摸,七颠八倒,摸出了几把花、一只袜带、一个黑面具、几根别针和几缕头发——头发!棕色的、金黄色的;有的挂在铁片上,开匣子的时候绞断了。

他就这样回忆过去,查看书信的字体和风格;它们和拼写一样错综复杂,意思温柔,要不就是愉快、滑稽、忧郁;有的书信要爱情,有的书信要钱。可是有时候,他什么也想不起来。

说实话，这些女人同时跑进他的思想，互相妨碍，仿佛拘在同一爱情水平底下，截长补短，统统变小了。所以右手抓起一把弄乱了的书信，他好几分钟，看它们瀑布似的往下倾泻，再用左手接住玩。最后，罗道耳弗腻了，困了，又拿匣子放进衣橱，自言自语道：

"简直扯淡！"

这句话说明他的见解。他是风月老手，欢娱在他的心头踏来踏去，好像小学生在学校院子把地踏硬了，弄得寸草不生，女人经过他的心头，比孩子们还漫不经心，连名姓也没有留下一个，不像孩子们，还把姓名刻在墙上。他向自己道：

"好，开始吧！"

他写道：

> 拿出勇气来，爱玛！拿出勇气来！我不希望害您一辈子……

罗道耳弗寻思：

"其实，真是这样；我这是为她好；我这人再厚道不过。"

> 您下决心以前，可曾好好想过？可怜的天使，您知道我把您拖到怎样的深渊吗？不知道，对不对？您满怀信心，不顾一切，只是相信幸福、未来……啊！我们真不幸！也真不懂事！

---

① 兰斯，法国马恩省省会，以制饼干出名。

罗道耳弗写到这里，停住笔，寻找漂亮借口。

告诉她我破产了，怎么样？……啊！不好，再说，这不顶事。过后又要重新耍这一套。难道同这样的女人能谈得通吗？

他想了想，续下去道：

> 请相信，我忘不了您；我对您将永远忠诚。不过迟早有一天，不用说，这种热情（人间的事注定是这样的）要冷却的！我们会厌倦的。谁知道我会不会痛苦万分，看到您有一天后悔，也看自己后悔，因为我是您后悔的原因。单单想到您要难过，爱玛！我就如坐针毡！忘了我吧！为什么我偏认识了您？为什么您生得这样美？难道这是我的错？我的上帝！不，不，您也只好怨命！

他自言自语道：

"命这个字永远打动人。"

> 啊！如果您是一个水性杨花的女人，像常见的那些女人一样，当然，我就可以自私自利，照眼前的安排做，因为这就不会害您了。您动人的狂热既作成您的魅力，也作成您的痛苦，且妨碍了您这样一位令人膜拜的女子看清我们将来处境的险恶。我也一样，开头没有多加考虑。我躺在这种理想的幸福的影子里，就像躺在芒色尼耶树①的影子里一样，安安逸逸，不管后果有多可怕。

---

① 芒色尼耶树，即"毒树"或者"死之树"，大戟科植物，产于西印度群岛一带，果实可食，但树液有毒。

"她也许以为我是舍不得花钱才不出走……啊！管它呐，她爱怎样想就怎样想，反正得散伙！"

爱玛，人世冷酷，我们走到天涯海角，也不会放过我们。您得忍受无礼的盘问、诽谤、蔑视，甚至于侮辱。侮辱您！哦！……而我却要您坐上宝座！而我却在心目中把您看成护符！因为我要亡命异乡，这样来惩罚我带给您的一切祸殃。我走。去什么地方？我不知道。我疯啦！永别了！愿您永远善良！想着失去您的不幸男子。把我的名字告诉您的孩子，让她为我祈祷吧。

两支蜡烛芯子直摇晃。罗道耳弗站起，过去关上窗户，又回来坐好了，道：
"我看，也就是这些了。啊，添两句话，免得再来找我捣乱。"

您读这封忧郁的信的时候，我已经走远了；因为我要尽快逃走，免得心思不定，再去看您。不要软弱！我会回来的；说不定将来有一天，我们会在一起，心如古井，谈起我们的旧情。永别了！

最后又来了一个"永别了"，分成两截："永 一别了！"认为十分得体。他自言白语道：
"现在，落什么款好？'您最忠心的'……不好。'您的朋友'？……对，就是它。"

您的朋友

包法利夫人 | 237

他又念了一遍信,觉得很好。他带着感情,寻思道:

"可怜的小女人!她以为我的心肠比石头还硬了;应当来几滴眼泪才对;不过我呀,我哭不出来;这不是我的错。"

罗道耳弗于是倒了一杯水,沾湿手指,在半空丢下一大滴水,冲淡一个地方的墨水。随后,他找印章封信,摸到的印章偏偏就是那颗"心心相印"。

"这不很协调……啊!算啦!有什么关系!"

盖过章,封好信,他吸了三烟斗烟,睡觉去了。

第二天,罗道耳弗起床(下午两点左右:他睡迟了),叫人摘了一篮杏子,信放在尽底,盖上几片葡萄叶,马上吩咐犁地的吉拉尔,小心在意,送给包法利夫人。他平日就是用这个方法和她通信的,依照季节,送她水果或者打猎得来的野味。他说:

"她要是问起我的消息,你就回答,我出远门去了。篮子一定要当面交给本人……去吧,当心!"

吉拉尔穿上新工人服,拿手帕兜住杏子挽了一个结,蹬起他的铁钉大木底皮鞋,迈开大步,从容不迫,去了永镇。

他来到包法利夫人家,见她正和全福在厨房桌子上料理一包要洗的东西。伙计说:

"这是我们主人送您的东西。"

她惶惑了,一面在衣袋摸零钱,一面瞪圆眼睛打量农夫,同时他纳罕这么一件礼物怎会使人那样感动,望定了她,也在吃惊。他终于走了。全福还在身边。爱玛憋不住了,跑进厅房,模样像要去放杏子。她倒翻篮子,抓去叶子,找到书信,拆开了,好像背后起了大火一样,爱玛惊惶失措,朝她的卧室逃跑。

她望见查理在里头;他同她说话,她一句也听不见,急急忙忙，继续走上楼梯，气喘吁吁，慌里慌张，颠三倒四，总拿着那张可怕的信纸，信纸仿佛一张铁皮，绰绰绰绰，在手里直响。她上到三楼，在阁楼前面站住。门关着。

她这时打算静下心来。她想起了信；应该念完信，可是她不敢。再说，到什么地方念？怎么念？人家会看见她的。她想道：

"啊！不，这儿就好。"

爱玛推开门，走进阁楼。

空气闷热：热气笔直从石瓦下来，压抑太阳穴，阻塞呼吸。她好不容易走到天窗跟前，拔去窗闩，打开窗户，阳光一涌而入，照花了眼。

隔着房顶，就见对面的原野，一望无际。下面广场空空落落，人行道的石子闪闪烁烁，房上风标一动不动，街角有一家二楼传出呜隆呜隆的响声，还夹杂一些刺耳的音响。那是毕耐先生在旋东西。

她靠着窗台，拿起信来又念，气得直发冷笑。不过她越用心看信，心越乱。她恍惚又看见他，听他说话，两只胳膊还搂住她。心在胸脯里跳得像大杠子使劲撞城门一样，不但不匀，而且一次紧似一次。她向四周扫了一眼，恨不得地陷下去。为什么不死了拉倒？谁拦着她了？只有她一个人。她朝前走，望着石板路，向自己说：

"跳吧！跳吧！"

明晃晃的阳光，从底下笔直反射上来，裹住她的身体，往深渊拉。她觉得广场土地晃晃悠悠，齐墙凸起，地板向一边倾斜，好像船只前后摆动一样。她站在窗口，仿佛挂在半空，四周一无所有。碧天近在身边，空气在她空洞的脑袋里流来流去，她只要就势一跳，朝前一纵，也就成了。旋床呜隆呜隆，并不中断，活像一个发怒的声音在叫她一样。

查理喊着：

"太太！太太！"

她站住了。

"你在哪儿？来呀！"

想起自己险些死掉，她一害怕，几乎晕倒。她闭住眼睛；有一只手拉她的衣袖，她发抖了：原来是全福。

"太太，老爷等您，汤端上啦。"

必须下楼！必须用饭！

她勉强吃了几口，东西堵着喉咙。于是她摊开饭巾，仿佛查看补缀好了没有，而且专心致志，当真数起上面的线来。她忽然想到书信。难道她把它丢了？到哪儿找去？可是她觉得自己一百二十分劳累，就连捏造借口，离开饭桌，也没有这份心思。而且她变得胆怯起来，害怕查理：毫无疑问，他全知道！说实话，他这几句话就讲得古怪：

"看样子，我们有一阵子，要见不着罗道耳弗先生了。"

她战栗着问：

"谁告诉你的？"

口吻尖利，他听了有点吃惊，回答道：

"谁告诉我的？是吉拉尔呀。我方才在法兰西咖啡馆门口遇到他。罗道耳弗先生旅行去了，要不，也快去了。"

她抽噎了一下。

"这有什么好奇怪的？他动不动就出门找消遣去，真的！我赞成。一个人有钱，又是单身汉！——再说，他也善于寻欢作乐，我们的朋友！他是一个浮浪子弟。朗格洛瓦先生告诉我……"

女用人进来，他只好住口不讲。

杏子散在摆设架上，全福又全收到篮子里。查理没有注意太太脸红，叫她端过篮子，拿起一个咬着，还说：

"啊！好吃极啦！来，尝尝。"

他递篮子给她，她轻轻推开了。他一连在她鼻子底下递了几回，说道：

"闻闻看：真香！"

她跳起来道：

"我出不来气！"

可是她使劲一挣，这阵痉挛也就过去了。她道：

"没有什么！没有什么！是神经作怪！坐下吧，吃你的！"

因为她就怕他盘问她，照料她，不离开她。

查理听话，又坐下来了。他把杏核吐在手心，再搁到他的盘子里。

忽见一辆蓝色提耳玻里，驰过广场。爱玛喊了一声，直挺挺仰面倒在地上。

说实话，罗道耳弗考虑再三，决计还是到鲁昂去。可是从于歇特去比西，除去永镇这条路之外，就没有别的路可走。他只好穿过村子。天色昏黑，车灯如电，一闪而过。爱玛借灯亮认出了他。

药剂师听见医生家乱成一团，跑了过来。桌子连同盘子，统统打翻了；酱油、肉、刀子、盐瓶和油瓶，扔了一地；查理连声喊救；白尔特吓得直哭；全福手在哆嗦，给太太解衣服。爱玛浑身上下都在抽搐。药剂师道：

"我到我的实验室找一点香醋来。"

随后，她闻着小醋瓶，睁开眼睛，他道：

"我拿稳了有用；死人也能一闻就醒。"

查理道：

"说话！说话！醒醒！是我，爱你的查理！你认得我吗？看，这是你的小女儿；亲亲她！"

小女孩子朝母亲伸出胳膊，想搂她的脖子。但是爱玛转开了头，声音一喘一喘的：

"不，不，……什么人也不要！"

她又晕过去了。大家把她抬到床上。

她躺着动也不动，嘴张开，眼皮闭住，手放平，脸白白的，活像一座蜡像。两道眼泪慢慢流到枕头上。

查理直挺挺待在靠里床头，药剂师站在一旁，保持着人在重要关头应有的思维的静默。他拿胳膊肘杵了他一下道：

"放心好了，我想危险过去啦。"

查理看着她睡，回答道：

"是的，她现在安静多了！可怜的女人！……可怜的女人！……她又病啦！"

郝麦于是问起发病的原委。查理回答，她正吃杏子，病就突然发作了。药剂师道：

"怪事！……不过也很可能就是杏子引起昏迷的！有些人对某种气味，生来非常敏感！就病理学和生理学而言，这是一个值得研究的有趣题目。教士懂得香味的重要性，举行仪式，总要掺和香料。这也就是麻醉智力，使人入迷而已，其实，女性比男性脆弱，收效也并不难。有人引证，妇女闻见烧过的鹿角气味、新鲜面包气味……就晕了过去。"

包法利低声道：

"当心吵醒她!"

药剂师继续道:

"不光人有这种反常现象,走兽也有。比方说,您一定知道,有一种花草,学名荆芥,俗名猫儿草,对猫类动物,具有强烈春药效果;另一方面,不妨举一个我保证确实的例子,布里杜(我的一个老同学,眼下住在马耳巴吕街)有一条狗,一见人掏鼻烟盒给它闻,就倒在地上抽搐。在他的纪尧姆树林的别墅,他常常当着朋友做实验。谁相信普通一副催喷嚏的药,居然会对四足动物的机体起这样大的破坏作用?真是奇闻,对不对?"

查理没有听,信口答道:

"对。"

药剂师显出一副洋洋自得的神气,笑吟吟道:

"这证明神经系统的不规则现象,数也无从数起。至于嫂夫人这方面,我承认,我一直觉得,属于真正的敏感型。所以,我的好朋友,那些自命不凡的方子,我一个也不劝您用,说是对症下药,其实是伤害体质。不,别乱吃药!注意饮食,就是这个!用镇静剂、缓和剂、糖剂就成。然后,也许需要刺激一下想象,您看怎么样?"

包法利道:

"用什么刺激?怎么刺激?"

"啊!问题就在这儿!这正是问题所在:That is the question!①像我新近在报上读到的。"

但是爱玛醒了,喊道:

---

① 英文:这正是问题所在。——《哈姆莱特》中的台词。

"信呢？信呢？"

大家以为她精神错乱；从半夜起，她果然精神错乱了：她的脑神经有了病。

一连四十三天，查理不离开她。别的病人他全不看了，觉也不睡，总在听脉，贴芥子膏，换冷水布。他差朱斯丹到新堡去找冰；冰在路上化了；他差他再去。他约卡尼韦先生会诊；他派人到鲁昂请他的老师拉里维耶尔博士来；他万分焦急，最担心的是爱玛萎靡不振；因为她不说，也不听，看样子也并不痛苦，好像她的身体和她的灵魂先前激动够了，现在一同进入休眠状态。

十月中旬前后，她可以靠着枕头，在床上坐起。查理看见她第一次吃一片面包抹果酱，哭起来了。她有了气力；下午她起来几小时，有一天她觉得大好了，他试着让她挎起他的胳膊，兜着花园散步。枯落的树叶盖着小径的沙砾；她穿着拖鞋，悠悠走去，肩膀贴紧查理，一直笑容满面。

他们这样走到花园尽头平台旁边，她慢慢直起身子，手放在眼前眺望：她远远望去，朝最远的地方望；但是天边只有几大堆草，在岭上冒烟。包法利道：

"亲爱的，你要累了。"

他轻轻推她走到花棚底下：

"坐到这条长凳上，你就适意了。"

声音没有力量，她说：

"啊！不，不去那儿，不去那儿！"

她觉得头晕。当天黄昏，病又犯了，而且情形暧昧，显见复杂了。她一时心里难过，一时胸口难过，一时头里难过，一时四肢难过，她添上了呕吐，查理以为这是癌症的早期症状。

除此以外，可怜人还愁钱不够用！

十四

郝麦先生药房的药，他用了许许多多，先就不知道怎么样补报才是；他是医生，固然可以不付钱，但是过分承情，他这方面到底有些难堪。其次就是家里如今由女厨子当家，开销大得惊人；账单漫天飞来，生意人闲言闲语，直不满意，勒乐先生尤其纠缠不清。说实话，爱玛病危期间，后者利用机会，滥开账单，急忙送来斗篷、旅行袋、箱子两只（原定一只），还有许多别的东西。查理白说他用不着这些东西；商人盛气凌人，还口道：全是定货，他拿不回去；再说，太太知道了，或许妨碍身子复元，先生再考虑考虑看；总而言之，他下定决心，宁可起诉，也不放弃权利，收回货物。查理事后吩咐全福，给他送回商店去；偏偏全福忘了，他愁着别的事，也没有往这上头想。勒乐先生又讨账来了，一会儿吓唬，一会儿诉苦，逼来逼去，包法利最后只得写了一张半年借据。但是他还没有在借据上签好名，就起了一个大胆的念头，向勒乐先生借一千法郎。他于是一副窘相，问他有没有方法弄到这笔钱，又说一年为期，利息听便。勒乐一听这话，跑回商店，取来现款，要他再写一张借据，包法利在这上面写明：来年九月一日，付清一千零七十法郎，加上先前议定一百八十法郎，正好一千二百五十法郎。这样一来，六厘利，外加四分之一佣金，货物起码有三分之一赚头，一年下来，他有一百三十法郎利息，而且他并不指望就此结束：借据到期不付，就会延期，于是他的小小资本，在医生家就像在疗养院一样，足吃足喝，有一天，回到身边，肉弹弹的，撑破钱口袋。

而且他一帆风顺，凡事如意。他和新堡医院订立合同，由他供应苹果酒；居由曼先生答应卖给他格吕梅尼泥炭矿的股票；他打算在阿格伊和鲁昂之间再开一班公共马车，走得更快，票价更低，行李载得更多，这样一来，永镇的商业便完全落入他的手心，不用说，金狮的破车也就跟着完蛋。

查理几次问自己，偌大的债，来年他拿什么还，左思右想，一筹莫展。求父亲帮助，父亲不会答应；卖东西，他又没有东西可卖。他一看束手无策，想也想不出个所以然来，反而越想越不愉快，很快也就丢开不想了。他责备自己分心外务，忘了爱玛，好像他的思想全部属于这个女人，不往她身上想，等于偷她什么东西似的。

冬季凄楚，太太慢慢悠悠复元，赶上天晴，她坐在扶手椅里，推到窗口，张望广场，因为她如今厌恶花园，那一面的百叶窗一直关着。她要人把马卖掉；往常她喜爱的东西，现在她样样讨厌。她一心似乎只是想着料理自己。她坐在床上用点心，揿铃叫女用人来，问汤药煎好没有，或者就为和她聊聊家常。菜场棚顶的雪，朝屋里反射过来一片雅静的白光。过些日子，又是下雨。有些小事，到时必然重复，虽然同她毫无关系，她也仿佛望眼欲穿。最重大的事是燕子黄昏来到，女店家喊叫，别的声音回应，伊玻立特在车篷上寻找箱笼，手提灯在黑夜如同一颗星星。查理中午回来，接着就又出去；然后她喝点汤，五点钟左右，日落西山，孩子们放学回家，在人行道上拖着木头套鞋，个个拿着尺，一扇又一扇地敲打窗板钩子。

布尔尼贤先生就在这时过来看她。他问起她的健康，谈起一些新闻，劝她信教，娓娓道来，倒也委婉动听。单单看见他的道袍，她就感到安慰。

她有一天，病势危急，以为自己要死，请领圣体。大家在她的房间布置圣事，堆满药瓶的五斗柜改成圣坛，全福在地板上撒了一些大丽花。爱玛这期间，觉得就像有什么强有力的东西，飘过身体，帮她解除痛苦、一切知觉、一切情感。她的肉身轻松愉快，不再思想，开始新的生命：她觉得她的灵魂奔向上帝，仿佛香点着了，化成一道青烟，眼看就要融入天上的爱。床单洒了圣水；教士从圣盒取出面饼，送到她的嘴边；她努出嘴唇，领受救主身体，感到无上的愉悦，停在昏迷的状态。床帏轻轻飘起，环绕四周，如同浮云；五斗柜上点着两支蜡烛，在她眼里，仿佛耀眼的圆光。于是她又倒下头去，恍惚听见空中仙乐铿锵，隐约望见天父坐在碧霄的金座，威仪万千，诸圣侍立两侧，拿着绿棕榈枝，只见天父摆了摆手，就有火焰翅膀的天使飞下地来，伸出两只胳膊，托她上天。

这种壮丽的景象，留在她的记忆中，就像难得梦见的最美的梦一样；现在感觉继续存在，她努力追寻，味道照样隽永，不过不那样弥漫心灵。爱玛一向好胜，如今终于领会基督的谦逊精神，心平气和，体味凡事退让的愉快，欣赏意志在内心摧毁，腾出一片空地，迎接上天怜悯。原来幸福之外，还有更大的福祉，还有一种爱，凌驾世俗之爱，不间断，不结束，永远增长！希望给她带来幻境，她隐约看见她憧憬的极乐世界，浮游半空，和天成为一体。她愿意变成一位圣者。她买念珠，她戴符咒；她希望床头挂一个镶翡翠的圣骨匣，每天夜晚吻着。

爱玛这些心情，堂长看成奇迹，惊异不止，虽然他也嫌她的信仰热心过分，有一天可能走火入魔，甚至做出荒唐事。但这方面，自己不太了然，把握不住，所以他写信给主教的书商布拉尔先生，请他寄来"一些大作，供一位绝顶聪明的女子读"。书商漫不经心，就像给黑人寄铜铁器皿一样，把当时流行的善书，不管三七二十一，统统寄了过来。其中有问答手册、像德·迈斯特①先生那样口气傲慢的布道小书、还有一些类似小说的东西，玫瑰红封皮，风格近似且俗，不是初级修道院学生诗人的手笔，就是洗心革面的所谓女作家的手笔，例如《三思而行》、曾得各种奖章的德……先生写的《社交男子拜倒在圣母脚下》、少年读物《伏尔泰的谬误》等等。

包法利夫人的智力没有完全恢复，还不能认真读书；再说，她看这些书，也未免过于急促。她嫌教条苛细；她厌恶论战文字高高在上，攻击她不认识的那些人，毫不容情；宗教气息浓厚的世俗故事，在她看来，根本就不了解人生，她原来希望看到真理的具体事实，但是这样一来，她反而不知不觉离开了真理。可是她照样坚持下去，甚至于书离开手，一个纯洁的灵魂可能感到的最优美的正当忧郁，她也以为自己有了。

至于罗道耳弗，她已经不思念他了，他停在她的心灵深处，比一位国王的木乃伊在陵墓里还要尊严，还要安静。这伟大的爱情如同加了防腐香料一般，散出一股气味，透过一切，甚至她愿意在里面过活的圣洁空气，也香喷喷的，有了柔情蜜意。她从前醉心奸情，甜言蜜语，唧唧哝哝，说给她的情人听，

---

① 德·迈斯特（1753—1821），法国政论家，主张恢复三权（上帝、教皇与国王）。

如今她跪在哥特式跪凳上，一丝不走，向救主重复。她这样做，为了滋生信念。可是不见天上有任何快乐来到心头，她又站了起来，四肢疲乏，隐隐约约觉得像是上了当。她想，她这样苦心向道，一定会有好报。于是爱玛自负信仰虔诚，拿自己和过去那些贵妇相比，她先前对着一幅拉瓦利埃尔的画像，缅想她们的光荣；她们显出不可一世的庄重气派，曳起长袍花团锦簇的后摆，谢却荣华，遁入空门，把一颗受伤的心的满腔眼泪，倾泻在基督脚前。

她于是大行善事。她给穷人缝衣服，给产妇送木柴；查理有一天回来，看见三个无赖汉坐在厨房喝汤。她生病期间，丈夫把小女儿送到奶妈那边照管，她如今又接回家来。她想教她认字，白尔特再哭，她也不发脾气。她打定主意凡事退让，一概宽容。随便什么事，她说起来，也充满了理想的词句。她问她的小女儿：

"我的天使，你的肚子还疼不疼？"

婆婆无话可说，除非也许嫌她家事不理，一味给孤儿编织衣服。但是老太太在家吵嘴受气，却也喜欢儿子这边清静，她一直住到复活节，免得回去听包法利老爹挖苦，他不管斋戒不斋戒，每逢星期五，就要香肠吃。

婆婆判事正确，举止端庄，给了爱玛一点力量。除去婆婆作伴之外，她几乎天天有人相陪。其中有朗格洛瓦夫人、卡隆夫人、杜勃勒伊夫人、杜法赦夫人；还有善心的郝麦夫人，两点到五点，一定来看她，从来不肯相信任何关于女邻居的闲话。小郝麦们也来看她；朱斯丹陪他们来，一同上楼，走进她的房间。他站在门外，不言不语，安安静静。包法利夫人常常不在意，当着他梳头打扮。她猛一摇头，先取下梳子；他头一回看见她这一圈一圈的黑头发散开，全部垂下来，一直搭到膝盖，仿佛忽然走进什么新奇的世界，富丽堂皇，吓坏了这可怜的孩子。

爱玛当然不注意他的默默的殷勤和他的懦怯。她一点也没有想到，花容月貌，风魔人心，爱情走出她的生命，却又来到近旁，穿着粗布衬衫，在这少年的心头跳动。而且她如今凡事漠不关心，言词亲热，目光冷淡，姿态多变，以致人们区别不出是自私还是慈悲、是恶行还是美德。譬如有一天黄昏，女用人请假出去，期期艾艾，寻找借口，她先在生气，忽然问道：

"你真就爱上了他？"

全福脸红了。她不等全福回答，就显出一副忧悒的神情，说下去道：

"好，快跑！开心去吧！"

开春前后，她不听查理劝说，叫人前前后后，把花园翻腾一遍。查理见她终于有了振作的表示，倒也高兴。她一天比一天见好，也就一天比一天振作。在她养病期间，奶妈罗莱女人，肆无忌惮，带来两个奶孩子，经常待在厨房，另外还带着一个寄居的孩子，吃起饭来，狼吞虎咽，一扫而光。她先想办法把她撵走，然后摆脱郝麦一家大小，再陆续辞谢众人的看望，甚至教堂，她去得也不怎么勤了。药剂师大加称道，立时表示好感，对她说：

"您先前有点迷过了头！"

布尔尼贤先生，像往常一样，上过教理问答，每天必来。他喜欢待在外边林阴中间，吸吸新鲜空气：他这样称呼花棚。查理正在这时回家。他们觉得天热，一道喝着新苹果酒，预祝太太完全康复。

毕耐也在那儿，就是说，稍靠下，在平台墙外，打捞蝲蛄。包法利请他喝酒，开坛子他完全在行。他望了四周一眼，心满意足，一直望到天边，然后道：

"应当像这样，在桌子上拿直瓶子，绳子剪断以后，一点一点拔软木塞，轻轻地，轻轻地，就像人在饭后开塞兹水一样。"

但是在他讲解中间，苹果酒常常溅他们一脸，于是教士格格笑着，重复一遍这句趣话道：

"好酒打眼！"①

他的确是一个老好人，甚至有一天，药剂师劝查理带太太散散心，到鲁昂剧场去听有名的男高音拉嘉尔狄，他也并不大惊小怪。郝麦见他默不作声，反而诧异了，问他有什么意见。教士讲：在他看来，音乐不像文学那样伤风败俗。

但是药剂师为文学辩护。他认为戏剧有益，不但责难偏见，而且利用娱乐，启迪道德。

"布尔尼贤先生，'在笑中移风易俗'②！例如，看看伏尔泰大部分的悲剧；他用巧妙的手法，把哲学见解撒在戏里，因而这些悲剧就成了人民在道德上、外交上，真正受教育的地方。"

毕耐道：

"我从前看过一出戏，名字叫《巴黎的野孩子》③，里面有老将军那么一个人物，简直绝妙！一位少爷勾引一个女工，挨

---

① "打眼"还有"一看便知"的双关意思。
② 这是近代拉丁诗人桑特耳（1630—1697）为剧幕拟的一句拉丁文标语：Castigat ridendo mores。
③ 《巴黎的野孩子》（1836），当时的一部通俗喜剧。

了他一顿教训,女工后来……"

郝麦继续道:

"当然,有坏文学,就像有坏药房一样;不过,不问青红皂白,一笔抹杀最重要的艺术,我觉得是一种蠢事,一种落伍的想法,可憎可恨,不亚于监禁伽利略的时代。"

堂长反驳道:

"我知道,世上有好作品、好作家;可是不分男女,聚在一个光怪陆离的房间,陈设浮华,人又打扮得妖形怪状,搽粉抹胭脂,点着灯,嗲声嗲气,结局必然使人想入非非,心思不正,受到非礼的诱惑。至少圣父们①全是这样说的。"他忽然换成神秘的声调,同时大拇指搓着一撮鼻烟,接下去道:"总之,教会谴责戏剧,有谴责的理由,旨令下来,我们就该服从才是。"

药剂师问道:

"教会为什么驱逐演员出教?他们从前是公开参加宗教仪式的。是的,他们在唱经堂当中搬演叫做圣迹剧的一类闹剧②,戏里一来就奚落礼法。"

教士做声不得,只好叹气了事。药剂师继续道:

"《圣经》也一样;里头……您知道……不止一个地方……挑逗人心……简直……色情!"

他见布尔尼贤先生做了一个恼怒的手势,就说:

---

① "圣父们"指中世纪经院哲学的基督教学者。
② 圣迹剧搬演耶稣生平事迹,在举行盛大宗教仪式的节日演出。闹剧的字义是"填入"。中世纪演宗教剧,空气沉闷,需要调剂,中间插进一段逗笑的表演,后来独立发展,衍成闹剧,十五、十六和十七世纪初叶,很受巴黎市民欢迎。郝麦错把闹剧和圣迹剧看成一个东西。

"啊！你同意吧，这不是一本女孩子应该看的书。我会难过的，我要是看见阿塔莉……"

教士不耐烦了，喊道：

"可是劝人读《圣经》的是耶稣教教徒，不是我们天主教教徒！"

郝麦道：

"不管怎么样，一种精神娱乐，无害于人，而又劝善惩恶，有时候甚至还对卫生有益，到了我们今天这个光明的世纪，还有人执意禁止去看，我觉得奇怪。不是吗，博士？"

医生的想法也许和他一样，然而不愿意得罪人，要末就是什么想法也没有，所以勉强回答了一句：

"还用说。"

谈话似乎结束了，但是药剂师觉得不妨最后再踢一脚：

"我就认识有些教士，俗家打扮，去看舞女跳舞。"

堂长道：

"瞎扯！"

"啊！我就认识！"

郝麦一字一顿，重复道：

"我——就——认识。"

布尔尼贤逆来顺受，只好道：

"好吧！他们不对。"

药剂师喊道：

"家伙！他们还有别的花样！"

教士站起来道：

"先生！……"

同时眼睛冒火，连药剂师也害怕了，声调放柔，解释道：

包法利夫人 | 253

"我不过是说,宽容才是使人信教的最稳当的方法。"

老实人又坐下来,让步道:

"这话对!这话对!"

但是他只待了两分钟就走了。他一走开,郝麦就向医生道:

"这就叫做斗嘴!您看见的,我老实不客气,咬了他几口……话说回来,听我的话,带太太去看看戏吧,哪怕单为您这辈子,气一回一只这样的黑老鸹①,也是好的!要是有人能替我的话,我愿意亲自陪你们走走。快!拉嘉尔狄只演一场;英国出高薪聘了他。据说,很有两下子!发了大财!他随身就带三个姘头、一个厨子!大艺术家个个拿钱不当钱花;他们需要生活放荡不羁,刺激刺激想象。临了他们死在救济院,因为他们年轻的时候,不懂得攒钱。好,祝您晚饭用得好;明天见!"

看戏这个意思,很快在包法利心里生了根,他没有多久就说给太太知道。她起初反对,理由是疲倦、麻烦、花钱;但是出乎意料,查理并不让步,他以为看戏散心,对她有好处。他看不出有什么障碍;他已经不指望母亲给他们汇钱了,可是还汇了三百法郎来;眼前的债又不怎么大,勒乐先生的借据离到期还远,不必为这担心。尤其是,查理以为她不去看戏,只是为了他好,更坚持要去了;她最后经不起再三麻烦,只得答应。于是第二天,上午八点,他们上了燕子。

药剂师随时可以离开永镇,不过他自以为有事在身,离开不得,所以看见他们走,边叹气边道:

"好,一路平安!你们真有福气!"

---

① 黑老鸹指教士而言,因为道袍是黑颜色。

随后看见爱玛穿一件有四道滚边的蓝缎袍，就说：

"您标致得活像一朵鲜花！您要轰动鲁昂啦。"

驿车停在芳邻广场的红十字旅馆。这家客店类似外省所有的城郊客店，马棚大，卧室小，站在屋里往外望，就见院子当中，放着推销员的轻便马车，浑身是泥，母鸡在车底下啄荞麦吃。舒舒服服的老屋子，虫蛀的木栏杆，冬季夜晚风吹着，嘎吱直响；里头总住满了人，喊声喧天，要东要西；黑饭桌子黏黏的，沾满了光荣酒；苍蝇叮黄了厚玻璃窗；潮湿的饭巾，斑斑点点，都是廉价酒的污迹。客店总有乡村气息，好像田庄的伙计穿上过节的衣服一样，靠街有一座咖啡馆，田野那边有一座菜园。查理一下车就去了剧场。他分不清花楼和楼座、前厅和包厢，请教完了，还是莫名其妙，票房请他去问经理室，回到客店，又去剧场，这样来回跑了几趟，从剧场到马路，跑熟了城南城北。

太太买了一顶帽子、一副手套、一把花。先生直怕错过开场戏；他们来不及喝汤，就赶到剧场门前。门还关着。

十五

观众站在栏杆当中,靠墙排成两行①。邻街拐角地方,大幅广告写着奇形怪状的字体:"《吕西·德·拉麦穆尔》②……拉嘉尔狄……歌剧"等等。天晴气暖,头发里热汗直淌,人人掏出手绢擦红额头。有时候,河上吹来一阵热风,轻轻吹动小咖啡馆门口细布凉棚的外沿。再往下走,又来一股凉风,夹带着脂肪、皮和油的味道。这是大车街的气味,那条街满街都是黑洞洞的大货栈,大桶在里头滚来滚去。

爱玛怕人笑话,要在进去以前,先到码头散散步。包法利小心翼翼,手捏住戏票,插在裤袋里,顶住他的肚皮。

她一进过厅就心跳,看见观众急急向右,走进另外一条过道,自己却踏上包厢的楼梯,不由得眉飞色舞,有了笑容。门宽宽的,挂着幔子,她像小孩子一样,推开了门,觉得快乐。夹道的灰尘气味,她使劲往里吸。她坐在包厢里,微微前俯,潇洒自若,宛然一位公爵夫人。

剧场渐渐坐满。有人取出望远镜;长期观众,远远望见,互相致意。他们整日操心买卖,此刻到艺术中来消除疲劳,但是并没忘记生意,谈的照样是棉花、酒精或者蓝靛。其中有些老人,脸上没有表情,模样安详,灰白头发,灰白皮肤,好像银质奖章蒙着一层铅气,失了光泽一样。包法利夫人往下望,欣赏前厅一些美少年:他们洋洋自得,背心领口露出玫瑰红或者苹果绿领带,黄手套绷紧手掌,身子靠住金头手杖。

乐池的蜡烛点亮了；天花板上挂的多枝烛台也放了下来，上面的小玻璃片光芒四射，剧场忽然显出一片快活气象。乐师接着鱼贯而入，先是低音鸣隆，跟着是小提琴吱喳，小铜号滴滴答答，长笛和短笛咿咿唔唔，乱响了一大阵。但是舞台上连响三声，定音鼓冬冬敲了起来，接着就是铜乐合鸣，幕升上去，露出一片风景。

这是一座树林的十字路口，左边橡树浓荫下，有一股喷泉。农民和领主，肩膀搭着苏格兰式斗篷，不分贵贱，一同唱着猎歌；随后上来一位队长，朝天伸出胳膊，呼吁恶魔下凡；又来了一位；他们一走，猎人们就又唱起歌来。

她回到童年的读物中间，活在司各特小说的氛围里。她隐约听见苏格兰风笛的声音，透过浓雾，飘过映山红，反复回荡。她有对小说的记忆，很容易了解唱词，一句又一句，跟着唱词往下听。她那些朦胧的回忆，经不起音乐急吹猛打，没有多久，也就不知去向。她随着旋律摇曳，觉得自己全身心都在颤动，仿佛提琴的弓弦在拉她的神经一样。服装、风景、人物，还有人一走过就震动的画出来的树木，五光十色，使她应接不暇；小绒帽、斗篷、宝剑；所有这些虚构的事物，在音乐之中动荡，就像在另一个世界的氛围之中。一个年轻女子走向前来，拿钱包丢向一个穿绿

---

① 鲁昂的艺术剧场，在艺术广场，靠近塞纳河码头。
② 《吕西·德·拉麦穆尔》，一出意大利歌剧（1835），根据司各特的小说《拉麦穆尔的新娘》改编。故事大意是：吕西和艾德嘉尔是一对相爱的青年，但是吕西的哥哥阿什屯讨好权贵，要把她嫁给一位贵公子阿尔色；阿什屯采用听差吉尔拜特的计谋，哄骗吕西，说艾德嘉尔已经不爱她了；她相信哥哥的假话，接受阿尔色的婚约，但是就在这时候，艾德嘉尔出现了，责备吕西负心；她疯了，在新婚之夜刺死丈夫；艾德嘉尔闻讯也自杀了。

包法利夫人 | 257

衣服的侍从。然后舞台上留下她一个人,只听一支长笛在响,仿佛泉水潺潺,或者飞鸟啁啾。吕西神色严肃,唱着她的G大调短歌;她抱怨爱情,希望生长翅膀。爱玛同样希望离开人生,在相抱之中飞逝。突然拉嘉尔狄扮演的艾德嘉尔出现了。

他的肤色白皙,神采奕奕:一般说来,气质热情的南方人有了这种皮肤,看上去便像大理石雕像一样尊严。一件棕色紧上衣裹着他强壮的身体;左臂挂着一把雕镂的小刺刀。他露出一口白牙,同时旋转眼睛,恹恹无力,仿佛在爱情上受尽折磨。据说一位波兰公主,有一天黄昏,听见他在比阿里茨海滨①唱着歌修理小艇,爱上了他。她为他抛弃一切。他却抛弃了她,另爱别的女人:爱情上的名气越发提高了他艺术上的声誉。擅长外交手腕的戏子,甚至留意广告,经常添上一个诗意的句子,夸耀自己形象动人,心灵善感。一副好嗓子、一颗冷静的心,情绪多于理智、夸张多于诗意,作成这位有理发师与斗牛士气质的江湖艺人的叫座本钱。

他一进场就激起观众的热情。他拥抱吕西,离开了,又回来,像是难过到了极点。他一时暴怒,一时又无限温柔,唱挽歌似的呻吟;他光着颈项,音符从里面逸出,一个又一个,像是充满呜咽和热吻。爱玛看他,身子向前,指甲抓挠包厢的丝绒。这些抑扬动听的哀歌,伴奏的低音提琴加以延长!就像狂风暴雨之中翻了船的人呼救一样。她心中充满这些哀歌,而且原本就熟悉这种沉醉和焦虑的感情,且几乎为之死去。女音在她听来,似乎只是她内心的回声;她着迷的形象,也似乎只

---

① 比阿里茨海滨,位于法国西南贝云附近,但是成为海滨胜地,却在第二帝国成立之后。

是她生命的某一部分。可是世上就没有人这样爱过她。他们最后一晚，月色溶溶，互相说起："明天见！明天见！……"他就不像艾德嘉尔哭得这样伤心。剧场一片喊好的声音；末一节全部又唱了一遍；一对情人说起他们坟上的花、誓言、流放、厄运、希望，唱到最后告别，爱玛尖叫起来，和煞尾的音乐响成一片。包法利问道：

"这位贵人为什么欺负她？"

她回答道：

"不对；他是她的情人。"

"可是他赌咒复仇，害她一家人，而另一位、方才来过的那一位，又说：'我爱吕西，我相信她也爱我。'再说，他和她的父亲，胳膊挎胳膊，一道走出去。因为那是她的父亲，那个丑矮子，帽子插一根鸡毛，对不对？"

临到宣叙调二重唱，吉尔拜特对他的主人阿什屯讲起他狠毒的计谋，查理看见欺骗吕西的假订婚戒指，任爱玛左解说，右解说，他还是说成艾德嘉尔送来的爱情纪念品。他承认他听不明白故事，——由于音乐的缘故；对话不大听得出来。爱玛道：

"有什么关系？别说啦！"

他俯向她的肩膀，又道：

"原因是，你知道，我喜欢了解透彻。"

她不耐烦道：

"别说啦！别说啦！"

吕西半倚着侍女们，走向前来，头上戴一顶橘花冠，脸色比她的白缎袍子还白。爱玛想起她的大喜日子，恍惚又看见自己在麦田当中，沿着小径，走向教堂。为什么她当时不像吕西，又是拒绝，又是哀求？正相反，她当时兴高采烈，根本不领会她在投入深渊……啊！在她如花似玉的年龄，尚未跌入婚姻的泥淖、陷进通奸的幻灭之前，她要是能把终身许给一位心地坚定的伟大灵魂，而贞操、恩情、欢愉和责任也集于一人之身，她决不至于从那样高的幸福之巅摔了下来。毫无疑问，这种幸福只是一种谎言，编排出来抚慰人心的。艺术夸大的热情，她如今知道何等渺小了。于是爱玛努力不朝这方面想：她自身痛苦的这种再现，她一意看成游戏之作，仅供耳目之娱，她甚至怀着鄙夷和怜悯的心理笑了起来。这时就见舞台尽里，绒门帘底下，走出一个披黑斗篷的男子。

他做了一个手势，他戴的宽边西班牙式帽子就掉下来了，乐器和歌手马上开始六重奏。艾德嘉尔大怒之下，声音分外嘹亮，压倒全场，阿什屯音调低沉，唱着凶话激他；吕西尖声哀诉；阿尔色闪在一旁，用中音歌唱；牧师的次中音，唔唧唔呀，好似一架风琴；侍女们的声音，合唱一般重复他的语言，十分悦耳。他们全都站在一排做手势，半张着嘴，同时倾吐愤怒、报复、忌妒、恐怖、慈悲和惊惧的语言。情人气忿不过，拔出宝剑挥舞；胸脯一动，花边领披就跟着上下起伏；他迈开大步，左走走，右走走，软皮靴在踝骨地方开口，朱红刺马距打着地板直响。她心想他的爱情一定用之不竭，才会这样向观众大量倾泻。角色的诗意感染了她，揶揄的心理完全消失，剧中人的假象使她对演员本人产生好感，她试着想象他的生活——那种轰动远近、世间少有的辉煌生活，机缘凑巧，她兴许也能过它一过。这样一来，他们就会相识、相爱了！她同他在一起，游遍欧洲的王国，一个京城又一个京城，分享他的疲劳和他的骄傲，拾起那些朝他丢过来的花，亲自刺绣他的服装；然后每天夜晚，坐在包厢尽里，待在金栅栏后面，如醉如痴，领会这只为她一个人歌唱的心灵的倾诉；他在舞台上也边演边望她。但是她起了一种怪念头：他如今就在望她，一定的！她真想扑进他的胸怀，受到他的力量的庇护，如同受到爱情化身的庇护，对他说，对他喊："把我抢走，把我带走，一同走！我是你的，你的！我的热情、我的梦想，全都属于你！"

幕落了。

煤气灯的气味和人呼出的气息混在一起；扇子的风反而增加空气的窒闷。爱玛想出去走走；群众拥在夹道，堵住了路，她倒进扶手椅，心跳得气也喘不过来，查理怕她晕倒，跑到茶食部，给她弄来一杯杏仁露。

他费了老大气力，回到原来地方；因为他两手捧着杯子，每走一步路，都有人碰他的胳膊肘，甚至于有四分之三，他倒在一位穿短袖袍子的鲁昂女人的肩膀上。她觉得冷水往腰里灌，叫得活像一只孔雀，如同有人杀她一般。丈夫是一个开纱厂的，对笨蛋大发脾气。她拿手绢揩着她漂亮的樱桃红缎袍的水渍，他粗声粗气，咕咕哝哝，说起赔偿、开支、归还这些字眼。查理好不容易来到太太身旁，喘着气道：

"老天！我以为我过不来了！到处是人！……是人！……"

他接下去道：

"你猜我在上头遇到谁了？遇到赖昂先生！"

"赖昂？"

"正是！他这就过来看你。"

他才说完话，永镇往日的文书就进了包厢。

他伸出手来，贵人一样爽快；包法利夫人不由自已，也伸出了手，不用说，由于一种更强有力的意志的吸引。自从春季那天黄昏，雨打着绿叶，他们站在窗边道别以来，她没有再碰到这只手。可是她很快就想到不该这样出神，努力从回忆之中摆脱出来，期期艾艾，说出一些简短的字句：

"啊！您好……怎么！您也在这儿？"

第三幕开始了，后厅有人喊道：

"别说话！"

"您又回鲁昂啦？"

"是的。"

"什么时候回来的？"

"出去讲话！出去！"

大家朝他们望，他们只好住口。

但是从这时候起，她就听而不闻了；来宾的合唱、阿什屯和他的跟班的场面、伟大的D大调二重唱，在她看来，都离得很远，就像乐队不够响亮，人物退到远处一样。她想起药房斗牌、去奶妈家散步、花棚底下读书、炉边谈话、那可怜的恋爱，又安静，又悠长，又矜持，又温存，然而她全忘光了。他为什么回来？是什么机缘，他又走进她的生命？他站在背后，肩膀靠住板壁，鼻孔呼出的热气正好扑进她的头发，她不时感到一阵战栗。他朝她俯下身子，髭尖几乎触到她的脸，问道：

"您爱看这个？"

她信口应道：

"我的上帝，不！不怎么爱看。"

他听见这话，提议到剧场外头饮冰水去。

包法利道：

"啊！别就走！待下来吧！她的头发散开啦，看样子要演苦戏了。"

但是爱玛对发疯的场面不感兴趣，她嫌女歌手的表演过

火,转向正在听戏的查理道:

"她叫得太厉害。"

他回答道:

"是的……也许……有一点。"

他一方面觉得真有意思,一方面又尊重太太的意见,说起话来,未免模棱两可。赖昂接着就叹息道:

"这儿热得……"

"受不了!真是这样。"

包法利问道:

"你热得难过?"

"是啊,我出不来气;我们走吧。"

赖昂先生拿起她的长花边披肩,轻轻放在她的肩头。他们三个人走到码头,坐在一家咖啡馆外面的空地上。起初谈她的病,爱玛不时打断查理的话,她说,怕赖昂听了腻烦。后者告诉他们,他来鲁昂,在一家大事务所熟习两年,因为人们在诺曼底处理业务,和巴黎大不相同。他接着问起白尔特、郝麦一家大小、勒弗朗索瓦太太;他们当着丈夫,没有多少话讲,谈话不久也就断了。

有些人看完戏,走过人行道,不是哼唧,就是乱喊:"美丽的天使、我的吕西!"于是赖昂表示他是行家,谈起音乐。他看过唐比里尼、吕比尼、佩尔西阿尼、格里西[①];拉嘉尔狄虽然热

---

① 唐比里尼(1800—1876),意大利的低音歌剧演员。吕比尼(1795—1854),意大利的高音歌剧演员。佩尔西阿尼(1804—1869),意大利作曲家,其妻塔吉纳尔第(1812—1867)是歌剧演员。格里西姊妹是意大利歌剧演员,这里指的应是妹妹吉屋莉雅(1811—1869),从一八三二年起,在巴黎演唱十五年,享有盛誉。

情奔放，同他们一比，也就不值一文了。查理一小口、一小口啜饮冰镇甘蔗酒，打断道：

"不过人家讲，他末一幕特别好。我后悔没有看完就走，因为我开始觉得好玩起来。"

文书接下去道：

"其实，他不久还要再演一回。"

但是查理回答，他们明天就走。他转向太太，又道：

"除非是你愿意一个人留下来，我的小猫？"

年轻人想不到有这样一个机会迎合他的希望，改变策略，恭维拉嘉尔狄末一幕的成就。简直是出神入化，难以言传！查理一听这话，坚持道：

"你星期天回去。好，决定了吧！你只要觉得对你有一点点好处，你就不该不看。"

可是周围的桌子撤空了，过来一个伙计，意在言外，站到他们旁边。查理明白是催他们走，掏出钱包；文书拉住他的胳膊，甚至没有忘记外赏两枚银币，得朗朗扔在大理石桌面上。包法利呢喃道：

"真的，您不该付……"

文书做了一个无所谓而又亲热的手势，拿起他的帽子：

"明天六点钟，讲定了，是不是？"

查理依然说起他不能久离，不过爱玛没有理由不……

她显出一种奇怪的微笑，期期艾艾道：

"原因是……我不太知道……"

"好吧！你再想想看，睡上一夜，也许你就改变主意了……"

然后转向陪伴他们的赖昂：

"您如今回到家乡了,我希望,您随时会来舍下用用便饭吧?"

文书说他会打扰的,而且事务所有一宗业务,他也非去永镇不可。他们在圣艾尔柏朗夹道前面分手,礼拜堂的大钟正敲十一点半。

下 卷

一

赖昂先生一面钻研法律，准备学位考试，一面却也相当照顾茅庐①。他在这里得到绝大成功，爱漂亮的小女工觉得他气宇轩昂，另眼看待。学生里面，数他正派：头发不太长，也不太短；一季的钱，他不在月初花光；和教授保持友好关系。说到荒唐，他永远适可而止，不是为了害羞，就是由于怕事。

他待在房间读书，或者黄昏坐在卢森堡②菩提树底下，想起爱玛，他的法典常常掉在地上。但是日久天长，情感也就渐渐淡了，他有了别的欲望；不过尽管上面压着别的欲望，这种情感照样活了下来，因为赖昂并不死心，就像一线希望，在未来摇摇晃晃，又像一枚金果，挂在怪树枝头，还有到口的可能一样。

所以别离三年，他再看见她，热情又苏醒过来了。他寻思道：事不宜迟，现在必须决心下手。再说，常和轻浮子弟厮混，畏怯之心早已不知去向，回到内地，高视阔步，他根本就看不起那些没有穿过漆皮鞋、没有走过沥青马路的人们。倘若在一位名闻四海的博士（得过勋章，出门有车的人物）的客厅，挨近一位遍体绫罗的巴黎女子，毫无疑问，可怜的文书，会像小孩子一样打哆嗦；不过如今是在鲁昂码头，眼前是这小医生的太太，他先拿稳了，胜利在握，自然也就觉得若无其事了。信心因际遇而异：人在大厅说话，和在阁楼说话不同；阔太太保护贞操，在他看来，似乎胸衣衬里放满了钞票，如同披上了铠甲一样，无从下手。

包法利夫人 | 269

头天夜晚,赖昂和包法利夫妇分手之后,远远跟着,看见他们走进红十字旅馆,他才转身回去,整整一夜,思索进行的计划。

所以第二天下午五点钟左右,他走进客店厨房,喉咙发紧,脸色发白,活像胆小鬼横了心,要硬干到底。有一个听差回答道:

"先生不在。"

这是吉兆。他上了楼。

她看见他来,并不感到慌乱。正相反,她向他道歉,他们忘记告诉他他们的住址了。赖昂道:

"可是我猜出来了。"

"怎么会的?"

他说成是有缘相会,本能引导。她听了这话,微微一笑。赖昂一看话笨,连忙改正,说他一上午都在找她,一家又一家,问遍全城旅馆。他接下去道:

"那么,您决定待下来啦?"

她道:

"是的。我真不应该。手边一大堆事,忙都忙不过来,真不该寻什么不切实际的娱乐……"

"啊!我心想……"

"哎呀!心想不来的,因为您呀,您不是女人。"

不过男子也有男子的苦恼,谈话带上了哲理意味。爱玛大

---

① "茅庐"或者"大茅庐"是巴黎拉丁区的著名舞厅,创建于一七八七年,大革命后,成为学生聚会的一个中心,一八五五年停业。
② 卢森堡,巴黎一个有名的公园,在拉丁区。

谈特谈人事无常，长年寂寞，心像活埋了一样。

年轻人为了取得好感，或者受了熏染，天真烂漫，模仿这种忧郁，讲起他在学校，一年四季，万分无聊。他嫌诉讼程序繁琐，直想改行，母亲写信给他，封封使他难过。他们谈到痛苦的原因，越谈越细致，倾筐倒箧，畅所欲言，说到后来，全无一点兴奋。不过他们没有把话全说出来，有时候就沉吟不语，寻思一句能表达心意的话。她绝口不提她对另一个男子的热情；他也瞒住不说他曾经把她忘了。

他或许已记不起舞会后和姑娘们吃夜宵的情景；不用说，她也把清晨在草地上奔往情人的庄园去幽会之事忘在九霄云外。城市的喧嚣差不多传不到他们的耳朵；房间很小，仿佛特意造成这样，缩小他们的寂寞。爱玛穿一件条纹布梳头衣服，头发靠着扶手椅的椅背；黄墙纸像金色背景似的托着她；镜子照出她头上梳的白线似的中缝，耳朵梢露在头发外面。她说：

"不过，对不住，我错了！我左诉苦，右诉苦，诉来诉去，您听也听腻烦了！"

"不，不！没有的事！"

她仰起眼睛望天花板，眼里包着一滴眼泪，接下去道：

"您知道我一向梦想些什么也就好了！"

"我也一样！唉呀！我受够了罪！我常常走出房间，来到街上，沿着河岸，一步一步拖着身子，想在嘈杂人群里忘记自己，可是心事重重，我就没有法子做到。路旁有一家画店，橱窗里挂着一张意大利版画，上面画着一位文艺女神，披了一件贴身衣服，眼睛望着月亮，头发散开，簪着勿忘草。有什么东西不住地吸引我过去；我在那边一待就是几小时。"

然后声音发颤，他说：

"她有一点像您。"

包法利夫人转过头去，因为她挡不住自己微笑，却又不希望他看见。他接下去道：

"我常常给您写信，写好了，又撕掉。"

她不回答。他继续说：

"我有时候心想，机缘凑巧我会遇见您。别人走过街角，我错以为是您；我追赶所有的马车，只要看见车门飘出一条披肩、一幅面网，和您的一样……"

她似乎打定主意，由他说去，并不打断。她交叉胳膊，垂下脸来，望着拖鞋的鞋花，偶尔脚尖在缎面里头微微一动。不过她叹了一口气：

"世上最伤心的事，难道不是像我一样，一辈子没有正经用处？我们的痛苦如果能对别人有用的话，想着是牺牲，倒也可以自慰了。"

他开始赞扬道德、责任和默默无闻的牺牲，说来也不见得相信，不过这是实情，他自己就有一片忠心，得不到机会满足。她说：

"我真愿意做一名医院的护士，看护病人。"

他回答道：

"嗐！男子就没有这一类神圣使命，我就看不出我有什么事好做……除非也许是，做做医生……"

爱玛轻轻耸了一下肩膀，打断他的话，抱怨自己害了一场大病，偏偏不死；真是可惜！死了的话，她现在也就不至于再受罪了。赖昂马上就说，他羡慕坟墓的宁静，甚至有一晚，他立遗嘱，要人埋他时用她送他的那条有绒道道的漂亮脚毯裹他。他们未尝不希望自己曾经这样生活，所以如今做出一种理想的安排，补充到过去的生活中去。再说，语言就是一架展延机，永远拉长感情。

但是听到关于脚毯的鬼话，她问道：

"这是为什么？"

"为什么？"

他迟疑了一下：

"因为我爱您啊！"

赖昂一面庆幸自己跳过难关，一面也斜着眼睛，观察她的脸色。

她的脸色仿佛天空，一阵风刮走了乌云。黑压压的忧郁思想，似乎走出她的蓝眼睛①，整个脸熠熠发光。他等候反应。她最后回答道：

"我从前也一直这么觉得……"

于是他们谈起过去发生的那些琐细事件，其中或苦或乐，他们方才已经用一个字眼总括过了。他想起铁线莲的架子、她往常穿的袍子、她的卧室家具、她的整所房子。

"我们可怜的仙人掌怎么样了？"

"去年冬天冻死了。"

"啊！您知道我多想念它们吗？我常常看见它们像从前一样，夏天早晨，太阳照着窗帘……我望见您的两只光胳膊，在花草当中，过来过去。"

"可怜的朋友！"

她朝他伸出手去，赖昂连忙凑上嘴唇，然后深深吸了一口

---

① 作者在第一部第二章告诉我们，她的眼睛"由于睫毛的缘故，棕颜色仿佛是黑颜色"。在其他各章，都说"眼睛是黑的"。

气道：

"就我来说，我不知道您当时有什么不可思议的力量把我俘虏了过去。有一回，好比说，我来到您家；不过，不用说，您不记得了吧？"

她说：

"记得。讲下去。"

"您在楼下前厅，正要出门，站在末一道台阶；——您还戴了一顶小蓝花帽子；您没有邀我，可是我不由自主，陪着您走。每一分钟，我越来越觉得自己犯傻，可是我照样在您旁边走动，不敢太靠近，可又不愿意离开您。您走进铺子，我待在街上，隔着玻璃窗，看您摘掉手套，在柜台上数钱。过后您在杜法赦门口拉铃，有人给您开门，门又重又大，您一进去，就又关上了，我待在外头，活像一个傻瓜。"

包法利夫人听他讲，惊讶自己竟这样老了；这些花花絮絮的事情，仿佛扩展了她的生命，形成一片感情的海洋任她遨游。她半闭着眼，不时低声道：

"是啊，真是这样！……真是这样！……真是这样！……"

芳邻区很有一些寄宿学校、教堂和无人居住的大公馆，形形色色的大钟在响。他们听见钟敲八点。他们不再言语；但是你看着我，我看着你，觉得脑子里扑扇扑扇的，像有什么出声的东西，顺着他们一动不动的瞳孔流过来流过去。他们握着手，只见过去、未来、回忆和梦想，全部融化在这销魂的优美境界。夜渐渐深了，墙上挂的四幅版画，画着《奈勒塔》[①]四个场

[①]《奈勒塔》，大仲马和嘉雅尔代合写的一出五幕散文剧（1832）。

面，底下有西班牙文和法文说明，在阴影里，已经看不大清了，浓浓的颜色还在闪烁。从往上推的窗户望出去，尖房顶之间，露出一角黑暗的天空。

她站起来，点亮五斗柜上的两支蜡烛，回来坐下。赖昂道：

"什么？……"

她回答道：

"什么？……"

断了的谈话，他正寻思怎样才能接上，就见她对他道：

"到目前为止，从来没有人对我表示过这种感情，又是什么缘故？"

文书指出：人的精神活动是不容易理解的。他爱她就是一见钟情。如果天假良缘，他们得以早日相逢的话，彼此一定好合无间，恩爱到老，所以他一想到他们实现不了这种幸福，就万分痛苦。她接下去道：

"我有时候也这样想来着。"

赖昂呢喃道：

"多好的梦啊！"

他轻轻抚摸着她的又长又白的腰带的蓝压边，继续道：

"那么，有什么阻拦我们重新开始呢？……"

她回答道：

"不成，我的朋友。我太老……您人年轻……忘了我吧！会有别人爱你……您也会爱她们的。"

他喊道：

"不像爱您一样！"

"您真成了小孩子！好啦，放乖些，我要您这样！"

她指出他们不可能相爱，他们应当永远像往常一样，仅仅保持友谊。

她说这话认真不认真？毫无疑问，她心里充满了被诱惑的愉快，却又必须防止被他诱惑，连自己也不晓得是不是认真。他的手畏畏缩缩，试着抚摸她；她望着年轻人，眼睛充满怜惜，轻轻推开他的哆哆嗦嗦的手。他后退道：

"啊！对不住。"

爱玛觉得这种畏缩，比起罗道耳弗色胆包天、伸出胳膊搂她还要危险，不由起了一种无名的畏惧。她觉得从来没有一个男子，长得像他这样美。他的举止之间，流露出一种天真无邪的可爱神态。他垂着他的又细又长的弯弯的睫毛。他的细皮嫩肉的脸庞也因为欲火如焚——她想——涨得通红，爱玛心荡神驰，恨不得贴上嘴唇。她于是看时间似的，朝钟俯下身子，道：

"我的上帝！我们尽说话，可不早啦！"

他听出她的意思，寻找帽子。

"我连戏也忘记看了！可怜的包法利，把我留下来，就为了看戏！大桥街的洛尔莫先生和他的太太陪我一道去。"

机会错过了，因为她明天就动身回乡下去。

赖昂道：

"当真？"

"是的。"

他接着就说：

"不过我还得和您见一面，我有话告诉您……"

"什么话？"

"一件事……又要紧，又重大。哎！不，可不，您不要走，千万别走！您要是知道……听我讲……您真就不懂我的意思？

您真就猜不出来?"

爱玛道:

"其实,您话说得很清楚。"

"哎呀!您还取笑人!够啦,够啦!您就可怜可怜我,让我和您再见一面……一面……只一面。"

"好吧!……"

她住了口,随后,仿佛想到什么:

"不在这儿!"

"什么地方,您说。"

"您愿不愿意……"

她想了想,一口气说完道:

"明天,十一点钟,在礼拜堂。"

他抓住她的手,喊了一声:

"我一定来!"

她抽出手,低下了头。两个人全站直了,他在她的背后,弯过身子,吻她的后颈,吻了许久。

"您疯啦!啊!您疯啦!"

她边说,边叽叽嘎嘎直笑。吻越发多了。

他于是拿头探过她的肩膀,仿佛从她的眼睛征求同意一般。她的眼睛望着他,冷冰冰的,充满庄严。

赖昂倒退三步,准备出去。他在门边停住,然后声音颤抖着,低声说道:

"明天见。"

她点点头,飞鸟一样去了里间。

爱玛当晚给文书写了一封拖拖拉拉的长信,谢绝约会;往事如烟,他们如今为了自己的幸福,不该相会。但是封好了

信,她才想起不知道赖昂的住址,无从投递。她为难了一时,向自己道:

"我当面给他。他会去的。"

第二天,赖昂打开窗户,在阳台上低声唱歌,亲自刷亮皮鞋,一连刷了几遍。他穿上白裤、上等短袜、绿燕尾服,把他所有的香水统统洒在手帕上,然后头发卷成鬈鬈,再打散了,让头发具有一种自然的优雅。他发现理发店的杜鹃钟正指九点,心想:"还太早!"

他拿起一本旧时装杂志看了看,这才出去,吸着一支雪茄,荡过三条马路,心想是时候了,慢悠悠朝礼拜堂走去。

夏季早晨,风和日丽。银楼的银器晶莹耀眼;阳光斜照礼拜堂,灰色石头的断口闪闪烁烁;一群鸟绕着有三叶花饰的小钟楼,在碧空飞来飞去;广场一片喧哗,花香扑鼻:沿石板路种有玫瑰花、素馨花、石竹花、水仙花和晚香玉,中间远近不等,夹杂着一些湿漉漉的绿叶、猫尾草和喂鸟用的鹅肠菜;喷泉在当中淙淙琤琤直响;大伞底下有些没戴帽子的妇女,站在摞成金字塔似的疙瘩皮西瓜当中,拿纸包扎紫罗兰花束。

年轻人买了一把。他这是头一次为女人买花;他闻着花香,傲形于色,胸脯也挺起来了,倒像他这花不是送别人而是送自己的。

不过他怕有人看见,只好硬起头皮,走进教堂。左门当中,在翩翩起舞的玛丽亚娜[①]底下,守卫当时正好站在门槛,头戴羽盔,

[①] 浮雕上的舞者应当是莎乐美,一般市民误会成玛丽亚娜,左门是圣约翰门,门楣雕着他受难的经过。

腰挎长剑，手持拄杖，比红衣主教还庄严，像圣体盒那样耀眼。

他满脸笑容，和善狡黠，仿佛教士盘问小孩子，走向赖昂：

"先生想必不是本地人吧？先生有意观光观光教堂？"

赖昂说：

"不要。"

他先沿着两侧，走了一匝，然后回到广场张望。他不见爱玛，又上来，一直走到唱经堂。

大殿屋顶、拱券上部和玻璃窗，倒映在满满的圣水盘里。花玻璃的反光，在大理石的边沿虽然断掉，反而射得更远了，摊在石地上，活像一条花花绿绿的地毯。强烈的阳光，顺着三座敞开的拱门，变成三道巨光，一直射到教堂里头。尽里不时走出一位司库，经过圣坛，斜身一跪，站起就走，好像行色匆匆的信士。水晶烛台，安安静静，挂在半空。唱经堂点着一盏银灯；偏殿、教堂的阴暗部分，有时候发出一声叹息，加上关栅栏门的声音，在高耸的穹隆底下，发出回响。

赖昂踱着庄严的步伐，在墙边徘徊。他觉得人生对他从来没有这样好过。再过一会儿，她就来了，她一定是一副迷人的模样，心神不宁，偷眼张望背后看她的男女，——穿着她的有花边道道的袍子，举着她的金丝眼镜，蹬着她的玲珑小靴：种种装饰，他见也没有见过，显出贞节将要失去时难以言传的魅力。教堂好似一间广大的绣房，迎她进来。穹隆弯下身子，在阴影里头，听取她的爱情的自白。花玻璃窗明光闪闪，就为照亮她的脸，而香炉燃烧，就为香云缭绕，她像天使一样出现。

然而就是不见她来。他坐在一张椅子上，望着一扇蓝玻璃窗，上面画了一些提筐携篮的船夫。他集中注意力，望了许久，计算鱼鳞和小领紧身短袄的钮孔的数目，思想却漫无目

包法利夫人 | 279

的，四下寻找爱玛。

守卫站在一旁，心里直生这人的气：他居然独自观赏礼拜堂。在守卫看来，他行事荒唐，近乎剽窃，几乎是渎圣了。

但是石板路上响起了丝绸窸窣的声音，半空露出一顶帽子的边沿、一件小黑披风……是她！赖昂一跃而起，奔了过去。

爱玛面无血色，快步走来。她递给他一张纸道：

"看吧！……啊！不！"

她急忙缩回手，走进圣母堂，靠住一张椅子跪下来，开始祷告。

年轻人恼恨她这心血来潮的虔诚，然而见她在幽会地点，仿佛安达卢西亚的一位侯爵夫人①，一心一意在祈祷，倒也感到有趣，没有多久，却又不耐烦了，因为她祷告下去，没完没了。

爱玛在祷告，或者不如说是努力在祷告，希望上天迅速帮她做出决定来；她为了得到神助，就望着光辉的圣龛，吸着插在大瓶里的开白花的南芥菜的香味，感受着教堂的一片静默：结果心倒越发乱了。

她站起来。他们正要走出，就见守卫急忙凑近道：

"太太想必不是本地人吧？太太有意观光观光教堂吗？"

文书喊道：

"不要！"

她回答：

"为什么不？"

因为眼看贞节要守不住，她只好求助于圣母、雕像、墓

---

① 安达卢西亚，西班牙南部地区的通称。《安达卢西亚》是缪塞的一首诗（1829），风行一时，因而诗里的侯爵夫人也就出了名。

冢、任何机缘。

于是按顺序进行，守卫把他们一直领到靠近广场的入口，手杖指着黑石头铺成的一个大圆圈，上面没有铭记，也没有花纹，摆出一副庄严的模样道：

"这儿就是昂布瓦斯大钟的钟口。钟重四万磅。全欧洲没有第二只。铸钟的工人一开心，闭过气去，死了……"

赖昂道：

"走吧。"

老好人往里走，回到圣母堂，伸出双臂，做了一个概括的解释姿势，比乡绅带你看他的墙边果木还要得意：

"这块石头底下，埋着彼埃尔·德·勃雷泽，法奈纳和布里萨克的领主、普瓦图大元帅和诺曼底总督，一四六五年七月十六日，死于孟来里之役。"

赖昂咬嘴唇，跺脚。

"右面这位贵人，全身铠甲，骑着一匹前腿举起的马，是他的孙子路易·德·勃雷泽，勃雷瓦尔和蒙绍韦的领主、莫勒弗里耶伯爵、莫尼男爵、御前大臣、功勋骑士，也是诺曼底总督，碑文写着：死于一五二〇年七月二十三日，一个星期天；下面雕的这个男子正要葬入墓穴，面孔和他本人一模一样①。死人雕塑得这样逼真，世上找不出第二份了，是不是？"

包法利大人举起单柄眼镜细看。赖昂看见一个口如悬河，一个冷若冰霜，执意作对，觉得心灰意懒，呆呆望着她，话也懒得说，手势也懒得做了。

---

① 路易·德·勃雷泽的墓碑是一件著名艺术品，共分两层，上层是骑马雕像，下层是白玉平卧雕像。

包法利夫人 | 281

絮絮叨叨的向导继续下去：

"旁边这个女人，跪在地上哭，是他的太太狄安娜·德·普瓦蒂埃，勃雷泽伯爵夫人，瓦朗蒂诺公爵夫人，生于一四九九年，死于一五六六年①。左边抱孩子的这个女人，是圣母娘娘。请看这边：这儿就是昂布瓦斯家的坟墓。这两位是鲁昂的红衣主教和大主教②。那一位是国王路易十二的一位大臣。他给了礼拜堂许多好处。他在遗嘱里给穷人留下三万金埃居。"

他娓娓道来，一刻不停，又把他们带到一间堆放栏杆的偏殿，挪开几个栏杆，露出一块笨重东西，很可能是一座雕坏了的石像。他深深叹一口气道：

"这原是装饰英国国王和诺曼底公爵'狮心'理查③的陵墓的。先生，都是加尔文信徒把它毁成这个样子④。他们不安好心，把它埋在大主教宝座底下的地里。看，大主教回府，就走这座门。我们来看看画有毒蟒的花玻璃窗⑤。"

但是赖昂连忙从衣袋摸出一块银币丢给他，抓住爱玛的胳膊就走。守卫目瞪口呆，不明白为什么提早赏钱，因为还有许多东西值得外乡人观光。所以他喊道：

"喂！先生。钟塔！钟塔！……"

---

① 狄安娜·德·普瓦蒂埃，路易·德·勃雷泽的续弦夫人，丈夫死后，从一五三六年起，成为亨利二世的情妇，被封为瓦朗蒂诺公爵夫人。
② 昂布瓦斯（1460—1510）的墓碑也是文艺复兴时代的杰作，叔侄二人一前一后，跪在坟上。
③ "狮心"理查，即理查一世（1157—1199），尸体埋在别处，心由鲁昂礼拜堂保存。
④ 一五六二年，耶稣教教徒拆毁鲁昂礼拜堂，许多雕像遭受损坏。
⑤ 传说，鲁昂在七世纪有毒蟒为患，被主教圣罗曼杀死。花玻璃窗绘制圣罗曼生平事迹，是一五二一年的作品。

赖昂道：

"不看啦。"

"先生不该不看！钟塔有四百四十尺高，比埃及的大金字塔才低九尺。整个儿是铁铸成的，钟塔……"

赖昂拔脚就跑；因为两小时以来，他觉得他的爱情，眼看在教堂就要变成石头，现在又要化成一道烟，穿过那个半截管子似的、长方鸟笼似的、有孔烟筒似的东西（居然不嫌难看，架在礼拜堂上头，倒像一个异想天开的锅匠，在做什么古怪试验）①，不知去向。她道：

"我们去什么地方啊？"

他不回答，继续快步走去；包法利夫人已经把手指泡在圣水里，听见背后气喘吁吁，夹杂手杖顿地的有规律的响声。赖昂转回身子。

"先生！"

"什么事？"

原来是守卫，胳膊底下抱着二十来本装订好的大书，顶住肚皮，怕掉下来。全是"关于礼拜堂"的著述。赖昂跑出教堂，咕哝道：

"浑蛋！"

一个野孩子在广场玩耍。

"去给我找一辆马车来！"

小孩子像皮球一样去了四风街；于是他们面对面，单独在

---

① 木制包铅的钟塔，建于十六世纪，一八二二年，遭雷电烧毁；一八二七年重建，改为铜铸，直到一八七七年才完工；一八四八年，曾经一度停工。在小说描述的这段期间，钟塔四周搭了架子，正在重修，所以才有这样一段描写。

一起待了几分钟，全有一点窘。

"啊！赖昂……真的……我不知道……我该不该……"

先是娇声娇气，故作媚态，接着就又摆出一副庄重的神气道：

"这不合适，您知道吗？"

文书反驳道：

"有什么不合适？巴黎就这样做！"

这句话仿佛无可驳辩的论据，说服了她。

马车还不见来。赖昂直怕她再进教堂。马车终于来了。守卫站在门槛，朝他们喊道：

"再怎么也该走北门出去！看看《复活》、《最后的审判》、《天堂》、《大卫王》和《火焰地狱的罪人》。"

车夫问道：

"先生去什么地方？"

赖昂推爱玛上车道：

"随你！"

笨重的马车出发了。

它下了大桥街，走过艺术广场、拿破仑码头、新桥，在彼埃尔·高乃依的雕像前面停住[1]。

车里发出声音道：

"往前走！"

马车又走动，穿过拉法夷特十字路口，走下坡路，一直奔到车站[2]。同一声音喊道：

---

[1] 十七世纪法国悲剧作家高乃依是鲁昂人。他的雕像立在桥中心。
[2] 左岸西车站，在塞纳河之南。

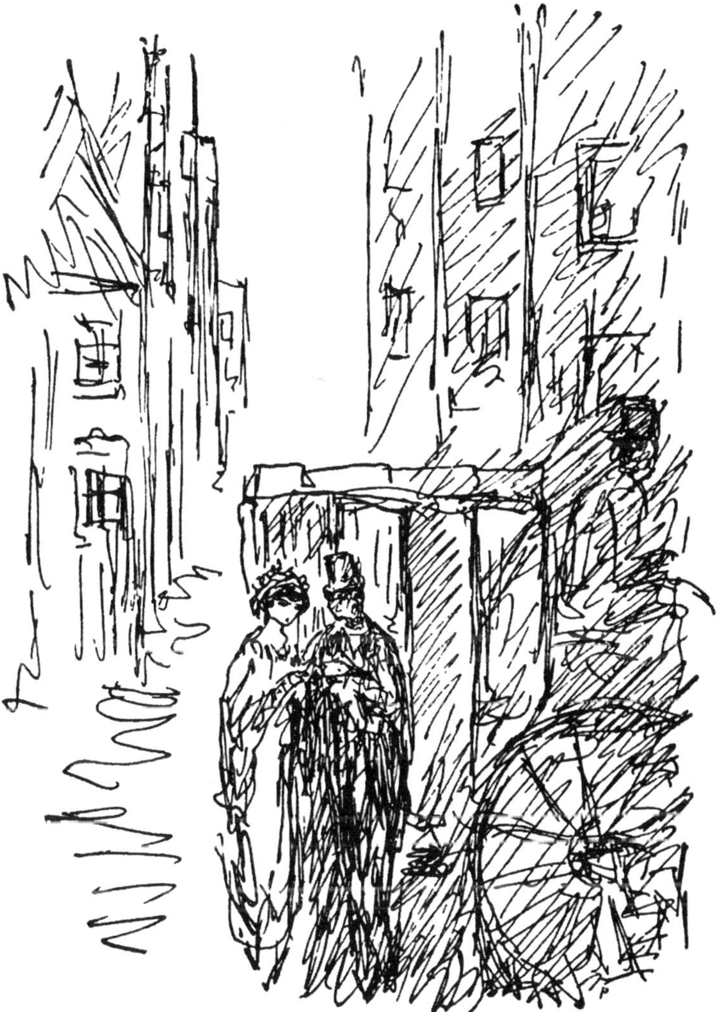

"别停,一直走!"

马车走出栅栏门,不久来到林阴道,在夹道的大榆树之间,放慢了速度。车夫擦擦额头,皮帽夹在腿当中,把车赶到道旁水边的草地上。

它沿河走着碎石铺的纤道,从瓦塞尔往前走了许久,一直走过河心那些小岛。

但是它猛然加快速度,驰过四塘、扫特镇、大坝、艾耳伯夫街,在植物园前第三次停了下来①。声音越发暴躁了,喊道:

"走啊!"

它立刻就又上路,走过圣赛韦尔、居朗迪耶码头、磨石码头,再一次过桥,走过阅兵场,来到广济医院的花园后面:花园里有些穿黑上衣的老年人,沿着绿藤蔓生的平台,在太阳地散步。它走上布弗勒依路,驰过苟什瓦兹,兜了一圈里布代岭,一直来到德镇岭②。

它往回走,漫无目的,由着马走。有人在圣波、莱斯居尔、嘉尔刚岭、红塘和快活林见到它;有人在癫病医院街、铜器街、圣罗曼教堂、圣维维安教堂、圣马克卢教堂、圣尼凯斯教堂前面、——海关前面、——下老三塔、三烟斗和纪念公墓见到它③。车夫坐在车座上,不时望望小酒馆,懊恼万状。他不明白,这两位乘客犯了什么转运迷,不要车停。他有时候想停停看,马上听见背后狂吼怒叫。于是他不管两匹驽马流不流汗,拼命抽打,也不管颠不颠,心不在焉,由着它东一撞,西一撞,

---

① 马车在南郊兜了一个大圈子。
② 马车过河而北,又在西郊兜了一个大圈子。
③ 右岸城市东部和东郊各地。

垂头丧气，又渴，又倦，又愁，简直要哭出来了。

码头上，货车和大车之间，街头，拐角，市民睁大眼睛，望着这个外省罕见的怪物发愣：一辆马车，放下窗帘，一直这样行走，比坟墓还严密，像船一样摇晃。①

有一回，时当中午，马车来到田野，太阳直射着包银的旧灯，就见黄布小帘探出一只光手，扔掉一些碎纸片，随风散开，远远飘下，好像白蝴蝶落在绚烂一片的红三叶田上一样。

最后，六点钟左右，马车停在芳邻区一条小巷，下来一位妇人，面网下垂，头也不回，照直走了下去。

---

① 六小时走不了这么多路，地名也不见得正好全是顺路。作者显然在夸张这段文字的艺术效果。

二

包法利夫人回到客店,一看驿车不在,大吃一惊。伊韦尔等她等了五十三分钟,不见她来,只好出发了。

其实,她也不是非回去不可;不过她有话在先,说她当天黄昏到家。再说,查理在等她回来;她心里已经起了那种唯命是从的胆怯感:对于许多妇女,犯了奸淫,这种感觉就是惩罚,也就是所付的代价。

她连忙收拾行李、算账,到院子雇了一辆轻便马车,又是催促,又是鼓励,时时刻刻向马夫打听:用了多少时间,走了多少里路,终于在甘冈普瓦入口,追上燕子①。

她一坐到她的角落,立刻闭上眼睛,直到挨近岭下,才又睁开。她远远望见全福,站在马掌铺前瞭望。伊韦尔把马勒住,女用人攀着窗口,鬼鬼祟祟道:

"太太,您得马上去郝麦先生家一趟,有急事。"

村子静静落落,和平日一样。街角有一堆堆玫瑰色的东西冒热气,因为眼下到了做果酱的时期,永镇家家在同一天酿造。大家称道药房前面那一堆,不但分外大,也特别考究,药房理当压倒寻常人家,公众需要应该重于个人爱好。

她走进药房,只见大扶手椅翻倒,连《鲁昂烽火》也扔在地上,摊在两只杵当中。她推开过道门,望见郝麦一家大小,全在厨房,个个拿着叉,系围裙系到下巴,周围有砂糖、方糖、装满一颗一颗红醋栗的棕色坛子,桌上有天平,火上有锅。朱

斯丹站着,耷拉着头,药剂师冲他嚷道:

"谁叫你到堆置间找它的?"

"怎么啦?出了什么事?"

药剂师回答道:

"什么事?我们在做果酱,已经煮上了,可是汤太多,眼看要流到外头,我叫他另取一只锅来。也不知他是不起劲,还是偷懒,走到我的实验室,把挂在钉子上的堆置间的钥匙拿了下来!"

药剂师这样称呼顶楼的一间小屋,里头全是他那一行的器皿和商品。他常常一个人待在里头,一待就是几小时,不是贴标签,倒瓶子,就是捆扎包装。他不单单把它看成一间堆房,而是看成一间真正的内殿,出去的全是他亲手制成的形形色色的药品:丹药、丸药、煎药、洗药和水药,到四乡宣扬他的大名。谁也不许进去;他尊重它尊重到了这般地步,亲自打扫。总之,药房店面是他满足自尊心的地方,向公众开放;堆置间却是郝麦的隐居所,他在这里聚精会神,玩味个人所好。所以朱斯丹的轻举妄动,在他看来便是大不敬。他的脸涨得比红醋栗还红,反复道:

"是啊,堆置间!锁着酸类和苛性碱类的钥匙!去取一只备而不用的锅!一只有盖的锅!一只我自己也许永远不用的锅!我们医学实验,奥妙入微,样样重要!家伙!一定要分清界

---

① "燕子"回到永镇,经常总在下午六点钟左右。而前章说包法利夫人回到客店,已经"六点钟左右"了。伊韦尔即使等她"五十三分钟",按说她也不会在半路赶上"燕子"的,因为从鲁昂到永镇,驿车要走三小时,出发总在下午三点钟与四点钟之间。作者在第二部写包法利夫人回去的时间,往往和"燕子"离开鲁昂的时间不相符合。参阅莱昂·鲍勃的《包法利夫人诠释》第387页、第407页、第409页与第416页。

限！用于制药的器皿绝不能用在家务上！这就像拿手术刀宰填肥的子鸡一样，就像当官的……"

郝麦夫人道：

"你先平平气！"

同时阿塔莉揪住他的大衣：

"爸爸！爸爸！"

药剂师继续发作道：

"不！走开！走开！妈的！倒像开杂货店，简直就像！好，来吧！什么也不尊重！砸吧！摔吧！放走蚂蟥！烧掉蜀葵！药瓶腌黄瓜！绷带撕烂了！"

爱玛道：

"不过您有话……"

"等一等！——你知道你惹了多大乱子？……你就没有看见，左边犄角，第三橱架的东西？说呀，回话呀，哼唧一句说出来呀！"

年轻伙计结结巴巴道：

"我不……知道。"

"啊！你不知道。好！我呀，我知道！你没有看见一只蓝玻璃瓶子①，黄蜡封口，里头装着白粉，我亲自在外头写着：危险！你知道里头是什么吗？砒霜！你去碰这个！到旁边去拿一只锅！"

郝麦夫人合起双手，嚷道：

"旁边！砒霜？你简直要把我们统统毒死！"

---

① 法令规定，装毒药须用蓝瓶，以便识别。

孩子们又是哭,又是叫,好像他们已经感到肠子剧疼。药剂师继续道:

"要不然就是毒死病人!你莫非是希望我站到刑事庭的罪犯席?看我上断头台?难道你不知道,我轻车熟路,照样得小心操作?想到我的责任,我都胆战心惊!因为政府迫害我们、管制我们的可笑法规活活就是悬在达摩克利斯头上的利剑①,挂在我们的头上!"

爱玛不再指望问清要她来做什么了,药剂师又是喘,又是急,一句紧跟一句道:

"这就是你报答我的恩德!我像父亲一样照料你,这就是你的酬谢!要不是我,你在什么地方?你做什么?谁供你饮食、教育、衣着?谁供你种种便利,将来体体面面,置身于社会之中?可是为了这个呀,你就该吃苦耐劳,像人家说的,手上长膙子。Fabricando fit faber age quod agis.②"

他在气头上,引证起拉丁文来了。他要是懂得中文和格陵兰文的话,他也会引证的。因为他已经无法控制自己,心中所有,倾囊吐出,就像大洋一样,遇到狂风暴雨,不但露出岸边的马尾藻,就连海底的沙砾也露出来了。他接下去道:

"我可真后悔,不该照管你!我顶好还是让你像从前一样,回到你生长的脏地方,过穷日子了!你呀,一辈子不会有出息,顶多也就是放放牛!你没有一点点才分学科学!你连贴标签也

---

① 达摩克利斯,公元前四世纪叙拉古暴君迪奥尼修斯的廷臣,常羡慕帝王有福,迪奥尼修斯遂请他赴宴,让他坐上自己的宝座,同时在他头顶上用一根马鬣悬着一把脱鞘的宝剑,意谓帝王虽享荣华,但随时可能遇到危险。
② 拉丁文:夫匠者,心无二用,以工得名。

干不好！你待在我家，养尊处优，倒像一个教士、一只大肥公鸡，光会吃喝玩乐！"

但是爱玛不耐烦等下去，转向郝麦夫人道：

"有人叫我来……"

这位太太神色悲伤，打断道：

"啊！我的上帝！我怎么对您说才好？……是一个坏消息！"

话没有说完，药剂师就打断她，吼声震天道：

"倒空它！洗干净！拿走！快呀！"

他抓住朱斯丹的衣领，摇了两摇，就见衣袋掉出一本书来。

年轻人弯下腰拾。郝麦比他快，抢过来一看，眼睛瞪圆，下巴也耷拉下来。他分成两截，慢慢读道：

"《夫妇……之爱》！啊！好极了！好极了！漂亮极了！还有图！……啊！太不像话啦！"

郝麦夫人走过来看。

"不！别动！"

孩子们想看看图。他气冲冲道：

"出去！"

他们出去了。

他起初迈开大步，来回乱走，手捏着翻开的书，转动眼睛，怒气填胸，说不出话，像要中风。随后，他一直走到学徒跟前，交叉胳膊，当前一站：

"小坏蛋，原来你样样恶习都有啊？……当心滚进泥坑！难道你想也不想，这本坏书会落到我的孩子的手里，刺激他们的头脑，损伤阿塔莉的纯洁，败坏拿破仑！眼看他就要长成大人了。至少,你拿得稳,他们没有看到?你能不能保证……"

爱玛问道:

"不过,先生,到底您有没有话同我讲?……"

"我有话讲,夫人……你的公公死了!"

老包法利饭后中风,的确在前天去世了;查理过分担心爱玛感情重,央求郝麦先生,把这可怕的消息婉转通知她。

他说什么,他也仔细想过;他要语句工整、精致、富有节奏,成为一篇审慎、委婉、措词讲究而细腻的杰作;但是忿怒战胜了修辞学。

爱玛一看听不到详情,便离开了药房;因为郝麦先生又数落起来了。不过他现在平下气来,一面拿他的希腊小帽扇风,一面用严父的口吻唧咕道:

"并非我完全不赞成这本书!作者是医生。里头有些科学知识,知道一下也是好的;我敢说,一个人也应当知道。不过,迟些日子,迟些日子!起码也要等你自己长大成人,性格稳定下来才成。"

查理在等爱玛回来,听见门环响,走上前去,伸出胳膊,两眼含泪,向她道:

"啊!我亲爱的朋友……"

他慢悠悠躬下身子吻她。但是她碰到他的嘴唇,想起另一个男子,她摩挲着脸,颤抖起来。她回答他道:

"是啊,我知道了……知道了……"

他掏出母亲的来信给她看:信上说起丧事,没有一点假惺惺哀恸的意思。他和几位旧日袍泽,在杜德镇一家咖啡馆举行爱国聚餐,过后倒在门口街上死了。她惟一的遗憾是他没有接受宗教救助。

爱玛拿信还给他。过后开上晚饭,她照顾人情,装出不要吃的样子。但是经不起他再三劝,她只好不管三七二十一,吃起来了,而查理坐在对面,没有动静,显出一副哀恸的姿势。

他不时仰起脸来看她。一看就是老半天,目光充满悲伤。他有一回叹气道:

"我真想再见他一面!"

她不做声。她最后明白自己非说话不可了,就问:

"你父亲多大年纪?"

"五十八岁!"

"啊!"

她没有话了。

他过了一刻钟又道:

"我可怜的母亲。……她如今怎么办?"

她做了一个不知道的手势。

查理看她默默无言,以为她在难过,惟恐加深她的痛苦,压制自己不再说下去。他于是丢开自己的痛苦,问道:

"你昨天玩得开心吗?"

"开心。"

桌布撤掉,包法利没有起身,爱玛也没有;她常看他这种单调的形象,怜悯心也逐渐消失了。她嫌他寒酸、软弱、无能,总之,是一个地道可怜虫。怎样才能摆脱他?夜晚过得真慢!有什么东西像鸦片气味一样,使她昏昏沉沉。

他们听见一根棍子在门道顿地板响。原来是伊玻立特给太太送行李来了。

他用假腿好不容易画了一个四分之一的圆圈,才把行李放下,满头的红头发在淌汗。她望着可怜人想道:

"他已经忘得一干二净！"

包法利在钱包尽底摸一个小钱；伊玻立特站在眼前，如同当面谴责他的不可挽救的无能一样，可是他似乎并不感到耻辱，望着壁炉上赖昂的紫罗兰道：

"你这把花真好看！"

她信口答道：

"是啊；是我方才买的……一个女叫花子卖给我的。"

查理拿起紫罗兰，小心在意，闻着香气，哭红了的眼睛也凑到上头。她赶快抢过来，放到水杯里。

第二天，包法利老太太来了。她和儿子哭了许久。爱玛借口安排家务，走开了。

过了这天，他们也该一道谈谈丧事了，就带了女红盒子，坐到水边花棚底下。

查理直在想念父亲；他惊讶自己对父亲感情会这样重，先前他以为自己爱他，也不过极其平常罢了。包法利老太太也在想丈夫。往常最坏的年月，也像值得留恋。日子久了，成了习惯，自然而然，也就没有怨尤，只有怀念了。针缝来缝去，可是不时有一大颗眼泪，顺着鼻梁往下流，有一时还在半道停住不流。

爱玛却在想：不到四十八小时以前，没有别人，只有他们单独待在一起，心荡神驰，恨不得多生几只眼睛对看才好。这一天追是追不回来了，她试着回忆当天的细枝末节。不过婆婆和丈夫的存在拘束她。她希望什么也听不见，什么也看不见，没有东西扰乱自己回味爱情，因为尽管集中力量，沉思冥想，外来的感觉眼看就要把它挤掉了。

她在拆一件袍子夹里，周围全是零幅、断线；老太太低着眼睛剪裁；查理穿着他的布头拖鞋和他当便服用的棕色旧大衣，两只手插在衣袋，也不言语；白尔特系着小白围裙，拿起她的小铲，在旁边小径刮沙子。

忽然就见布商勒乐先生走进了栅栏门。

他们遭逢大故，他效劳来了。爱玛回答，她相信不要添置东西。商人并不认输，说：

"对不住，我有两句话，希望私下谈谈。"

接着就放低声音：

"关于那件事……您知道？"

查理的脸一直红到耳梢。

"啊！对……当然。"

他心慌意乱，转向太太道：

"你好不好……我亲爱的？……"

她似乎领会他的意思，因为她站起来了。查理又对母亲道：

"没有什么！不过是家里一些鸡毛蒜皮的事。"

他不愿意母亲知道借据的事，怕她训他一顿。

勒乐先生一见没有别人，就单刀直入，恭喜爱玛有遗产承继，接着谈了一些不相干的事：墙边果木呐，收成呐，还有他本人的健康，总是"不好不歹"，"好上一阵，坏上一阵"。说实在的，话由人说，可是他卖足了力气，什么也赚不到手，就连抹面包的牛油也吃不起。

爱玛尽他讲去。两天以来，她正闷得要死！他继续道：

"您现在大好啦？真的，您丈夫当时那份焦急，我可看见啦！他是一个好人，别看我们之间有点纠葛。"

她问什么纠葛，因为查理瞒她，没有讲起关于货物的争执。勒乐道：

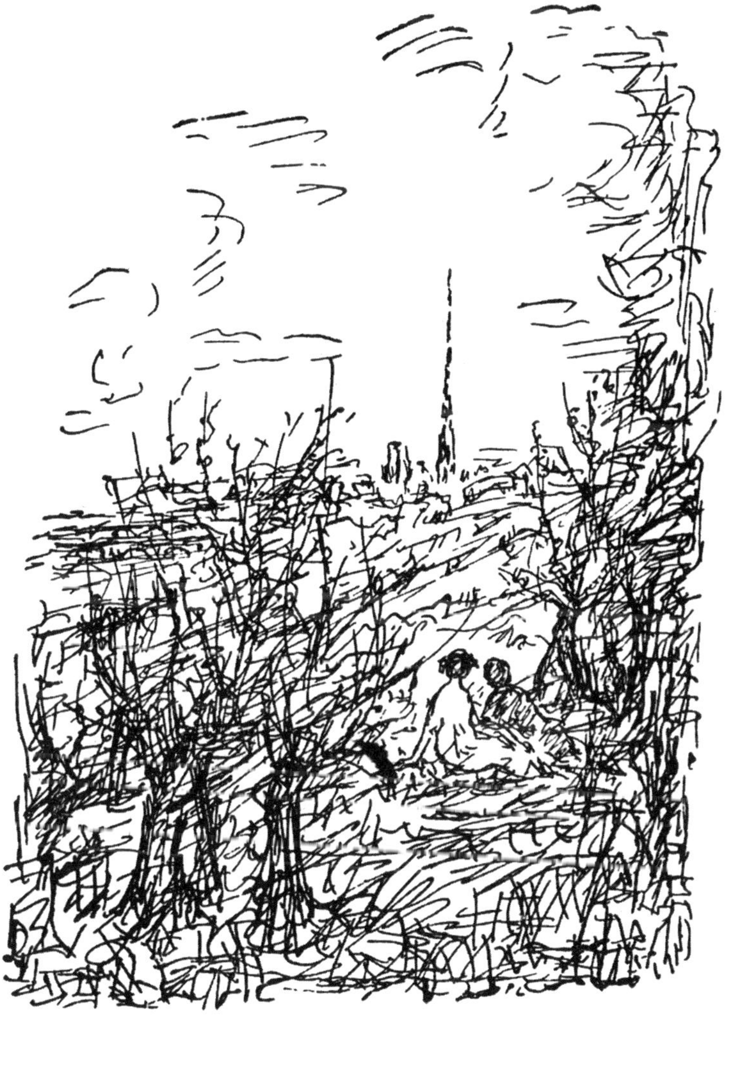

"您再明白不过！就是您一时高兴，想要的那些旅行箱子啊。"

帽子压着眼睛，一双手搭在背后，他笑吟吟的，吹着口哨，做出一副令人难堪的神气，盯住她看。他疑心什么不成？她神不守舍，非常尬尴。可是临了他却改口道：

"我们又谈妥啦。我来是有一个新安排和他商量。"

他指的是延长包法利立的借据。当然，先生可以按自己的心意行事；不过这样一来，他就不必在这方面操心了，特别是现在，他手上有许多事要办。

"其实，他最好把事情委托给别人料理，比如说，让您来料理；您有了代理人权力，方便多了，我们也好在一起打些小交道……"

她听不懂他的意思，偏偏他又不明说。勒乐随后谈到生意，就说：太太不买他点东西也不成。他回头给她送一块青哔叽来，十二米长，正好做一件袍子。

"您身上这件只好家里穿穿。出门做客，您该另来一件才好。我一进门，头一眼就看出来了。我的眼睛尖着呐。"

他不是派人送衣料，而是亲自送来。过后他又带尺来量；又找别的借口来，每回都竭力做出热心、殷勤的样子，或者学郝麦的说法，趋奉唯谨的样子，总在爱玛耳边来上一言半语，提醒代理人权力问题。他绝口不提借据。她也不往这上头想；查理在她复元初期，露出两句口风，可是她一脑子事由，早不记得了。再说，银钱事项，她有意避而不谈；老太太想不到她会这样不关心，把她的转变看成她病中信奉宗教的结果。

但老太太一动身，爱玛立刻表现出她有何等清醒而实际的头脑，使包法利大为赞叹。她提出应当多方打听，验明抵押物品，看看是否需要拍卖或者清算。

她随口引用专门名词，说起"程序"、"未来"、"预见"这些辉煌的字眼，不断夸大承继的困难，最后有一天，她掏出一张委托书样本给他看，上面写着"经管代理他的事务，处理一切债款，签发所有票据，偿付全部银钱"等等。勒乐的指示，她算充分利用了。

查理天真烂漫，问她这张纸是哪儿来的。

"居由曼先生那边。"

她显得异常镇静，继续道：

"我不太信任他。这些公证人，没有好名声！也许应该请教……我们就只认识……唉！谁也不认识！"

查理沉吟了一下，回答道：

"除非是赖昂……"

不过写信不抵事。她提议她走一趟。他不要她去。她一定要去。两个人抢着表示好意。她最后用假惺惺的反抗口吻嚷道：

"得，我求你啦，我一定去。"

他吻着她的额头道：

"你真好！"

第二天，她乘燕子去了鲁昂，向赖昂先生请教；她一住就是三天。

三

这三天才是真正的蜜月,妙趣无穷且又丰富多彩。

他们住在靠码头的布洛涅旅馆,待在里头,闭了窗板,锁上了门,地上撒遍鲜花,冰镇果露清早就送过来。

将近黄昏,他们乘一只遮蔽严密的游艇,到一座小岛用晚饭。

沿着船坞,这里正好听见一片嵌抹船缝的工人敲打船身的响声。柏油烟在树木间袅袅上升;大片的油渍在绯红的夕阳照耀下起伏荡漾,好像佛罗伦萨的古铜奖章在漂浮一样。

他们从停泊的船只间穿过,游艇上部轻轻擦过长而又斜的缆索。

城里的喧嚣——大车的滚动、语声的嘈杂、甲板上的吠声,不知不觉就听不真切了。她摘下帽子,他们在小岛上岸。

他们坐在一家酒馆的低厅里,门口挂着黑网。他们吃煎胡瓜鱼、奶酪和樱桃。他们睡在草地,躲到白杨树底下吻抱。他们未尝不希望一生一世住在这小地方,就像两个鲁宾孙一样,心旷神怡,觉得这里福天洞地,不啻世外桃源。他们不是头一回看见树木、蓝天、青草,也不是头一回听见水声潺潺、微风在枝叶之间吹拂,不过毫无疑问,他们从来没有加以赞赏,好像大自然先前并不存在,或者只在他们的欲望满足之后,才开始美丽一样。

他们夜晚回去,沿着岛屿行驶,两个人待在船心,躲在阴影里，不言不语。方桨在铁榫中间吱嘎响动，静寂中仿佛节奏计的敲打，同时舵在船尾，无休无止，轻轻拍着水响。

有一回，月亮出来，他们不免搜索词句，加以形容，觉得充满诗意，悒郁感人；她甚至唱着：

> 你可记得，有一夜，我们摇船……

她柔和的歌声，散到水上，风带走颤音，从赖昂身边掠过，他听上去，仿佛翅膀扇动。

她坐在对面，靠着板壁，月光照进一面开着的窗板。她穿一件黑袍，褶幅摊开，如开一把扇子，衬得她更苗条，更颀长。她仰起了脸，合着手，眼睛望天。有时候，柳树影子完全遮住了她，忽而她又出现了，月光溶溶，恍若仙子。

赖昂坐在她的脚边，手底下碰到一条虞美人红的缎带。

船夫端详了一会儿道：

"啊！这也许是前一天我摇的那群人的。有男有女，一群年轻荒唐鬼，带着点心、香槟、短号，样样齐全！当中有一位先生，又高，又漂亮，一溜短髭，特别逗哏！他们一来就说：'来吧，给我们讲别的……阿道耳弗……道道耳弗……'我想他就叫这个名字吧。"

她哆嗦着。赖昂挨到旁边问道：

"你不舒服？"

"没有什么。一定是夜晚的寒气。"

老水手以为说话讨客人欢喜，就慢悠悠道：

"看样子，有的是女人迷他。"

他说过这话，唾唾手掌，又摇起桨来。

可是好景不长,终有一别!分离是凄凉的。

他有信可以交罗莱嫂子转;她教他用两个信封装信,她的偷情打算,清楚明白,不由得他五体投地,佩服之至。她最后吻他道:

"那么,你可以让我完全放心啦?"

"当然!"

他随后独自回家,在街上寻思道:

"可是她为什么那样关心代理人权力这个问题啊?"

四

没有多久,赖昂在朋友面前,神气十足,不但疏远了他们,连业务也丢开不管了。

他盼信;信来了,他左看右看,看个没完。他写回信,他用全部欲望和回忆的力量唤起她的形象。那种再见她的心愿,非但不因为别离淡薄,反而越来越强,他按捺不住,有一个星期六早晨,溜出了事务所。

他在岭上望见盆地教堂的钟楼,还有它的马口铁做的旗子,随风旋转,就像百万富翁荣归故里一样,心头涌起一股喜悦之情,里头有诗意,也有感慨。

他围绕她的住宅徘徊。厨房闪出一道亮光。他等候窗帘后头露出她的影子。什么也没有出来。

勒弗朗索瓦太太一看见他,就大喊大叫,觉得他"高啦,瘦啦",不过阿尔泰蜜丝不这样想,觉得他"壮啦,黑啦"。

他像往常一样,在小间用饭,不过只有一个人,没有税务员;因为毕耐等燕子等累了,决定提前一小时用饭,如今他准五点钟用晚饭,可是照样一来就说:"破车到晚了。"

赖昂下定决心去敲医生的门。太太在卧室,要一刻钟以后下楼。老爷似乎高兴又见到他;但是他一整黄昏不见动静,第二天又是一天待在家里。

第二天黄昏,很晚了,他才在花园后头小巷,单独见到她;——小巷,像和另一个男子一样!赶上雷雨,电光一闪一

包法利夫人 | 303

闪的,照着他们在一把雨伞底下谈话。

他们难割难舍,爱玛道:

"宁可死!"

她边哭,边在他的胸前扭来扭去:

"再见!……再见!……我什么时候再见到你啊?"

他们走开了又回转来吻抱;这一回,她答应他,不拘什么方法,她不久会想出一个长远的机会,自由相会,起码也要每星期一次,爱玛相信有办法。而且她满怀希望。她就要有钱了。

所以她给卧室买了一对宽道道的黄窗帘,勒乐先生早就对她吹嘘便宜来着。她梦想有一条地毯,勒乐说:"这又不是月中桂。"彬彬有礼,决定帮她弄一条来。他成了她的左右手。一天里头,她尽叫人找他;他听说她找,丢下手边的事,马上奔了过去,不出一句怨言。大家也不明白,罗莱嫂子为什么天天在她家用午饭,甚至还私下看望她。

也就是在这期间,就是说,交冬前后,她对音乐似乎有了热烈感情。

有一天傍晚,查理听她弹琴,同一琴谱,她一连弹了四次,一次比一次生气,然而他看不出有什么不同,却喊道:

"真好!……好极了!……你不该停下来!弹吧!"

"嗐!不成!糟不可言!我的手指全像长了锈一样!"

第二天,他求她"再弹点什么给他听"。

"好吧,你要听,我弹给你听!"

查理承认她有一点生疏。她弹错琴键,东碰碰,西碰碰,最后干脆住了手:

"啊!没有救!我应该跟人学琴去,不过……"

她咬了咬嘴唇,接下去道:

"二十法郎一次，太贵啦！"

查理似笑非笑，蠢模蠢样道：

"是啊，的确……有一点……其实，少出些钱，我看，也许一样好学；因为有些艺术家，别看没有名气，往往比名流高多了。"

爱玛道：

"你打听打听看。"

第二天，他回到家，一副狡黠模样打量她，临了憋不住，还是把话说出来了：

"你有时候可真固执！今天我到巴尔弗舍尔去了。好！利埃热尔太太对我讲：她那两位小姐，在慈悲修道院学琴，教一次两个半法郎，还是一位有名的女教师！"

她耸耸肩膀，索性琴也不弹了。

但是她从钢琴旁边走过（万一包法利也在旁边的话），她就叹气道：

"哎！我可怜的钢琴！"

你去看望她，她少不了告诉你，她早已放弃音乐不学了，由于环境关系，现在也不可能再学了。她得到外人的同情。真可惜！她那样有才分！有人甚至同包法利谈起，说他不该不让她学，特别是药剂师：

"这就是您的不是了！一个人有天分，说什么也不该耽搁。再说，您想想看，我的好朋友，放太太去学琴，以后您孩子的音乐教育，不就替您省下来了吗！我认为母亲应当亲自教育子女。这是卢梭的见解，也许眼下还有一点新，不过我拿稳了，迟早会盛行的，就像母亲喂奶和种牛痘一样。"

所以查理再度谈起钢琴的问题。爱玛一听，就酸溜溜地回

包法利夫人 | 305

答：顶好拿它卖掉。这架可怜的钢琴，曾经多次满足她的虚荣心，如今卖掉，在包法利看来，就像她亲手处死她的某一部分一样，他说：

"万一你愿意的话……偶尔学一次钢琴，话说回来，也不见得有多大破费。"

她就这样设法得到丈夫允许，每星期进城一趟，会晤她的情人。一个月下来，居然有人以为她弹琴很有进步。

五

她每星期四去，从床上爬起来，悄不做声，穿好衣服，就怕惊醒查理，来上两句闲话，说她不必太早出门。她打扮消停，走来走去，要不然就站在窗前，瞭望广场。曙光在菜场柱子的空当转动，药房的窗板关着，招牌上的大写字母，衬着黎明的灰白颜色，隐约可辨。

钟针指到七点一刻，她去了金狮，阿尔泰蜜丝打着呵欠，过来给她开门。炭埋在灰烬里头，阿尔泰蜜丝为她剔红了。爱玛一个人待在厅房。她不时走到院子。伊韦尔不慌不忙套车，勒弗朗索瓦太太戴着睡帽，探出小窗口，交代任务，絮絮叨叨，对他解说来解说去，换了别人，早不耐烦了，可是伊韦尔一边套车，还一边在听。爱玛的靴跟打着院子石头地响。

他用过早点，披上粗毛斗篷，点起烟斗，拿起鞭子，终于安闲无事，坐到他的座位。

燕子悠悠走去，第一古里有四分之三，随地停留，等旅客上车。有的站在路旁，院子栅栏门前，守候它来；有的头一天约好了，由着车等；有的甚至还在家里床上；伊韦尔连喊带叫，骂过不算，还走下车来，拼命砸门。冷风吹进车窗的裂缝。

四条长凳坐满，车朝前驶去，苹果树一棵接连一棵，一闪而过；两道长沟，盛满黄水，夹着大路；大路越靠近天边，越显得窄小。

爱玛对这条路，拐弯抹角，没有一个地方不熟，知道过了一家牧场，就有一根桩子，再下去又是一棵榆树、一座谷仓，或者一间路工小屋；有时候，她甚至闭上眼睛，过一会儿再睁开，奇怪到了什么地方，但是还有多少路要走，她再清楚不过。

砖房终于到了眼前，地在车轮底下起了响声，燕子穿过两旁花园，人在开口的地方望到几座雕像、一座葡萄台①、几棵剪齐了的罗汉松和一架秋千。紧跟着一眨眼工夫，城出现了。

城像圆剧场，一步比一步低，雾气笼罩，直到过了桥，才乱纷纷展开。再过去又是旷野，形象单调，越远越高，最后碰上灰色天空的模糊的基线。全部风景，这样从高处望去，平平静静，像煞一幅画。停锚的船只，堆在一个角落；河顺着绿岭弯来弯去；长方形的岛屿，如同几条大黑鱼，停在水面，一动不动。工厂的烟筒冒出大团棕色的烟，随风飘散。教堂的尖顶突破浓雾，清越的钟声有冶铸厂轰隆轰隆的响声伴奏。马路的枯树，站在房屋中间，好像成堆的紫色荆棘。雨洗过的屋顶，由于市区有高有低，光色参差不齐。有时候，吹来一阵劲风，浮云漂向圣卡特琳岭，仿佛空气凝成波涛，冲击岸边绝崖，先是气势汹汹，转瞬就又销声匿迹了。

这些人口密集的地方似乎有什么令人晕眩的东西，使她心潮澎湃，按她的设想，仿佛活在这里的十二万人，个个热情洋溢。她的爱情在这种地方益发高涨起来，城市的喧腾填入她的爱情，使之膨胀，随即她又朝广场、林阴道、街头把爱倾泻出来。诺曼底的这座古城，在她看来，成了一座其大无比的京城，一座等她进去的巴比伦。两只手靠住车窗，她吸着吹来的

---

① 诺曼底的富裕农民，喜欢在花园堆一座土台，再在上面搭葡萄架。

微风。三匹马奔驰，泥里的石头嘎吱在响，车在摇晃，伊韦尔老远就喊路上小货车闪开，同时在纪尧姆树林过夜的资产者，乘着家里的小马车，安安详详下岭。

车在城门跟前停住；爱玛脱下木头套鞋，换过手套，理好披肩，在二十步开外，走下燕子。

全城正苏醒过来①。有些伙计戴着希腊小帽，擦亮店面；有些妇女，屁股顶着篮子，隔一会儿，在街角吆喝一声。她贴墙走，眼睛望地，黑面网拉下来，喜滋滋的，笑容满面。

她怕人看见，一般不走最近的路。她钻进不见阳光的小巷，浑身是汗，从国民街的街口，喷泉附近出来。这里是剧场、咖啡馆和妓院区。常常一辆大车，载着晃晃悠悠的布景，从她旁边走过。有些系围裙的伙计，往绿色灌木丛之间的石板路上撒沙子。她闻见洋艾酒、雪茄和牡蛎的气味。

她转过一条街，看见一个人，帽子底下露出一圈一圈头发，认出了他。

赖昂在人行道上继续行走。她一直跟到旅馆；他走上楼，开开门，进去……热烈地吻抱！

吻过以后，话像激流一样，滔滔不绝。他们互相倾诉一星期来的愁闷、忧虑和盼信的焦灼；但是如今，统统烟消云散了，他们面对面望着，开心地笑着，恩恩爱爱地叫着。

床是一张船形桃花心木大床。天花板挂着素红缎幔帐，低低下垂，兜着敞口床头；——世上没有比这再美的了：红颜色衬着她的棕色头发、她的白色皮肤，同时她羞答答的，缩拢两条

---

① H. L. 在《法兰西文学史杂志》一九一〇年四月号指出：燕子早晨将近八时离开永镇，要走三小时才到鲁昂，不可能"全城正苏醒过来"。

光胳膊，脸藏在手心。

房间暖和，地毯没有声息，陈设轻狎，光线柔和，似乎一切专为颠鸾倒凤而设。太阳进来，箭头帐竿、铜床钩、火篦的大球，马上发出亮光。两只玫瑰红大蚌壳，放在壁炉上两支蜡烛当中，举到耳边，可以听见海啸。

他们多爱这间亲密的卧室！装潢虽然有一点过时，但是充满欢愉。他们过一个星期再来，发现木器照样待在原来的地方，有时候，她上星期四忘记的头发针又在钟座底下看到。他们围着一张独腿紫檀小圆桌，在炉边用午饭。爱玛把肉切成薄片，给他放在盘子里，一边千娇百媚，卖弄风骚。香槟酒倒进精致的玻璃杯，沫子溅上她的戒指，她笑了起来，清脆动听，无拘无束。他们两下色授魂与，如胶似漆，错把旅馆当做家园，要在这里活到老死，宛如一对神仙夫妇，永远少艾。他们说起"我们的房间"、"我们的地毯"、"我们的扶手椅"；她甚至说起"我的拖鞋"，——这是赖昂的礼物，天鹅毛沿口。她坐在他的膝上，她的腿太短，悬在半空，于是没有后跟的玲珑拖鞋，就只套在她的光脚的脚趾。

女性生活的不可言传的美妙，他有生以来，还是头一回玩味。他从来没有领略过这种雅致的语言、这种考究的服装、这种睡鸽似的姿态。他赞赏她火热的感情和裙子的花边。再说，她不正是一位社交之花、一位有夫之妇！总而言之，一位真正的情妇！

由于性情多变，一时幽深，一时快活，一时絮叨，一时缄默，一时激愤，一时冷淡，她激发出来的欲望，在他也是无穷的，不唤起本能，就唤起回忆。她是所有传奇小说里的情人、一切剧本里的女主人公、任何诗集泛指的她。他在她的肩头又看见了《土耳其嫔妃入浴图》的琥珀颜色；她有封建时代女庄主的细长腰肢；她也很像"巴塞罗那的面色苍白的妇人"，但首先她是天使！①

他常常一边看她，一边觉得他的灵魂离开自己，变成波浪，顺着她的头部往下流，不由自主，流进她的白净的胸脯。

他坐在她面前的地上，一对胳膊肘搭在膝盖上，仰起脸来，笑眯眯打量她。

她朝他弯下身子，仿佛神魂颠倒，话也说不出来了，唧唧哝哝道：

"别动！别说话！看着我！你的眼睛像有什么东西放射出来，那样甜，那样让我惬意！"

她叫他"孩子"：

"孩子，你爱我吗？"

她简直听不见他的答话，因为他的嘴唇很快就上来封住了她的嘴。

钟上有一个丘比特②，小铜像，一脸媚态，弯起两只胳膊，托住一个镀金花坏。他们笑他笑了许多次。但是临到非分手不可，他们觉得样样严肃了。

两个人面对面，一动不动，再三重复：

"下星期四见！……下星期四见……"

她伸出两只手，猛然搂住他的头，骤风急雨般吻着他的前

---

① 《土耳其嫔妃入浴图》，法国画家安格尔（1780—1867）的作品。"巴塞罗那的面色苍白的妇人"指西班牙画家牟利罗（1617—1682）的《喂奶的民妇》一画而言。当时诗歌常用"天使"这种字眼称颂妇女。
② 丘比特，罗马神话里的爱神（童子）。

额,喊一声"再会!"奔下楼梯。

她走到剧场街,在一家理发馆整理头发。天黑了;铺子点亮煤气灯。

她听见剧场摇铃,召集演员上戏;她看见对面走过白脸的男子和装束过时的女子,从后台门进去。①

这间小屋本来太低,加上假发和生发油之间,生着熊熊的炉火,显得特别暖和。她闻着铁的气味,还有那双给她梳理头发的油手,很快就昏昏沉沉,披着她的梳头衣服,眯瞪了一小会儿。伙计常常一边给她梳头,一边问她要不要化装舞会的门票。

她终于走开了!穿街越巷,来到红十字旅馆,早晨她把木头套鞋藏在长凳底下,现在又取出来穿上,挨着不耐烦的乘客,坐到她的座位。有的乘客在岭下就下了车,她一个人留在车上。

每拐一次弯,遥望城里灯火,也就一次比一次多,仿佛一大片通明的水汽,浮在杂乱的房屋上空。爱玛跪在垫子上,茫然望着这照花了眼的景象。她呜咽了,叫着赖昂,朝他送去一些情意绵绵的话和随风而逝的吻。

有一个乞丐,拄着拐杖,不顾山路崎岖,在驿车中间奔走。肩膀蒙着一堆破布。一顶旧獭皮帽,没有顶子,圆圆的仿佛一个脸盆,扣住他的脸,可是他一摘掉,就见眼皮地方,有两个血窟窿。皮肉开裂,形成一道道红皮瓣,脓液淌下来,凝成绿痂,一直到鼻子。黑鼻孔痉挛似的往里吸气。说话先要仰起

---

① H. L. 又指出,燕子下午六时回到永镇,离开鲁昂的时间,不可能迟到天黑、点灯、上戏。

头来傻笑;——于是他的淡蓝瞳仁,不住朝太阳穴滚过去,一直滚到脓疮外沿。

他跟在车辆后面,唱着一首小歌:

> 火红的太阳暖烘烘,
> 小姑娘正做爱情的梦。

下边唱到飞鸟、太阳和绿叶。

有时候,他光着头,冷不防来到爱玛背后。她叫一声,就往后退。伊韦尔寻他开心,叫他赶圣罗曼集摆一个摊子,要不然就笑嘻嘻问他,他的情人一向可好。

常常车正在走,就见他的帽子突然塞进车窗,另一只胳膊抓住脚凳,车轮泥水再溅,他也揪牢不放。他的声音先是哀婉,如同婴儿啼哭,慢慢变尖了,在夜色中拖长,好像一个人说不出来为什么伤心,抽抽噎噎,听不真切哭些什么,可是透过铃铛的响声、树木的吹动和空车的轰隆,隐隐传来什么力量,扰乱爱玛的心情,好像一阵旋风进了深渊一样,沉入她的灵魂深处,又把她带到无边无涯的忧郁世界。不过伊韦尔觉出一边偏重来了,抡起鞭子,使劲抽打瞎子。鞭梢抽到他的烂疮,他摔在泥里,疼得扯嗓子乱叫。

燕子的乘客终于睡着了,有人张开嘴,有人低下头,不是靠住邻人的肩膀,就是胳膊穿进车上的皮带,随着马车的颠簸,摇来晃去。灯在车外摆来摆去,照着辕马的屁股,透过巧克力色的布帘,撒下一片血红的影子,笼罩着这些安静的男女。爱玛一阵紧似一阵凄凉,穿着衣服,直打寒噤,越来越觉得脚冷,心像死了一样。

包法利夫人 | 313

查理在家等她回来；燕子星期四总是姗姗来迟。太太终于回来了！她勉强吻抱了一下小女孩子。晚饭没有预备好，没有关系！她原谅女厨子。现在似乎全尽这丫头做。

丈夫看出她面色苍白，常常问她是否难受。爱玛说：

"不难受。"

他反驳：

"可是你不觉得你今天晚上有点异样？"

"哎呀！没有什么！没有什么！"

甚至有些天，她一到家，就先上楼，去了卧室。朱斯丹凑巧也在，潜着脚步，奔走伺候，比一个精明的宫女还要得心应手。他理齐火柴、蜡烛盘和一本书，放好她的睡衣，摊开被窝。她说：

"好，行啦，去吧！"

因为他站在一旁，两手下垂，眼睛睁开，就像忽然沉入绮梦，千丝万缕，缠在里面无法自拔。

第二天阴沉可怕，以后几天，还要难熬，因为爱玛急于重温她的幸福，大有迫不及待之势，——正因深谙其味，越发贪得无厌，所以她熬到第七天，见到赖昂，就尽情缱绻。他的热情表现首先是惊奇和感激。爱玛享受这种爱情，审慎而专注，温存体贴，花样翻新，惟恐有什么闪失，爱情不翼而飞。她常常声音柔和，悒悒寡欢，对他道：

"啊！你！你会离开我的！……你要结婚的！……你要和别人一样的。"

他问道：

"哪些别人？"

她回答道：

"还不都是男人。"

然后她做出娇嗔的手势,推开他道:

"你们全是负心的货!"

他们有一天,心平气和,漫谈人事无常,她随便说起(为了试验他的忌妒,或者也许由于一种过分强烈的吐露心情的要求)往日,她在他之前,爱过一个男子,"并不像你!"她赶快补上一句,还用女儿的终身赌咒,说:"没有发生关系。"

年轻人信以为真,问起他的职业。

"我的朋友,他是一位船长。"

这不免去任何追究,同时不也抬高她的身分?——因为一个男人,天性好斗,听惯恭维,居然受她支配,无形之中,也就说明她的魅力。

可是文书听了这话,很嫌自己卑微。他羡慕肩章、勋章、官衔。她一定喜欢这类东西,从她爱挥霍的习惯上就能看出来。

其实爱玛有许多异想天开的事,还没有说出口来,例如她来鲁昂,希望能乘一辆蓝色提耳玻里,驾一匹英吉利马,有一个穿翻口长靴的马僮驭马。勾起她这种怪想法的是朱斯丹,他曾求她收他当一名跟班。短少这辆马车,并不减轻她每次赴幽会的快感,然而增加回去的辛酸,也是真的。

他们一道谈起巴黎,她临了总嘀咕道:

"啊!我们住在那边,要有多好!"

年轻人摸着她的头发,柔声柔气问道:

"难道我们不快活?"

她道:

"是啊,的确快活,我把话说得没有边儿啦:亲亲我!"

包法利夫人 | 315

她待丈夫也可爱多了：给他做"阿月浑子"奶酪，晚饭后弹华尔兹舞曲。他把自己看成最走运的人，爱玛日子也过得无忧无虑的，可是有一天黄昏，他冷不防问道：

"教你弹琴的，是不是朗玻乐小姐？"

"是她。"

查理接下去道：

"噢！我方才在利埃热尔太太家里看见了她。我同她谈起你来，她说她不认识。"

她像遭了雷殛一样，不过还装出若无其事的模样，回答道：

"啊！想必是她忘记我的名姓啦！"

医生道：

"不过鲁昂也许有几位朗玻乐小姐教钢琴吧？"

"很有可能。"

然后连忙道：

"可是我有她的收据，可不！你看。"

她走到书桌跟前，翻遍抽屉，搅乱纸张，临了头昏脑涨，还是不见踪影，查理再三劝她住手，犯不上为了这些无聊收据，自讨苦吃。她道：

"嗐！我会找到的。"

果不其然，到了下星期五，他在存放衣服的黑小间换靴子，发现在一只靴子的皮和袜子之间，有一张纸，他取出来读道：

兹收到三个月教琴费及杂费共六十五法郎。音乐教师费莉西·朗玻乐。

"家伙！这怎么会在我的靴子里头？"

她回答道：

"想必是从放账单的旧纸盒里掉出去的。纸盒放在架子的边边上。"

从这时起，她的生活只是一连串谎话，好像面网一样，用来包藏她的爱情。

这变成一种需要、一种癖好、一种快感，以致她若说她昨天在一条街道的右侧行走的话，必须听成她在左侧行走。

有一天早晨，她像平时一样，衣着相当单薄，去了鲁昂，可是才一动身，天空忽然飘起雪来了；查理正在窗口看雪，望见布尔尼贤先生坐了杜法赦先生的包克到鲁昂去。他于是跑下楼梯，拿了一条厚披肩，拜托教士，一到红十字旅馆，就递给太太。布尔尼贤前脚才进客店，就打听永镇医生太太在什么地方。女店家回答：她很少来。临到黄昏，堂长在燕子里遇见包法利夫人，对她说起他的尴尬，不过似乎也并不怎么看重，因为他马上改口恭维一位布道师，在礼拜堂讲演，效果很好，阔太太全争先恐后来听。

他不追根究底，难保将来别人不管闲事。她这样一想，觉得每次还是在"红十字"下车的好，本村正经的男女上下楼梯看见她，也就不起疑心了。

但是有一天，勒乐先生遇见她走出布洛涅旅馆，拎着赖昂的胳膊。她怕起来了，以为他会张扬出去。他不那样蠢。

可是三天之后，他走进她的房间，把门关好，说：

"我等钱用。"

她说她付不出。勒乐唉声叹气了一大阵，提起他过去待她的种种好处。

包法利夫人 | 317

查理签的两张借据，的确，爱玛直到如今，只付过一张。至于第二张，她请商人换成两张，付款日期还放得老远老远的。他说起这话，从衣袋取出一张欠付的货单，例如窗帘、地毯、沙发料、几件衣服和一些梳洗用的零星东西，一共约摸有两千法郎。

她低下了头。他接下去道：

"您没有现钱，可是您有房产呀。"

他说起奥马尔附近一所破烂房屋，根本没什么收益，坐落在巴恩镇，从前属于老包法利卖掉的一所小田庄。勒乐居然了如指掌，连公顷数目、邻居姓名，也都知道。他说：

"我要是您呀，拿它还清债，还有多余。"

她说找不到买主；他说有希望找到。她问怎么样她才能做主出卖。他回答道：

"难道您没有代理人权利？"

她听到这话，就像一阵清风吹来一样。爱玛道：

"您把账单留给我。"

勒乐回答说：

"哎呀！操这份心干什么！"

下星期他又来了，自吹自擂，说他千辛万苦，终于发现了一个人，叫朗格洛瓦的，许久以来，就在觊觎那所房产，不过没有说出买价来。她喊道：

"什么价钱都成！"

正相反，必须等候，试探试探这家伙。为了这事，值得走一趟，她既然去不了，他愿意代劳，当面和朗格洛瓦讲定。待他回来，就讲：买主出到四千法郎。

爱玛听见这消息，眉飞色舞。他接下去道：

"老实讲,出价够高的啦。"

她立刻收到一半议价。商人看见她要付账,又向她道:

"这样大一笔款子,您一下子用光,天地良心,我看了可真不好受。"

于是她望着钞票,想着这两千法郎能作成不计其数的幽会,不由得期期艾艾道:

"怎么!怎么!"

他装出一副老好人的模样,笑道:

"哎呀!随便什么,全好记账的。家里的事,我有什么不知道的。"

他一边盯着她看,一边捏住两张长纸,在指甲中间滑来滑去。他最后打开皮夹,掏出四张期票,每张票面一千法郎,放在桌上。他说:

"您签一个字,钱就留着用吧。"

她觉得太不像话,叫起来了。勒乐先生厚着脸皮回答道:

"我把多出来的差额给您,您也好说不是成全您?"

于是他拿起一支笔,在货单底下写了一句:"兹收到包法利夫人四千法郎。"

"您卖破房子的尾数,半年内可以拿到,我再把末一张期票的日期挪到付清之后,您有什么不放心的?"

爱玛计算来,计算去,绕在里头,绕不出来了,耳边听见叮叮当当,好像金币撑破口袋,在地板上围住她响个不停。勒乐最后解释:他有一位朋友,叫万萨的,在鲁昂开了一家银行,可以照这四张期票的数字,先行代付,等他那边付过了,扣去实际欠款,他会亲自把多余的差额给太太送过来的。

但是他送来的不是两千法郎,而是一千八百法郎,因为朋友万萨（按照规矩），作为佣金和回扣，扣下了两百法郎。接着他就漫不经心的样子，要一张收据。

"您明白……交易上……有时候……写上日期，费心写上日期。"

梦想可以实现了，爱玛眼前展开一片好景。不过她也相当小心，留下一千埃居不用，按期付清头三张期票；可是第四张偏巧在星期四送来，查理凄凄惶惶，耐下心来，等太太回家解释。

她先前没有告诉他这张期票的来历，只是怕他操劳家事；她坐在他的膝盖上，疼他，哄他，一桩又一桩，列举欠了账也非买不可的东西。

"其实你也看得出来，买了这么多东西，要价不算太高。"

查理无路可走，想来想去，只得再求勒乐帮忙。他对天赌咒，说他一定息事宁人，只要老爷另立两张期票就成。一张是七百法郎，三个月付清。他预作绸缪之计，给母亲写了一封求告的家书。她不写回信，亲自来了；爱玛问他有没有从她那方面挤出钱来，他回答道：

"钱有。不过她先要看账。"

第二天，天才破晓，爱玛就跑到勒乐先生那边，求他另写一份账，不要超出一千法郎；因为她拿出四千法郎的账单来，就是说出她已经付过四分之三，那样一来，势必非承认变卖房产不可。交易是商人从中拉成的，直到后来，人才知道。

买的东西虽然件件便宜，老太太还嫌浪费。

"你不好不用地毯？为什么要换椅套？我那时候，家里只有一张扶手椅，还是为老年人预备的，——至少我母亲是这样过来的，她可是一位正经女人，我告诉你。——世人不见得个个有钱！再有钱，也经不起乱花！我要是像你这样贪舒服，就要脸红的！可是我上了年纪，倒正需要将息……看啊！看啊，修改衣服！摆阔！怎么！绸夹里，两法郎一米！……其实纱布就挺好，才半法郎一米，还有八个苏一米的！"

爱玛仰靠在长椅上，尽最大可能，平心静气回答道：

"哎呀！老太太，够啦！够啦！……"

老太太偏不住嘴，继续教训她，预先断定他们会流落到救济院。说来说去，都是包法利的不是。幸而他答应取消那张代理书……

"怎么？"

老太太回答道：

"啊！他赌了咒的。"

爱玛打开窗户，喊查理来。三面对证，可怜人只好承认是母亲逼的。

爱玛跑开了，很快就又回来，气焰十足，拿一张厚纸递给她。老太太道：

"我谢谢你。"

她一丢就把代理书丢到火里去了。

爱玛笑了起来，笑声又尖，又响，又长：她又精神失常了。查理喊道：

"啊！我的上帝！哎呀！妈，你也不对！你来了就跟她吵……"

母亲耸耸肩膀，硬说："这全是假招子。"

可是查理第一次反抗，找话护卫太太，老太太听不下去，不肯待了。她第二天就走，他试着留她，她站在门口回答道：

"不必，不必啦！你爱她，胜过爱我，你对，这是天性。反

包法利夫人 | 321

正,好不了!你等着瞧吧!……当心身子!……因为我不会冒冒失失,再像你说的,来跟她吵的。"

查理得罪了母亲,可是在爱玛面前,照样十分尴尬。他不信任她,她决不隐藏她的怨恨。他左求右求,求到后来,她才勉强同意收回代理人权利。他亲自陪她到居由曼先生的事务所,另立一份代理书,和先前的一份完全一样。公证人道:

"我明白。一位科学工作者,分不出心照管琐碎的实际生活。"

查理听了这句奉承话,觉得心下一宽:经过恭维,他的弱点改头换面,似乎另有崇高的任务在身了。

下星期四,她来到旅馆他们的房间,和赖昂在一起,是怎样的热情奔放!又是笑,又是哭,又是唱,又是舞,要冰镇柠檬水喝,要香烟吸,他嫌她放肆,可是又觉得她娇娆动人,出尘绝世。

他不知道她的内心起了什么反应,越来越使她追逐人生的享乐。她变得好生气,爱吃嘴,喜刺激。她和他在街上散步,扬起头来,她说,不怕出事。不过有时候,她猛然想到遇见罗道耳弗,却也畏缩起来;因为他们虽然永远分手,她觉得她还没有完全摆脱他的影响。

有一天黄昏,她没有回永镇。查理急得走投无路,小白尔特没有妈妈,不肯睡觉,抽抽噎噎,心也要哭出来了。朱斯丹赶到大路张望。郝麦先生走出了药房。

最后,等到十一点钟,查理不见她回来,再也耐不下去了,驾起他的包克,跳上去,抽打牲口,早晨两点钟左右,到了红十字旅馆。她不在。他心想文书也许见到她,不过他住在什么地方?查理幸而记起他的老板的地址。他奔去了。

天才破晓。他在一家门首，看见几个牌子，就去打门。没有人开门，他问的话，有人喊着回答，还直骂那些夜晚搅扰别人的人。

文书住的房子没有门铃，没有门环，也没有门房。查理握起拳头，拚命砸窗板。过来一位巡警；查理心虚了，只好走开。他自言自语：

"我真叫傻；毫无疑问，洛尔莫先生留她用晚饭来着。"

洛尔莫一家已经离开鲁昂了。

"她大概是待下来看护杜普勒依太太。哎呀！杜普勒依太太死了有十个月了！……她到底在什么地方？"

他灵机一动，走进一家咖啡馆，要《年鉴》看，很快就找到朗玻乐小姐的名字，她住在皮缰街七十四号。

他走进这条街，爱玛本人正好从另一头出来；他不是吻抱，而是扑到她身上，一边喊道：

"昨天谁留住你啦？"

"我生病来着。"

"什么病？……住在什么地方？……怎么会的？……"

她摸了摸额头，回答道：

"在朗玻乐小姐家。"

"我晓得是她家！我正要去。"

爱玛道：

"不必去，她方才出的门；不过以后再有这类事，你放心好了。我回来晚一点点，你就急成这样，这么一来，你明白，我就不敢出门走动啦。"

话说在前头，以后再赴幽会，她可以毫无顾虑，为所欲为。所以她也就由着性子，加以充分利用。只要心血来潮，想

包法利夫人 | 323

看赖昂,她马上就随便找一个借口,去了鲁昂。他想不到她来,这一天没有在旅馆等她,她到他的事务所找他。

开头几回,欢乐异常。但是没有多久,他说出了实情,就是他的老板极不赞成有人打搅。她道:

"得啦,走吧!"

于是他溜出来了。

她要他穿一身黑,下巴留一撮尖胡须,模仿路易十三的肖像。她想认识他的住处,看过以后,嫌它寒酸;他一听这话,臊红了脸,她满不在乎。随后她劝他买些和她家里一样的窗帘,他嫌浪费,她笑道:

"哈!哈!你舍不得你的宝贝钱啊!"

赖昂必须回回向她报告:从上次幽会起,他这期间,都做了些什么。她问他要诗、一首为她写出来的诗、一首献给她的情诗;第二行韵脚,他搜索枯肠,也配对不出,结局就是从纪念册上抄一首十四行诗交卷。

他这样做,不是出于虚荣,而是为了讨她的欢心。他不反驳她的见解;他接受她的一切爱好;与其说她是他的情妇,倒不如说,他变成她的情妇。她有温存的语言和销魂的吻。这种妖媚,表面上看不出什么,实际上出神入化,到了无迹可寻的地步,奇怪,她从什么地方学来的?

六

赖昂下乡看她,常在药剂师家用晚饭,觉得应当还请才对。郝麦先生回答他道:

"愿意之至!再说,我老待在这里,快要长锈了,也该活动活动。我们去看看戏,吃吃馆子,玩它一个痛快!"

郝麦太太一听他有意去冒那些无名的危险,心惊胆战,情之所至,低声阻拦道:

"啊!好人!"

"嗐,这有什么?你以为我经年待在药房,一天到晚闻气味,就不糟蹋我的身子啦?可不,这就是女人的特征:她们忌妒科学,然后就反对最正当的娱乐。没有关系,我一定来,我说不定哪一天就来鲁昂,我们一道把洋钱用光算数。"

这样的话,药剂师先前没有说过;然而他如今看中快活的巴黎派头,认为最得风气之先,所以也像他的邻居包法利夫人一样,向文书再三打听京城风俗,甚至于话里搀上切口,来唬……资产者,说窝、摊、新潮、摩登、柏奈达路,还有,不说"我去了",而说"我颠儿了"。①

果然有一个星期四,爱玛她意想不到会在金狮的厨房遇见郝麦先生,穿着旅行装,就是说,披一件谁也没有见过的旧斗篷,一只手提一只小箱,另一只手提了一只药房的脚炉,他惟恐公众见他不在,大惊小怪,因而没有同任何人讲起他的计划。重游旧地的想法,毫无疑问,使他意兴盎然,所以一路上话不绝口。他不等车停，连忙跳下，寻找赖昂；文书推托不去，经不起郝麦先生强拉，还是把他拉到诺曼底咖啡馆去了。药剂师大摇大摆，走进咖啡馆，帽子不摘，以为在公共场所露出光头，十分土气。

爱玛等赖昂等了三刻钟，不见他来，跑到事务所找他，照样无影无踪，猜来猜去，莫名其妙。她骂他无情，怨自己心软，额头贴住玻璃，气闷了一下午。

已经两点钟了，他们面对面，坐在桌子前。大厅空空落落；炉管是棕榈树模样，枝叶镀金，在白色天花板上散成绚烂一片；靠近他们，玻璃窗外，太阳地里，有一个小喷泉，淙淙琤琤，流在大理石水池：池里有水芹和石刀柏，当中爬着三条龙虾，昏昏沉沉，躺在一堆侧卧的鹌鹑旁边。

郝麦兴高采烈，其乐陶陶，虽说使他有了醉意的，与其说是美酒盛馔，不如说是豪华气派。不过喝到波马尔葡萄酒②，他也有点飘飘然了，甘蔗酒煎鸡蛋端来的时候，他正在发挥关于女人的有伤风化的理论。最打动他的就是俏。他醉心于服装优雅和家具高贵的房间。至于形体，他不讨厌小巧玲珑。

赖昂望着挂钟，内心如捣。药剂师喝着，吃着，说着，无限快活。他忽然道：

"您在鲁昂，一定很感寂寞。其实您的对象住得也并不远。"

---

① 柏奈达路，用英文，不用本国文，表示时髦。该路在巴黎歌剧院区（第九区），一八二二年开辟，土地属于柏奈达私有，曾经是谈情说爱的一个时髦地点，现在改名亨利·莫尼耶街。"我颠儿了"：借用北京土话。
② 波马尔在第戎之南，红葡萄酒非常名贵。

看见对方脸红，他问下去道：

"好，坦白吧！您能否认您在永镇……"

年轻人期期艾艾，不知所云。

"您在包法利太太家，不是追……"

"追谁？"

"丫头！"

他不说笑；但在赖昂，虚荣心压倒了一切谨慎，冒冒失失，就绝口否认了。再说，他只爱棕色头发女人。药剂师道：

"我同意；她们比较淫荡。"

他于是俯在朋友耳边，列举辨别女人淫荡的标志。他甚至于掉转话锋，大谈人种学：德意志女人悒郁，法兰西女人轻佻，意大利女人热情。文书问道：

"黑种女人呢？"

郝麦道：

"这是艺术家的雅好。伙计！两小杯咖啡！"

赖昂不耐烦了，终于说道：

"我们走吧？"

"Yes.①"

不过他走以前，要见见老板，夸奖两句酒菜。年轻人一听这话，就说有事，希望借机溜掉。郝麦道：

"好啊，我护送你走！"

他一边陪他在街上行走，一边说起他的太太、他的子女、他们的未来和他的药房，讲它先前如何不景气，经他历年整

---

① 英文：是，好吧。

包法利夫人 | 327

顿,达到了完善的地步。

走到布洛涅旅馆前面,赖昂出其不意,丢下了他,跑上楼梯,发现他的情妇焦灼惶惑,百无聊赖。

不提药剂师还好,提起他来,她就冒火。然而错不在他,他举出种种理由解说:难道他不了解郝麦先生?难道她会相信他喜欢和他在一起?但是她不理他,转开了身子;他拉她回来,跪在地上,搂住她的腰,一副撒娇的可怜相,充满情欲和哀求。

她站直了,眼睛冒火,睁大了望他,模样不但严肃,简直有些可怕的。接着她就泪眼模糊,红眼皮耷拉下来,把两只手给了他。赖昂正在吻手,就见进来一个茶房,回禀先生:有人找他。她说:

"你还回来?"

"对。"

"什么时候?"

"这就回来。"

药剂师一见赖昂就道:

"我用的是计。我想你也不高兴见别人,还是帮你打断了的好。我们到布里杜那儿喝一杯嘉吕斯①去。"

赖昂赌咒发誓,说他非回事务所不可。药剂师听见这话,就打趣公文、诉讼手续道:

"去他妈的居雅斯和巴尔托勒②吧!谁拦着你?大丈夫,说走就走!去布里杜家!看看他的狗:有趣极了!"

---

① 嘉吕斯是一种开胃饮料,嘉吕斯是发明者的姓。
② 居雅斯(1552—1590),法国法学家。巴尔托勒(1313—1357),意大利法学家。

他看文书执意不肯，就改口道：

"我也到你的事务所去，我看报等你，要不然就翻翻法典也好。"

爱玛的愤怒、郝麦先生的絮叨，或许还有午饭的饱胀，把赖昂折腾得迷迷糊糊，现在经他这样一来，简直失了主张。他像受了蛊惑一样，听见药剂师重复：

"去马耳巴吕街布里杜家，也就是两步路。"

由于懦弱、愚蠢和导致人们做违心之事的卑怯，他到底还是让他拉到布里杜家去了。他们在他的小院看见他，监督三个伙计，喘着气，转动一架酿造塞兹水的机器的大轮子。郝麦帮他们出主意，吻抱布里杜，要嘉吕斯喝。赖昂一连二十次想走；可是另一位揪住他的胳膊，对他讲：

"一会儿工夫！我这就走，我们去《鲁昂烽火》，看看报社的人。我介绍您认识托玛散。"

他总算甩掉了他，一口气跑到旅馆。爱玛已经不在了。

她怒火冲天，方才离开。她如今恨他。在她看来，爽约是一种侮辱。她想多找一些借口，索性摆脱他：他没有英雄气概，软弱，平庸，不及女人刚强，而且吝啬，胆小如鼠。

接着她又平静下来，终于觉得自己无疑冤枉了他。不过一旦贬责我们心爱的人，或多或少总要形成彼此之间的隔阂。偶像是碰不得的：一碰之后，就有金粉留在手上。

他们的谈话越来越和爱情无关。爱玛给他写信，离不开花、诗、月亮、星星——热情衰退之后的这些稚拙手段，无非是借重外援来使热情复苏。她总在期许下次幽会无限幸福，事后却承认毫无惊人之处。爱玛觉得扫兴，可是一种新的希望又很快起而代之，回到他的身旁，分外炽热，分外情急。她脱衣服，说脱就脱,揪开束腰的细带,细带兜着她的屁股,窸窸窣窣,像一条蛇,溜来溜去。她光着脚,踮起脚尖,走到门边,再看一回关好了没有;一看关好了,她一下子把衣服脱得一丝不挂,然后,——脸色苍白,不言不语,神情严肃,贴住他的胸脯,浑身打颤,久久不已。

但是在这冷汗涔涔的额头上,在这期期艾艾的嘴唇上,在这双迷惘的瞳仁里,在这两只胳膊搂抱之中,赖昂觉得像有什么极端的、模模糊糊、凄惨悲切的东西,神不知鬼不觉地,轻悠悠来到他们中间,要把他们分开。

他不敢盘问她;不过他见她经验丰富,总觉得她过去一定经过各色苦乐的考验。一样风情,从前倾倒,现在他有一点害怕了。而且他反抗她的一天大似一天的统治,这种持久的胜利使他怨恨爱玛。他甚至企图不再爱她;可是她的小靴一咯噔,他便把持不住,就像醉鬼见到了烈酒一样。

的确,她对他的关心,从菜肴的精美,直到服装的俏丽和视线的缠绵,无所不包,无微不至。她从永镇来,怀里揣着玫瑰,见了他,朝他脸上一丢。她担心他的健康,指点他的行为。她要他一心和她相好,希望得到上天协助,往他的脖子挂了一个圣母像牌。她仿佛一位圣洁的母亲,问起他的朋友。她对他道:

"别见他们,别出去,就想着我们自己;爱我!"

她希望自己能监视他的生活,又想派人到街上盯他的梢。旅馆附近,总有一个流氓似的人招呼旅客,他不会不肯的……不过她的自尊心不许她这样做。

"嗐,活该!他要是欺骗我,由他去!难道我在乎?"

有一天,他们散得早,她独自在马路溜达,望见她的修道院的墙壁；她坐在榆树树阴下一条长凳上。当年有多安静！那些不能言喻的恋爱心情，她试着照书本虚构出来的心情，她如今又多向往！

她的新婚期间、她骑马在森林的漫游、跳华尔兹的子爵和歌唱的拉嘉尔狄……又都在她的眼前出现。赖昂犹如别人，她忽然觉得同样遥远。她问自己道：

"可是我在爱着他啊！"

有什么关系！反正她不快乐，也从来没有快乐过。何以人生总不如意？何以她信赖的事物，时刻腐朽？……可是假如有一个强壮、漂亮的男子，天生英武，而又细腻多情，天使的形象，诗人的心，抱着七弦琴，演奏哀婉的祝婚歌，响彻九霄，何以她就不会凑巧遇到？哦！永远扑空！再说，也不值得追寻；处处是谎！声声微笑隐伏着因腻烦而起的呵欠，回回喜悦隐伏着诅咒，任何欢乐免不了餍足。最香的吻，在你唇上留下来的，也只是一种实现不了而又向往更甜蜜的销魂境界的热望。

空中荡漾着铿锵的响声，修道院的钟敲了四下。四点钟，她觉得自己好像有生以来，就一直坐在这条长凳上似的。不过一分钟能容纳千变万化的热情，正如小小空间能容纳一大群人一样。爱玛一心一意活在她的热情里，仿佛一位大公爵夫人，不拿银钱搁在心上。

但是有一回，家里来了一个红脸、秃顶的男子，举止猥琐，说是鲁昂的万萨先生差来的。他穿一件绿长大衣，别针别住旁边的衣袋；他取下别针，插在袖子上，恭恭敬敬，递来一张纸。

这是她立的一张七百法郎的借据，勒乐嘴上说得好听，结局还是给了万萨。

她打发女用人去找他。他不能来。

来人一直站着,东张西望,金黄颜色的粗眉毛遮住他好奇的视线,看见女用人徒劳往返,就一副天真的模样问道:

"我拿什么话回万萨先生?"

爱玛回答道:

"好吧!告诉他……我没有钱……下星期才有……他等着好了……是的,下星期。"

来人不发一言,拔脚就走。

但是第二天正午,她收到一份拒付通知书,上面贴着印花,用大字写着"比西执达吏哈朗律师"的字样。她看见这张公文,害怕极了,慌慌张张,急忙奔往布商家里。

她在他的店里找到他,他正在捆扎一个小包。他道:

"啊,有事见教?"

勒乐并不因为她来,就中断工作。一个十三岁上下的女孩子在旁相帮;她有一点驼背,既是伙计,又是厨子。

然后他在前走,大头套鞋呱嗒呱嗒,蹬着地板,把包法利夫人带到二楼,请进一间窄窄的小屋,里头有一张大松木书桌,桌面放着几本账簿,横里压着一根上了锁的细铁棍。靠墙堆着一些零头印花布,底下隐隐约约露出一只保险箱,但是容积不小,似乎盛的不止是票据、银钱。原来勒乐先生兼营当铺生意,里面放的有包法利夫人的金表链和泰里耶老爹的耳环。可怜的老头走投无路,临了拍卖家什,又到甘冈普瓦盘了一家空无所有的小杂货铺,害黏膜炎死掉,脸比四周的蜡烛还黄。勒乐坐到他的大藤扶手椅上,一边说:

"您有什么事?"

"请看。"

她拿公文给他看。

"哦！我有什么办法？"

她一听这话，忿忿不平，提醒他不转让她的期票的约言。他承认说过这话：

"不过我也是走投无路，叫人逼的。"

她道：

"那，以后呢？"

"唉呀！很简单嘛：法院裁决，再来一个扣押……完事大吉。"

爱玛恨不得打他一顿。她忍下这口气，和颜悦色问他："有没有办法疏通疏通万萨先生？"

"好啊！疏通万萨；您不晓得这个人，他比什么人都心狠。"

不过勒乐先生必须在中间尽尽力。

"您听我讲，我觉得，截至目前为止，我对您够客气的啦！"

他打开一本账簿道：

"看！"

然后，手指朝上指：

"看……看……八月三日，两百法郎……六月十七日，一百五十法郎……三月二十二日，四十六法郎……四月……"

他住了口，好像怕说错了话一样。

"我还不提您丈夫立的期票，一张七百法郎，一张三百法郎！还有您那些零星账，连本带利，算也算不清，根本就是一篇糊涂账。我可再也不上这个当啦！"

她哭，甚至于喊他"好勒乐先生"。可是他统统推到"万萨这个狗东西"身上。而且他一个小钱也没有，现在没有人还账，可把他坑苦了，像他这样一个可怜的开铺子的，就没有力量放账。

爱玛无话可说；勒乐先生在咬笔毛，见她默不作声，不用说，感到不安了，因为他接下去道：

"起码也得有一天，只要我多少有一点进项……我才可以……"

她道：

"其实，巴恩镇的尾数一到……"

"怎么？……"

听说朗格洛瓦还没有付清买房子的钱，他似乎吃了一惊，然后声音甜甜地道：

"您说，条件是……"

"唉！条件随您。"

他于是闭上眼睛想了想，写了几个数字，一边说他很不合算，这是蚀本生意，他在赌性命，一边写了四张期票，每张二百五十法郎，各自相隔一个月到期。

"但愿万萨答应！其实，决定的事，我不反悔！我这人顶诚恳不过。"

他接着就手拿了几件新货给她看，不过依他看来，不会有一件合太太的意。

"这件衣料，我说七个苏一米，保不褪色，好啊！大家抢着买！您明白，我才不拿真话告诉他们！"

说出欺哄别人，他想，她就一定相信他为人正直了。接着他又喊她回来，让她看一幅三米多长的花边，他最近从一家拍卖行弄来的。勒乐道：

"多好看！现在用的人多着呢，搭在沙发背上，非常时兴。"

他拿蓝纸卷起花边，放在爱玛手心，比变戏法还快。

"您倒是告诉我……"

他接下去道：

"啊！以后再说吧。"

转回身子往里去了。

当天黄昏，她就催促包法利给母亲写信，要她把继承的钱财的全部尾数，尽快给他们汇来，婆婆回信说，钱没有了，清算已经结束，他们除掉巴恩镇房产之外，每年还有六百法郎进项，到时她会汇来的。

包法利夫人一看婆婆那方面没有指望，就给两三家病人送账单，收诊费，看见这个法子有效，不久就大用起来。她在账单后头，总当心加上一句："拙夫性傲，万勿向其道及……尚祈原宥……"有人写信抱怨；她劫去来信。

她为了弄钱，卖掉她的旧手套、旧帽子、废铜烂铁，无所不卖，讲起价来，锱铢必较，——她的农民的血使她连蝇头小利也在所必争。城里遇见便宜货，心想别人不收，勒乐先生一定会收，她就买下来。她还买鸵鸟羽毛、中国瓷器和木箱。她向全福、红十字女掌柜、勒弗朗索瓦太太借钱，不管张三李四，见人就借。最后，她收到巴恩镇的钱，付清两张期票，另外一千五百法郎又到期了。她再续下去，永远续下去！

有时候她的确也试着计算来的，可是她发现数字庞大无边，连自己也信不过，于是她再计算，很快就糊涂了，只好丢在一旁，再也不去理睬。

家里如今才叫凄凉！供应商人走出大门，个个怒容满面。

包法利夫人 | 335

手绢堆在灶头；小白尔特穿着破袜子，郝麦太太觉得太不像话。万一查理赔小心，偶尔说上一言半语，她就蛮不讲理，回答一句：不是她的错！

为什么这样大发脾气？他认为全是她的神经旧病的缘故；他怪自己自私，不该拿病看成过失，心里抱歉，直想跑过去吻她。他向自己道：

"不必了，我会惹她讨厌的！"

他于是待下来了。

他用过晚饭，独自在花园散步；他把小白尔特放在膝盖上，打开他的医学杂志，试着教她认字。小孩子从来没有经过文字教育，没有多久，就愁眉苦脸，睁大眼睛，啼哭起来。他只好又来哄她，倒出喷壶的水，在沙地开河，或者掰断小女贞树的枝子，当做树栽在花圃：花园到处是杂草，所以这也没怎么破坏花园的美观。赖斯地布杜瓦的工钱，他们有好些日子没有付了！随后小孩子冷了，要找母亲，查理道：

"叫姨姨好了。你知道，乖乖，妈妈不要人吵她。"

转眼入秋，落叶又已纷纷，——同她两年前生病一般光景！——到底什么时候才好得起来啊？……两只手搭在背后，他继续行走。

太太待在房间。没有人上去。她整天待在卧室，昏昏沉沉，衣服几乎不穿，有时候还点起她在鲁昂一家阿尔及利亚商店买来的宫香。丈夫夜晚就知道挺尸，她不要他睡在身旁，最后硬是把他贬到三楼。她看些荒诞不经的小说，里头不是穷奢极欲，就是流血杀人，一看就看到天亮，常常心惊肉颤，大声喊叫。查理跑进屋来看她。她说：

"啊！走开！"

别的时候，她想起奸情，欲火烧身，又是气喘，又是心跳，无可奈何，过去打开窗户，吸冷空气，迎风抖散她的过于沉重的头发，仰观星星，希望会有贵人相爱。她思念他，思念赖昂。她这时候恨不得捐弃一切，换取一次幽会，得到满足。

幽会成了她的节日。她要排场！他一个人应付不了开销，她就大大方方来补足：几乎回回如此。他试着要她明白：换一个地方、一个比较便宜的旅馆，他们一样会快活的，可是她举出理由反对。

有一天，她从提包取出六把镀金小银匙（卢欧老爹送她的结婚礼物），求他为她立刻送到当铺。赖昂害怕连累名声，不高兴去，不过还是去了。

事后他细想，觉得他的情妇行为乖张，就此分手，也许不错。

的确也有人给他母亲写了一封匿名长信，警告她：他"与一有夫之妇相好，前途堪忧"。老太太影影绰绰，就见眼前站了一个败家精，就是说，那个隐在爱情深处的怪物、妖妇、叫不出名目的害人精，她马上通知他的老板杜包卡吉律师。律师办这种事，再精明不过，找他谈了三刻钟话，希望他看清是非，悬崖勒马。这种暧昧行为将来要给他的事业带来损害。他求他断绝关系，就算不为自己着想，至少也该为他着想，为杜包卡吉着想！

赖昂最后发誓，不再和爱玛会面，但没有做到。一想到这个女人可能给他招惹麻烦和闲话，还不算同事早晨围着炉子的打趣，他就责备自己，不该没有做到。再说，他就要升为首席文书，是该严肃的时候了。所以他放弃旧习惯、激昂的情绪和想象：——因为个个资产者，年轻时候，血气方刚，就算是一天、一小时也罢，都自以为抱有海阔天空的热情，会干出轰轰

包法利夫人 | 337

烈烈的事业来。最庸俗的登徒子念念不忘东方皇后；个个公证人心里全有诗人的残膏剩馥。

如今一见爱玛贴住他的胸脯，忽然呜咽上来，他就厌烦；他的心好像那些只能忍受一定强度的音乐的人们一样，爱情过分喧闹反使人麻木淡漠，再也辨别不出爱情的妙趣。

他们太相熟了，颠鸾倒凤，并不又惊又喜，欢好百倍。她腻味他正如他厌倦她。爱玛又在通奸中发现婚姻的平淡无奇了。

可是怎么才能把他甩掉？这种幸福她虽然觉得鄙不足道，不过习惯成自然，或者积恶成癖，她不惟安之若素，而且一天比一天迷恋，也正因为竭泽而渔，幸福反倒成为无水之池了。希望落空，她怪罪赖昂，好像他欺骗了她一样；她甚至于希望祸起萧墙，造成他们的分离，因为她没有勇气做出分离的决定。

她并不因而就中止给他写情书，因为她认为一个女人应当永远给她的情人写信。

但是她在写信中间，见到的恍惚是另一个男子，一个她最热烈的回忆、最美好的读物和最殷切的愿望所形成的幻影。他最后变得十分真实、靠近，但是她自己目夺神移，描写不出他的确切形象：他仿佛一尊天神，众相纷纷，隐去真身。他住在天色淡蓝的国度，月明花香，丝梯悬在阳台上，摆来摆去。她觉得他近在咫尺，凌空下来，一个热吻就会把她活活带走，紧跟着她又跌到地面，心身交瘁；因为这些爱情的遐想，比起淫欲无度，还要使她疲倦。

爱玛如今即使什么都不干，也时刻感到劳累。她经常收到传票、贴印花的公文，她却看也不看。她还真想不活了，要不然就睡过去，再也不醒过来。

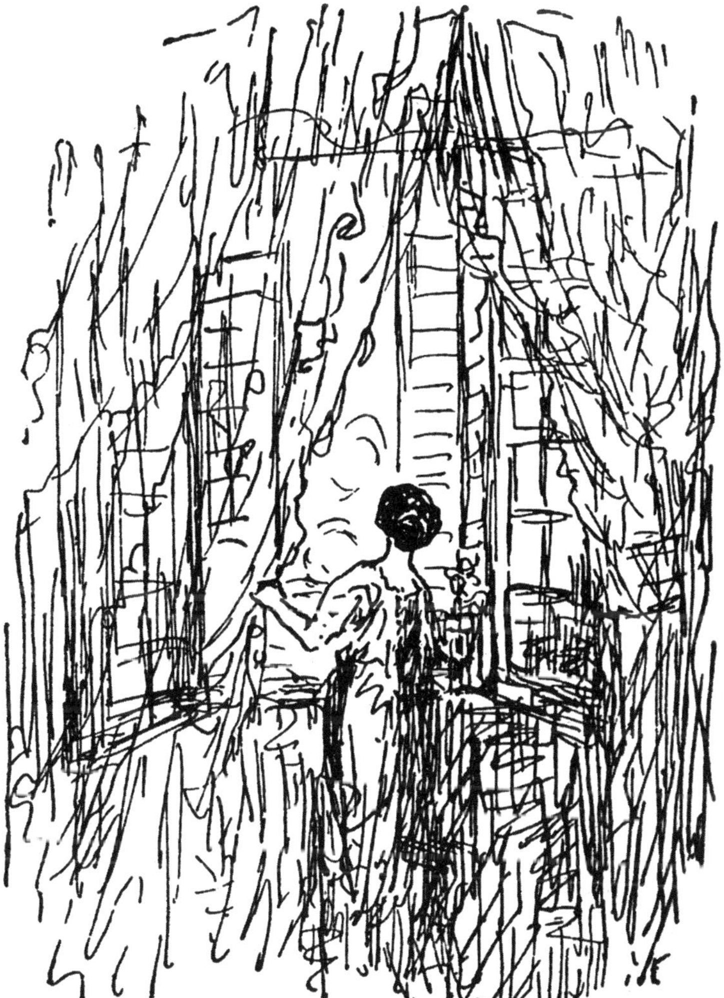

四旬斋狂欢节①,她不回永镇,黄昏去了化装跳舞会。她穿一条丝绒长裤和一双红袜子,梳一条打结辫子,一顶小三角帽戴在一只耳朵上。她跟着双管喇叭的疯狂响声跳了整整一夜。人们拿她作中心,围了一个圈子。早晨她在剧场回廊,发现自己和五六个扮成卸船女人和水手的男子待在一起;他们是赖昂的同事,说要去用夜宵。

附近咖啡馆,人山人海。他们在码头望见一家顶不像样的小饭馆,主人把他们带到五楼一间小屋。

男子聚在一个角落嘀咕,毫无疑问,是在磋商开销。他们是一个文书、两个医学生和一个商店伙计:这就是她的伴侣!至于女人,爱玛一听她们的声调,马上看出她们十有八九属于末流社会。她胆战心惊了,抽开椅子,低下眼睛。

别人都在用饭。她吃不下去,额头滚烫,眼皮酸痛,皮肤冰凉。她觉得舞厅地板,随着千百只脚的有节奏的起伏,还在她脑子里跳动。五味酒的气味,加上雪茄的烟雾,熏得她晕头转向。她晕过去了:大家把她抱到窗口。

曙光开始显现,圣卡特琳方向,灰白色的天空有一抹红色,逐渐扩大。铅色河水,随风荡漾;桥上没有人;街灯熄了。

她终于清醒过来,想起白尔特在女用人的下房睡觉。这时过来一辆满载长铁条的大车,顺墙传来铁条颠动的响声,震耳欲聋。

她急忙溜出来,脱去服装,告诉赖昂:她有事要先回去。她终于一个人待在布洛涅旅馆。连自己在内,她什么也忍受不

---

① 四旬斋第三周星期四。

了。她巴不得变成一只鸟,返老还童,飞到什么遥远的仙境。

她离开旅馆,穿过马路、科镇广场和城郊,快步行走,来到一条两边全是花园的大路。空气新鲜,她安静下来了;群众的面孔、假面具、对舞、蜡烛架、夜宵和那些妇女,好像雾去云开一样,全都逐渐消失了。她来到红十字,走进三楼有《奈勒塔》版画的小屋,倒在床上。下午四点钟,伊韦尔喊醒她。

回到家,全福指着钟后一张灰纸给她看,上面写着:

兹经判决执行…

判决什么?不错,昨天送来一张公文,她没有看懂,所以读到今天这一张,看见这样的字句,她像遭了雷殛:"遵奉圣谕,依照法令,包法利夫人必须……"她跳过几行,就见上面写着:"限期二十四小时,不得拖延。"——什么意思?"清偿全部债款八千法郎。"再往下,她还读到:"过期不付,当即依法执行,扣押其家具与衣物。"

怎么办?……限定二十四小时;就是明天!她寻思:毫无疑问,勒乐又想吓唬她了;因为她一下子看穿了他的种种策略、他的殷勤的目标。所以看见数字庞大惊人,她倒放心了。

但是她一味买、一味欠、一味借、一味出票据,续票据,每次到期又往上滚,结局就是:她给勒乐先生积累好了一笔资金,他急不能待,直盼用在他的投机买卖上。

她装出一副若无其事的模样去看他。

"您知道我出了什么事吗?不用说,是开玩笑!"
"不是。"
"怎么会呢?"

他慢条斯理转过身子,交叉胳膊,向她道:

"我的少奶奶,您以为我单为行好,供货供钱,真就白白供您供到世纪末日?放出去的账,我应该收回来,我们要公道!"

她说她欠也欠不了这许多。

"啊!错不了!法院承认!有判决书!有通知书!再说,不是我要这样做,是万萨要这样做的。"

"您能不能……"

"嗐,无法可想。"

"可是……不过……再想想看。"

她放下正文不谈,只谈她事先一无所知……出乎意外……勒乐揶揄似的鞠躬道:

"怪谁?我像黑人一样吃苦卖力气,您这期间,寻欢作乐。"

"啊!用不着教训!"

他反驳道:

"这永远没有害处。"

她胆怯,她央求,甚至于拿她又白又长的玉手放在商人的膝盖上。

"请吧!人家会以为您有心勾引我呐!"

她喊道:

"您这个无赖!"

他笑道:

"哈!哈!您倒冒起火来啦!"

"我要叫人知道您是什么样的人。我要告诉我丈夫……"

"好吧!我呀,也有东西给您丈夫看!"

勒乐从他的保险箱取出一张一千八百法郎的收据:万萨预

支现金的时候,她写给他的。他接下去道:

"您以为这可怜的好人,真就不明白您的小偷行为吗?"

这比挨了一棍还厉害,她整个瘫下来了。他在窗户和书桌之间走来走去,三番四次说着:

"啊!我要给他看的……我要给他看的……"

随后走到她跟前,柔声道:

"我知道,这不好玩;不过话说回来,也没有人为这死掉。既然这是惟一使您还我的钱的办法……"

爱玛扭绞着手道:

"可是我到哪儿去弄钱啊?"

"得啦,您有朋友,怕什么?"

他盯住她看,眼睛又亮,又吓人,她从里到外打起哆嗦来。她道:

"我答应您一定归还,我签字……"

"您签的字,我有的是!"

"我再卖……"

他耸肩膀道:

"算了吧,您卖不出什么东西来!"

他对准接连铺面的小洞喊道:

"阿奈特!别忘记十四号的三块零头布。"

爱玛看见女用人露面,明白是撵她走的意思,就问:"停止诉讼,要多少钱。"

"太迟了!"

"可是如果我弄来几千法郎、四分之一、三分之一、几乎全部,又怎么样?"

"哎呀!用不着,没有用!"

他轻轻朝楼梯口推她。

"我求您了,勒乐先生,再宽限几天!"

她呜咽了。

"嘿!眼泪也使出来啦!"

"您是朝死路逼我!"

他关了门道:

"关我屁事!"

七

第二天，执达吏哈朗律师带了两位见证人，来到她家，她硬着头皮，由他记录扣押的物品。

他们先从包法利的诊室看起，骨相学人头作为"开业工具"，不在登记之列；但是厨房的盘子、锅子、椅子、蜡烛台、卧室摆设架的种种摆设，他们一一点过。他们检查她的衣服、床单和桌布一类东西，还有梳洗间；她的生活仿佛一具被解剖的尸体，连最秘密的角落也露到外面，尽这三个人上上下下饱看。

哈朗律师穿一件薄青燕尾服，系一条白领带，鞋底下的带子绑得死紧，不时重复道：

"可以看吗，太太？可以看吗？"

他动不动就叫唤：

"真好！……漂亮极了！"

然后他拿笔蘸蘸左手的牛角墨水瓶，又写下去。

他们记完起居室，走上阁楼。

这里有她一张书几，里头锁着罗道耳弗的书信。他们一定要她开开。哈朗律师意有所会，微笑道：

"啊！来往信件！不过，对不住！抽屉里有没有别的东西，我得看看仔细。"

他于是轻轻举起信纸，斜着一抖，好像会有金币抖出来一样。她看见这只大手，红手指柔柔的活像蛞蝓，捏住这些曾经让她心跳的信纸,止不住心头火起。

他们终于走了!她怕包法利撞上,打发全福到外头守望,准备拿话骗开。全福看见他们走了,也就进来。留下来的看管人,她们赶快让他藏在顶楼;他答应待在那儿不出来。

一整黄昏,她觉得查理愁眉不展。爱玛焦灼不安,偷眼看他:脸上的皱纹活像一张诉状。她的眼睛落在有中国屏风的壁炉上、大窗帘上、扶手椅上,总而言之,样样曾经帮她消磨岁月的什物上,她起了内疚,或者不如说是巨大的遗憾,——不但不扑灭热情,反而激起热情。查理把脚搁在火箄上,静静地拨弄炉火。

看管人待在躲藏的地方,不用说,有一时待腻了,出了一点响声。查理问道:

"上头有人走动?"

她回答道:

"没人,一扇天窗没有关,风刮动了。"

第二天是星期日,她去鲁昂,访问她知道名姓的个个银行家。他们不是下乡,就是旅行去了,她不灰心,凡是她能见到的银行家,她就开口借钱,说她到了非借不可的地步,保证归还。有的当面笑她;个个不借。

下午两点钟,她跑到赖昂住的地方。她叩门,门不开。最后,他露面了。

"你怎么来了?"

"我打搅你啦?"

"没有……没有……"

他说房东不喜欢房客招待女人。她回答道:

"我有话和你讲。"

他掏钥匙,她拦住他。

"不必!到那边我们住的地方去。"

他们于是去了布洛涅旅馆。她一走进房间,就喝了一大杯水。她脸上没有一丝血色。她向他道:

"赖昂,我要你帮忙。"

于是捏紧他的手,摇他道:

"听我讲,我需要八千法郎!"

"你疯啦!"

"还没有!"

她立刻说起扣押和她的窘境;因为查理完全不知道;她的婆婆恨她,卢欧老爹又无济于事;可是这笔钱少了又不行,他,赖昂,帮她奔走奔走看……

"你怎么指望……"

她喊道:

"你可真没有种!"

他听了这话,蠢头蠢脑道:

"事情不像你说得那样严重。也许有一千埃居,对方就不闹了。"

正是这个缘故,更该设法;决不至于找不到一千埃居。再说,她做不了担保,赖昂可以做。

"去吧!试试看!非钱不可!快!……哎呀!试试看!我会更爱你的!"

他去了一小时回来,满脸严肃地说:

"我找了三个人……没有用!"

他们面对面,坐在壁炉两角,不言不语,一动不动。爱玛又是顿脚,又是耸肩,他听见她咕哝道:

"我要是你呀,就能找得到。"

"到哪儿去?"

"你的事务所!"

她看着他。

她火热的瞳孔显出一种魔鬼般的胆量,眯缝着眼,模样又淫荡,又挑唆;这勾引他犯罪的女人的意志,顽强无比,虽然喑哑无声,也有力量鼓动年轻人。他害怕了,为防止她细说下去,他敲打着额头,喊道:

"毛赖耳今天夜晚回来!我想,他不会不借的(他是他的一个朋友、一个大富商的儿子),我明天给你送来。"

他说这话,心想她听了会喜出望外,可是爱玛的神色,并未热烈欢迎。难道她猜出了他是撒谎吗?他臊红了脸,继续道:

"不过你要是下午三点钟还不见我来的话,心肝,就别等我了。对不住,我该走了。再见!"

他握她的手,觉得毫无生气。爱玛已经没有气力感受了。

钟敲四点;她站起来,想回永镇,机器人一样,服从习惯的动力。

天气晴朗;这是三月的明亮而又寒冽的好天,白茫茫的天空,只有太阳照耀。有些鲁昂居民,穿了节日服装,潇洒自如,漫步街头。她走到礼拜堂广场。晚祷方过,群众挨挨挤挤,涌出三座拱门,好像一条河流过三个桥洞一样,守卫站在当中,一动不动,赛过一块石头。

她不由得想起那一天,她又是焦急,又是满怀希望,走进高大的教堂:当时一眼望去,正殿还不及她的爱情深长。她继续行走,一溜歪斜,眼泪在面网底下直淌,头昏脑涨,眼看就要软瘫下来。一辆马车的车门正好开开,里头有人喊道:

"当心!"

她收住脚步,让过一辆提耳玻里,当辕一匹黑马,一位穿貂皮的绅士赶车。这人是谁?她认识他……马车向前驰去,转眼不见了。

这人就是他、子爵!她转回身子;街空空的。她又难过,又伤心,靠住一堵墙,免得跌倒。

她再一想,是她看错了。再说,她什么都不清楚。外界的一切,连同她自己统统把她抛弃了。她像在神秘莫测的深渊里乱滚,眼看就要毁灭,所以来到红十字,望见那位善心的郝麦先生,她几乎高兴起来。

他看着一大箱药品装上燕子,手里拿着一条绸手绢,里头是给太太买的六块干粮。郝麦太太很喜欢这些包头巾似的又小又重的面包,抹上咸牛油,在四旬斋吃;这是哥特人传到今天的吃食,也许是十字军时代的发明,从前放在桌子上,两旁是桂皮酒坛子和大块猪肉,照着火把的黄光,豪壮的诺曼人以为看见的是伊斯兰教徒的头颅,狼吞虎咽,大吃一顿。药剂师太太的牙齿很坏,不过也是一派英雄作风,像他们一样啃着。所以郝麦先生每次进城,总要到屠杀街大面包房买些,给她带回去。他看见爱玛,搀她上车道:

"着见您,我很高兴!"

接着他拿干粮挂在车顶的网条上,摘下帽子,坐好了,交叉胳膊,摆出一副拿破仑似的思考的姿态。

但是临到瞎子像平常一样,又在岭下露面,他就嚷嚷道:

"这种生活方式,罪实难逭,我不明白,政府怎么会容忍到现在!应当把这些坏蛋关起来,强迫劳动才是!说实话,进步走的是蜗牛步子!我们活在野蛮时代!"

包法利夫人 | 349

瞎子伸出他的帽子，在车门旁边摇来摇去，如同一只离开钉子的布袋。药剂师道：

"他害的是瘰疬！"

他见过这可怜虫，不过他装出第一回看到的模样，低声说着角膜、不透明角膜、巩膜、面孔这些字眼，然后用严父口吻问他道：

"朋友，这可怕的毛病，你害了有多久啦？别净在酒馆喝酒啦，顶好还是节制节制饮食吧。"

他劝他喝上等葡萄酒、上等啤酒，吃上等烤肉。瞎子一直在唱歌，那副神气，简直就像白痴。郝麦先生最后打开他的钱包道：

"好，这里是一个苏，找我两个里亚①。我的建议别忘了，会把你的病治好的。"

伊韦尔不管三七二十一，公开怀疑这些办法是否有效。可是药剂师担保用他配的一种消炎膏能治好他。他把地址给了可怜虫：

"郝麦先生，挨近菜场，一问就晓得。"

伊韦尔道：

"得啦！不顶事，您也就是给我们做戏。"

瞎子往下一蹲，头朝上仰，转动他的淡绿眼睛，吐出舌头，两只手搓揉胸脯，好像一只饿狗一样，发出一种低沉的嗥叫。爱玛觉得恶心，背转脸，拿一枚五法郎的辅币朝他丢了过去。这是她的全部财产。她觉得这样扔了倒也痛快。

---

① 里亚，一种旧辅币，值四分之一苏。

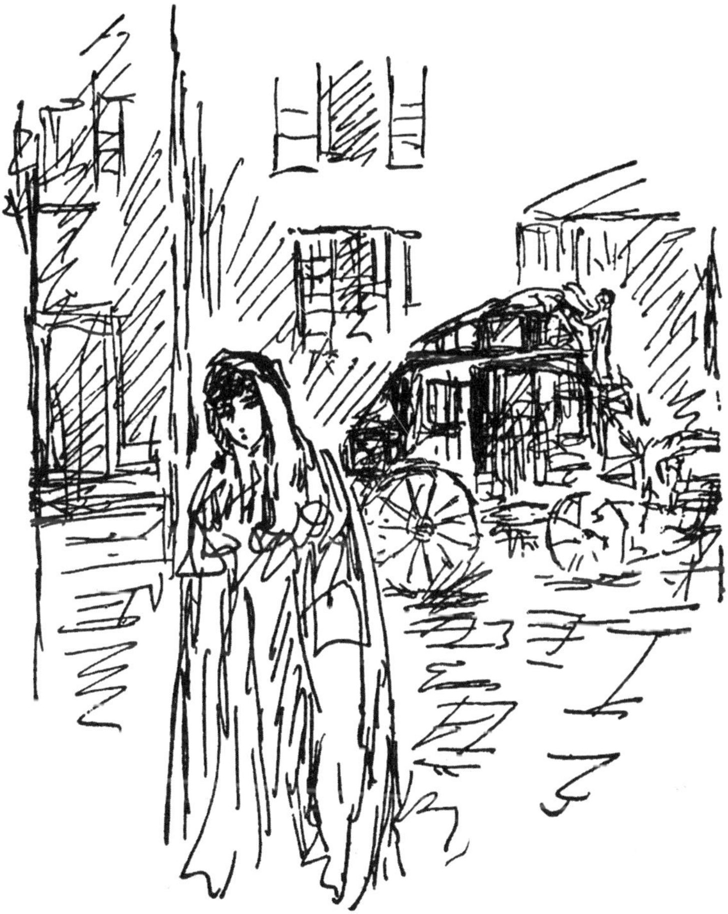

车又走动了，郝麦先生忽然探出窗外喊道：

"不要吃淀粉质、乳质一类东西！拿羊毛贴身穿，拿杜松子的烟熏有病的地方！"

爱玛熟悉眼前景物。它们一个连一个，渐渐转移她的痛苦。她疲倦到了极点，回到家来，心灰意懒，呆呆瞪瞪，快要睡着了。她自言自语道：

"要来的就来吧！"

而且谁知道？时刻都有出现奇迹的可能，凭什么不？勒乐兴许会死掉。

早晨九点钟，广场那边，人声嘈杂，吵醒了她。一大群人围住菜场，读着柱子上张贴的大告示。她望见朱斯丹蹬上界石撕它。可是就在这时，猎警抓住了他的肩膀。郝麦先生走出药房；勒弗朗索瓦太太站在人群中，模样像在讲说什么。全福边喊，边进来道：

"太太！太太！太可恨啦！"

可怜的姑娘，慌里慌张，递给她一张刚在门口撕下的黄纸。爱玛一眼就看清上面写着：出卖她的全部动产。

她们于是不声不响，你看着我，我看着你。她们主仆之间没有相瞒的事情。全福最后叹气道：

"我要是您的话，太太，我会找居由曼先生的。"

"你看行？"

这句问话的意思是："你和听差好，清楚底细，莫非主人有时候说起我？"

"行，去吧，有好处的。"

她穿上她的黑袍子，戴上她有黑星星的帽子；她怕人看见（广场总有许多人），绕到村外，走河边小径。

她气喘吁吁，来到公证人栅栏门前；天色阴沉，飘着小雪。

泰奥多尔听见铃响。穿着红背心，来到台阶上，一看是她，上前开门，好像迎接一位熟人一样，并不问长问短，就请进饭厅去了。

壁龛里搁着一棵仙人掌，底下有一个大瓷炉，毕毕剥剥在响，墙纸是橡树枝叶，上面挂着黑木框子，里头是斯特本的《爱斯梅拉达》和邵班的《波提乏》①。早饭开好了，两只银火锅、水晶门球、拼花地板和家具，样样透亮，一尘不染，干干净净，像英国人的房间一样。窗户四角镶的是花玻璃。爱玛心想：这才叫做饭厅，我要的正是这样一间饭厅。

公证人进来，左胳膊压住他的棕榈树叶图案便服，右手摘下他的栗色丝绒小帽，又迅速戴好。小帽偏右，高高在上，底下露出三根金黄头发，从后脑向前盘，兜住他的秃脑壳，绕了一匝。

他先请她就座，然后一面坐下用早饭，一面连声道歉，说他失礼。她道：

"先生，我求您……"

"夫人有事见教？我在听着……"

她对他说起她的情形。她即使不说，居由曼律师也知道，因为他和布商私下有勾当，遇到有人拿东西押款的时候，布庄总有资金供他用。

---

① 斯特本（1788—1856），德国画家，一八三九年，根据雨果的《巴黎圣母院》，画成《爱斯梅拉达和伽西莫多》。邵班（1804—1880），法国画家。波提乏系埃及妇人，见《旧约·创世记》。

包法利夫人 | 353

所以他比她还清楚这些票据的悠久历史：起先微不足道，用不同的名姓签订，期限延长，到期又不断续下去，挨到最后一天，商人把拒付的票据聚在一道，委托他的朋友万萨出面，追索欠款，因为自己不希望当地居民把他看成豺狼。

她叙说中，免不了咒骂勒乐几句，公证人听见她骂，不时来一句无关痛痒的话支应。他吃他的排骨肉，喝他的茶，下巴缩进他的天蓝领带。一条小金链子连起两个金刚石别针，别住他的领带。他显出一种古怪的微笑，样子又甜，又模棱两可。他看见她的鞋湿，就道：

"靠近炉子……脚再高些……蹬到瓷上头好了。"

她怕把瓷弄脏了。公证人用一种交际口吻道：

"漂亮的东西，无往而不相宜。"

她听了这话，就试着拿话打动他，可是说着说着，自己动了感情，什么家庭拮据喽、艰难喽、需要喽。他明白这个：像她这样一位上流女子！他并不中止用饭，可是身子完全转向她，膝盖蹭着她的小靴，小靴底朝炉子弯着，一边还在冒气。

但是临到她问他借一千埃居，他先是闭紧嘴唇，接着就讲：他很遗憾从前没有帮她料理财产，因为即使是一位女流，也有种种方法拿钱生息赢利。格吕梅尼泥炭矿也好，勒阿弗尔地皮也好，都是绝好的投机机会，万无一失。她想到自己原有可能大发其财，心里很懊恼。他接下去道：

"您先前为什么不来舍下呀？"

她道：

"我也不知道是怎么一回事。"

"为什么，嗯？难道我就那么让您害怕？正相反，应当诉苦的是我！我们几乎连认识都说不上！可是我非常关心您：我希望，您不会再不相信了吧？"

他伸出手，握住她的手，饿狼般吻着，然后留在膝盖上，意兴盎然，玩弄她的手指，一面对她说着种种媚言媚语。

他平板的声音，嗫嗫嚅嚅，好像一条小河在流一样；他的瞳仁射出一道光，透过他闪烁的镜片；他的手伸到爱玛的袖筒，抚摸她的胳膊。她觉得一股粗气吹她的脸。这人讨厌到了极点。她跳起来向他道：

"先生，我在等着！"

公证人的脸，突然之间，一点血色也没有了。他问道：

"等什么？"

"那笔钱。"

"不过……"

可是禁不住欲火如焚，只好认账道：

"好吧，有！……"

他不管便袍会不会弄脏，朝她跪着走了过来。

"求求您，待下来！我爱您！"

他搂她的腰。

爱玛立刻脸红了。她神情可怖，往后倒退，一面嚷道：

"先生，您丧尽天良，欺负我这落难的人！我可怜，但是并不出卖自己！"

她出去了。

公证人一惊之下，愣愣瞠瞠，眼睛死盯着他漂亮的绣花拖鞋，——这是情妇送他的礼物。绣花拖鞋最后安慰了他。再说，他怕这事闹下去，不可收拾。

她飞快地逃到大路上的山杨树下，自言自语道：

"多混账！多下流！……多无耻！"

包法利夫人 | 355

借不到钱的失望，更加强了贞节受到侮辱的气愤。她想到上天一意同她为难，反而骄傲起来：她从来没有这样高看过自己，也从来不曾这样小看过别人。她产生了好斗情绪。恨不得打男人们一顿，啐他们的脸，把他们踏得粉碎。她快步朝前走去，脸色苍白，浑身哆嗦，怒不可遏，泪眼望着空空落落的天边，好像陶醉于满腹的憎恨一样。

她望见她的住宅，觉得一阵麻木，再也走不过去，但又非过去不可；何况她能往哪儿逃呢？

全福在门口等她回来。

"怎么样？"

爱玛道：

"借不到！"

两个人说起永镇上可能救她的各色人等，说了足足一刻钟。但是全福每说一个人名，爱玛就驳道：

"不行！他们不肯的！"

"可是老爷就要回来！"

"我知道……你先让我一个人待一会儿。"

她全试过了。现在她只有束手待毙；等查理回来，她只好对他讲：

"走开。你脚踩的这条地毯已经不是我们的了。家里一件家具、一个别针、一根草，都不是你的。可怜人，害你破产的就是我！"

他听了这话，呜咽一大阵，眼泪再流一大堆，最后惊惶过去，他会宽恕的。她咬住牙，咕哝道：

"是啊，他会宽恕我的，可是他有一百万献给我，我也不原谅他认识我……决不！不！"

想到包法利占着上风,她就怒火冲天。其实她说出来也罢,不说出来也罢,迟早今明,他不会不知道的。这样看来,她非等待这可怕的场面不可,非忍受他的宽洪大量不可。她想再去求求勒乐,不过有什么用?写信给她父亲:太晚了;也许她现在后悔没有依顺公证人。她听见小巷马蹄走动。是他;他在开栅栏门,脸色比石墙还白。她一步跳下楼梯,连忙逃往广场。镇长太太正在教堂前面和赖斯地布杜瓦闲谈,看见她走进税务员的住宅。

她跑去告诉卡隆太太。两位夫人走上阁楼,躲在晾在竿上的衣服后面,位置恰好望见毕耐屋里。

他独自待在顶层的小屋,正在拿木头仿制一个奇形怪状的象牙摆设:由月牙和一个套一个的空球组成、方尖碑似的无用东西;他如今做到末一环节,眼看就要大功告成!金黄木屑从他的工具飞出,在制作室的光影之间,好像快马疾驰、铁蹄底下爆出来的火星一样。两只轮子呜隆呜隆在转。毕耐一脸微笑,下巴朝下,鼻孔张开,似乎沉醉在美满的幸福中。这类活计,以微不足道的困难娱乐心灵,完成了,人也就心满意足,不再想它了。毕耐的幸福,毫无疑问,就是这类平庸活计的产物。

杜法赦太太道:

"啊!那不是她!"

但是旋床太响,她们听不见她说什么。

最后,两位夫人仿佛听到法郎这个词,杜法郝太太耳语道:

"她付不出捐税,求他许她缓付。"

另一位太太道:

"像是!"

她们望见她走来走去,看看墙边的饭巾环、蜡烛台、栏杆柱头的圆球，同时毕耐心满意足，摩弄胡须。杜法赦太太道：

"她来是不是要定做什么东西？"

她的女邻居反驳道：

"他什么也不卖！"

税务员的样子仿佛在听，可是睁大眼睛，又像听不明白一样。她讲话的姿态又动人，又可怜。她走近了，胸脯忽上忽下。他们不言语了。杜法赦太太道：

"她是不是在勾搭他？"

毕耐连耳梢也红了。她抓住他的手。

"啊！太不像话！"

毫无疑问，她作出非礼的建议，因为税务员——可是人家勇敢，在波岑和吕岑打过仗①为法兰西而战，还列在"请奖名单"之中——忽然退得老远，好像看见一条蛇一样，喊道：

"夫人！您真这样想？……"

杜法赦太太道：

"这种女人就欠鞭子抽！"

卡隆太太问道：

"她哪儿去啦？"

因为她们说话中间，她已经不见了；她们后来望见她贴大街走，好像要去公墓，又朝右转，彼此乱猜一阵，也猜不出一个所以然来。

她走到奶妈家，说道：

---

① 波岑和吕岑均系德国东南地名。一八一三年，拿破仑在这里击退俄罗斯和普鲁士联军。

"罗莱嫂子,我出不来气!帮我解解带子①。"

她躺在床上只是哭。罗莱嫂子给她盖上一条围裙,站在一旁,等她说话。老实女人见她始终不回答,走开了,坐在纺车跟前纺麻。她以为是毕耐的旋床响,咕哝道:

"嗜!停了吧!"

奶妈纳闷道:

"谁得罪她啦?她来这儿做什么?"

她跑到这里,活像家里出了煞神,把她吓跑了一样。

她仰天躺着,动也不动,眼睛直瞪瞪的,好像白痴一样,死看东西,可是看到的,只是一片模糊。她望着墙上的剥蚀的墙皮、头对头冒烟的两块劈柴、一个在头上横梁缝走动的长蜘蛛。她终于集中思想,记起……有一天,和赖昂……唉!许久以前……太阳照耀河面,铁线莲香气扑鼻……于是回忆如同湍流一样,很快就把她带到昨天。她问道:

"几点钟了?"

罗莱嫂子走出房间,朝天色最亮的方向,举起右手手指,慢慢腾腾回来道:

"快三点了。"

"好!谢谢!谢谢!"

因为他就要来了。一定会来的!他会弄到钱。不过他想不到她在这里,也许去了那边;她吩咐奶妈跑到她家去,把他带过来。

"快呀!"

---

① 十九世纪前期,"束腰"带子一般都在后背打结,必须别人帮忙解开。

包法利夫人 | 359

"我的好太太,我去!我去!"

她现在奇怪她开头怎么没想到他,昨天他赌了咒:不会爽约的。她看见自己像是已经到了勒乐那边,掏出三张支票,往他的书桌一丢。事后还得捏造一篇鬼话,向包法利解释。什么鬼话?

奶妈去了许久,不见回来。可是草屋里没有钟,爱玛心想,也许是自己把时间扯长了。她放慢脚步,围着园子走动;她沿着篱笆,走进小径,又连忙走回,希望老实女人走别的路回来。最后,她等累了,起了疑心,又不相信,恍恍惚惚,不知道自己在这里待了一世纪,还是一分钟,她坐在一个角落,闭住眼睛,堵住耳朵。栅栏门嘎吱在响;她一跃而起,可是罗莱嫂子不等她开口,先对她道:

"你们家没有人!"

"怎么?"

"哎呀!没有人!老爷在哭。他在喊您。他们在找您。"

爱玛一言不发,喘着气,眼睛向四下张望,庄稼女人让她那副脸相吓坏了,心想她疯了,出于本能,直往后退。爱玛猛打自己的额头,叫了起来,因为她想到了罗道耳弗;这像一道强光,闪过沉沉的黑夜。他那样好,那样体贴,那样慷慨!再说,即使他一时不想帮她这个忙,她也有法子逼他这么做的,她只要眼睛一瞟,他们的爱情就活过来了。这样一想,她就去了於特。她看不出同样的事,方才她在公证人家,怒不可遏,现在她却跑着送上门去,根本没有理会这是卖淫。

八

她边走,边问自己:"我说什么?我先说什么?"她一路走下去,望见灌木、树木、岭上的黄刺条、远处的庄园,仿佛旧友重逢,又有了她初恋的心情。她的可怜的心,也枯木逢春一般,欣欣向荣。暖风吹拂她的脸,雪在融化,一滴一滴,从树芽落在草上。

她像先前一样,走进草坪的小门,来到正院。边沿两排繁茂的菩提树,窸窸窣窣,长枝摇来摇去。狗在狗舍吠成一片,响声震天,不见有人出来。

她走上装有木栏杆、又直又宽的楼梯,来到有灰尘的石板地过道,好像修道院或者旅馆一样,并排开着几扇门。他的房间在尽里左手。她拿手指搁到门扶手上,忽然感到软弱无力。她害怕他不在家,却又几乎希望他不在,然而这是她惟一的指望、最后的机会。她停一分钟定了定神,想着时间紧迫,只好鼓足勇气走进去。

他坐在壁炉前面,两只脚放在框子上,噙着烟斗吸烟。他一看是她,连忙跳起来道:

"嘻!是您!"

"是呀,是我!……我想,罗道耳弗,请教一个主意。"

她用尽气力,可是再也说不下去。

"您没变,还是那样可爱!"

她伤心道:

"唉！不可爱，我的朋友，因为您没有把我搁在心上。"

他听了这话，找话解释他的行为，不过一时编不出适当的借口，就拿泛泛的话来道歉。

他的语言，尤其是他的声音和他的形体，打动了她，她听到后来，装出相信——或者也许真就相信：他们破裂的原因是一个秘密，关系第三者的名誉，甚至生命也成了问题。她伤心地望着他道：

"不管怎么样，反正我受够了苦！"

他用一种达观的口吻回答道：

"人生就是这样！"

爱玛接下去道：

"自从我们分手以来，人生待您总还好吧？"

"啊！不好……也不坏。"

"你我永不分手，也许好多了。"

"是啊……也许！"

她凑到跟前道：

"你相信？"

她叹气道：

"哎呀！罗道耳弗！你不知道……我多爱你！"

于是她握住他的手，他们也就手指交揉，待了一会儿，——仿佛第一天，在农业展览会上！自尊心不要他心软，他正在自我挣扎，就见她倒进他的胸怀，对他道：

"没有你，你怎么指望我活得下去？享惯了福，不享就不成！我可真叫伤心啦！我以为我会死的！改天我再一五一十讲给你听。可是你呀，躲着我……"

因为三年以来，他由于男性特有的天赋的懦怯，小心在意避她。爱玛拿头一动一动，做出娇憨的模样，比一只动情的母猫还要妖媚，继续道：

"你实说了吧，你爱别的女人；哎！我懂，好啦！我原谅她们。你勾引她们，就像你从前勾引我一样。你是男子，你！有种种条件博得女人欢心。不过我们再好下去，对不对？我们会相爱的！看，我笑了，我快活！……你倒是说话呀！"

她娇滴滴的，确实惹人心疼，眼里盈盈一颗泪珠，颤颤索索，好像花萼含了一滴雨水一样。

他把她抱到膝盖上，拿手背抚摸她光滑的头发。薄暮中落日的余辉投射在她的头发上，仿佛一支金箭在闪耀。他低下头，用嘴唇尖，轻轻吻着她的眼皮。他问道：

"可是你哭了！为什么？"

她反而呜咽起来了，罗道耳弗以为她的爱情爆发了；他见她不做声，错把沉默当做害羞的最后表示，嚷嚷道：

"啊！饶恕我！我只喜欢你一个人。我是又坏又蠢！我爱你，我永远爱你！你怎么啦？说话呀！"

他跪下来了。

"好吧！……我破产啦，罗道耳弗！你借我二千法郎！"

他慢慢站起来，脸上显出一种严肃的表情，说道：

"不过……不过……"

她急促地讲下去：

"你知道，我丈夫把他的财产统统交给公证人经管；他卷逃了。我们借钱，病人不付诊费。其实，清算没有结束；我们往后还会有钱的。不过今天缺三千法郎，人家就要扣押我们的动产；就在如今，就在眼前。我信得过你的友谊，所以就来了。"

罗道耳弗脸色变得十分苍白，寻思道：啊！她来是为了这个!

他最后显出非常安详的神气道:

"亲爱的夫人,我没有钱。"

他不是说谎。他要是有钱的话,不用说,他会给的,虽然这种慷慨之举,一般说来,并不愉快:摧残爱情的方式很多,不过连根拔起的狂风暴雨,却是借钱。

她先是望他望了几分钟。

"你没有钱!"

她重复了好几次:

"你没有钱!……早知道这样的话,我也不来受这场最后的羞辱了。你从来没有爱过我!你比别人好不了多少!"

她出卖自己,把话扯远了。

罗道耳弗打断她的话,说他本人也正"拮据"。爱玛道:

"啊!我可怜你!是啊,一百二十分可怜你!……"

于是眼睛望定兵器架上一管发亮的银线短铳道:

"可是人要是穷呀,铳把子不会镶银!"

她指着布勒①时钟,继续道:

"也不会买镶介壳的钟!也不会给马鞭来一串镀金的银叫子!"

她摸着这些银叫子。

"也不会给他表上来一串小玩艺链子!嗐!他什么也不缺!屋里还有一顶酒橱;因为你爱你自己,你过舒服日子,你有一所庄园、几处田庄、几座树林;你骑马打猎,你远游巴黎……单

---

① 布勒(1642—1732),法国著名的细木器制造商。

单就是这个……"

她抓起壁炉上的袖口纽扣,喊道:

"这顶小的小玩艺儿,就能变出钱来!……嗐!我不要你的!留着好了。"

她拿两个纽扣丢得老远,小金链碰在墙上,断了。

"可是我呀,为了博得你一个微笑,让你瞧上一眼,听你说一句'谢谢',我什么都会给你,什么都会卖掉,做苦工,沿路乞讨!而你安安详详坐在你的扶手椅里,好像你先前没有让我受够罪?没有你,你明白,我会快快活活过日子的!你为什么要这样做?难道跟谁打赌来着?可是你从前爱我,你从前这样讲……方才还这样讲……啊!还不如把我撵走的好!你亲我的手,手现在还是热烘烘的。你就在这地方,在这地毯上,跪在我面前,发誓爱我一辈子。我相信你:整整两年,你带我做着最香甜、最绮丽的梦!……嗯?我们的旅行计划,你记得不,啊!你的信!你的信,撕碎了我的心!如今我看他来了,投他来了,他又有钱,又快活,又自由!求他搭救一把,随便什么人也会帮忙,苦苦央求,把恩情统统献给他,他推开我,因为这要破费他三千法郎!"

罗道耳弗口气绝对冷静,——这种冷静就像盾牌一样,掩护抑制下去的愤怒,回答道:

"我没有钱!"

她出来了。墙在摇晃,天花板往下压她。她又走进悠长的林阴道,绊在随风散开的枯叶堆上。她终于走到栅栏门前的壕沟;她急着开门,在门闩上碰断了指甲。然后百步开外,她气喘吁吁,眼看就要跌倒,只得站住。她于是扭转身子,又瞥了一眼无动于衷的庄园:草坪、花园、三座院子和正面的全部窗户。

她呆呆瞪瞪站了许久，觉不出自己是在活着，只觉得听见自己的脉搏在跳动，仿佛震耳欲聋的音乐，在田野响成一片。脚底下的土比水还软；犁沟在她看来，成了掀天的棕色大浪。回忆、观念，大大小小，同时涌出，活跃在她的脑子里，像一道烟火放出无数的火花。她看见她的父亲、勒乐的小屋、他们的旅馆房间、另一片风景。她觉得自己要疯。她一害怕，努力收敛，但是情形混乱，也是真的；她已记不起她落到这般田地的原因，也就是说：金钱问题。她感到痛苦的，只是她的爱情。她觉得她的灵魂通过这种回忆离开了她，就像受伤的人临死觉得生命从流血的伤口走掉一样。

天黑了，乌鸦在飞。

她恍惚看见天空，突然有火球出现，好像闪亮的子弹一样，在下降中间炸开，旋转向前，融在树枝之间的雪里。个个火球当中，都有罗道耳弗的脸。火球越来越多，越来越近，钻进她的身子，全不见了。她认出点点灯火，远远在雾里闪耀。

于是她的遭遇，仿佛一座深渊，来到眼前，她喘不过气来，胸脯活像要裂开了一样。接着她的心头涌起舍身的念头，她几乎喜不自胜了，跑下岭来，穿过牛走的便桥、小径、小巷、菜场，来到药房前面。

没有人。她打算进去；但是门铃一响，会有人来的。她于是溜过栅栏门，屏住气，摸着墙，一直走到厨房门口。炉台上点着一支蜡烛。朱斯丹穿一件衬衫，端走一盘菜。

"啊！他们在吃晚饭。等等再说。"

他回来了。她敲玻璃窗。他出来了。

"钥匙！上头那把，放……"

"什么?"

他看着她,奇怪她的脸没有一丝血色,衬着黑黝黝的夜色,分外显得白。他觉得她异常美丽,幽灵一样庄严。他不明白她的意思,预先感到有什么祸事要来。

但是她放低声音,急促地说,声音又温柔,又有软化人的力量:

"我有用!给我。"

板壁薄薄的,饭厅传来叉子和盘子的响声。

她假说老鼠吵她睡觉,要药弄死老鼠。

"我得回禀一声老爷。"

"不必!别走!"

然后神情淡漠,又道:

"哎!你犯不着去,我这就告诉他。来,给我照亮!"

她走进通实验室的过道。墙上挂着一把钥匙,标明"堆置间"。

药剂师等急了,喊道:

"朱斯丹!"

"上楼!"

他跟着她。

钥匙在锁眼转动;她一直走向第三橱架,她记得明明白白,抓起蓝罐,拔掉塞头,伸进手去,捏了满满一把白粉,立时吞下。

他扑过去拦她,喊道:

"别吃!"

"别吵!当心人来……"

他难过得不得了,打算叫唤。

包法利夫人 | 367

"不要说出去。小心连累你的主人!"

她走开了,忽然心平气和,差不多就像完成了任务那样恬适自在。

查理听见扣押的消息,心慌意乱,赶回家来,爱玛正好出门。他喊,他哭,他晕了过去,但是她不回来。她有什么地方好去?他差全福四处寻找,郝麦那边、杜法赦先生那边、勒乐那边、金狮那边,不见踪影;他一阵一阵心焦,看见自己名誉扫地、财产荡尽、白尔特前程黯淡!什么缘故?……一句话也没有!他一直等到下午六点钟。他最后再也等不下去了,以为她去了鲁昂,来到大路上,走了半古里,不见一个人,又等了一会儿,这才回来。

她先回来了。

"是怎么一回事?……为什么?……说给我听?……"

她坐在她的书桌前面写信,慢条斯理封口,添补日期和时间,然后以一种庄严的口吻道:

"你明天再看;从现在起,我求你一句话也不要问我!……是的,一句话也不要问!"

"可是……"

"哎呀!走开!"

她躺倒在床上。

她觉得嘴里有一股辛辣味道,醒过来了,她模模糊糊望见查理,又闭上眼睛。

她带着好奇的心理,看自己会不会难受。是啊!还没有动静。她听见钟走、火响、查理立在床旁呼吸。她寻思道:"啊!死真算不了一回事!我睡过去,就全完了!"她喝了一口水,朝墙翻转身子。

那种可怕的墨水气味一直有。她呻吟道:

"我渴!……哎呀!我好渴呀!"

查理端水给她,问道:

"你到底怎么啦?"

"没有什么!……打开窗户……我出不来气!"

她忽然觉得恶心,几乎来不及到枕头底下掏手绢,就吐出来了。她赶快道:

"拿开!扔掉!"

他问她话;她不回答。她躺平了,不敢移动;害怕一动,又要呕吐。但是她觉得从脚到心像冰一样寒冷。她咕哝道:

"啊!现在开始啦!"

"你说什么?"

她的头轻轻摇来摇去,充满痛苦,上下牙床一直张开,好像有什么很重的东西压住她的舌头一样。临到八点钟,她又呕吐起来。

查理注意到脸盆底上,有白色颗粒似的东西,贴住瓷面。他重复道:

"怪事!奇怪!"

但是她以一种坚定的声音道:

"不,你看错啦!"

他于是轻轻拿手放在她的胃上,差不多是抚摸着。她尖声一叫,把他吓得直往后退。

接着她就哼唧,起初声音低微。她的肩膀直抖,脸比床单还白,痉挛的手指抠着床单。她的脉搏不匀,现在几乎细到听也听不出来了。

包法利夫人 | 369

她像在金属水汽中凝成的一样,脸色发青,汗水直往外渗。牙齿乱响;眼睛睁大,迷迷茫茫,向四下望。任凭问她什么话,只是摇头,甚至于微笑了两三次,哼唧的声音越来越响。她不要叫唤,可是不由自主,还是低声叫起来了。她硬说自己好多了,马上就会起来的。但是她浑身抽搐,喊道:

"啊!难受死了,我的上帝!"

他跪到床前道:

"说呀,你吃了什么?看在上天的份上,回答我!"

他看着她,一往情深,她先前像没有见过。她以一种微弱的声音道:

"好,那……那边!……"

他跳到书桌跟前,打开信封,大声念道:"什么人也不要怪罪……"他停住不念,拿手擦擦眼睛,再念下去。

"什么!救命!来人呀!"

他能重复的只有这两个字:"服毒!服毒!"

全福跑去找郝麦;郝麦在广场嚷得家家听见,勒弗朗索瓦太太在金狮都听见了;有人起来说给邻居知道:全镇活活闹了一整夜。

查理在屋里打转,心慌意乱,话也说不清,几乎站不稳,撞家具,抓头发,药剂师做梦也想不到会看见这种恐怖场面。

他回家给卡尼韦先生和拉里维耶尔博士写信。他头昏脑涨,一连起了十五次草稿,还写不好。伊玻立特去了新堡;朱斯丹拚命踢包法利的马,踢到后来,马跑不动,只有一口气了,只好丢在纪尧姆树林岭。

查理想翻医学辞典,字句跳动,看不清楚。药剂师道:

"冷静点!只要服些高效的解毒药就成。是什么毒药?"

查理给他看信。原来是砒霜。郝麦又道：

"好！应该化验一下才是！"

因为他知道，遇到中毒事件必须化验，查理不懂他的意思，回答道：

"啊！对！对！救救她……"

然后，他回到她身旁，倒在地毯上，头靠住床沿呜咽。她向他道："别哭！用不了多久，我就不再折磨你啦！"

"你为什么服毒？你凭什么非服毒不可？"

她回答道：

"我的朋友，应该这样。"

"难道你不快活？难道是我不好？可是我尽我的力来着！"

"是……对……你是好人，你！"

她慢慢拿手放在他的头发上。这种甜蜜的感觉加重了他的忧伤；就在她比从前显得更爱他的时候，他却反而非失去她不可，想到这上头，他就肝肠寸断，觉得全部生命都在崩溃。他想不出抢救的办法，不知道该怎么着手，也不敢着手，越是情况紧急，需要立刻做出决断，他就越是不知所措。

她想，一切欺诈、卑鄙和折磨她的无数欲望，都和她不相干了。现在，她什么人也不恨了。她的思想陷入迷离境地；人世的喧嚣，爱玛听见的，只有这可怜人的间歇的啼哭，柔和而模糊，好像交响乐隐隐约约的尾声。她文起胳膊肘道：

"把孩子给我带来。"

查理问道：

"你不觉得更难过，是不是？"

"是的！是的！"

女用人把孩子抱来。她穿着长睡衣，露出两只光脚，神情

包法利夫人 | 371

严肃,差不多还在做梦。她满脸惊奇,望着凌乱的房间。桌上点着蜡烛,照花她的眼睛,不住眨动。不用说,蜡烛让她记起新年或者四旬斋狂欢节的早晨,也是点着蜡烛,老早就喊醒她,抱到母亲床头,接受礼物,她说:

"妈妈,东西在哪儿?"

她见大家不做声,又说:

"我看不见我的小鞋①!"

全福朝床抱她,她却一直望着壁炉那边。她问道:

"是奶妈拿走啦?"

包法利夫人听见奶妈两个字,想起她的奸情和她的灾殃,不由得转开了头,似乎另有一种毒药,比嘴里的毒药还猛,惹她恶心。白尔特站在床上。

"啊!啊!妈妈,你的眼睛多大啊!脸多白啊!看你净出汗啦……"

母亲望着她。小孩子后退道:

"我怕!"

爱玛握住她的小手吻;她挣扎不肯。查理在床后呜咽,喊道:

"行啦!把她抱走吧。"

随后病势缓和一时,看上去,她也不像先前那样难过。他听见她每说一句不关重要的话,每出一口比较匀静的气,就以为有了希望。最后,他看见卡尼韦进来,扑过去拥抱他,哭道:

"啊!是您!谢谢!您真好!现在好一点了,来,看看

---

① 她以为是圣诞节,四下寻找礼物,通常"小鞋"里面放圣诞礼物,搁在壁炉旁。

她……"

同行的看法完全两样,像他自己说的,不必兜圈子,他干脆就开呕吐剂,把胃打扫干净。

她很快就吐起血来了。舌头也更紧了,四肢抽搐,一身棕色点子,捺捺她的脉搏,滑溜溜的,仿佛一根绷紧了的线,又仿佛一条将断未断的琴弦。

接着她就发疯一般喊叫连天。她诅咒毒药,谩骂毒药,哀求毒药尽快发作;查理比她还痛苦,一劝她喝药,她就伸出僵硬的胳膊推开。他站直了,手绢掩住嘴唇,喉咙呼呼在响,眼泪直流,哽咽得喘不过气,连脚后跟也在抖动。全福在屋里乱跑;郝麦一动不动,只是大声叹气;卡尼韦先生虽然照样刚强,也开始心乱了。

"活见鬼!……可是……她也用过清除剂了。病源一消灭……"

郝麦道:

"后果就该消灭;理所当然。"

包法利喊道:

"救救她!"

药剂师还在提供假定:"也许这是一种有利的发作。"卡尼韦不理他,正要使用鸦片解毒剂,就听见传来一阵马鞭的响声。玻璃窗全在摇晃。一辆柏林式驿车①驾了三匹马,浑身是泥,直到耳朵,飞也似的,从菜场拐角,冲了过来。原来是拉里维耶尔博士到了。

---

① 一种四轮马车,轿式,玻璃窗,前后有座。

包法利夫人 | 373

天神出现也不见得会引起更大的骚动。包法利举起两手；卡尼韦赶快住手；郝麦不等医生进来，先就摘下他的希腊小帽。

他属于比夏①建立的伟大外科学派，目前已经不存在的哲学家兼手术家的一代，爱护自己的医道，如同一位狂热的教徒，行起医来，又热情，又明敏！他一发怒，整个医院发抖。学生尊敬他到了这步田地，一挂牌行医，就处处模仿他，以致人们在附近城镇，到处看见他的棉里美里奴长斗篷和宽大的青燕尾服。他的硬袖解开，盖住一点他胖嘟嘟的手——一双非常漂亮的手，从来不戴手套，好像为了加快救治病人一样。他看不起奖章、头衔和科学院，他仁慈、慷慨、周济穷人，不相信道德，却又极力行善，如果不是头脑精细，使别人怕他就像怕魔鬼一样，他简直可以算是一位圣者了。他的目光比他的手术刀还要锋利，一直射到你的灵魂深处，不管是托词也好，害羞也好，藏在底下的谎话统统分解出来。他这样活在人民当中，充满和蔼可亲的庄严气概——一种觉得自己饶有才能与财富的意识和四十年勤劳、无可非议的生涯形成的庄严气概。

他一进门，望见爱玛张开口，仰天躺在床上，脸像死人一样，就皱眉头。随后他一边好像听卡尼韦解释，一边拿食指放在鼻孔底下，重复道：

"好，好。"

但是他的肩膀慢慢上耸。包法利注意到了。两个人你望我，我望你；这个人虽然看惯了痛苦，也忍不住流下一滴眼泪，

---

① 比夏（1771—1802），法国解剖学家，对近代医学发展有很大贡献。

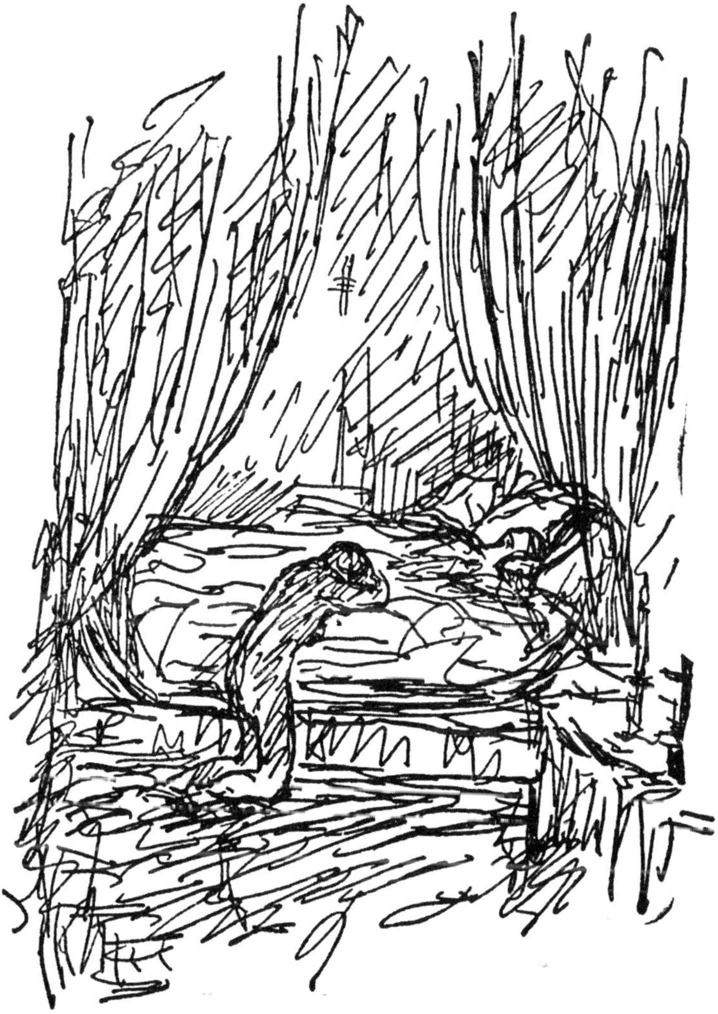

落在他的胸饰上。

他想把卡尼韦带到外间,查理跟着他。

"很严重,是不是?贴芥子膏怎么样?我不知道怎么才好!想想办法,您救过那么多人!"

查理拿两只胳膊围住他的身子,眼睛望他,样子又凄惶,又哀求,简直要在他的胸前昏倒。

"好,可怜的孩子,拿出勇气来!没有法子救。"

拉里维耶尔博士走开了。

"您这就走?"

"我还回来。"

他像有话吩咐车夫,卡尼韦也走出来了,同样不高兴看爱玛死在自己手上。

药剂师在广场追上他们。他天性离不开名人。所以他恳求拉里维耶尔先生赏光,到他家里用饭。

他马上叫人到金狮去取鸽子,到肉庄去取所有的小排骨肉,到杜法郝家去取奶酪,到赖斯地布杜瓦家去取鸡蛋。药剂师亲自帮着预备;郝麦太太一边系牢罩衫带子,一边道:

"先生,您得原谅才是;因为在我们这小地方,头一天不先关照一声……"

郝麦轻声吩咐:

"高脚玻璃杯!"

"在城里的话,我们起码可以弄到灌肉蹄子。"

"少废话!……博士,请。"

用过几口以后,他觉得应该提供一些详细情况:

"起初我们发现她咽喉发干,后来上腹部剧痛,呕吐不止,呈昏睡状态。"

"她怎么会服毒的?"

"我不知道,博士,我简直不晓得她从什么地方得到这种砒霜。"

朱斯丹这时正好端上一摞盘子,听见这话,不由哆嗦起来。药剂师问道:

"你怎么啦?"

年轻人一听问话,唏里哗啦,把东西全摔到地上。郝麦喊道:

"蠢猪!笨牛!傻瓜!死驴!"

但是他猛然克制自己,回到原来的话题道:

"博士,我决计化验,首先我小心从事,拿一只细管搁到……"

外科医生道:

"顶好是拿您的手指搁进她的喉咙。"

他的同行默不作声,因为方才已经为了他的呕吐剂,私下饱受训斥,所以这位好好先生卡尼韦,治跷脚时,说话滔滔不绝,气焰不可一世;今天极其谦虚,一副心服口服的模样,不断微笑。

郝麦做了东道,自尊心得到满足,心花怒放,包法利的悲痛促成他的幸福,在他心上,模模糊糊,激起一片快感。而且他有博士在座,特别兴奋。他卖弄渊博,东拉西扯,说起斑蝥、乌巴斯树①、芒色尼耶树、蝰……

"我甚至于读到,有些香肠,熏过了头,人吃了就会中毒。

---

① 斑蝥有发泡作用,乌巴斯树(upas)是一种有毒汁的树,产在爪哇一带。

包法利夫人 | 377

博士,好像中电一样!我们有一位大师、著名的卡代·德·嘉西古尔[1],我们的药物学权威,曾经写过一篇了不起的报告,就提到来着!"

郝麦太太又出来了,端着一个燃烧酒精的摇摇晃晃的机器;因为郝麦讲究在饭桌上熬咖啡而且事前经他亲手炒好,磨好,调好。他献糖道:

"Saccharum[2],博士。"

他随后把子女全叫到底下,希望听听外科医生对他们的体格的意见。

最后,拉里维耶尔先生准备走了,郝麦太太请他检查检查她丈夫。他的血变稠了,每天用过晚饭,他就打盹。

"嗐!妨碍他的不是血[3]。"

这句双关语,没有人理会,医生笑微微的,打开了门。可是药房挤满了人,他简直难以脱身。杜法赦先生担心太太害肺炎,因为她好对灰烬唾痰;毕耐先生,一来就饿;卡隆太太,皮肤有针扎的感觉;勒乐,常常头晕;赖斯地布杜瓦,害风湿症;还有勒弗朗索瓦太太,闹胃气病。最后,三匹马出发了,人人嫌他不够和气。

布尔尼贤先生捧着圣油,走过菜场,引起公众的注意。

郝麦根据他的原则,把教士比做死人气味招引来的乌鸦。他一看见教士,就身心不畅,因为道袍让他想到寿衣,他憎恨

---

[1] 卡代·德·嘉西古尔(1731—1799),法国药物学家,留有笔记多种。
[2] 拉丁文:砂糖。
[3] "血"(sang)与"感觉"、"意义"或者"官能"(sens),在法文同音。拉里维耶尔用了一个同音双关语,取笑郝麦。

前者，有一点由于畏惧后者。

不过他面对他的所谓使命，并不退却，所以就又陪卡尼韦回到包法利那边，——拉里维耶尔先生走前，再三嘱咐卡尼韦这样做来着。不是太太反对，他会连两个儿子也带过去，经历大事，将来留在脑海，也好成为一种教训、一个榜样、一幅严肃的图画。

他们走进房间，里面充满悲惨的仪式，女红桌上蒙了一条白饭巾，上面一只银盘，里头有五六个小棉花球，旁边是一个大十字架，一边点着一支蜡烛。爱玛的下巴靠住胸脯，眼睛睁得老大，两只可怜的手搭在床单上，姿势又难看，又柔和，好像快死的人，直盼早拿尸布盖好自己一样。查理停住哭泣，脸色仿佛石像那样白，眼睛好像炭火一样红，面对着她，站在床尾；教士一条腿跪在地上，咿咿唔唔祷告。

她慢悠悠转过脸来，一眼望见教士身上的紫飘带，忽然有了笑容，不用说，她在无牵无挂之中，又体会到了早年的神秘感受，看到了正在开始的天国形象。

教士站起来取十字架；她好像渴了一样，伸长颈项，嘴唇贴牢基督的身体，使出就要断气的全部气力，亲亲她从来没有亲过的最大的爱情的吻。接着他就诵"愿主慈悲"和"降恩"，右手拇指蘸蘸油，开始涂抹：先是眼睛，曾经贪恋人世种种浮华；其次是鼻孔，喜好温和的微风与动情的香味；冉次是嘴，曾经张开了说谎，由于骄傲而呻吟，在淫欲之中喊叫；再次是手，爱接触润滑的东西；最后是脚底，从前为了满足欲望，跑起来那样快，如今行走不动了。

堂长擦擦手指，拿蘸油的棉花球扔到火里，过来坐在病床旁边，告诉她：现在她应当把她的痛苦和基督的痛苦打成一片，

包法利夫人 | 379

等候上天怜悯。

劝告完了，他试着拿一支祝福过的蜡烛，放在她的手心，这象征天国的光辉，眼看就要环绕她。爱玛太衰弱，手指拢不过来，不是布尔尼贤先生，蜡烛就掉在地上了。

但是她显出一种平静的表情，脸色不如先前那样白，好像仪式治好了她一样。

教士看出这种现象，说给包法利听，甚至对他解释：主有时候认为有利于人，就延长寿命。查理记得她有一天领受圣体，也像这样快要死了。他寻思道："也许还有指望。"

说实话，她看看四周，慢条斯理，好像如梦方醒一般，然后声音清清楚楚的，要她的镜子。她照镜子照了许久，直到后来，流出许多眼泪，这才不照。她于是仰起头来，叹了一口气，又倒在枕头上。

她的胸脯立刻迅速起伏。舌头完全伸到嘴外；眼睛转动着，仿佛一对玻璃灯在逐渐发暗，终于熄灭了。不是肋骨拚命抽动，她已经可以说是死了。全福跪在十字架前；就连药剂师也曲了曲膝盖；卡尼韦漫无目标，望着广场。布尔尼贤又在祈祷，脸靠床沿，黑长道袍拖在背后地上。查理跪在对面，胳膊伸向爱玛。他握她的手，握得紧紧的，她一心跳，他就哆嗦，好像一所破房子在倒塌，把他震哆嗦了一样。喘吼越来越急，教士的祷告也越来越快，和包法利的哽咽打成一片，有时候又像全不响了，只有拉丁字母喑喑哑哑，咿咿唔唔，好像哀祷的钟声一样。

人行道上忽然传来笨重的木头套鞋和手杖戳戳点点的响声。一个声音起来了，一个沙哑的声音开始歌唱：

　　火红的太阳暖烘烘，

>小姑娘正做爱情的梦。

爱玛坐了起来,好像一具尸首中了电一样,头发披散,瞳仁睁大,呆瞪瞪的。

>地里的麦子结了穗,
>忙呀忙坏了大镰刀,
>快拾麦穗呀别嫌累,
>我的娜奈特弯下腰。

她喊道:
"瞎子!"
于是爱玛笑了起来,一种疯狂的、绝望的狞笑,她相信自己看见乞丐的丑脸,站在永恒的黑暗里面吓唬她。

>这一天忽然起大风,
>她的短裙哟失了踪。

一阵痉挛,她又倒在床褥上。大家走到跟前。她已经咽气了。

九

说死就死,快得什么似的,不说相信,单是领会,活着的人就很难一下子做到,所以看见人死,起初总是目瞪口呆。可是查理一见她断气,就扑到她身上喊道:

"永别了!永别了!"

郝麦和卡尼韦把他拉到卧室外。

"要节哀才是!"

他挣扎道:

"是,我懂,我不会闹出事来的。不过,放开我!我要看看她!她是我太太!"

他哭着。药剂师道:

"哭吧,顺其自然,您就舒坦啦。"

查理变得比一个小孩子还软弱,由他们拉到底下厅房。郝麦先生跟着也就回家去了。

他在广场遇见瞎子。瞎子希望弄到消炎膏,逢人打听药剂师的住处,一直摸索到永镇。

"去你一边的吧!倒像我手上没有别的事一样!啊!活该,以后再来吧!"

他急急忙忙进了药房。

他得写两封信,给包法利配一副安神药水,捏造一套隐瞒服毒的谎话,写成文章,送给《烽火》登出来,还不提永镇的男男女女,等着找他打听消息。待永镇人都听说了她做香草奶油，错把砒霜当糖用的故事，郝麦便又回到包法利家。

他发现只包法利一个人（卡尼韦先生才走），坐在扶手椅里，靠近窗户，白痴似的，盯着厅房的石板地看。药剂师道：

"现在您该规定一下举行仪式的时间。"

"什么？什么仪式？"

然后，声音畏缩，结结巴巴道：

"哎！不必，是不是？不必，我要留着她。"

郝麦一听话不对劲，拿起摆设架上的水瓶，去浇天竺葵。查理道：

"啊！谢谢。您是好人！"

药剂师的举动引起满头满脑的回忆，他一难过，不再说下去了。

郝麦心想谈谈园艺，可以分散分散他的悲伤，就说："植物需要湿润。"查理低下头来，表示赞成。

"其实，春暖花开的日子，眼看也就到了。"

包法利道：

"啊！"

药剂师无计可施，轻轻拉开玻璃窗的小帘。

"看，杜法赦先生过来啦。"

查理活像一架机器，重复他的话道：

"杜法赦先生过来啦。"

郝麦不敢同他再谈丧葬事宜；最后还是教士劝他，起了效验。

他把自己关在诊室，拿起笔来，呜咽了半响，这才写道：

　　我希望她入殓时，身穿她的新婚礼服，脚着白鞋，头戴花冠，头发披在两肩，一棺两椁：一个用橡木，一个用桃花心木，一个用铅。我不要人和我谈话；我会硬撑起来的。拿一大幅绿丝绒盖在她身上。这是我的希望。就这样做吧。

包法利的浪漫观点，两位先生看了，非常惊讶。药剂师马上劝他道：
"这幅丝绒，我看未免多余。再说，开销……"
查理喊道：
"关您什么事？走开！您不爱她！出去！"
教士挽起他的胳膊，兜着花园散步。他谈起人间物事的虚空。上帝极其伟大，极其仁慈；我们就该平心静气，服从他的意旨，简直就该感谢才是。查理漫骂起来：
"您的上帝呀，我恨透了！"
教士叹息道：
"您还有反抗的心情。"
包法利走远了。他迈开大步，靠近墙边果树行走，咬牙切齿，朝天投出诅咒的视线，但是没有一片树叶摇动。

细雨蒙蒙，查理没穿外衣，临了也打冷战了，他走进厨房坐下。

到六点钟，广场传来铁器的哐当声：燕子到了。他额头贴着玻璃，看着乘客一个接一个下来。全福在客厅地上给他铺了一条褥子，他往上一躺，睡着了。

郝麦先生虽然哲理一大套，却也尊重死人。所以他不和可怜的查理记仇，黄昏又守尸来了，带着三本书，还有一个活叶册子，写笔记用。

布尔尼贤先生也在。床已经挪到外头，床头点着两支大蜡。

药剂师嫌空气沉静，没有多久，就编了两句悼念的话，哀怜这"不幸的少妇"。教士回答，如今只有帮她祷告，才是正经。郝麦接下去道：

"不过，二者必有其一：或者她是蒙主召归（如教会那种说法），那她根本就用不着我们祷告；或者她是至死不悟（我相信这是教士的辞令），那……"

布尔尼贤打断他的话，粗声粗气驳他，说不管怎么样，都应该祷告。

药剂师反对道：

"上帝既然知道我们的一切需要，祷告又有什么用？"

教士道：

"什么！祷告！难道您不是基督徒？"

郝麦道：

"对不住！我佩服基督教！首先，解放奴隶，在社会树立起一种道德理论……"

"不仅这个！所有经义……"

"嗐！嗐！说到经文，看看历史吧；人人知道，耶稣会会士篡改经文来的。[①]"

查理进来，走到床前，慢慢腾腾，掀开幔帐。

爱玛的头歪靠右肩膀，嘴张开了，脸的下部就像开了一个黑洞。两个拇指还弯在手心。眼睫毛上仿佛撒了一层白粉。眼

[①] 并非事实。耶稣会教派创立于一五三四年，《圣经》早已流传于世。

包法利夫人 | 385

睛开始消失,像是蜘蛛在上面结了网,盖着一种细布似的黏黏的白东西。尸布先在胸脯和膝盖之间凹下去,再在脚趾尖头鼓了起来,查理觉得像有无限的体积、绝大的重量压在她身上一样。

教堂的钟正敲两点。他们听见河水潺潺,从平台一旁流入黑暗。布尔尼贤先生不时大声擤鼻涕;郝麦的笔在纸上吃吃直响。他道:

"好啦,我的好朋友,对景伤情,您还是走开吧。"

查理一走,药剂师和堂长又辩论起来了。一位说:

"读伏尔泰!读霍尔巴赫!读《百科全书》!"

另一位说:

"读《葡萄牙犹太人书简》!读前任文官尼古拉写的《基督教辨》!①"

两个人争执不下,面红耳赤,同时说话,谁也不听谁说。布尔尼贤想不到对方会这样狂妄;郝麦奇怪对方会这样愚蠢。两个人就要破口对骂了,忽然看见查理又出现了。有什么东西不断吸引他上楼。

为了看她看得清楚,他待在对面,凝神观看。也正由于凝神观看,他已经不觉得痛苦了。

他想起关于感应的故事,关于催眠术的奇迹;他向自己说:精诚所至,或许能起死回生。有一次,他甚至朝她弯过身子,低头呼唤:"爱玛!爱玛!"声急气粗,蜡烛的火焰也被吹到墙上摇晃。

---

① 《葡萄牙犹太人书简》,法国教士盖奈(1717—1803)的作品,反驳伏尔泰对《圣经》的攻击。尼古拉(1807—1888),法国天主教作家。

天蒙蒙亮，包法利老太太就来了；查理吻抱她，悲从中来，又哭了一场。她像药剂师一样，试着劝他撙节丧葬费用。他不但不听劝，反而大为生气，她也就只好作罢。他甚至要她立刻进城去买必需的东西。

查理独自待了一下午；白尔特交给郝麦太太照管；全福和勒弗朗索瓦太太在楼上房间守灵。

当天黄昏，他接见吊客。他站起来，握着对方的手，说不出话，随后大家挨挨挤挤坐下，在壁炉前围成一个大半圆圈，低下头，交叠着腿。他们一边摇腿，一边不时大声叹息。人人无聊到了极点，可是谁也不肯先走。

郝麦在九点钟又来了（两天以来，大家净在广场看见他），带来一堆樟脑、安息香和香草。他还带来一瓶含氯的药水①，消除秽气。女用人、勒弗朗索瓦太太和包法利老太太兜着爱玛，转来转去，这时正好给她换完衣服；她们拉下又长又硬的面网，一直盖到她的缎鞋。全福呜咽道：

"啊！我可怜的太太，我可怜的太太！"

女店家叹息道：

"看呀，她还是那样好看！谁不说，她这就要坐起来呀。"

她们接着就弯下身子，给她戴花冠。

头非举高一点不可，但是头一举高，就见嘴里流出一股黑水，好像又在呕吐一样。勒弗朗索瓦太太叫道：

"啊！我的上帝！袍子，当心！"

她转向药剂师道：

---

① "含氯的药水"应当是次氯酸钠，即漂白水。

"帮帮我们的忙!怎么!您还害怕!"

他耸肩膀驳她道:

"我,害怕?看您说的!我念药剂学的时候,我在市立医院看到的死人,那才叫多!我们在解剖教室配五味酒!死人吓不倒哲学家;我常常说起,我有心要把我的身体送给医院,供科学研究用。"

神甫一到,就问起包法利的情形,听完药剂师的回答,他讲:

"您明白,刺激还太近!"

郝麦一听这话,就恭喜他不像别人,不致有丧失娇妻的危险。他这话引起一场关于教士独身的争论。药剂师说:

"因为男人不要女人,就不合乎自然!有人犯罪……"

教士喊道:

"不过,老天爷!一个人结了婚,您倒说说,怎么能保守忏悔的秘密啊?"

郝麦攻击忏悔。布尔尼贤加以辩护,说它有恢复本性的效果,举出盗贼忽然变好的种种逸事作证明。有些军人走进告解座,觉得眼睛上有鳞掉下来①。弗里堡②有一位教士……

他的同伴睡着了。房间的空气太浊,教士觉得有一点气闷,过去打开窗户,惊醒了药剂师。他对他道:

"来,闻闻鼻烟!吸吸吧,人就清醒了。"

老远什么地方,狗不断在吠。药剂师道:

"您听见狗叫了吗?"

---

① 典出《新约·使徒行传》第九章第十八节:"扫罗的眼睛上,好像有鳞立刻掉下来,他就能看见,于是起来受了洗。"意即看见了真理。
② 弗里堡,瑞士地名,是天主教的一个重要据点。

教士回答：

"据说，它们闻得到死人的气味。好像蜜蜂一样，闻到死人气味就会离开蜂窝。"

郝麦没有驳斥这些偏见，因为他又睡着了。布尔尼贤先生比较壮实，呢呢喃喃，嘴唇继续动了一阵，不知不觉，下巴一耷拉，丢开他的大黑书，也就呼噜呼噜打起鼾来了。

两个人相对而坐，肚子朘出，脸皮浮肿，眉头紧皱，争吵了那么长时间，终于在人类同一弱点之中携手了。尸体的模样像在睡觉一样，他们一动不动，比尸体强不了多少。

查理进来，没有惊动他们。这是末一回。他向她告别来了。

香草还在燃烧，浅蓝的氤氲飘到窗口，和进来的雾混合起来。天上有几颗星宿，夜很柔和。

大滴蜡烛油落在床单上，好像眼泪一样。查理望着蜡烛燃烧，可是望久了黄焰的亮光，眼睛疲倦了。

缎袍如同月光一样白，波纹似的闪闪烁烁。她裹在里头，好像消失了样。他觉得她离开身体，迷迷蒙蒙，化入四周的什物，和寂静、黑夜、过往的风、升起的润泽的香气，全都混为一体。

他忽然看见她在道特的花园，坐在荆棘篱笆前面的长凳上；过了一会儿，又在鲁昂的街上，又在他们的门口，又在拜尔托的院落。他还听见男孩子们，快快活活，在苹果树底下，连笑带舞。房间充满她的头发的香味，她的袍子在他的胳膊底下，窸窸窣窣，发出火花一样的响声。这件袍子还是那件袍子！

他就这样久久回忆过去的种种欢乐，她的体态、她的手势、她的声调。他一阵一阵难过，无终无了，源源不绝，仿佛潮水上涨，坌涌一片。

他起了可怕的好奇心：他一边心跳，一边慢慢腾腾，拿手指尖掀起她的面网。但是他不看犹可，一看吓得叫了起来，惊醒另外两位。他们把他拉到底下厅房。

全福随后上来，说他要一绺头发。药剂师道：

"剪吧！"

她不敢剪；他拿起剪子，亲自去剪。他直打哆嗦，两鬓扎了好几个伤口。最后，郝麦硬起头皮，乱剪了两三剪刀，给她的美丽的黑头发添了几块空白。

药剂师和堂长继续干自己的事，中间免不了睡一会儿，但是每回醒来，就你怪我，我怪你，谁也不放过谁。于是布尔尼贤在房间洒圣水，郝麦拿一点含氯的药水倒在地板上。

全福事前在五斗柜上，给他们摆好一瓶白酒、一块干酪、一大块点心。所以临到早晨四点钟左右，药剂师熬不住了，叹气道：

"说真的，我想加加养料！"

教士不需他劝，出去做完弥撒回来，他们就碰杯吃喝起来，不知道为什么，还咯咯笑着：人在经历某些忧愁阶段之后，会生出一种泛泛的轻松感，所以教士喝到末一小杯，拍着药剂师的肩膀道：

"我们会有一天互相了解的！"

他们在底下门道遇见工人进来。于是足足两小时之久，查理不得不忍受铁锤敲打木板的响声。他们把她放进橡木棺材，再装在另外两副棺材里头，但是外椁太宽，又得拿一条褥子的毛绒塞满空当。最后三副棺盖刨平，钉牢，焊好了，就把灵柩放在大门前面。大门敞开了，永镇的男女开始集合。

卢欧老爹来了。他望见黑布①，在广场晕死过去。

---

① 丧事的标志。

十

他在出事三十六小时之后，收到药剂师的信。郝麦先生照顾他的情绪，信上含糊其辞，他看不明白到底是什么意思。

老头子看完信，先像中风一样，倒了下去。后来他明白她没有死，但是又可能死……他最后穿上工人服，戴上帽子，给鞋套上刺马距，飞也似的出发了。卢欧老爹一路焦灼万状，气喘吁吁。有一会儿，他什么也看不见，只好下马；听见周围轰隆作响，觉得自己快要疯了。

天破晓了。他望见三只黑母鸡在一棵树上睡觉；这是凶兆，他吓得哆嗦了。于是他向圣母许愿，送教堂三件祭披，从拜尔托公墓，赤脚走到法松镇的圣堂。

他一进马罗默，就喊店家，一肩膀撞开店门，跑到荞麦口袋跟前，又拿一瓶新苹果酒倒进食槽，喂饱了马，又跨上他的小马。马拚命跑，四个铁掌冒出火星来了。

他向自己道：不用说，会把她救活过来的；医生一定有法子救她。他想起先前听人说起的种种治病的奇迹。

接着他觉得她又像死了一样。她仰天躺在前面大路当中。他拉住缰绳，幻影不见了。

他来到甘冈普瓦，一连喝了三杯咖啡壮胆。

他心想信上写错了名姓。他摸索衣袋，信摸索到了，可是不敢打开看。

他最后猜想，这也许是一个玩笑，——有人报他的仇，淘气小子寻他的开心。再说，她要是真死了的话，他会没有一点感觉？然而的确没有！田野和平日没有什么两样：天是蓝的，树枝摇曳；一群羊从旁边走过。他望见村镇。大家见他伏在马背，风驰电掣，拚命打马，肚带上的血往下滴。

他醒过来，倒在包法利怀里，哭道：

"我的女儿，爱玛！我的孩子！是怎么一回事，说给我听……"

另一位抽抽噎噎回答道：

"我不知道，我不知道！反正是祸事就是了！"

药剂师分开他们：

"这些可怕的细情，听了也没有用。我回头告诉先生好了。看，人越来越多了。好，沉着点！想开些！"

可怜的包法利表示镇静，重复了几次：

"是……要勇敢。"

老头子喊道：

"好！老天在上，我一定勇敢，我送她一直送到头。"

钟响了。一切齐备。应当出发了。

他们并肩坐在唱经堂的祷告席上，只见三位唱诗队队员，不停地在前面走来走去，唱赞美诗。蛇形风管呜嘟呜嘟在响。布尔尼贤先生全身披挂，尖声吟唱，膜拜圣龛，举高两只手，伸出一双胳膊。赖斯地布杜瓦拿着他的鲸骨杖，在教堂转来转去。灵柩靠近经台，停在四排蜡烛中间。查理直想站起来，吹灭蜡烛。

不过他也努力激起笃信的心情，希望将来有一天再见到她。他想象她许久以来，就到远处旅行。但是他再一想，她就在棺材里，不但休想活转来，而且就要下葬，心头立刻涌起一种绝望、悲惨、冷酷的愤怒。有时候他以为自己失了感觉。他一面责备自己没有心肝,一面体味他的痛苦减轻。

大家听见一根包铁棍子,一板一眼,顿石板地响,声音从里发出,在教堂一侧停住。一个穿一件宽大棕色上装的男人,好不容易跪了下来。原来是金狮的伙计伊玻立特。他换上了他的新假腿。

一个唱诗队队员,兜着正殿,请求布施。铜钱一个又一个,在银盘里面响动。包法利带怒丢给他一枚五法郎辅币,喊道:

"快!我难过!我!"

队员深深一躬谢他。

歌唱、跪拜、起立,简直没完没了!他记得初来永镇,他们有一回一同望弥撒,坐在右边靠墙一面……钟又响了。椅子乱动。杠夫在灵柩底下放过三根杠子。大家走出教堂。

朱斯丹这时在药房门口出现,面无人色,步履蹒跚,忽然又进去了。

人们站在窗口看出殡。查理领头先走,挺直了腰,他装出一副勇敢模样,看见有人从小巷或者大门出来,加入行列,就点头致意。六个杠夫,一边三个,迈开小步,微微气喘。教士、唱诗队队员和两个唱诗的童子,吟诵"我从深处"①,声音抑扬顿挫,散在田野。有时候他们走进小路拐弯,看不见了,不过大银十字架总在树木之间举着。

妇女跟在后头,披着风帽朝下翻的黑斗篷,拿着一支点亮

---

① "我从深处",见《旧约·诗篇》第一百三十篇。基督教用来为死人祷告。

的大蜡烛。查理听见祷告声翻来覆去，看见蜡烛光络绎不绝，闻见蜡油和道袍的恶心气味，觉得自己软绵绵没有气力。一阵清风吹过，裸麦和油菜一片碧绿；露珠在道旁荆棘篱笆上颤抖。天边是一片欢乐的声音：一辆大车在车辙走动，远远传来鞭子噼啪的响声；一只公鸡啼个不住，要不然就见一匹马驹，跳跳蹦蹦，逃到苹果树底下。晴空飘着几点玫瑰色红云；淡蓝色浮光笼罩着蝴蝶花盖住的茅屋；查理走过，认出一所一所院落。他记得有些早晨如同今天一样，他看完病人，走出院落，回去看她。

黑布棺罩绣了好些眼泪似的白点子，不时被风吹开，露出灵柩。杠夫走累了，放慢脚步。灵柩忽高忽低，仿佛一条小船，一个浪头打来，上下摆动。

公墓到了。

人们继续走，一直走到草地有坟穴的地方站住，围成一个圆圈，听教士讲话。红土抛在坟穴周围，又悄悄顺着四周，不断泄了下去。

随后四条绳子放好，杠夫把灵柩放到上头。他看着它往下坠，一直下坠。

最后听见一声撞响，绳子呲呲喳喳又拉上来。于是布尔尼贤拿起赖斯地布杜瓦递给他的铁铲，一面右手洒圣水，一面左手使劲推下一大堆土去；石子碰着棺木，发出可怕的声响，听起来好像永恒的回声。

教士把圣水壶递给他旁边的郝麦先生。他一副庄重的模样摇了摇，又递给查理。他双膝跪在土里，掬起满把土往里扔，一面喊着"永别了！"一面送过吻去；他爬到坟穴跟前，要和她埋在一道。

包法利夫人 | 395

大家把他拉开了。他没有多久，也就安静下来。他也许跟别人一样，模模糊糊，感到结束的满足。

出殡回来，卢欧老爹像无事人一样，吸着烟斗；郝麦看在眼里，心下觉得很不应该。他还注意到毕耐没有露面，杜法赦听完弥撒，就"溜之大吉"，公证人的听差泰奥多尔穿一件蓝燕尾服，"倒像找不到一件青燕尾服，话说回来，这是风俗！"他从这一群人走到另一群人，说起他的观察心得。大家谈到爱玛，同声惋惜，特别是勒乐。他自然也送殡来了。

"可怜的少奶奶！她丈夫要多难过！"

药剂师接下去道：

"不是我，您知道，他会结果自己性命的！"

"那样善良的一位太太！星期六，我还在我的铺子见到她，您说说看！"

郝麦道：

"我没有时间，不然的话，我会准备几句话，到她坟上演说的。"

查理回到家，脱掉衣服。卢欧老爹换上他的蓝工人服。这是新做的，他一路常拿袖子擦眼睛，脸上也有了颜色。一脸的土，眼泪流过，留下一道一道印子。

包法利老太太和他们在一起。三个人全不言语。老头子最后叹息道：

"您记不记得，我的朋友，我有一回到道特，正赶上您丢掉您头一位太太。当时我直安慰您！我有话讲；可是现在……"

接着就膨起胸脯，长叹了一声：

"啊！您明白，这下子我完啦，我看见我女人死……后来是我儿子……今天，又是我女儿！"

他决计马上就回拜尔托,说他在这房子睡不着觉。他甚至拒绝看一眼他的外孙女。

"不!不!我受不了。您替我好好吻吻她!再会!……您是个好孩子!再说,我永远不会忘记这个……"

他打着自己的屁股道:

"别担心!总有你的火鸡的。"

但是他走到岭上,却又转回身子,如同从前在圣维克托小路和她分手,转回身子一样。太阳落在草原,光线斜射过来,村庄的窗户仿佛着了火似的。他拿手放在眼前,望见天边有一圈墙,里面的树木,左一堆,右一堆,夹在白石头当中,活像一束一束黑花①。他继续行路,缓缓走去,因为他的小马跛了。

查理和母亲虽然劳累,黄昏守在一起,仍然谈了许久。他们说起先前的日子和将来。她打算搬到永镇住,料理家务,母子不再离开。她机敏而且体贴,儿子的感情,多少年来,溜出她的手心,如今回到身边,自然心中暗喜。半夜了,村镇和往常一样,静静悄悄,只有钟响。查理醒过来,总在想她。

罗道耳弗整天在树林打猎消遣,安安逸逸,睡在他的庄园;赖昂在那边,也睡着了。

这时候有一个人却没有睡。

松树中间,有一个男孩子,跪在坟头哭泣,他在黑地里,胸脯一起一伏,抽抽搭搭,上气不接下气,难过得什么似的,比月光还柔,比夜色还深。

---

① 指永镇公墓。

栅栏门忽然嘎吱一响。赖斯地布杜瓦方才忘记带走他的铁铲，现在寻找来了。他认出是朱斯丹爬墙：偷他的马铃薯的罪犯，总算有了下落。

十一

查理第二天接回小孩子。她要妈妈。大家回答她：妈妈出门了，会带玩具给她的。白尔特问起好几次，不过时间一久，也就不往这上头想了。包法利看见孩子快活，反而伤心，还有药剂师的慰唁，听了心烦，却又非听不可。

银钱事务不久又开始了，勒乐先生又唆使朋友万萨出面；查理认可惊人的数字，因为属于她的家具，再小他也不答应变卖。母亲气得不得了。他比她的气性还大。他完全变了。她丢下他走了。

于是人人来找便宜。朗玻乐小姐索讨半年学费，虽然爱玛一次钢琴课也没有上过（别瞧她拿出那张收据给包法利看：原来是她们两个人串通好的）。租书处索讨三年租费。罗莱嫂子索讨二十来封信的寄费；查理问她细情，她不漏一丝口风：

"啊！我知道什么呀！反正是她寄的。"

查理每付一次账，总以为这是最后一次。但是一次又一次，没完没了。

他讨取拖延未付的诊费，人家拿他太太的信给他看，他只好连声道歉。

全福如今穿太太的衣服，不是全穿，因为他留下几件，放在她的梳洗间，他进去观看，就把自己锁在里头。全福差不多和她一样高矮，查理望见她的背影，常常产生幻觉，喊道：

"喂！别走！别走！"

可是泰奥多尔在圣灵降临节把她拐跑了。她离开永镇,偷去留在衣橱的全部东西。

就在同一时期,寡妇迪皮伊夫人送了一份喜帖给他,宣布"她的儿子、伊弗托的公证人、赖昂·迪皮伊先生,和崩德镇的莱奥卡狄·勒伯夫小姐举行婚礼"。查理给他写信道喜,并说:"我可怜的太太在世的话,听到您的喜讯,该多快乐呀!"

有一天,他在家里漫步闲走,上到阁楼,觉得鞋底踩到一个小纸球。他打开读道:"拿出勇气来,爱玛!拿出勇气来!我不希望害您一辈子。"原来是罗道耳弗的信,掉在木箱夹缝,一直待在地上,天窗的风新近又把它吹到门口。查理张大了嘴,一动不动,站在从前爱玛站的地方,当时她万念俱灰,直想寻死,脸色比他现在的脸色还要惨白。最后他在第二页底下看到一个小小的罗字。这是什么意思?他想起罗道耳弗的殷勤、他的忽然消失和以后有两三次遇到时,他的忸怩神情。不过书信的尊敬口气引他往好处想。他自言自语道:

"他们也许是闹精神恋爱。"

再说,查理不是那种追根究底的人;他看见证据,反而退缩。他的忌妒若有若无,比起他的巨大痛苦来,也就微不足道了。

在他看来,男人不膜拜她,就不可能。个个男子,毫无疑问,都想要她。他这样一想,越发觉得她美。他对她起了一种持久、疯狂的欲望。欲望无边无涯,加强他的绝望,因为现在失去了一切实现的可能。

好像她还活着一样,他讨她的欢心,迁就她的喜好、她的见解;他买了一双漆皮鞋,系白领带,髭上洒香水,学她签期票。想不到她死了以后还败坏他。

他迫不得已，一件一件卖掉银器，接着又卖掉客厅的家具。间间屋子成了空的，只有卧室、她的房间，丝毫不动，还和先前一样。查理用过晚饭，来到卧室，把圆桌推到壁炉前面，拉近她的扶手椅。他坐在对面。有一支镀金蜡烛台点着蜡烛。白尔特在他旁边，往画上涂颜色。

可怜儿见她穿得那样破烂，好生难过。靴子没有靴带，罩衫从肩膀底下一直撕到屁股，因为女用人根本就不管她。但是她长得又温柔，又可爱，小脑袋朝前一歪，温文尔雅，美丽的金黄头发搭在她的粉红脸蛋上，他感到无限喜悦，好像酒酿坏了，有松香气味一样，欢乐掺有悲伤。他帮她修理玩具，用硬纸板剪小人，缝补囡囡的破肚皮。他要是见到女红盒、一条拖在外头的缎带，或者甚至一根落在桌缝的针的话，他都会沉入遐想，模样非常忧郁，连她也变得像他一样忧郁。

如今没有人看望他们了。因为朱斯丹逃到鲁昂，进杂货铺当伙计；药剂师的孩子越来越不理小姑娘，郝麦先生也不在乎友谊长存，他们的社会地位不一样了。

他的消炎膏没能医好瞎子。瞎子回到纪尧姆树林岭，对旅客讲药剂师徒劳无功，讲到后来，郝麦进城，躲在燕子的窗帘后头，不敢见他。他恨透了他；名誉攸关，他千方百计除他，还安装了一座隐蔽的炮位打他：显出他不但足智多谋，而且用心险恶。一连六个月，人们在《鲁昂烽火》可以读到这样措词的短论：

> 每一个去庞卡底肥土沃野的人，一定会在纪尧姆树林岭上，看见一个乞丐，脸上长着可怕的烂疮。他纠缠你，迫害你，简直等于征收旅客一次路捐。难道如今还是中世

纪野蛮时代，流浪人参加十字军远征，带回来的癫疮和瘰疬，我们也允许公开展览？

要不然就是：

> 法律禁止流浪，可是我们的大城市近郊，依然布满成群结队的乞丐。人们还见到踽踽独行的乞丐，他们未见得就不危险。我们的市府官长在想什么？

郝麦还捏造了一些耸人听闻的故事：

> 昨天，一匹受惊的马，在纪尧姆树林岭……

接下去就讲遇见瞎子，发生了意外事件。

结果是官府把瞎子抓起来。可是又把他放了。他又开始，郝麦也又开始。这变成一场角斗。郝麦胜利了；因为他的仇敌被关进一家收容所，受到终身禁闭的处分。

成功增加胆量。从这时候起，县里压死一条狗，烧掉一座谷仓，殴打一个女人，他一知道，就永远根据拥护进步和憎恨教士的原则，立刻公之于众。他比较公立小学和教会小学，指摘后者[①]。他看见补贴教堂一百法郎，气愤不过，提起圣巴托罗

[①] 法国教育事业，以往完全由教会包办，一八三三年，国会通过一项法规，规定每乡必须设立一所初级小学，每县必须设立一所高级小学，每州必须设立一所师范学校。教会提出"自由"口号，企图恢复包办，形成激烈论争。一八四五年，王国政府迫于形势，封闭耶稣会设立的学校。

缪惨案。他揭发弊端，散布警句：这是他自己的说法。郝麦做的是破坏工作；他变成危险分子了。但是新闻天地太小，不足以发挥他的大才，他需要来一部书、一部著作！于是他编了一部《永镇统计一览，附风土调查》。统计学把他引向哲学。他关心重大问题，例如社会问题、下层阶级的教化、养鱼法、树胶、铁路等等。他羞于做一个资产者。他摆出艺术家风度，吸起烟来了！他买了两尊彭巴杜尔风格的时髦小雕像，装璜他的客厅。

他不放弃药房；正相反！他晓得最新发明。他注意提倡巧克力的大运动。他头一个把可可和补力多介绍到塞纳河下游州。他热烈鼓吹普韦马舍的水电链①，自己就戴一条；晚上他脱法兰绒背心，露出金螺旋线，裹得又密又严，赛过斯基泰人②，严实得连人都没影了。见他金碧辉煌，如同东方王爷③，郝麦太太不禁目瞪口呆，觉得自己加倍崇拜他了。

他对爱玛的墓碑有奇妙的见解。他最先建议，立一根半截石柱，外加帷幔；后来又建议，立一座金字塔；再后又主张建成圆亭式样的火神庙……要不就是"一堆断垣残壁"。他把垂柳看成忧郁的独一无二的标志④，所以计划尽管改来改去，但是关于垂柳这一点，他决不让步。

查理和他一同到鲁昂一家石厂，挑选墓碑，——还有一位

---

① 水电链是普韦马舍利用电池做出来的平流电链，供医疗使用。水电链出现于一八五二年，宣传能治百病，轰动一时，还得到巴黎医学学会的赞扬。
② 斯基泰人，古代居住在黑海北岸一蛮族。
③ "东方王爷"即第一部第二章说起的三王节的"王"。耶稣降生，他们从东方来朝拜，见《新约》。
④ 垂柳是浪漫主义观念，诗人缪塞在《吕西》一诗说："我亲爱的朋友，我死的时候，在坟地给我栽一棵柳树。"

画家做伴。他是布里杜的朋友，姓沃弗里拉，一路净说双关语。查理看了一百多种图样，又估计了一番价钱，最后，二次去鲁昂，决计采用皇陵式样，主要两面全雕了"一位司命神，拿着一根灭了的火把"。

至于碑铭，郝麦觉得就数"行人止步"漂亮；他想不出下文，搜索枯肠，不断重复"行人止步"……最后忽然想到"勿践贤妻"①，查理采用了。

奇怪的是，包法利一边不停地想念爱玛，一边却在忘记她。他想尽方法来保留她的形象，可是他觉得这形象照样溜出了他的记忆。他为这事直恨自己。其实他夜夜梦到她；梦也永远一样：他走到她跟前，然而就在搂抱的时候，她在他的胳膊中间变成了尘土。

大家看见他天天黄昏去教堂，去了一星期不去了。布尔尼贤先生甚至看望过他两三回，后来也就随他去了。而且郝麦说，老堂长心地越来越褊狭，越疯狂。他大骂时代精神，每半个月，临到讲道，必定提起伏尔泰临死的情形，大家知道，他是吞自己的粪死的②。

包法利虽然省吃俭用，离还清旧债，却还远得很。勒乐拒绝改期。扣押就在眼前了。事到如今，他只好写信给母亲求救。母亲答应拿她的财产作抵押，不过信上狠狠数落了爱玛一顿；她要一条全福没有偷去的披肩，酬谢她的牺牲。查理不肯

---

① "行人止步，勿践贤妻"的拉丁原文是 Sta viator amabilem conjugem calcas，完全抄袭德国十七世纪初叶梅尔西将军的碑铭："行人止步，勿践英雄"（Sta viator heroom calcas）。
② 并非事实。伏尔泰死前十天，已经不再进食。教会争取他忏悔，没有做到，怨恨之余，当时就有教士捏造他临死吃粪，耸人听闻。

404 | 译文经典

给她。他们失和了。

她首先提出和解，向他建议接小女孩过去，陪她做伴。查理同意了。但是临到动身，他又舍不得她走。这一回，母子决裂到底，挽救不来了。

亲戚关系越淡，他的心也就越集中爱女儿。偏偏她又让他不放心，因为她有时候咳嗽，脸蛋有红印子。

对面是药剂师的家庭，又兴旺，又快活，事事如意。拿破仑帮他做实验；阿塔莉给他绣了一顶希腊小帽；伊尔玛剪圆纸片，盖蜜饯罐；富兰克林一口气背完九九表。他是最快乐的父亲，最走运的人。

错啦！有一种野心私下折磨他：郝麦热中十字勋章。他不缺乏资格：

第一，霍乱流行时期，曾经奋不顾身，热心服务；第二，自费刊印种种造福公众的著述，例如……（他提起他的报告，题目是《论苹果酒及其酿造与效用》；还有关于密毛木虱的研究，送到法兰西学院；他的《统计》，甚至他当药剂师的考试论文）；何况"我是好几个学会的会员"（他只是一个学会的会员）。他打一个转身，喊道：

"单说踊跃救火，我也该得！"

于是郝麦逢迎当局。州长先生竞选①，他私下大帮其忙。他最后卖身求荣，无所不为。他甚至给国王写了一封请愿书，求他主持公道；他称呼他我的好国王，把他比成亨利四世。

---

① 政府官员当时兼作国会议员。一八四七年，反对党要求王国政府停止州长参加竞选，政府拒绝接受。

包法利夫人 | 405

每天早晨，药剂师接过报纸，急忙打开，在任命栏寻找他的名字，只是任命老不见下来。他最后等不及了，拿花园草地修成勋章的星形，上头来两个小条，也是草做的，代表缎带。他交叉胳膊，围着这块草地散步，默念政府无能，世人负义。

爱玛常用的一张乌木书桌，查理由于尊重起见，或者由于从缓查看的一种快感，从没有打开她本人的抽屉看过。终于有一天，他坐在书桌前面，转动钥匙，推开锁簧。赖昂的书信全在里头。这一回，没有疑问了！他一直看到末一封信，搜索个个角落、件件家具、只只抽屉、张张画后，又是呜咽，又是嗥叫，心烦意乱，如癫如狂。他发现一只匣子，一脚踢破。情书散了一地，当中有一张罗道耳弗的画像，凝目相望。

大家奇怪他为什么那样情绪低落。他不出门，不见客，甚至拒绝去看他的病人。大家讲他："关在家里喝酒。"

有时候，好事者耸起身子，从花园篱笆上头往里张望，大吃一惊，就见这位先生，胡须老长，衣服龌龊，容貌狰狞，边走边号啕大哭。

夏季黄昏，他带领小女儿，来到公墓，直到黑夜才回，除去毕耐的天窗，广场没有亮光。

不过他的痛苦感受并不完整，因为旁边没有人和他一起分担。他看望勒弗朗索瓦太太，为了能谈谈她。但是女店家只用一只耳朵听：她像他一样，也有苦恼，因为勒乐先生的"利商车行"，最近终于开张了。伊韦尔在办货方面，卓有声誉，要求加薪，还威胁她，要加入"对方"。

有一天，他到阿格伊市场，去卖他的马——他最后的财路，遇见罗道耳弗。

狭路相逢，两个人脸全白了。爱玛出殡的时候，罗道耳弗仅仅送去他的名片，所以一见之下，就期期艾艾先表歉意，随后有了胆量，居然请他（正当八月，天气炎热）到酒馆去喝一瓶啤酒。

他靠住桌子，边说，边嚼他的雪茄；查理坐在她爱过的这张脸对面，出神遐想。他觉得像又见到她的什么东西一样。实在意想不到。他真想做罗道耳弗。

另一位继续闲谈庄稼、牲畜、肥料，看见谈话有了间隙，惟恐对方提起隐情，赶紧找无聊的话来堵塞。查理并没有听他说话；罗道耳弗也觉出来了，单从他脸色的变化，就看出回忆正在掠过。查理渐渐脸红了，鼻孔抖动，嘴唇哆嗦，甚至有一阵，气愤填胸，死盯着罗道耳弗看。罗道耳弗似乎感到恐怖，话也中断了。但是没有多久，查理脸上又显出原先那种凄惨的无精打采的神情。他说：

"我不生您的气。"

罗道耳弗默不作声。查理两手抱住头，好像无限的痛苦全都咽下去了一样，奄奄一息，低声道：

"是啊，我不再生您的气啦！"

他甚至于添上一句伟大的话、有生以来，他说过的惟一伟大的话：

"错的是命！"

罗道耳弗，作为支配这一命运的人，觉得一个人处在查理这种地位，说这种话，未免过于宽厚，简直可笑，甚至有点下贱。

第二天，查理坐到花棚底下的长凳上。阳光从空格进来；葡萄叶的影子映在沙地；素馨花芬芳扑鼻；天是蓝的；斑蝥环绕开花的百合嗡嗡地飞。查理觉得气闷,仿佛一个年轻人,心里迷迷茫茫,涨满了爱情的潮汐。

小白尔特一下午没有见到他。七点钟找他去用晚饭。

他闭住眼睛,张大了嘴,手里拿着一股又黑又长的头发,头仰靠着墙。她道:

"爸爸,你倒是来呀!"

她以为他在逗她玩耍,轻轻推了他一下。他倒在地上。原来是死了。

三十六小时以后,由于药剂师的要求,卡尼韦先生跑来加以解剖,但是什么也检验不出。

全部什物出卖,只有十二法郎七十五生丁剩下来,留给包法利小姐投奔祖母一路使用。老太太当年去世;卢欧老爹瘫了,一个远房姨母把她收养下来。姨母家道贫寒,为了谋生,如今把她送进一家纱厂。①

自从包法利死后,一连有三个医生在永镇开业,但是经不起郝麦拚命排挤,没有一个站住了脚。他的主顾多得不得了。官方宽容他,舆论保护他。

他新近得到十字勋章。

---

① 由于童工工资非常低廉,当时资本家喜欢雇用童工。动词一直是过去时,从这一句起,直到末一句,作者改用现在时。白尔特进工厂做童工,该有八九岁了。

Gustave Flaubert
MADAME BOVARY

插图作者：Pierre Laprade

图书在版编目(CIP)数据

包法利夫人 /(法)福楼拜(Gustave Flaubert)著；
李健吾译. —上海：上海译文出版社，2020.7(2025.8重印)
(译文经典)
　书名原文：Madame Bovary
　ISBN 978 - 7 - 5327 - 8472 - 1

Ⅰ.①包… Ⅱ.①福… ②李… Ⅲ.①长篇小说—法国—近代 Ⅳ.①I565.44

中国版本图书馆 CIP 数据核字(2020)第 083681 号

包法利夫人
[法]福楼拜　著　李健吾　译
责任编辑/冯　涛　装帧设计/张志全工作室

上海译文出版社有限公司出版、发行
网址：www.yiwen.com.cn
201101　上海市闵行区号景路159弄B座
江阴市机关印刷服务有限公司印刷

开本 787×1092　1/32　印张 13.75　插页 5　字数 207,000
2020 年 7 月第 1 版　2025 年 8 月第 11 次印刷
印数：50,001—58,000 册

ISBN 978 - 7 - 5327 - 8472 - 1
定价：58.00 元

本书中文简体字专有出版权归本社独家所有，非经本社同意不得连载、摘编或复制
如有质量问题，请与承印厂质量科联系。T：0510-86688678